Comte H. de CHARENCEY

LE FOLKLORE

DANS LES DEUX MONDES

PARIS

LIBRAIRIE C. KLINCKSIECK

11, RUE DE LILLE, 11

1894

LE FOLKLORE

DANS LES DEUX MONDES 420

IMPRIMERIE E. CAPIOMONT ET Cⁱᵉ

PARIS

6, RUE DES POITEVINS, 6

(Ancien Hôtel de Thou)

Comte de CHARENCEY

LE FOLKLORE

 DANS LES DEUX MONDES

PARIS
LIBRAIRIE C. KLINCKSIECK
11, RUE DE LILLE, 11

1894

INTRODUCTION

Le présent ouvrage se compose, pour la plus grande partie, d'articles détachés et par nous publiés à diverses époques. Tous d'ailleurs sont consacrés à l'examen comparé de légendes en vigueur chez les peuples tant de l'ancien que du nouveau monde.

L'on remarquera que la presque totalité des récits américains étudiés ici ont été recueillis chez les tribus sauvages du continent occidental. Ce n'est, pour ainsi dire, que par exception que nous nous sommes occupé de ceux des nations civilisées de l'Amérique.

Le rapprochement de toutes ces légendes entre elles semble conduire à des résultats que ne dédaigneront point les amateurs de Folklore. Peut-être pourra-t-on en tirer certaines données relatives à la solution de problèmes intéressant non seulement l'étude des traditions populaires, mais encore celle de l'histoire elle-même ?

Ainsi, les érudits se trouvent en complet désaccord lorsqu'il s'agit d'expliquer l'origine des légendes et leur presque identité en des régions parfois fort éloignées.

Une école admet sans difficulté que des contes

analogues ont dû être inventés bien des fois et
sur bien des points successifs. La chose s'explique, aux yeux de ces érudits, par l'identité
de l'esprit humain, qui procède forcément toujours à peu près de la même façon. Certaines
découvertes, disent-ils, ont parfois été faites
simultanément par des savants qui, certes, ne
s'étaient point donné le mot. En effet, s'ils
parvenaient au même résultat, c'était souvent
au moyen de méthodes absolument différentes.
Comment ne pas admettre la possibilité de
semblables coïncidences, lorsqu'il s'agit non
plus de ces hautes spéculations, abordables
seulement à un petit nombre d'esprits cultivés,
mais de simples contes de nourrice qui n'ont
pas coûté grand effort d'intelligence à trouver ?

D'autres professent une opinion toute contraire. La plupart des inventions, au nombre
desquelles ils rangent celle des récits populaires, n'ont été, remarquent-ils, faites qu'une
fois et se sont ensuite propagées au loin.
L'homme, à leurs yeux, possède beaucoup plus
de mémoire que d'imagination, et, d'ordinaire,
il ne fait que se souvenir lors même qu'il se
figure créer.

En plus d'une occasion, du reste, les faits
semblent leur donner raison.

Bornons-nous ici à un seul exemple. Rien,
sans doute, de plus naturel, de plus forcé même

à un certain point de vue que l'éclosion de l'art dramatique chez une nation parvenue à un degré voulu de civilisation. Il est bien douteux cependant que les Indous eussent jamais possédé un théâtre proprement dit, s'ils n'avaient subi, d'une façon plus ou moins directe, l'influence hellénique. Lors donc que des contes identiques pour le fond, concluent ces monogénistes du Folklore, se retrouvent au sein de populations séparées par le temps et l'espace, il faudra admettre, en thèse générale, l'existence entre elles d'anciens rapports, d'anciennes communications dont l'histoire, le plus souvent, n'a même pas gardé le souvenir.

Nos recherches personnelles, entreprises sans aucune idée préconçue, semblent, avouons-le, donner, dans la majorité des cas, raison à ces derniers. C'est incontestablement avec ceux des populations de l'Extrême-Orient que les contes de l'Amérique du Nord offrent le plus d'analogie.

Vouloir expliquer ce fait par le pur hasard ne serait-il pas téméraire? Force est donc d'admettre que les races fixées sur les rives opposées du Pacifique ont jadis entretenu des relations les unes avec les autres et se sont fait certains emprunts.

On s'est plaint souvent que le Folklore n'offre pas de points de repère aussi précis que la

linguistique et que les questions de priorité y
soient souvent fort difficiles, sinon absolument
impossibles à trancher. La constatation de
lois phonétiques bien déterminées, l'étude des
règles présidant à la transformation des procédés grammaticaux, nous permettent, ajou-
tera-t-on, de déterminer avec un degré de précision à peu près absolu lequel de deux idiomes
appartenant à un même groupe offre le plus
de traces d'archaïsme ou de remaniement
postérieur. Lors même que les documents historiques nous feraient défaut, aucun homme
doué de sens ne saurait hésiter sur la question
de savoir si c'est le français qui dérive du
latin ou *vice versa*, si le vieux haut allemand
a, oui ou non, précédé l'allemand moderne.

La difficulté sera beaucoup plus grande lorsqu'il s'agit, par exemple, de prononcer entre
deux versions d'une même légende, de déterminer laquelle a servi de prototype à l'autre.
Les contes, ne l'oublions pas, constituent une
sorte de tératologie de l'esprit humain. Suivant
l'occurrence, on les voit, à la façon des monstres, se dédoubler, perdre une partie de leurs
éléments constitutifs ou bien s'enrichir d'éléments adventices.

Nous ne voulons pas entrer ici dans l'examen
des théories linguistiques ni rechercher si
elles s'imposent avec autant de rigueur qu'on

se plaît généralement à l'admettre. L'on pourrait citer cependant force exemples de déro-
gations flagrantes à ces lois que l'on a voulu
trop généraliser. S'il est une règle qui paraisse
bien établie, c'est que les flexions casuelles
tendent à s'effacer à mesure qu'un idiome
vieillit, pour être remplacées par des particules
indépendantes. Ne voyons-nous pas néanmoins
le persan moderne doué d'une sorte d'accusatif
en *ra* dont l'analogue ne se retrouve point
dans les dialectes ariens primitifs? Est-ce
que l'on n'a pas constaté même de nos jours,
dans certains cantons écartés de la Finlande,
une tendance de l'esprit populaire à créer de
nouveaux cas composés et à enrichir ainsi un
système de déclinaison déjà compliqué à
l'excès?

Les mots, dit-on, ont toujours une tendance
à s'écourter, à laisser tomber celles de leurs
syllabes qui ne sont pas frappées de l'accent. On
nous cite, à preuve, l'anglais devenu beaucoup
plus monosyllabique que l'anglo-saxon, dont il
dérive. Cela n'empêche pas qu'un dialecte
chinois étudié par M. Mueller, celui de Shang-
haï, si notre mémoire ne nous trompe pas, a
pris l'habitude de joindre à chaque racine
certaines désinences qui en font soit un nom,
soit un verbe. En un mot, il est aujourd'hui
presque entièrement composé de dissyllabes.

Voici donc un idiome qui, en dépit des règles formulées par les savants, a réellement opéré son évolution de l'état isolant à celui d'agglomération.

D'un autre côté, si la méthode linguistique ne présente pas un caractère aussi immuable qu'on l'a si souvent prétendu, la difficulté qu'il y a à rétablir la généalogie des légendes populaires nous semble avoir parfois été quelque peu exagérée. De tout ceci, l'étude comparée du Folklore dans les deux mondes offrira plus d'une preuve sans réplique. Ainsi que nous nous efforcerons de l'établir plus loin, les contes et mythes de l'Amérique, comparés à leurs congénères d'Asie ou d'Europe, s'en éloignent souvent par un double caractère. D'abord, certains détails inhérents au fond du sujet et dont l'absence rend le récit obscur et incomplet leur font souvent défaut; cela démontre clairement qu'ils n'ont pas pris naissance sur le sol américain et ont dû être importés d'ailleurs. De plus, ils sont moins chargés de ces éléments évidemment surajoutés, se laissent plus aisément ramener à une forme que l'on peut considérer comme typique. Ne devons-nous pas en inférer qu'ils ont passé de la côte ouest à la côte est du Pacifique à une époque déjà assez reculée et où le récit original n'avait pas encore eu le

temps de perdre sa physionomie primitive.
Sous ce double rapport, les divergences apparaissent plus suggestives encore que ne
seraient les affinités.

Prenons maintenant une légende spéciale,
celle du héros sauveur ou libérateur né d'une
vierge. Nous serons aussitôt frappés d'une
particularité fort importante à signaler. Elle
ne se retrouve en Amérique que parmi les
tribus du courant appelé *Toltèque occidental*
ou *Californien à tête droite* par le savant
L. Angrand, et cela en opposition avec le
courant *Toltèque oriental* ou *Floridien à tête
plate* du même auteur. On en constate l'existence chez presque tous les Toltèques occidentaux, et elle paraît tenir au fond même de
leurs doctrines théologiques, tandis que les
populations du rameau oriental ne connaissent
rien de semblable. Que conclure de tout ceci,
sinon que la légende en question n'est point,
dans l'hémisphère occidental, d'invention
indigène, qu'elle a été importée d'ailleurs?
Sans cela, comment se ferait-il qu'aucune
nation du groupe floridien à tête plate n'eût
jamais imaginé le moindre récit concernant
les naissances virginales?

N'y a-t-il pas là, tout au moins, une forte
présomption que ce qui s'est passé pour le
nouveau monde s'était produit déjà à une

époque plus reculée pour l'ancien ? Si les Mexicains n'ont point inventé la légende en question, mais l'ont simplement reçue du dehors, pourquoi voudrait-on que la plupart des races de l'ancien monde aient été douées de plus d'imagination ?

Puisque nous la retrouvons chez beaucoup d'entre elles, n'y a-t-il pas tout lieu de croire qu'elles l'ont également empruntée et peut-être même à une source unique ? Et ce qui est vrai du récit en question ne le sera-t-il pas également de la plupart des autres ?

Nous pouvons aller plus loin : les recherches des folkloristes, aidées du secours de la linguistique comparée, fourniront, sans aucun doute, d'utiles renseignements sur l'époque approximative à laquelle remontent les communications les plus importantes entre l'Asie et le Nouveau-Monde. Le nom de *Néna*, l'épouse du Noé de certaines légendes diluviennes du Mexique, offre bien de l'analogie avec celui du *Nannacus* phrygien, au temps duquel serait arrivée la destruction du monde par une grande inondation. Or, M. Babelon a démontré, ce nous semble, d'une façon péremptoire, que la tradition du déluge, portée en Asie Mineure par les Juifs, ne remonte pas au delà du troisième siècle avant J.-C. D'autre part, les traditions primitives des Mexicains nous reportent tout au plus au premier siècle de notre ère. C'est donc dans l'intervalle compris entre ces dates qu'il faudra placer les plus anciennes relations entre les deux continents dont l'histoire ait conservé quelque vestige.

Il va sans dire, d'ailleurs, que la question du Folklore n'a rien à faire avec celle des origines de la race américaine. Cette dernière avait sûrement déjà pris possession des solitudes de l'hémisphère occidental bien des siècles avant de subir l'influence des populations plus ou moins civilisées de notre continent.

LE FOLKLORE DANS LES DEUX MONDES

CHAPITRE PREMIER

Une légende cosmogonique

Parmi les légendes inventées par la fertile imagination des peuples pour expliquer les origines du monde et celle de l'humanité, il en est une qui nous a semblé spécialement curieuse à étudier, à cause de sa diffusion au sein de races fort diverses et de la haute antiquité à laquelle il convient certainement de la faire remonter. Nous voulons parler de celle qui nous représente la terre habitable comme tirée du fond des eaux et composée de quelques grains de sable qu'un génie créateur ou plutôt formateur développa de façon à en former un vaste continent.

Cette légende elle-même se partage en plusieurs versions qui sont les suivantes :

1° *La Version continentale* répandue tant dans l'ancien que dans le nouveau monde, et qui nous représente la terre extraite des eaux par un être animé (quadrupède ou oiseau).

2° *La Version insulaire*, propre au Japon et aux îles de la Polynésie et où le dieu lui-même tire le monde de l'eau, comme un poisson, au moyen d'un instrument de pêche ou d'un bâton.

3° *La Version indoue* ou *mixte*, résultant de la fusion des deux précédentes.

I

Voici la légende wogoule recueillie par M. Paul Hunfalvy, telle que nous la fait connaître M. Lucien Adam[1].

« En haut, il n'y avait que *Numi-Tàrom*, le Dieu
« unique, le Seigneur du ciel, et en bas la mer; dans
« un berceau d'argent, suspendu au-dessus de
« l'abîme, par une chaîne de fer, un époux et une
« épouse n'appartenant point à l'humanité. Numi-
« Tàrom a déchaîné les vents qui soulèvent les flots
« de la mer et se jouent du berceau livré à leurs
« caprices; aussi l'un des deux êtres non humains
« demande-t-il au père céleste de créer, pour ses
« enfants, un morceau de terre susceptible de porter
« une maison. Numi-Tàrom se rend à ce vœu.

« Les hôtes du berceau prennent possession de
« leur demeure céleste et y font un séjour assez pro-
« longé pour que la vieillesse commence à s'appe-
« santir sur leurs têtes. Lasse d'être ainsi recluse,
« l'épouse sort de la maison, et après une absence
« assez longue pour causer de l'inquiétude à son
« mari, elle rentre en annonçant qu'elle porte dans
« son sein un fils de l'air. Elle donne le jour à
« Elempi, et l'époux célèbre la naissance de l'enfant

---

1. M. Lucien Adam, *Une Genèse wogoule* dans la *Revue de Philo-logie et d'Ethnographie*, publiée par M. de Ujfalvy, t. I, p. 10 et suiv. Paris 1874.

« par ce cri d'allégresse : Dieu, mon père, m'a donné
« un fils ; Dieu, notre père, nous a gratifiés d'un
« fils !

« Elempi croît à vue d'œil. Il devient bientôt un
« chasseur consommé et un pêcheur habile. Puis
« son intelligence se développant, il se préoccupe de
« l'avenir, et annonce à ses parents qu'il songe à
« aller consulter Numi-Tàrom.

« Elempi prend la forme d'un écureuil ; il gravit,
« non sans fatigue, les degrés de l'escalier qui
« conduit à la demeure de Numi-Tàrom et se jette
« aux pieds du dieu. Celui-ci s'informe avec bien-
« veillance du motif de sa venue. Elempi répond que
« l'objet de sa démarche est le sort de l'homme qui
« ne pourra vivre sur l'eau de la mer créée par
« Numi-Tàrom. Comment s'y prendre pour former
« une terre ferme ?

« Avant de répondre, le dieu s'assure de la cuisson
« d'un poisson qui est sur le feu. Il relève ensuite la
« tête et donne à Elempi une peau de canard et une
« peau d'oie, en lui disant de descendre sur le bord
« de la mer et de faire surgir lui-même la terre sainte
« destinée à l'homme. »

« Elempi revêt la peau de canard, plonge sous les
« flots et cherche, par trois fois, à atteindre le fond
« de la mer. Trois fois, il est ramené à la surface.

« Il revêt alors la peau d'oie, et grâce à la vertu
« de ce talisman, il parvient à détacher du fond de

« la mer trois poignées de terre qui se transfor-
« ment en fleuves, lacs, montagnes et prairies.

« La demeure de l'homme est prête, mais elle flotte
« sur les eaux. Elempi comprend qu'il faut la fixer.
« Il reprend le chemin qui conduit à la maison de
« Numi-Tàrom, rend compte au dieu de l'état où se
« trouve la terre et lui demande comment il pourra
« la rendre immobile. Numi-Tàrom remet à Elempi
« une ceinture à clous d'argent, représentant la
« chaîne des monts Ourals ; le démiurge passe ce
« talisman autour de la terre, et aussitôt celle-ci
« cesse de flotter.

« La création se poursuit de la sorte, par la puis-
« sance de Numi-Tàrom, mais toujours sur la prière
« d'Elempi. Le démiurge pose le problème et le dieu
« le résout.

« A la création de la terre ferme succède immé-
« diatement celle des hommes, des quadrupèdes et
« des oiseaux. Elempi fabrique ces trois sortes
« d'êtres avec un même mélange de terre et de neige.
« A peine sortis des mains de leur auteur, les
« hommes rient et folâtrent, mais ils n'ont rien à
« manger. Elempi monte vers Numi-Tàrom et reçoit
« de lui trois couples de poissons avec lesquels il
« peuple les fleuves, les rivières et les lacs. D'autre
« part, les bois sont remplis d'animaux sauvages et
« les oiseaux se sont multipliés dans les airs. Cepen-
« dant Elempi demeure soucieux ; il se demande
« comment les hommes parviendront à s'emparer

« des animaux dont la chair est nécessaire à leur
« subsistance ! Numi-Tàrom résout ce problème en
« indiquant au démiurge la manière de fabriquer
« l'arc, les flèches, les différents filets de chasse, ainsi
« que les vêtements de peau.

« Vient ensuite l'institution du mariage, grâce à
« laquelle les hommes se multiplient au point de
« couvrir toute la terre. La vie menace de s'arrêter
« par l'effet même de son exubérance. Elempi
« s'adresse de nouveau à Numi-Tàrom, et le dieu lui
« répond : Emmène avec toi *Kully-Atèr*; il sera l'ar-
« tisan de la souffrance et des maladies : une partie
« du peuple mourra et l'autre sera sauvée. »

Une autre légende du même peuple nous parle
de géants batailleurs et adonnés à la magie qui,
prévoyant l'arrivée prochaine d'un déluge d'eau
bouillante, indiquent aux hommes les moyens d'y
échapper. Ceux-là seuls sont sauvés qui suivent les
conseils des géants. Tous les autres périssent dans
les flots[1].

Le récit que nous venons d'étudier semble être, de
tous ceux qui nous ont été conservés, celui qui se rapproche le plus de la version primordiale de laquelle
dérivent toutes les autres légendes du type que
nous avons appelé continental. Cependant, on y
découvre un certain nombre de traits qui, sans aucun
doute, ne sont point primitifs, par exemple celui du

---

1. M. L. Adam, *Texte wogoule* dans la *Revue de Philol. et d'Ethn.*,
t. I, p. 163 et suiv.

berceau d'argent et de la chaîne de fer. Ne devons-
nous pas voir là un résultat de l'influence exercée sur
les Wogoules par ces populations métallurgistes
qui ont laissé tant de vestiges de leur industrie dans
le sud de la Sibérie? En tout cas, le récit wogoule
ne paraît se retrouver chez aucun autre peuple ougro-
finnois. Si nous ne savions avec quelle facilité des
traditions de ce genre sont sujettes à s'effacer devant
le progrès de la civilisation, nous y verrions une
preuve qu'il leur avait été communiqué par quelque
population d'origine différente.

Le trait concernant les géants qui prévoient un
déluge d'eau bouillante a ceci de curieux qu'il rappelle singulièrement une légende talmudique dont
nous devons connaissance au savant abbé Bargès.
Le monde aurait subi une première inondation au
temps d'Enos. Dieu voulant punir les géants de
leurs crimes, ouvrit les sources dont l'eau devait couvrir la terre. Ces géants les ayant obstruées avec
leurs pieds, de façon à empêcher les ondes de sortir,
l'Éternel fut obligé de les transformer en eaux
brûlantes. Mais, sans doute, ceux qui ont rédigé le
Talmud n'étaient point, eux-mêmes, les premiers
inventeurs de ce bizarre récit[1].

En tout cas, l'histoire de l'épouse du premier
homme, qui se trouve enceinte du fils de l'air, aurait
un cachet bien plus exclusivement finnois. On sait

1. *Ethnographie, Traditions relatives au déluge chez tous les
peuples ; Revue indépendante,* p. 93, 4ᵉ année, 3ᵉ livraison Paris, 1865.

qu'il est longuement question dans le Kalévala de la vierge de l'air, personnage évidemment cosmogonique et qui donne naissance à la terre, aux montagnes, etc. [1]. La façon dont Elempi annonce la naissance de son fils rappelle avec la fameuse exclamation d'Ève, lorsqu'elle enfanta son premier né : « J'ai un homme par Jéhovah. »

Le nombre *trois* revient dans la légende par nous étudiée avec une fréquence qui démontre sa valeur symbolique et cabalistique aux yeux des Wogoules. Elempi plonge *trois* fois avant de recueillir les *trois* poignées de terre qui se transformeront en fleuves, montagnes et prairies. Il crée *trois* espèces d'êtres : les hommes, les quadrupèdes et les oiseaux. Enfin, les fleuves et les lacs se trouvent peuplés au moyen de *trois* couples de poissons donnés par Numi-Tàrom à Elempi.

Au dire d'un ancien *coureur des bois*, les tribus algiques, qui vivent sur les bords du Saint-Laurent, expliquent ainsi qu'il suit de quelle manière la terre a été formée :

« Ils savent (les sauvages) que tout n'estoit qu'eau « avant que la terre fût créée, et que sur cette vaste « étendue d'eau flottait un grand cajeu (radeau) de « bois, sur lequel estoient tous les animaux de diffé- « rentes espèces qui sont sur la terre, dont le Grand- « Lièvre, disent-ils, estoit le chef. Il cherchait un lieu

---

1. *Le Kalévala*, etc., traduit par M. de Ujfalvy. Paris, 1876. (*Actes complémentaires de la Société philologique.*)

« propre et solide pour débarquer, mais comme il ne
« se présentait à la veüe que cignes et autres oiseaux
« de rivières sur l'eau, il commençait désjà à perdre
« espérance, et on ne voyoit plus d'autre ressource
« que d'engager le castor à plonger, pour apporter un
« peu de terre du fond de l'eau, l'asseurant au nom
« de tous les animaux que, s'il en revenait avec un
« grain de sable seulement, il en produirait une terre
« assez spacieuse pour les contenir et les nourrir
« tous. Mais le castor tâchait de s'en dispenser, allé-
« guant pour raison qu'il avait déjà plongé aux en-
« virons du cajeu sans apparence d'y trouver fonds.
« Il fust cependant pressé avec tant d'instance de
« tenter derechef cette haute entreprise, qu'il s'y
« hasarda et plongea. Il resta si longtemps sans re-
« venir que les Suppliants le crurent noyé, mais on
« le vit enfin paraître, presque mort et sans mouve-
« ment. Alors tous les autres animaux, voyant qu'il
« était hors d'estat de monter sur le cajeu, s'intéres-
« sèrent aussitôt à le retirer, et après lui avoir bien
« visité les pattes et la queue, ils n'y trouvèrent rien.

« Le peu d'espérance qui leur restoit de pouvoir
« vivre les contraignit à s'adresser au loutre, de le
« prier de faire une seconde tentative, pour aller
« quérir un peu de terre au fond de l'eau. Ils lui
« représentèrent qu'il y allait également de son salut,
« comme du leur. Le loutre se rendit à leur juste
« remontrance et plongea. Il resta au fond de l'eau
« plus longtemps que le castor et revint, comme lui,
« avec aussi peu de fruit.

« L'impossibilité de trouver une demeure où ils
« pussent subsister ne leur laissait plus rien à espérer,
« quand le rat musqué proposa qu'il allait, si l'on
« voulait, tâcher de trouver fonds, et qu'il se flattoit
« même d'en apporter du sable. On ne comptait
« guère sur son entreprise, le castor et le loutre,
« bien plus vigoureux que lui, n'en ayant pu avoir.
« Ils l'encouragèrent cependant, et luy promirent
« qu'il serait le souverain de toute la terre, s'il venait
« à bout d'accomplir son projet. Le rat musqué, donc,
« se jeta à l'eau et plongea hardyement. Après y
« avoir esté près de vingt-quatre heures, il parut au
« bord du cajeu, le ventre haut, sans mouvement,
« et les quatre pattes fermées. Les autres animaux
« le reçurent et retirèrent soigneusement. On luy
« ouvrit une des pattes, puis la seconde, puis la troi-
« sième, et la quatrième, enfin, où il y avait un petit
« grain de sable entre ses griffes.

« Le Grand-Lièvre, qui s'estoit flatté de former
« une terre vaste et spacieuse, prit ce grain de sable
« et le laissa tomber sur le cajeu, qui devint plus
« gros. Il en reprit une partie et la dispersa. Cela fit
« grossir la masse de plus en plus. Quand elle fut de
« la grosseur d'une montagne, il voulut en faire le
« tour, et à mesure qu'il tournait, cette masse gros-
« sissait. Aussitôt qu'elle lui parut assez grande, il
« donna ordre au renard de visiter son ouvrage, avec
« pouvoir de l'agrandir. Le renard ayant cogneu
« qu'elle estoit d'une grandeur suffisante pour avoir
« facilement sa proye retourna vers le Grand-Lièvre

« pour l'informer que la terre estoit capable de nour-
« rir et contenir tous les animaux. Sur son rapport,
« le Grand-Lièvre se transporta sur son ouvrage, en
« fit le tour et le trouva imparfait. Il n'a voulu depuis
« se confier à aucun de tous les autres animaux,
« continuant à l'augmenter, en tournant sans cesse
« autour de la terre. C'est ce qui fait dire aux sau-
« vages, quand ils entendent du retentissement dans
« les cavités des montagnes, que le Grand-Lièvre
« continue à l'agrandir. Ils l'honorent et le consi-
« dèrent comme le dieu qui l'a créé. Voilà ce que
« ces peuples nous apprennent de la création du
« monde, qu'ils croient estre toujours porté sur un
« cajeu. A l'égard de la mer et du firmament, ils
« affirment qu'ils ont esté de tout temps[1]. »

Ensuite le Grand-Lièvre s'occupa un peu du genre
humain; il institua le mariage, assignant à chaque
sexe ses occupations spéciales. L'homme eut dans
ses attributions la chasse et la pêche. A la femme
furent dévolues les charges du ménage, spécialement
la confection des vêtements et les soins de la cuisine.

Dans le chapitre suivant, le même auteur nous
apprend que, d'après la croyance canadienne, le
Grand-Lièvre aurait fait naître les hommes des cadavres des animaux et même des hommes qui étaient
venus à mourir[2]. C'était, en quelque façon, affirmer

1. Nicolas Perrot. *Mémoire sur les mœurs, coutumes et religion des
sauvages de l'Amérique septentrionale*, publié par le R. P. Tailhan;
ch. I, p. 2 et suiv. Leipzig et Paris, 1864.
2. *Ibid.*; chap. II, p. 5 et suiv.

la supériorité de notre espèce sur tous les autres
êtres. En sa qualité de *roi de la création,* l'homme
apparaît, dans la Bible, comme le dernier ouvrage
du Tout-Puissant. Seulement, la légende américaine
reconnaît une sorte de confraternité ou plutôt de
filiation entre notre espèce et l'animalité dont, bien
entendu, nos livres saints ne contiennent aucune
trace. C'est juste le contraire des métamorphoses des
mortels en oiseaux, singes ou poissons mentionnés
dans les traditions cosmogoniques des peuples de
la Nouvelle-Espagne.

Inutile de faire ressortir l'affinité de la légende
canadienne avec celle des Wogoules. Seulement elle
a quelque chose de plus simple, de plus approprié
aux idées et aux mœurs d'une race encore complètement sauvage. Il ne saurait, bien entendu, y être
question de la chaîne de fer retenant le berceau
d'argent de nos premiers ancêtres, puisque les tribus
du nord de l'Amérique ignoraient l'usage des métaux,
jusqu'à l'époque de la découverte et que, d'ailleurs,
ces détails n'avaient pas, sans doute, été ajoutés au
récit primitif lorsqu'il passa en Amérique.

Nous nous trouvons donc ici en présence d'un fait
important et qui se répète fréquemment aux yeux
de l'observateur, à savoir : que les légendes américaines offrent souvent un caractère plus archaïque
que leurs congénères de l'ancien continent, et que
c'est chez les hommes de race cuivrée qu'il convient
de se transporter pour retrouver les traditions asiatiques dans toute leur pureté, et, pour ainsi dire, à

leur état naissant. Ainsi, dans le mythe votanide, qui offre tant de points de contact avec celui du Siamois *Phra-Ruàng* et du héros Barman *Pyù-tsau-ti*, tout ce qui rappelle la légende de Thésée a été omis [1]. De même pour l'histoire du second Quetzalcohuatl, qui n'est qu'une contrefaçon de l'iranien Djemschid. C'est l'ivrognerie qui cause la chute du héros Toltèque, tandis que celui de la Perse perd sa pureté pour s'être laissé aller à faire usage d'une nourriture animale [2]. A cet égard, le récit américain se trouve beaucoup plus près de celui de la Bible, qui se rapporte à l'ivresse de Noé, que du récit recueilli par Firdousi ; de même pour l'aventure de Cuextecatl, le Chanaan mexicain et qui se rencontre étrangement défigurée dans le Schah-Nameh.

Au contraire, l'idée d'impureté attachée à une alimentation animale pourrait bien être due à l'influence des idées indoues, quoique l'on en rencontre quelques vestiges dans la Genèse, mais seulement pour l'époque antédiluvienne. En tout cas, l'origine biblique d'une partie au moins de la légende de Djemschid et, par suite aussi, de celle de Quelzatcoatl semblent aujourd'hui chose hors de doute [3].

De tout ceci, nous ne conclurons pas certaine-

1. *Le Mythe de Voltan*, t. II des *Actes de la Société philologique*. Alençon, 1871.
2. *Djemschid et Quetzalcohuatl*, p. 204 et suiv. du t. V des *Actes de la Société philologique*. Paris, 1875.
3. M. Roth, *die Sage von Djemschid*, p. 417 et suiv. du 5ᵉ vol. de la *Zeitschrift des Deutschen Morgenlændischen Gesellschaft*. Leipzig, 1850.

ment que ces vieilles traditions aient passé d'Amérique en Asie. Le contraire nous semble indubitable. Si elles offrent parfois une physionomie plus primitive au sein de la race cuivrée, cela tient à différentes causes ; d'abord, et surtout, à l'état stationnaire où elle est si longtemps restée et qui lui inspirait, sur ce point, un esprit éminemment conservateur. C'est ainsi que la tranquillité politique relative dont ont joui les Polonais et Lithuaniens pendant toute la durée du moyen âge leur a permis de conserver dans leurs légendes et chants nationaux beaucoup de traits d'archaïsme remontant à l'époque païenne et qui font défaut à ceux des Serbes. Chez ces derniers, en effet, les nécessités de la lutte contre l'infidèle faisaient perdre le souvenir des antiques récits, et on ne songeait guère à célébrer que les exploits des héros chrétiens, vainqueurs du croissant [1].

Il en a été exactement de même pour les races de l'Asie ; l'introduction du bouddhisme, les révolutions sociales et politiques, l'influence d'une caste sacerdotale, l'infiltration des idées helléniques, juives et chrétiennes, etc., etc., voilà autant de causes qui les ont contraintes à remanier bien des fois leurs légendes anciennes. Or, de ces causes, aucune, pour ainsi dire, n'a pu agir sur la population du Nouveau-Monde.

En outre, si l'existence d'anciens rapports entre

---

1. *Ethnographie slave*, p. 198 (numéro du 25 août 1875 de la *Revue du Monde catholique*).

les deux hémisphères semble un fait aujourd'hui incontestable, il s'en faut de beaucoup que ces mêmes rapports aient été constants. Tout, au contraire, indique qu'ils ne se sont produits qu'à de très longs intervalles et ont commencé dans des temps assez reculés.

Évidemment, tout le nouveau continent a été peuplé ou du moins visité, à bien des reprises différentes, par des tribus qui ont traversé le détroit de Behring, et plusieurs savants font aujourd'hui encore de la Sibérie et des régions de l'Asie orientale le berceau primitif de toute la race cuivrée.

Un docte anthropologiste russe, M. de Maïnoff, a été conduit, par l'étude de leur physionomie, à reconnaître dans les Yakoutes des bords de la Léna de véritables Peaux-Rouges, bien qu'ils parlent aujourd'hui un dialecte turc, et dans les Tongouses, des Esquimaux métissés de Mongols [1]. On croit retrouver quelques vestiges de sang américain chez les Aïnos de l'île de Yézo, lesquels cependant constituent une population de sang caucasique plus ou moins pur. Enfin l'on rencontre parfois, dans le sud du Japon, de ces visages à nez recourbé, à mâchoires massives, à teint fortement basané qui ne sont certainement ni Caucasiens ni Mongols, mais offrent, au contraire, la plus grande ressemblance avec ceux de certains Indiens de la côte nord-ouest. Les instruments de pierre polie tirés des cavernes du Japon et dont les amateurs de

1. *Revue de Philologie et d'Ethnographie*, t. II, p. 103 et 104. Paris, 1876.

ce pays, à l'imitation de leurs collègues d'Europe, commencent à faire collection, offriraient également un caractère franchement américain. Certaines différences essentielles de forme les distingueraient nettement des instruments similaires trouvés en Europe.

D'autres communications, mais celles-là, sans doute, temporaires et accidentelles, paraissent également avoir eu lieu aux sixième et septième siècles après J.-C., mais c'est un sujet que nous n'avons pas à traiter plus en détail, quant à présent du moins. Tout ceci nous rend parfaitement compte de la physionomie archaïque des traditions du Nouveau-Monde.

Nous remarquerons que l'esprit créateur du monde était appelé « Grand-Lièvre » et vénéré sous cette forme par la plupart, sinon la totalité des populations de race algique. Tel est, en effet, le sens des termes *Manibojo, Nanabojou, Michabo, Messou,* sous lequel il était désigné dans les dialectes algonkin, chippeway et autres de même origine. Mais il est plus que probable, comme le remarque M. le Dr Brinton, que telle n'était point leur signification primordiale. Diverses raisons étymologiques et autres le conduisent à admettre une signification primitive analogue à celle de *Grand Blanc* ou *Grand Brillant,* fort appropriée au rôle de dieu de l'aurore que joue le Grand-Lièvre. Il se serait produit, à son occasion, un de ces calembours étymologiques qui abondent dans l'histoire des mythes [1].

1. M. le Dr D. Brinton, *The Myths of the New World*, ch. VI, p. 165. New-York, 1868.

C'est qu'en effet, s'il existe, dans ces dialectes, un terme *wabos* voulant dire « Lièvre », l'on y rencontre également la racine *wap*, *wab*, qui correspond à notre mot « Blanc » et dont dérivent les termes indiens signifiant « est, aurore, lumière », etc... On voit quelle confusion pouvait résulter de la présence de ces deux homophones.

Une particularité également assez curieuse de la légende par nous étudiée en ce moment, c'est le rôle assigné à des quadrupèdes aquatiques, par opposition à celui que la légende wogoule réserve à des oiseaux d'eau. On dirait cette substitution caractéristique non seulement des traditions algiques, mais encore de celles de toute la race cuivrée. Nous pouvons citer comme preuve l'une des versions du déluge d'après les Péruviens, dans laquelle la colombe et le corbeau de Noé se trouvent remplacés par le chien.

« Les habitants de ce pays (le Pérou) disent qu'à « une époque fort ancienne, la terre avait été toute « couverte par les eaux, sauf quelques montagnes « fort élevées. C'est là que les hommes trouvèrent « un refuge dans de grandes cavernes qu'ils avaient « creusées et préparées à cet effet, et où d'ailleurs « ils avaient eu soin de porter toutes les choses néces- « saires à la vie. Après y être rentrés, ils bouchèrent « soigneusement toutes les moindres ouvertures, de « sorte que l'eau n'y pouvait pénétrer. Au bout « d'un certain temps, jugeant que l'inondation tirait « à sa fin, ils firent sortir quelques *chiens*, qui revin- « rent mouillés et sans que leur poil fût souillé par

« la boue. Les réfugiés jugeant, à cet indice, que les
« eaux étaient encore hautes, ne voulurent point
« sortir, et ils ne se décidèrent à quitter leur retraite
« que lorsque d'autres chiens, lâchés après les pre-
« miers, furent revenus, tout tachés de boue. En
« effet, c'était une preuve sans réplique que la
« terre, cessant d'être submergée, avait recommencé
« à devenir habitable[1]. »

Il est vrai que les oiseaux du récit mosaïque vont
reparaître chez les Tarasques du Méchoacan, aussi
bien que chez les Mélomènes ou Indiens *folle-avoine*
des États-Unis, tribu, comme l'on sait, de race
algique. Au dire de Humboldt, *Tezpi*, le Noé
Tarasque aurait échappé au déluge dans un spa-
cieux *Acalli*, litt. « Maison d'eau, maison aquatique »
ou vaisseau. Sitôt que les eaux eurent commencé à se
retirer, il lâcha le *Zopilote* (Vultur Aurea), lequel
s'étant arrêté à dévorer les cadavres des animaux
noyés ne reparut plus[2]. Le colibri, ou plutôt l'oiseau-
mouche (car il n'existe point de colibris en Amérique),
fut envoyé à la découverte. Il revint à l'embarcation
de Tezpi, portant une branche verte dans son petit
bec. Il est vrai que, par une négligence qui ne lui est
point habituelle, de Humboldt néglige de nous faire
savoir où il a pris cette histoire de Tezpi. Serait-elle
tirée d'un manuscrit pictographique indigène ? Mais

1. A. de Zarate, *Histoire de la découverte et de la conquête du
Pérou*, t. I, chap. x, p. 59, de la traduction française. Paris, 1774.
2. Humboldt, *Vue des Cordillères;* t. III, p. 227. Paris, 1813. — *Le
Mythe d'Imos*, dans les *Annales de Philosophie chrétienne*, p. 73 et
suiv. du t. IV de la 6ᵉ série. Paris, 1872.

on sait bien quelles erreurs furent parfois commises dans leur interprétation. On est bien d'accord aujourd'hui pour reconnaître que la fameuse Mappe mexicaine, où des exégètes trop complaisants avaient vu l'histoire du déluge, de la tour de Babel et de la dispersion des peuples, se rapporte uniquement à la migration entreprise par les Nahuas-Mexicains à la suite de leur départ d'Aztlan.

Passons maintenant au récit Mélomène :

Le genre humain aurait tout entier péri dans un déluge, sauf un homme et une femme auxquels une montagne servit d'asile. L'eau resta deux jours sur la terre. Un oiseau blanc fut envoyé pour apporter le feu aux réfugiés, mais s'étant arrêté à dévorer des charognes, il laissa le feu s'éteindre et fut obligé d'en aller chercher de nouveau. Pour le punir de sa gourmandise et de sa négligence, le Grand-Esprit noircit son plumage. Puis il chargea l'Erbeth, petit oiseau gris et marqué d'une bande noire de chaque côté de l'œil, de faire la commission. Voilà pourquoi les Mélomènes regardent ce volatile comme un bon génie. Afin de lui ressembler, ils se peignent deux bandes noires sur le visage [1]. Ces mêmes sauvages auraient, dit-on, mais cela paraît plus douteux, conservé le souvenir de la confusion des langues.

Cette légende est fort curieuse. Toutefois elle a été recueillie bien récemment et l'on peut se demander si

---

1. *Annales de la Propagation de la foi*, 4ᵉ année, p. 537.

elle n'a point, au moins dans quelques-unes de ses parties, été modifiée par l'influence des idées chrétiennes.

Rappelons-nous, à ce propos, la tradition diluvienne recueillie chez les *Chaoucoups* de l'Orégon et qui ne consiste qu'en une contrefaçon ou plutôt une compilation de plusieurs passages de nos livres saints[1]. En tout cas, l'oiseau blanc, qui se nourrit de corps morts, semble bien parent, à la fois, et de la colombe et du corbeau de l'arche. Le détail du changement de couleur par lequel il se trouve puni pourrait être difficilement regardé comme d'importation européenne. Cependant, il rappelle singulièrement le châtiment infligé par Apollon au corbeau pour le punir de lui avoir révélé la trahison de Coronis, son amante[2].

La bande noire dont est marqué chacun des yeux de l'Erbeth ne serait-elle pas prise ici comme le signe de la vie? Rappelons-nous les poteries des Zûnis, ornées de figures animales; ces dernières portant, depuis la bouche jusqu'au cœur, une sorte de ligne recourbée sur elle-même et qui constitue, pour ainsi dire, l'hiéroglyphe de la vie[3].

Ce serait là un point de contact remarquable entre la symbolique des Mélomènes et celle des Indiens Pueblos. Le rôle des oiseaux porteurs du feu nous fait songer au nom de *Kin-ich-Kakmó*, litt. « Ara de

---

1. Vᵗᵉ Milton et D. Cheadle, *Voyage de l'Atlantique au Pacifique*, trad. de M. J. Bertin de Launay; chap. VIII, p. 262. Paris, 1872.
2. Ovide, *Métamorphoseon*, lib. II, fab. XX.
3. Tilly. E. Stevenson, *Zûni and the Zunians*, p. 20.

feu, œil du soleil » donné par les Yucatèques à une idole représentant sans doute cet oiseau, et qui couronnait la pyramide située au nord de la ville d'Izamal[1].

Mais il est temps de revenir au sujet principal de notre étude. La légende racontée déjà par M. Perrot nous est rapportée encore par un autre explorateur. Voici son récit : « Les sauvages (du Canada) croient « et tiennent pour assuré qu'ils ont tiré leur origine « des animaux et que le dieu qui a fait le ciel s'ap- « pelle Michapous. Ils ont quelque idée du déluge et « croient que le commencement du monde n'est que « depuis ce temps-là ; que le ciel a été créé par ce « Michapous, lequel, ensuite, créa tous les animaux « qui se trouvèrent sur des bois flottants, dont il fit « un cayeu, qui est une manière de radeau, sur « lequel il demeura plusieurs jours sans prendre « aucune nourriture. Michapous, disent-ils, pré- « voyant que toutes ces créatures ne pourraient « subsister longtemps sur ce radeau et que son « ouvrage serait imparfait, s'il n'obviait aux malheurs « et à la faim... et ne se voyant alors que maître du « ciel, se trouva alors obligé de recourir à Michinisi, « le dieu des eaux, et voulut lui emprunter de la « terre pour y loger ses créatures. Celui-ci ne se « trouva pas disposé à écouter la demande de Micha- « pous qui envoya, tour à tour, le castor, la loutre

1. *Del principio, y fundacion, etc., de Ytzmal del padre Lizana*, à la suite de la *Relacion de las Cosas de Yucatan* par Landa, trad. de l abbé Brasseur, p. 361. Paris, 1864.

« et le rat musqué chercher de la terre au fond de
« la mer, sans pouvoir recouvrer que fort peu de
« grains de sable, et cela, seulement, par le moyen
« du dernier.

« Michapous mit habilement ce peu de sable à
« profit, puisqu'il servit de levain à une haute mon-
« tagne. Le renard fut invité à tourner autour de
« cette montagne : Michapous l'assurait que ces
« tours augmenteraient la terre. Le renard tourna
« quelque temps pour augmenter le globe terrestre,
« mais il se lassa bientôt, et Michapous acheva le
« reste [1]. »

Du reste, ces sauvages croient les hommes issus des
cadavres putréfiés de ceux que Michapous tua parce
qu'ils se querellaient constamment entre eux. A peine
nés, les hommes inventèrent l'arc et la flèche pour
faire la guerre aux animaux. Un jour il arriva qu'un
d'entre eux, qui s'était écarté des autres, arriva à
une cabane, résidence de Michapous en personne.
Le seigneur du ciel lui fit cadeau d'une épouse et
détermina les devoirs respectifs de chaque sexe. La
chasse et la pêche furent le partage de l'homme. Sa
compagne eut dans son lot la cuisine et la quenouille ;
en un mot, tous les soins du ménage. Michapous
maria également de sa main les compagnons de
l'Indien qui l'avaient visité en imposant aux nouveaux ménages les mêmes conditions. Enfin, les

---

1. De la Poterie, *Histoire de l'Amérique septentrionale*. — B. Picart,
Cérémonies et coutumes religieuses de tous les peuples, t. VII, p. 401.
Paris, 1808.

hommes furent avertis qu'ils avaient été faits sujets
à la mort, mais qu'après le trépas, leurs ombres
iraient dans un lieu de délices.

Les hommes vécurent heureux pendant quelques
siècles, puis l'accroissement de la population les
contraignit à chercher de nouveaux pays de chasse.
Des rivalités et des discordes éclatèrent entre les
chasseurs, et telle fut l'origine de la guerre.

Ce que nous avons dit plus haut au sujet de l'étymologie de Michabou ou Michapous nous dispense
d'y revenir ici.

Quant au refus opposé par *Michinsi*, le dieu des
eaux, à la demande que lui adresse la déité céleste
et créatrice, elle nous paraît un résultat de l'ini-
mitié habituelle qui régnait entre les deux personnages [1].

Il est bien remarquable que dans la mythologie
mexicaine se retrouve la même opposition entre
Quetzalcoatl, déité céleste, et *Mictlan Teuctli*, le
Pluton de ces peuples, peut-être parfois considéré
comme déité de la mer, s'il est vrai, comme le rapporte un exégète, que l'Océan soit quelquefois qualifié de « bassin de Mictlan Teuctli [2] ».

Ajoutons que la rivalité de ces deux personnages
se manifeste, précisément comme dans la légende
canadienne, à propos de la création ou plutôt de la

1. M. G. Brinton, *The Myths of the New World*, chap. v, p. 136.
2. Abbé Brasseur de Bourbourg. *Recherches sur les ruines de
Palenqué*, chap. v, p. 58 (en note).

restauration de l'univers. D'après les peuples de
la Nouvelle-Espagne, l'espèce humaine ayant été
anéantie dans un de ces grands cataclysmes qui ont
successivement désolé le monde, Quetzalcoatl descendit aux enfers. Il allait réclamer du roi de l'Orcus,
de Mictlan-Teuctli, litt. « Seigneur du pays des
morts, » l'os d'émeraude ou de jaspe, *Chalchiuh-
Omitl*, avec lequel il devait refaire une humanité
nouvelle. Mictlan-Teuctli accède d'abord à la demande
de son collègue et lui donne l'os d'émeraude, puis
se repentant de sa générosité, il court après lui pour
le lui reprendre. Quetzalcoatl, effrayé, se laisse
choir, ainsi que son fardeau. L'os se brise en morceaux inégaux, et voilà pourquoi les mortels qui en
sont issus n'ont pas tous la même taille. Enfin, des
cailles (*Çoçoltin*) se jettent sur les débris de l'os
d'émeraude qu'elles becquetèrent tandis que Quetzalcoatl s'évanouit[1].

Nous n'entrerons pas ici dans l'étude de chacun
des détails de la légende ; qu'il nous suffise d'indiquer
que le rôle joué ici par Quetzalcoatl se trouve, d'après
d'autres auteurs, réservé à Xolotl[2].

Terminons en faisant remarquer que, d'après
M. Perrot, les Canadiens se figuraient Michinsi, le

[1]. Abbé Brasseur de Bourbourg, *Quatre lettres sur le Mexique*
(Extrait du *Codex Chimalpopoca*), lettre 4, p. 254 et 255. Paris,
1868.
[2]. Mendieta, *Historia eclesiastica indiana*, lib. II, chap. I, p. 78.
Mexico, 1870. — Torquemada, *Monarquia indiana*, t. II, lib. VI,
chap. XLI, p. 77. Madrid, 1723.

3

dieu des eaux, sous la forme d'un gros chat ou d'un tigre qui, par les mouvements de sa queue, produisait les tempêtes et l'agitation des flots. Précisément, dans la symbolique des nations civilisées de l'Amérique, une autre sorte de félin, le jaguar ou panthère, était d'ordinaire pris comme emblème du principe humide femelle et de la puissance lunaire[1], tandis que l'aigle personnifiait le principe opposé, mâle et solaire. D'autres tribus de race algique possèdent la même légende, mais, ce semble, avec mélanges de traditions relatives au déluge. Voici celles des Montagnais, telle qu'elle fut traduite de leur idiome par le père Lejeune, en 1643 :

« Un jour que Messou était à la chasse, les loups « dont il se servait en guise de chiens entrèrent dans « un grand lac et s'y arrêtèrent.

« Messou, regardant tout autour de lui, aperçut un « oiseau qui lui dit : « Je les aperçois au milieu du « lac. Il entra donc lui-même dans l'eau pour leur « porter secours, mais les eaux du lac s'étant enflées « sortirent de leur lit et inondèrent l'univers.

« Messou, fort étonné de cet événement, envoya « le corbeau pour chercher une motte de terre avec « laquelle il pût restaurer l'univers ; mais l'oiseau « ne revint pas. Alors le dieu chargea la loutre de « la même commission ; toutefois l'animal revint

---

1. M. L. Angrand, *Lettre sur les antiquités de Tiaguanaco*, p. 27 et suiv. (Extrait du 24ᵉ vol. de la *Revue générale de l'architecture*, etc.)

« sans avoir pu l'accomplir. Alors le rat musqué fut
« dépêché. Étant parvenu à se procurer une toute
« petite pincée de terre, il la remit à Messou. C'est
« par ce moyen que le dieu parvint à rétablir le
« monde dans l'état où il se trouve aujourd'hui.

« Les arbres avaient perdu leurs branchages.
« Messou lança ses flèches contre leurs troncs
« dépouillés, et elles se transformèrent en branches.
« Il se vengea de ceux qui avaient retenu ses loups
« dans les eaux et repeupla l'univers par son
« mariage avec le rat musqué[1]. »

Ce récit mérite d'être signalé à l'attention du
lecteur, d'abord à cause du mélange déjà signalé de
deux traditions différentes et ensuite parce que le
rôle qui y est assigné au corbeau rappelle tout à fait
la narration mosaïque. Signalons encore le trait
des flèches transformées en branches d'arbres. On
retrouve quelque chose de fort analogue dans la
légende du second Quetzalcoatl. Le roi-pontife de
Chollula, obligé de fuir la fureur de ses ennemis
victorieux, lança près de *Huéhué Quauhtitlan* des
pierres dans un arbre où elles restèrent enclavées.
Une autre fois il perça un *pochotl* (*Bombax Pentan-
drum*) de façon à figurer une croix[2]. La légende des
Michabous, tribu de la nation Ottawa, se rapproche,

1. M. D. Brinton, *The Myths of the New World*, chap. VII,
p. 209.
2. Sahagun, *Relation des choses de la Nouvelle-Espagne*, liv. III,
chap. XII et XIV, p. 217 et suiv. (trad. de MM. Jourdanet et Remi-
Siméon). Paris, 1880.

à la fois, de celle des Montagnais et de celle des Indiens des rives du Saint-Laurent, mais on n'y signale plus la présence du corbeau. « Les Ottawas de la famille « du Michabou, c'est-à-dire du Grand-Lièvre, pré- « tendaient que ce dit Grand-Lièvre était un homme « d'une prodigieuse grandeur, qu'il tendait des filets « dans l'eau à dix-huit brasses de profondeur et que « l'eau lui venait à peine aux aisselles ; qu'un jour, « pendant le déluge, il envoya le castor pour « découvrir la terre, mais que cet animal n'étant « point revenu, il fit partir la loutre, qui rapporta un « peu de terre couverte d'écume ; qu'il se rendit à « l'endroit du lac où se trouvait cette terre, laquelle « formait une petite île, qu'il en fit le tour en « marchant sur l'eau, et que cette île devint extra- « ordinairement grande ; c'est pourquoi ils lui « attribuent la création de la terre. Ils ajoutent « qu'après avoir achevé cet ouvrage, il s'envola au « ciel, qui est sa demeure ordinaire ; mais qu'avant « de quitter la terre, il ordonna que quand ses « descendants viendraient à mourir, on brûlerait « leur corps et qu'on jetterait leurs cendres au vent, « afin qu'ils pussent s'élever plus facilement vers le « ciel ; que, s'ils y manquaient, la neige ne cesserait « pas de couvrir la terre, que leurs lacs et leurs « rivières demeureraient glacés, et que, ne pouvant « point pêcher de poissons, qui constituent leur « nourriture ordinaire, ils mourraient tous de faim « au printemps[1]. »

1. *Choix de lettres édifiantes*, t. VII, p. 148. Paris, 1809.

De là vient, chez les Michabous, l'usage constant
de brûler les cadavres de tous ceux qui appartiennent
à leur clan. Au contraire, les deux autres tribus de la
nation ottawa, à savoir celle de *Namépich* ou de la
carpe et celle de *Machova* ou de l'ours, ont l'habitude
d'ensevelir leurs morts.

Signalons ce fait important que dans les légendes
dont il vient d'être question (sauf la dernière, qui a
pu être altérée soit par les Indiens eux-mêmes, soit
par les Européens, qui nous la font connaître), on
parle toujours de trois voyages entrepris par autant
d'animaux différents. Ce trait est caractéristique et
nous pouvons le considérer comme incontestablement
empreint d'archaïsme. Les Wogoules mentionnent
également les trois tentatives d'Elempi, et dans la
Bible, nous voyons le même nombre de voyages
entrepris, tant par le corbeau que par la colombe. Il
est vrai que, dans ces deux derniers récits, deux
volatiles figurent seuls, et cette dernière particularité
mérite certainement d'être tenue pour primitive.

En Amérique, la légende en question semble
avoir, à l'origine du moins, été propre à la race
algique, tout aussi bien que le culte de Messou ou
de Michapou. Par la suite des temps, elle fut transmise d'une façon plus ou moins complète, plus ou
moins détaillée à des peuplades d'origine différentes.
Les Indiens *Côtes de chiens* ou *Flats dogs ribes* des
rives du Mackensie sont la seule tribu de race
athabaskane ou denné-dindjié possédant, à notre
connaissance, une tradition analogue. Sans doute,

ils l'auront reçue de leurs voisins du Sud. Encore
entremêlent-ils le récit du déluge avec celui de la
création. Suivant ces Indiens, Tchaëpiwich, leur
premier ancêtre, dut monter en canot pour échapper
à l'invasion des eaux. Il avait eu soin de prendre
avec lui des animaux et des oiseaux de toute espèce.
L'eau séjournait depuis bien des jours sur la terre
lorsque Tchaëpiwich s'écria : « Cela ne peut durer
de la sorte, nous devons retrouver la terre! » Et il
envoya un castor chercher du limon. Le castor se
noya et l'on vit flotter son corps à la surface de la
mer. Alors le navigateur fit sortir le rat musqué. Ce
deuxième messager resta longtemps absent. Il
revint, enfin, presque mort de fatigue, tenant une
petite motte entre ses pattes. A cette vue, Tchaëpiwich se réjouit ; il soigna d'abord son fidèle serviteur,
le caressa doucement, le réchauffa dans son sein
jusqu'à ce qu'il fût entièrement rétabli. Le héros prit
ensuite la terre et, façonnée entre ses doigts, la posa
sur l'eau, où elle grandit de manière à former une
île immense[1].

A mesure que nous avançons plus vers le sud, le
souvenir de ce récit cosmogonique tend de plus en
plus à s'effacer, et nous n'avons pu en constater que
des vestiges au sein des races de la Nouvelle-
Espagne. Il était toutefois connu de certaines tribus
du midi des États-Unis, lesquelles, sans aucun
doute, doivent l'avoir reçue de leurs voisins du Nord.

1. *Revue américaine*, 2ᵉ série, n° 2, p. 19; *le Déluge d'après les
traditions indiennes de l'Amérique du Nord*. Paris, 1864.

Ainsi, trois ou quatre vieillards, chargés du dépôt des traditions religieuses des *Kapawassou-Arkansas* (territoire de l'Arkansas), firent aux missionnaires le récit suivant :

« Du temps où toute la terre était inondée, un dieu vêtu de blanc et portant un petit sac de tabac sur l'épaule vint tirer les hommes de l'abîme, puis il se mit à leur tête pour chercher un asile. La terre était toute couverte de ténèbres. Le castor ayant plongé, rapporta du limon. C'était le symbole de la nouvelle patrie qu'ils devaient habiter. Ensuite, un aigle blanc arriva, tenant au bec un rameau vert. Le divin vieillard quitta alors ses compagnons, après leur avoir donné divers conseils. Le pays où arrivèrent les fugitifs était situé au nord et très froid. La tribu s'étant ensuite décidée à l'émigration se dirigea de plus en plus vers le sud. C'est là qu'elle s'établit à la suite de grands combats. Si les Arkansas voient un aigle voler dans les airs, pendant qu'ils préparent une expédition de guerre ou de chasse, ils s'arrêtent aussitôt. Les mêmes sauvages auraient, dit-on, mais cela paraît plus douteux, également conservé le souvenir de la confusion des langues[1]. »

Le divin guide qui dirige les Indiens vers une nouvelle patrie et leur enseigne les éléments de l'agriculture ne serait-il pas une forme du *Quezuga* des Chicoréens, peuple habitant au sud-est des

---

1. *Annales de la Propagation de la foi*, 2ᵉ année, p. 383-384.

États-Unis, sur les bords de la mer des Antilles[1]? Ce *Quezuga*, représenté comme boiteux, était le roi du séjour des bienheureux, situé vers le midi. C'est là que les âmes passaient leur temps à chanter, à danser et à faire l'amour. Quezuga, enfin, n'est, suivant toutes les apparences, autre chose que le premier *Quetzalcoatl* des Mexicains, mais passé de l'état de demi-dieu, de héros civilisateur à celui d'habitant de l'Olympe. Quetzalcoatl, on le sait, nous est repré-comme ayant colonisé les rivages du sud-est de la Nouvelle-Espagne, et c'est lui qui serait allé chercher dans le Tonacatépetl[2], litt. « Montagne de notre subsistance, de notre chair », les graines alimen-taires nécessaires à la nourriture de l'homme. Il convient de se souvenir que ce héros, tout comme le vieillard de la légende Kapawassou, après avoir établi ses compagnons dans leur nouvelle patrie, les quitte, mais en annonçant son retour[3]. Cette circons-tance des hommes retirés de l'abîme nous semble fort importante parce que nous y retrouvons comme le reflet d'une croyance répandue chez une foule de tribus américaines, à savoir que notre race avait primitivement habité soit le fond d'un lac, soit les entrailles de la terre. Ainsi, les Iroquois, au dire de Pyrlœus, rapportent que leurs aïeux menaient jadis une existence souterraine et ne pouvaient jouir de la

1. Gomara. *Histoire générale des Indes occidentales* (trad. de Fumée), chap. XLIII, p. 4. Paris, 1569.
2. *Codex chimalpopoca.* (Voy. *Recherches sur les ruines de Palen-qué*, chap. III, p. 40 et suiv.)
3. *Lettres de Fernand Cortez*, édition de M. Vallée, p. 71. Paris, 1879.

vue du soleil. Tout le gibier servant à leur nourriture
consistait en taupes qu'ils étaient obligés de tuer avec
leurs mains. Par un heureux hasard, Ganawagehha
trouva une issue qui lui permit d'arriver à la surface
du sol. Là, il rencontra un daim mort, le coupa en
morceaux et, ayant emporté la viande avec lui dans
les profondeurs du sol, il en fit goûter à ses compagnons. Ceux-ci la trouvèrent excellente. Aussi,
lorsque Ganawagehha leur eut dépeint la beauté de
ce monde supérieur, éclairé de la lumière du soleil,
les mères résolurent de quitter leur ancien séjour
avec toutes leurs familles et de monter à la surface.
C'est depuis ce moment que l'on commença à cultiver
le maïs et les autres végétaux. Une seule créature
se refusa à suivre ses compagnons et resta dans sa
ténébreuse patrie, c'était *Nocharauoront* ou le blai-
reau[1]. L'existence d'une tradition fort analogue a été
signalée déjà chez les Chahtas du sud des États-Unis,
les Mandanes, les Minétaries, et jusque chez les Mundurucus des rives de l'Orénoque. Nous en avons déjà
parlé assez au long dans un précédent travail pour
n'avoir point à y revenir ici[2].

Enfin, quant à la couleur blanche de l'aigle qui
apporte le rameau, on sait que c'était la couleur pacifique par excellence, et opposée au rouge, symbole
de la guerre et du sang versé[3]. L'aigle lui-même

1. Pyrlœus. *Affixa nominum*, etc. *Linguæ maquaicæ.* (Manuscrit de
la Bibliothèque de la *Société américaine de Philosophie*, à Philadelphie.)
2. *De l'origine souterraine de l'espèce humaine, d'après diverses
légendes américaines*, p. 226 et suiv. de la Mélusine. Paris, 1878.
3. *Le Mythe d'Imos*, p. 76 et suiv. — M. D. Brinton, *The national
Legend of the Chahta — Maskokee tribes.* New-York, 1870.

était considéré par beaucoup de tribus comme un oiseau sacré. C'est ce qui explique le rôle que nous lui voyons jouer dans bien des légendes [1], et pourquoi, notamment ici, il pourrait avoir été substitué à quelque volatile d'humeur plus pacifique, tel que la colombe ou même le corbeau.

L'on sait, au reste, que les légendes et traditions des races du Nord ne se rencontrent chez les populations de la Nouvelle-Espagne que sous une forme bien altérée. Nous en verrons plus loin une preuve dans le nom de *Chicomoztoc* ou de « sept grottes » donné par les Mexicains à une région qu'ils regardaient comme le berceau primitif de leur race. Il renferme, sans aucun doute, une allusion à cette croyance, en vigueur chez beaucoup de peuplades de l'ouest des États-Unis, que l'humanité était sortie des entrailles du sol. Or, cette même croyance semble avoir été mise en oubli par les habitants de la vallée d'Anahuac, lesquels assignaient plutôt une origine céleste à l'espèce humaine [1].

De même, pour le point qui nous occupe en ce moment. D'après le codex Fuenleal, le rôle attribué par les Canadiens au rat musqué se trouve dévolu à un reptile ou poisson mythique. Nous voulons parler du *Cipactli*, que l'on a voulu assimiler soit au caïman, soit à l'espadon ou poisson-scie et qui, dans le dessin publié par de Humboldt, figure sous les traits d'un ser-

1. M. D. Brinton, *The Myths of the New World*, chap. IV, p. 105 et suiv.

pent du corps duquel sortent des pointes de flèches ou
d'obsidienne. Le codex dont nous venons de parler
déclare qu'à l'origine les dieux avaient créé treize
cieux et, au-dessous d'eux, l'eau primordiale dans
laquelle vivait ce dit Cipactli. Ce monstre marin aurait rapporté du fond de l'abîme la vase et le limon
qui servirent à fabriquer le sol à la surface duquel
nous vivons. Aussi, dans les peintures mexicaines,
la terre est-elle représentée comme supportée par un
gros poisson. Rappelons, à ce propos, le rôle analogue
assigné à la tortue dans les traditions iroquoise et
indoue.

Ce signe du monstre marin, d'après l'interprétation d'un savant américaniste, figurerait le commencement matériel de l'existence, les débuts de la vie
sur terre aussi bien que dans l'individu. Nous voyons
ici comment le symbole mexicain est sorti de ce qui
constituait une légende véritable chez les Indiens du
Canada.

On a beaucoup discuté sur l'origine du nom de
Cipactli. Pour Veytia, c'est celui que portait l'*espadon* ou poisson-scie en langue mexicaine[1]. Mais cet
animal, propre aux mers du Nord, a-t-il jamais fréquenté les eaux des Antilles? Botturini y voyait
l'équivalent de « premier père », le regardant comme
composé des termes mexicains *cé* « un », *ipan* « sur,
dessus » et *tlati* « père ». Le *Cipactli* serait donc, en

---

1. Veytia, *Historia antigua de Mejico*, t. I, cap. VII, p. 79, et cap. IX,
p. 95. Mejico, 1836.

quelque sorte, l'Adam de ces peuples. M. Brinton le
regarde comme composé des mots *ce* « un, entier,
totalement », et *patia* « liquéfier, se liquéfier, se transformer en eau ». Le sens véritable de ce terme serait
donc celui de « complètement liquéfié, devenu eau ».
Il ferait allusion à la période primordiale pendant
laquelle la surface de la terre était tout entière cachée par l'Océan.

Tout ceci nous explique pourquoi le premier jour
du calendrier mexicain, portant le nom de *Cipactli*,
se trouve caractérisé par l'hiéroglyphe de cet animal
fantastique [1]. Les peuples du Mexique furent évidemment contraints à remplacer par une sorte de reptile plus ou moins semblable au caïman, qui vivait
dans les fleuves de leur pays, le rat musqué ou le
castor, quadrupèdes qui lui sont absolument étrangers. Quoi qu'il en soit, ce même *Cipactli* aurait été
employé dans les calculs des astrologues comme emblème de la conception, de la formation du corps qui
précède l'apparition de l'âme, du souffle vital. Ajoutons que les noms assignés au jour initial du mois,
chez les diverses populations du Mexique et de
l'Amérique centrale, semblent bien se rattacher aux
mêmes idées symboliques. Ainsi, il est appelé *imox*
en quiché, *imix* en maya. Nous avions d'abord cru
devoir expliquer cette dernière forme par une appli-
cation des principes régissant l'écho vocalique dans

1. M. D. G. Brinton, *The native Calender of Central America and
Mexico*, p. 52. Extrait des *Proceedings of the American philosophical
Society*, vol. XXXI.

l'idiome yucatèque. Pio Perez voulait, mais à tort, évidemment, voir dans ce terme une transposition de *ixim* « maïs ». M. le Dr Seller, d'accord en cela avec M. le Dr Schellhas, préférerait en faire un dérivé du terme *im*, signifiant « mamelle » et rappelant, par suite, une idée d'abondance, de productivité.

M. le Dr Brinton croit plutôt le devoir rattacher au *mex, meex* du maya, qui s'applique, sans doute, à une sorte de poulpe ou de seiche (un *pescado que tiene muchos brazos*). Le sens véritable du mot aurait primitivement été celui de « barbe » et par suite de « rayon », ainsi que tendrait à le démontrer le composé *u mex kin* « les rayons », *id est* « la barbe du soleil ». Quant à la transformation du *e* en *i*, ce n'est pas, sans doute, un phénomène très rare en maya.

D'après notre auteur, le nom de *Chilla* ou *Pichilla* donné à ce même jour en zapotèque pourrait être considéré comme une simple altération de *bichilla-beoo*, sorte de lézard d'eau. On voit, en effet, l'analogie que présentent, du moins quant au sens, les appellations des jours du mois chez la plupart des populations faisant l'usage du calendrier dit *Toltèque*[1].

Voici la légende recueillie par M. Vahylevicz chez les paysans de la Gallicie.

1. M. le Dr Brinton, *The native Calender*, p. 22 et 23.

« Quand il n'y avait pas de commencement du monde, »
« Alors il n'y avait ni ciel ni terre. »
« Seulement, il y avait une mer bleue ; »
« Et au centre de la mer, un frêne verdoyant. »
« Sur le chêne perchent trois colombes » ;
« Les trois colombes se consultent l'une l'autre. »
« Elles délibèrent en conseil comment ourdir le monde. »
« Descendons au fond de la mer. »
« Extrayons-en du sable menu ; nous le sèmerons ; »
« Ainsi, une terre noire se fera pour nous, »
« Le Ciel clair et un soleil brillant. »
« Le soleil brillant, une lune claire (*yaçna*), »
« La lune claire et une aurore claire, »
« L'aurore claire, les étoiles mignonnes[1]. »

Toujours apparaît ici le caractère symbolique du nombre *trois*, c'est celui des colombes qui entreprennent de créer l'univers. C'est l'équivalent des trois voyages d'Elempi et des oiseaux lâchés par Noé. Nous remarquerons que les colombes du conte gallicien jouent un rôle plus important encore au point de vue cosmogonique que celui d'aucun des personnages humains ou animaux dont il a été question plus haut. Ce n'est pas seulement la terre qu'elles entreprennent de former, mais les corps célestes. Ne sont-elles pas, après tout, les représentants du dieu solaire des légendes wogoule et algique, de Numi-Tàrom et de Messou ?

M. Chodzko entreprend de signaler quelques concordances entre ce petit poème et certains pas-

1. M. A. Chodzko, *Contes des paysans et des pâtres slaves*, p. 374. Paris, 1864. — M. Novosielski, *Lud Ukraïnski*, 1857.

sages des **Védas.** Que l'on puisse trouver plusieurs
coïncidences dans des points de détails, nous ne le
contesterons pas absolument, et encore nous sem-
blent-elles bien vagues. Ce qui est certain, c'est que la
légende gallicienne n'a point une origine védique.
Elle aura, sans doute, été transmise aux populations
slaves par les tribus ongro-finnoises avec lesquelles
elles se sont longtemps trouvées en contact.

M. Athanasiev a recueilli, en Gallicie également,
une version de la même légende qui ne diffère de la
précédente que par quelques détails[1]. La voici :

« Autrefois il n'y avait ni le ciel ni la terre, »
« Ni le ciel ni la terre n'existaient non plus, »
« Seulement il y avait une mer bleue, »
« Et, au centre de la mer, s'élevaient deux chênes. »
« Deux colombes y descendirent, »
« Deux colombes perchèrent sur deux chênes, »
« Et elles se mirent à délibérer entre elles ; »
« A délibérer et à dire : »
« Comment faire pour créer le monde ? »
« Allons jusqu'au fond de la mer ; »
« Apportons-en du sable fin, »
« Du sable fin et de la pierre bleue ; »
« Du sable fin (seront produits) la terre noire, »
« Les eaux fraîches, le gazon verdoyant ; »
« De la pierre bleue, le ciel azuré, le soleil lumineux, »
« Le soleil lumineux, la lune claire, »
« La lune claire et toutes les étoiles. »

1. Athanasiev, *Poët-Vozr*, vol. III, p. 738. Moscou, 1872. — A.
Chodzko, *les Chants historiques de l'Ukraine*, p. 4. Paris, 1879. —
M. L. Léger, *Esquisse sommaire de Mythologie slave*, p. 12. Extrait
de la *Revue de l'histoire des religions*. Paris, 1882.

Les différences de détail qui se manifestent entre ces deux versions d'un même chant, bien qu'assez peu importantes en apparence, n'en méritent pas moins d'être signalées. La seconde est évidemment un peu moins archaïque que la première. Ainsi, le nombre trois, qui joue dans celle-ci un rôle considérable, aussi bien que dans les traditions algique et wogoule, se trouve remplacé par le nombre deux. Remarquons que les chansons galliciennes, tout comme le récit bulgare dont il va être question tout à l'heure, mentionnent non seulement le sable, mais encore la pierre d'or ou la pierre bleue ou le silex, comme servant à la confection de l'univers. C'est avec le sable qu'est formée la terre. La pierre, par contre, se trouve employée pour la création, soit des astres et des cieux, soit des puissances angéliques et célestes. Rien de pareil ne se manifeste dans les autres versions de la légende en question. En tout cas, si certaines variantes en ont pu être signalées, comme on l'affirme, chez les Serbes, Bulgares et Monténégrins, l'on verra, par la suite de ce travail, qu'elle n'est, sans doute, pas d'origine réellement slave.

Maintenant, nous rencontrerons le même récit chez les Bulgares, mais avec une physionomie fort originale.

Il nous a été conservé dans un de ces écrits déclarés apocryphes par le Synode de Russie. Nous en devons la traduction au savant et regretté M. A. Chodzko : « Et le Seigneur Dieu, ajoute l'apocryphe,

« descendit sur la mer... et il vit un cormoran (*gogol*)
« qui nageait et qui n'était autre que Satan en per-
« sonne, fouillant le limon maritime. Et le Seigneur
« dit à Satanaël, comme s'il ne le reconnaissait pas :
« Quel homme est-ce ? » Et Satan lui dit : « Je suis
« Dieu. » — « Comment donc m'appelleras-tu, moi ? »
« Et Satan répondit : « Tu es le Dieu des dieux et le
« Seigneur des seigneurs. » Si Satan n'avait pas
« répondu ainsi au Seigneur, le Seigneur l'aurait
« écrasé lui-même sur la mer de Tibériade. »

« Et le Seigneur dit à Satanaël : « Plonge dans la
« mer et apporte-m'en du sable et un silex. » Sata-
« naël obéit au Seigneur, et il plongea dans la mer,
« et il en rapporta du sable et une pierre à fusil. Et
« le Seigneur dispersa (ce sable) sur la surface de la
« mer de Tibériade en disant : « Que la terre soit
« grasse (fertile) et spacieuse. » Et le Seigneur prit
« le silex et le cassa en deux, en garda une moitié
« dans sa main droite pour son propre usage, et
« donna l'autre moitié, qu'il tenait dans sa main
« gauche, à Satanaël. » Et Dieu prit du sable et se
« mit à battre (faire jaillir) des étincelles du silex,
« et le Seigneur dit : « Envolez-vous, anges et ar-
« changes, et toutes les puissances célestes, selon
« l'image et selon la ressemblance. » Et les étincel-
« les avec du feu commencèrent à jaillir de ce
« silex, et le Seigneur créa les anges, les archanges
« et tous les neuf rangs (ordres des esprits
« célestes). »

« Satanaël voyant que Dieu le traitait avec hon-

4

« neur s'enorgueillit et voulut devenir semblable à
« Dieu le Très-Haut. Alors Dieu ordonne à l'ar-
« change de » précipiter (de haut en bas) la puis-
« sance non droite (perverse), etc., etc. [1].

Signalons, en passant, ce trait des esprits angéliques créés par la brisure d'un silex. Nous avons sans
doute affaire ici à une légende fort ancienne et à
laquelle les Bulgares, après leur conversion, auront
donné tant bien que mal une physionomie chrétienne.
Elle rappelle d'une façon étrange, l'histoire de la
déesse Citlalicuyé enfantant, elle aussi, d'après la
mythologie mexicaine, un caillou qui, en se brisant,
donne naissance à une multitude de dieux [2]. La ressemblance nous semble si étroite entre les deux récits
que nous serions tentés de les faire dériver l'un et
l'autre d'une source commune.

Enfin un dernier écho de cette légende paraît se
retrouver, quoique bien effacé, jusque chez les *Yézidis* des régions occidentales de la Turquie d'Asie.
D'après ces sectaires, Dieu se tint pendant des
siècles, revêtu d'une forme d'oiseau, au milieu de
l'Océan. C'est dans un accès de colère qu'il aurait
créé le monde [3].

---

1. Pyrine, *Coup d'œil sur l'histoire des littératures slaves*, p. 71.
Moscou, 1875. — *La Cosmogonie algique*, p. 268 et 269 du *Congrès
international des Américanistes de Bruxelles* de 1879. 2e volume,
Bruxelles).
2. Mendieta, *Historia eclesiastica indiana*, lib. II, p. 76 et 77.
Mexico, 1870.
3. M. Y. Ménant, *les Yézidis*, p. 381 de la *Revue des religions*.
Juillet et août 1893.

Écoutons, maintenant, ce que racontent les Mantras, considérés d'ordinaire comme les aborigènes de la péninsule de Malakka et qui vivent dans les forêts, non loin de la ville de ce nom.

« *Allah - Touhhan - Alah*, litt. « Seigneur Dieu,
« l'Esprit tout-puissant, créateur et infiniment bon,
« créa l'esprit appelé *Radjah Brahil*, le roi Brahil,
« qui est le second après le Tout-Puissant et a auto-
« rité sur les hommes. Radjah-Brahil créa dans les
« cieux Adam et Haova, le premier couple humain,
« les animaux et les plantes ; ces deux êtres eurent
« 6,666 enfants, et Radjah Brahil représenta au Tout-
« Puissant que l'espace du ciel qu'il avait désigné
« était désormais devenu trop petit pour les contenir
« tous. Dieu ordonna à Radjah-Brahil de créer un
« monde, et comme il n'y a, disent nos sauvages, que
« Dieu qui puisse faire quelque chose de rien, il
« donna à Radjah-Brahil l'essence d'un monde de
« la grosseur d'une noix d'arèque ; Radjah-Brahil
« l'ayant prise, dit : *Koun laouahat hou semat semat*
« *balita djadioan alah alah tindiri sindiri nia*, et le
« monde fut agrandi, *Koumbang lah djadi*. Dieu
« ayant ordonné ensuite à l'oiseau *Simerani* d'aller
« examiner l'univers, Simerani, de ses ailes rapides,
« franchit l'espace éthéré, se reposa sur la terre
« molle, examina tout et regagna les cieux. Radjah-
« Brahil, à son tour, étant descendu, contempla son
« ouvrage, l'admira, et remonta au ciel ; puis, par son
« ordre, les poissons, les plantes, les animaux des-
« cendirent tour à tour du ciel. L'homme seul avait

« multiplié et Radja-Brahil avait créé seulement
« une paire de chaque espèce de tout ce qui se
« produisit. C'est à cette époque, sans doute, qu'il
« faut, suivant d'autres traditions, fixer la descente du
« premier Batin ou chef et de son épouse, qui,
« épris des beautés des rives du Djohore, y fixèrent
« leur résidence [1]. »

D'après une autre légende, les Mantras se croient
descendants de deux singes blancs (*dunka pouteh*)
qui vinrent avec leurs petits dans les plaines et s'y
perfectionnèrent tellement que leurs descendants
devinrent des hommes, tandis que ceux de leur race
qui restèrent dans les montagnes continuèrent à
être des singes.

Le récit Mantra contient beaucoup de traces d'emprunts faits au Coran et aux traditions islamiques.
Cela n'a rien de bien étonnant, puisque le peuple
dont nous venons de parler se trouve depuis longtemps en relation avec les Malais musulmans. On
peut citer, comme preuve desdits emprunts, le nom
de *Alah*, donné à l'être suprême, ceux de *Adam* et
Haova. L'oiseau *Simerani* n'est autre chose, à notre
avis, que le *Simourg* des traditions *arabes* et *per-
sanes*. On le considérait comme l'emblème de la
sagesse et le prince des volatiles [2].

---

1. M. F. de Castelnau, *Mémoire sur les Mantras*, dans la *Revue de
Philologie et d'Ethnographie*, t. II, p. 132 et suiv.
2. G. de Tassy, *la Poésie philosophique et religieuse chez les
Persans*. Paris, 1860.

L'opinion qui veut que le premier couple humain ainsi que les premiers animaux soient descendus du ciel n'est pas, comme on pourrait le croire, spéciale aux Mantras. On la retrouve en bien des régions diverses. Les Kabbalistes prétendent qu'Adam et Ève ont été chassés du Paradis céleste et confinés dans l'Eden grossier et terrestre en punition de la faute originelle [1]. Suivant les Iroquois, un des six hommes d'abord créés par *Néo*, le ciel personnifié, s'éprit d'*Ataënsic*, l'épouse de ce dieu, sitôt après l'avoir vue. *Atahocan*, la mère de *Néo*, ayant eu connaissance de la chose et jugeant sa belle-fille coupable, au moins, sans doute, de coquetterie, chassa Ataënsic et la renvoya du ciel sur la terre. Ataënsic tomba sur le dos d'une grande tortue qui flottait sur les eaux et y enfanta deux jumeaux, dont l'un est *Inigorio*, ou le bon esprit, et l'autre l'esprit mauvais. Nous voyons ici une preuve bien évidente de tendance au dualisme, car ces deux génies, égaux en puissance, ne cessent de se disputer l'empire du monde. Quoi qu'il en soit, la tortue, en s'étendant de plus en plus, finit par devenir la terre. Ataënsic donna, par la suite, le jour à une fille, laquelle fut elle-même mère de deux fils, *Yoskéka* ou *Youskéka* et *Thoitsason*. Après que *Yoskéka* eut tué son frère, Ataënsic lui assigna l'empire du monde. L'on considère Ataënsic comme la personnification de la lune et Yoskéka comme celle du soleil. La mythologie

---

1. M. Pierre Nommès, *Mélanges sur la Kabbale* dans le vol. XI des *Actes de la Société philologique*. Paris, 1882.

iroquoise, tout comme celle des anciens Phrygiens [1], reconnaît donc la supériorité de l'astre des nuits sur celui du jour et, par suite, accuse des tendances gynécocratiques [2]. Quant à la tortue, si les légendes indoues, nous le verrons plus loin, ne la confondent pas avec notre globe terrestre, du moins elles font de Wischnou, déguisé en cet animal, le support de notre monde ; point de ressemblance important à indiquer.

Selon les bardes et les triades celtiques, un dragon ou un castor noir rompit la digue qui entourait la terre et qui retenait les eaux. Heureusement, les dieux du bien, protecteurs des tribus de Bryt, avaient, pour labourer leurs champs, un taureau et une vache d'une force divine. Ils attelèrent ces deux bonnes bêtes à la terre et elles la remirent en place. La vache mourut de fatigue, mais son mâle survécut [3].

M. Monin soupçonne, bien que la tradition reste muette sur ce point, que les dieux dépêchèrent trois grues pour porter le taureau au ciel. « Du moins, « ajoute notre auteur, son char est au ciel, selon les « bardes, et c'est pour cela que nos paysans, au lieu

1. *Le Fils de la Vierge*, p. 309 et suiv. du *Recueil des publications de la Société havraise d'études diverses* (44ᵉ et 45ᵉ années). Le Havre, 1879.
2. H. Schoolcraft, *History of the Indians tribes*, t. I, liv. VI, p. 316 et 317. Philadelphia, 1851.
3. M. H. Monin, *Monuments des anciens idiomes gaulois*, p. 34. Paris, 1861.

« de la *Grande Ourse* disent le *Charior*, prononcia-
« tion que j'ai remarquée en Normandie et en Fran-
« che-Comté, extrémités ouest et est de la France. »
C'est ainsi que M. Monin tente de se rendre raison
de l'inscription *Tarvos Trigaranus*, du musée des
Thermes. Nous lui laissons toute la responsabilité
de son explication. Ajoutons que, dans le langage
populaire, la constellation des Pléiades est souvent
désignée du nom de *Chariot de David*, ce qui n'a
guère une physionomie gauloise.

Les Nagos ou habitants du Yoruba, dont le territoire s'étend depuis Katanga jusqu'à Ijebba, région
située sur la rive de Lagos, tout proche de la
mer de Guinée, rapportent ce qui suit concernant
leurs origines : « Quinze personnes furent en-
« voyées d'une certaine contrée, et à elles s'adjoi-
« gnit comme seizième compagnon *Okambi* (unique
« enfant), qui devint plus tard roi du Yoruba. Il
« s'offrit volontairement à eux pour les accom-
« pagner. Le personnage qui l'envoyait avait fait
« don à Okambi d'un petit morceau d'étoffe noire,
« dans lequel il y avait quelque chose de renfermé ;
« d'un serviteur et d'un trompette. Le nom de
« ce trompette était *Okinkin*. En pénétrant dans
« cette région inconnue, les voyageurs remarquèrent
« une vaste étendue d'eau qu'ils étaient obligés de
« traverser. A peine furent-ils arrivés sur ses bords,
« Okinkin, le trompette, fit ressouvenir Okambi de la
« petite pièce d'étoffe qu'il possédait, en sonnant de
« son instrument, suivant les instructions que lui

« avaient données le personnage qui avait envoyé
« son maître en voyage. A peine eût-on ouvert le
« morceau d'étoffe qu'il s'en échappa une noix de
« palmier avec un peu de terre, lesquels tombèrent
« dans l'eau. Aussitôt, de la noix sortit un arbre
« muni de seize branches. Fatigués de leur longue
« marche dans l'eau, les voyageurs s'estimèrent fort
« heureux de ce qui venait de se produire. Étant
« grimpés à l'arbre, ils s'assirent sur ses branches
« jusqu'à ce qu'ils se sentissent bien reposés, puis
« se disposèrent à continuer leur pérégrination.
« Toutefois, grande était leur inquiétude, car ils
« ne savaient point dans quelle direction aller.
« C'est alors qu'un certain personnage du nom
« d'Okikisi, jetant les yeux sur la région qu'ils
« quittaient, rappela le trompette Okinkin à son
« devoir. Celui-ci recommença sa sonnerie, et
« Okambi ouvrit de nouveau, comme il l'avait déjà
« fait, son manteau d'étoffe noire. Aussitôt, un
« peu de terre étant tombée dans l'eau forma une
« sorte de petite éminence. La poule donnée à
« Okambi s'empressa d'y accourir et se mit à épar-
« piller la terre. Chaque fois qu'une parcelle de
« cette terre touchait l'eau, celle-ci disparaissait à
« l'instant pour faire place au sol. Okambi, alors,
« descendant de son arbre, ordonna à son ser-
« viteur *Tetu*, ainsi qu'à son trompette, de des-
« cendre avec lui. Les autres voyageurs deman-
« dèrent la permission d'en faire autant, mais
« Okambi ne consentit à faire droit à leur requête
« qu'après qu'ils eurent promis de lui payer, à cer-

« taines époques déterminées, une taxe de 200 cau-
« ries par personne.

« Tels furent les commencements du royaume de
« Yoruba, plus tard appelé Ifé. De là partirent trois
« frères à la découverte d'une contrée meilleure.
« Avant de quitter le Yoruba, ils chargèrent un
« esclave du nom de Adimu, litt. « celui qui tient
« bon », de gouverner le pays en leur absence[1].

Le récit s'écarte notablement des précédents et l'on
pourrait se demander s'il a réellement une commu-
nauté d'origine avec eux. Nous tiendrons volontiers,
quant à nous, pour l'affirmative, à cause précisément
de l'épisode de la poule qui joue ici le même rôle que
le rat musqué dans l'histoire de Messou.

Quoi qu'il en soit, il ne faut point s'étonner qu'un
peuple géographiquement aussi isolé que les Nagos
ait fait subir à la donnée primordiale des modifications considérables.

II

VERSION OCÉANIQUE

Nous voici arrivés à la deuxième partie de notre
travail. Cette seconde version, ainsi qu'il a été dit, se
retrouve spécialement chez les insulaires du Grand

---

1. M. Crowther, *A Grammar of the Yoruba language* (*Introduc-
tory remarks*). — M. l'abbé Bouche, *Étude sur les Nagos*, dans la
Revue *le Contemporain*, décembre 1874.

Océan et nous présente l'Univers comme ayant été
extrait des eaux, non point au moyen d'animaux
plongeurs, mais grâce à l'emploi d'engins de pêche
ou d'un instrument quelconque.

« Au commencement du monde, nous disent les
« Japonais, *Isanagi-no Mikotto*, le plus illustre des
« sept esprits célestes qu'ils placent en tête de leur
« fabuleuse chronologie, remua le Chaos ou la masse
« confuse de la terre avec un bâton. Lorsqu'il le
« retira, il en tomba une écume bourbeuse qui, se
« condensant et s'agglomérant, forma l'archipel
« du Japon[1]. » En souvenir de cet événement, une
« des îles qui le composent, porte aujourd'hui
encore le nom *Avadzi-Sima*, litt. « Ile de la terre
d'écume ».

Ce récit semblera peut-être difficile à concilier avec
la tradition qui nous représente *Isanami*, l'épouse
d'*Isanagi-no Mikotto*, comme ayant produit non
seulement les plantes et les animaux, mais encore
les îles et les montagnes. Cette *Isanami* semble bien
l'équivalent de l'épouse d'Elempi et surtout de la
vierge de l'air des traditions finnoises. Mais il ne
faut pas chercher trop de logique dans la mythologie,
spécialement dans celle du Japon, qui résulte d'un
mélange de traditions indigènes avec celles de la
Chine.

---

1. E. Kaempfer, *Histoire naturelle, civile et ecclésiastique de
l'Empire du Japon* (trad. française de J.-G. Scheuzer), liv. I, ch. IV,
t. I, p. 94. Amsterdam, 1732.

Écoutons maintenant ce que vont nous dire les insulaires de l'archipel Tonganais.

Un jour que Tongaloa, dieu des arts et des inventions (le Mercure de l'archipel Tonganais), pêchait du haut du ciel dans le Grand Océan, il sentit un poids extraordinaire au bout de sa ligne. Croyant avoir pris un immense poisson, il se mit à tirer de toutes ses forces. Bientôt parurent au-dessus de l'eau plusieurs rochers, qui augmentaient en nombre et en étendue, en proportion des efforts que faisait le dieu. Le fond rocheux de l'Océan s'élevait rapidement et eut fini par former un vaste continent, quand, par malheur, la ligne de Tongaloa se rompit ; ce qui fit que les îles Tonga restèrent seules à la surface de la mer. On montre encore à Hounga le rocher auquel le hameçon de Tongaloa s'accrocha. Ce hameçon fut remis à la famille de Touï-Tonga, qui le perdit, il y a environ un siècle, lors de l'incendie de sa maison.

Tongaloa ayant ainsi découvert la terre la couvrit d'herbes et d'animaux semblables à ceux de Bolotou (le Paradis terrestre, le lieu d'origine des Tonganais et la résidence de leurs dieux, situés au nord-ouest de l'archipel de Tonga), mais d'une espèce plus petite et périssable. Voulant aussi la peupler d'êtres intelligents, il dit à ses deux fils :

« Prenez avec vous deux femmes, et allez vous « établir à Tonga.

« Divisez la terre en deux et habitez séparément. « Ils s'en allèrent.

« Le nom de l'aîné était *Toubo;* celui du cadet
« *Vaka-Ako-Ouli.*

. « Le cadet était fort habile. Le premier, il fit des
« haches, des colliers de verre, des étoffes de Papa-
« langui et des miroirs.

« Toubo était bien différent : c'était un fainéant.

« Il ne faisait que se promener, dormir et
« convoiter les ouvrages de son frère.

« Ennuyé de les demander, il pensa à le tuer, et
« se cacha pour cette mauvaise action.

« Il rencontra, un jour, son frère qui se pro-
« menait, et l'assomma.

« Alors leur père arriva de Bolotou, enflammé
« de colère.

« Puis, il lui demanda : « Pourquoi as-tu tué ton
« frère?

« Ne pouvais-tu pas travailler comme lui? Fuis,
« malheureux, fuis !

« Dis à la famille de Vaka-Ako-Ouli, dis-lui de
« venir ici.

« Ceux-ci vinrent et Tongaloa leur adressa ses
« ordres.

« Allez et lancez des pirogues à la mer; faites
« route à l'est, vers la grande terre et restez là.

. « Votre peau sera blanche comme votre âme, car
« votre âme est belle.

« Vous serez habiles; vous ferez des haches,
« toutes sortes de bonnes choses et de grandes
« pirogues.

« En même temps, je dirai au vent de toujours
« souffler de votre terre vers Tonga.

« Et ils ne pourront venir vers vous avec leurs
« mauvaises pirogues.

« Puis, Tongaloa parla ainsi au fils aîné : Vous
« serez noir, car votre âme est mauvaise et vous
« serez dépourvu de tout.

« Vous n'aurez point de bonnes choses; vous
« n'irez point à la terre de votre frère. Comment
« pourriez-vous y aller avec vos mauvaises pi-
« rogues?

« Mais votre frère viendra quelquefois à Tonga
« pour commercer avec vous [1]. »

Nous n'insisterons pas sur l'affinité d'une partie
de la légende océanienne avec le récit biblique
concernant Abel et Caïn. A la rigueur, on pourrait
la croire d'importation chrétienne. Bien que des
vieillards aient affirmé à Mariner que l'histoire de
Vaka-Ako-Ouli leur était expliquée dans d'anciennes
chansons, nous doutons fort qu'elle ait pris nais-

---

1. *Histoire des naturels des îles Tonga ou des amis*, par John
Martin, sur les renseignements de W. Mariner, trad. par Defau-
conpret, t. II, ch. XVIII, p. 180. Paris, 1817. — D. de Rienzi, *Océanie*
(de la collection l'*Univers*, par Firmin-Didot), t. III, p. 37 et suiv.
Paris, 1838.

sance avant l'époque où les navires européens abordèrent à Tonga.

L'on retrouve chez les noirs du Sénégal une légende[1] fort analogue, destinée à expliquer l'infériorité de la race nègre par rapport à celle des Maures et des Européens, et certainement elle n'y est pas fort ancienne. On ne doit point oublier qu'entre l'époque où Tasman découvrit l'archipel de Tonga (1643) et celle de la captivité de Mariner (1805), plusieurs navigateurs avaient abordé à Tonga. Or, l'espace d'une génération ou deux, pour des peuples ignorants de l'art d'écrire, cela ne constitue-t-il pas une antiquité reculée ? Rappelons-nous qu'à Hawaii, Cook était déjà devenu un personnage légendaire quelques années à peine après sa mort.

Du reste, pour donner plus de crédit à cette tradition relative à l'extraction de l'île de Tonga, l'on conduisit Mariner à l'endroit même où le hameçon du dieu avait mordu ; c'était le plus haut sommet du pays, assez peu élevé, du reste, au-dessus de la mer. Il formait un pic se terminant par un rocher recourbé. Le dialogue suivant s'engagea entre le grand prêtre et le naufragé anglais :

« Voici encore le hameçon, je pense que vous ne « doutez plus. — Comment une ligne peut-elle être « assez forte pour tirer toute une île du fond de la

1. M. Béranger Féraud, *les Peuplades de la Sénégambie*, ch. I, p. 32 et suiv. Paris, 1879.

« mer? — C'est que c'était la ligne d'un dieu. — Si
« c'était la ligne d'un dieu, elle n'aurait pas dû
« casser. — Sans doute, elle était très forte, mais
« elle ne l'était pas assez. »

Nous allons retrouver la même tradition à Taïti
et à la Nouvelle-Zélande, mais enrichie de certains
détails dont quelques-uns semblent offrir un vrai
caractère d'archaïsme. Bien que sa présence n'ait
point été signalée à Hawaii, nous sommes fort porté
à croire qu'elle était originairement commune à
toute la race polynésienne, alors que celle-ci ne
faisait encore qu'un seul peuple habitant l'archipel
de Samoa.

Les insulaires du groupe oriental de l'archipel
Taïtien racontaient que Taaroa, le premier des
dieux, courroucé un jour contre le monde, le
précipita dans la mer. Tout fut submergé, à l'exception de quelques *aurous* ou points saillants qui, se
maintenant au-dessus de l'eau, formèrent les îles
actuelles.

L'idée d'un pareil événement dut naturellement
être suggérée par la disposition des localités, et il
n'est pas du tout certain qu'on y retrouve le souvenir
d'une ancienne convulsion du sol ou d'une inondation.

En revanche, la tradition qui avait cours dans
tout l'ouest de l'archipel se rapproche beaucoup plus
de celle que nous venons d'étudier. Elle rapporte
que *Roua-Hatou*, le dieu des eaux, le Neptune

taïtien, dormait, un jour, au fond de la mer, sur un
lit de corail, quand un pêcheur se hasarda en ces
lieux, quoiqu'ils fussent taboués. Il jeta ses hameçons, qui s'engagèrent dans la chevelure du dieu.
Croyant avoir fait une belle capture, il tira si fort
que Roua-Hatou se trouva ramené à la surface des
eaux. « Tu vas périr, s'écria le Neptune taïtien,
furieux d'avoir été dérangé. »

— « Pardon ! pardon ! » répondit le pêcheur
épouvanté, en se jetant à ses genoux. Le dieu touché
fit grâce au coupable, mais ne voulant pas s'être mis
en colère pour rien, il résolut de passer sa mauvaise
humeur sur les îles. Un déluge fut résolu, mais,
débonnaire jusqu'au bout, il indiqua au pauvre
pêcheur un îlot de récifs nommé Toa-Marama, à
l'est de Raïatea, et qui devait servir d'asile à ce
dernier. Cet homme y alla, dit-on, avec un ami, un
cochon et un couple de poules. Ils y étaient à peine
arrivés que l'Océan commença à monter; la population des îles fuyait devant lui, mais l'Océan monta
toujours jusqu'à ce qu'elle eût péri tout entière.
Cet acte de destruction, sinon de justice, accompli,
les eaux se retirèrent. Le pêcheur revint alors avec
ses compagnons. Il fut le Noé de ce déluge. Ce qu'il
y a de plus inexplicable dans la version que nous
venons de voir, c'est que la montagne indiquée
comme l'Ararat de Taïti consiste en un écueil à fleur
d'eau. Quand on pose cette objection aux naturels,
ils répondent que cela est ainsi, et ils en donnent
pour preuve les blocs madréporiques et les coquilles

que l'on rencontre sur les cimes les plus élevées.
« Les eaux de la mer ont seules, disent-ils, pu les
porter jusque-là. »

Au reste, l'île de Raïatea semble avoir joui d'une
grande importance, en raison des souvenirs religieux
qui s'y rattachent. Là, jadis, vivaient des prophètes
dont plusieurs ont porté le nom de *Mawi*. Un de ces
hommes inspirés avait prédit que, dans les siècles à
venir, une pirogue sans balancier arriverait des
régions éloignées à Taïti. Lorsque l'on vit les
premiers navires européens, on s'écria : *Te vaha a
Mawi, te vaha ama ore*, « voilà les pirogues de
Mawi, voilà les pirogues sans balancier », et l'on
jugea la prophétie accomplie. Une autre prédiction
annonçait l'arrivée de navires sans cordages; on a
pu en voir l'accomplissement dans l'apparition du
premier bâtiment à vapeur [1].

Nous allons retrouver ce nom de *Mawi* à la
Nouvelle-Zélande. Il est appliqué non plus aux
descendants du pêcheur qui ramène le dieu à la
surface de l'eau, mais bien à la déité elle-même qui
tire l'archipel du fond des mers. Disons par parenthèse que l'épisode de la colombe semble ancien.
Bien que ne s'étant conservé que chez les Maoris, il
devait, suivant toutes les apparences, faire partie de
la légende primitive.

La légende des Maoris de l'archipel Néo-Zélandais
rapporte que le grand dieu *Mawi* ayant tué ses fils

1. D. de Rienzi, *Océanie*, t. II, p. 337 et suiv.

se servit de leurs mâchoires en guise d'hameçons.
Un jour que le dieu se livrait à la pêche, il fut
surpris du poids considérable de l'objet qui retenait
sa ligne ; ne pouvant venir à bout de cette résistance,
il appela à son aide la colombe. Celle-ci retira du
sein des eaux l'île du nord de la Nouvelle-Zélande,
appelée à cause de cette circonstance *Ika na Mawi*,
« Poisson de Mawi[1] ».

III

VERSION INDOUE

Nous ferons des traditions indoues, relatives au
sujet qui nous occupe, une catégorie ou plutôt une
version à part, à cause de leur caractère spécial,
qu'à certains égards nous pourrions qualifier du
nom de *mixte*. En effet, les Indous, dont la mythologie se compose, en grande partie, d'emprunts faits
aux croyances et traditions de tous les peuples avec
lesquels ils ont pu se trouver en contact, ne pouvaient
manquer de s'emparer de la légende en question. Ils
paraissent la posséder sous ses deux formes principales, mais ils lui ont enlevé son caractère naturaliste primitif pour lui en donner une autre plus
exclusivement hiératique et conforme à leur génie,
ainsi qu'aux exigences de leur imagination déréglée.
Bien que nous ne puissions établir, au juste, à quelle
époque la légende, sous ces deux formes principales,
a pénétré dans la péninsule indoustanique, bien

1. *Annales de la Propagation de la foi*, t. XVI (année 1844), p. 374.

certainement, elle ne saurait y être considérée
comme primitive; et une preuve décisive, entre bien
d'autres, c'est que l'on n'en trouve point de vestige
dans les Védas. Elle a été introduite dans l'histoire
des neuf *Avâtars* ou incarnations de Wischnou et
fait, pour ainsi dire, les frais des trois premières
d'entre elles.

La première métamorphose de Wischnou eut lieu
à la suite de l'enlèvement des Védas par un démon.
Ce mauvais génie, après avoir ravi les livres de la
loi aux Déwatas, chargés de sa garde, était allé
cacher ces ouvrages divins au fond de la mer. Wischnou, à la sollicitation de ces mêmes Déwatas, se
changea en poisson, plongea au fond de l'abîme et,
après avoir tué le démon ravisseur, rapporta triom-
phalement les Védas, qu'il trouva cachés dans une
coquille. Un dessin, publié par Picart, représente le
dieu sortant du poisson, dont il avait emprunté la
forme; ses deux mains droites (car il en possède
quatre) tiennent le livre des Védas ouvert et un
anneau; les deux gauches, un sabre et le coquillage
où le démon avait caché son larcin. Ajoutons que
d'après une tradition en vigueur chez les Malabares,
et non moins digne de confiance que la précédente,
les choses ne se seraient pas tout à fait passées de la
sorte, et l'honneur d'avoir rendu aux hommes les
livres saints se trouverait partagé entre Wischnou
et Brahma. Ce dernier dieu se serait plaint à Wischnou du rapt commis par le mauvais génie et aurait
réclamé l'assistance de son collègue qui, sans doute,

s'empressa de la lui accorder. Dans la gravure dont nous venons de parler, Brahma figure avec quatre bras et autant de têtes, assis sur une fleur de lotus ou de nénuphar, en face de Wischnou. C'est la première fois, remarquons-le bien, que nous voyons le poisson figurer dans notre légende. Les autres versions parlent toujours d'un animal amphibie (oiseau ou quadrupède), ce qui semble plus rationnel et indique une tradition moins éloignée du souvenir de ses origines.

La seconde fois que Wischnou s'incarna, ce fut en tortue, et voici à quelle occasion : les dieux, aussi bien que les *Asouras* ou géants, voulaient manger l'*Amritam* ou nourriture d'immortalité, espèce de beurre délicieux qui se trouve dans l'une des sept mers de la géographie fantastique de l'Inde, dite « mer de lait ».

Sur le conseil de Wischnou, ils prirent, en guise de manche de baratte, la montagne d'or désignée sous le nom de mont *Mandâlagiri*. Ils l'entourèrent du serpent *Ati-Sécha* dont les cent ou, suivant d'autres, les mille têtes servent de support aux quatorze mondes qui composent l'univers. Tirant ce reptile, les uns par la tête, les autres par la queue, dieux et géants firent tourner la montagne avec rapidité, de façon à transformer le lait de l'Océan en beurre. Ati-Sécha, ainsi tiraillé en sens opposés, ne put supporter la violence du mouvement qu'on lui imprimait. Son corps se mit à frissonner, ses mille bouches tremblantes firent retentir le monde de leurs

sifflements; de ses yeux on vit sortir un torrent de
flammes, ses mille langues noires et pendantes
palpitèrent, puis il se mit à vomir un poison terrible
qui se répandit partout. Wischnou, plus intrépide
que les autres dieux, qui tous prirent la fuite, ainsi
que les Asouras, recueillit ce poison et en frotta son
corps qui, à l'instant, devint bleu. Voilà pourquoi,
dans presque tous les temples qui lui sont dédiés, les
statues de ce dieu sont peintes en bleu.

Reprenant leur tâche interrompue, dieux et géants
travaillèrent pendant mille ans. Au bout de ce laps
de temps, la montagne s'enfonça peu à peu dans la
mer. Le mouvement imprimé au serpent faisait
vasciller le monde, la terre ne pouvant supporter le
fardeau du Mandâlagiri, et un cataclysme devenait à
craindre. C'est alors que Wischnou, voulant, en sa
qualité de dieu conservateur, prévenir cet accident, revêtit la forme d'une tortue gigantesque, entra
dans la mer et souleva facilement la montagne submergée. Après lui avoir donné des éloges mérités,
les travailleurs se remirent à l'ouvrage. Au bout de
plusieurs siècles, on vit sortir du sein de la mer la
vache *Camadhéna*, litt. « vache désirable ». Elle
donnait tous les aliments que l'on pouvait désirer.
Son tableau figure dans les temples de Wischnou,
où on la représente avec des ailes, une tête de femme,
trois queues et un petit veau qu'elle allaite. En
même temps qu'elle apparut le cheval *Udjisarva*,
l'éléphant blanc *Airavâta* qui sert de monture de
Indra et, parmi les huit animaux employés à

soutenir l'univers, occupe la région de l'est[1]. On place également son image dans les temples de Wischnou, où il est figuré de couleur blanche, avec quatre défenses et le corps chargé de bijoux, ainsi que de couvertures magnifiques. Ensuite sortirent des ondes lactées, l'arbre *Kalpuka Viroudja; Lakschmi*, déesse des richesses et l'épouse de Wischnou ; *Sarasvâti*, patronne des sciences et de l'harmonie que Brahma prit pour femme, et *Moudevi*, déité de la discorde et de la misère, dont naturellement personne ne se soucia. Le dieu de la médecine *Dhânavantri* se montra le dernier, tenant à la main un vase plein d'Amritam. Les Asouras prétendaient en avoir leur part, mais Wischnou sut s'y prendre de façon à ce que la précieuse liqueur ne fût distribuée qu'aux dieux.

Si le premier, et comme nous le verrons tout à l'heure, le troisième Avâtar du dieu conservateur ne constitue guère qu'une réminiscence du rôle assigné aux oiseaux et quadrupèdes aquatiques dans les légendes sibérienne et américaine, en revanche, sa métamorphose en tortue ne nous ferait-elle pas songer à la tradition cosmogonique iroquoise citée plus haut? Enfin le mont qui sert à baratter la mer de lait n'est-il pas lui-même l'équivalent du hameçon des dieux pêcheurs de la Polynésie, du bâton dont se sert le dieu créateur des Japonais?

Le troisième Avâtar de Wischnou fut en sanglier.

1. *De la symbolique des points de l'espace chez les Indous*, p. 177 et suiv. de la *Revue de Philologie et d'Ethnographie*, t. I.

Il s'agissait d'arrêter les excès d'un géant appelé
Palladas ou *Ereniac chassen*. Ayant roulé la terre
comme une feuille de papier, ce contempteur des
dieux l'avait emportée sur ses épaules jusqu'au fond
des abîmes et s'amusait à faire tout le mal possible
aux créatures. Métamorphosé de la façon que nous
avons dite, Wischnou attaqua le géant, le vainquit et
le tua en lui déchirant le ventre. Puis il plongea au
fond de l'Océan pour en retirer la terre, et l'ayant
mise sur ses défenses, la posa à la superficie des
eaux, de la façon dont elle était auparavant; il y
plaça plusieurs montagnes pour la tenir en équi-
libre[1].

IV

CONCLUSIONS

Mais il est temps de terminer ce trop long travail
et d'examiner à quelles inductions il nous conduit.

1° La version de notre légende, que nous avons
qualifiée du terme d'*Insulaire*, semble prodigieusement ancienne. Rien de plus naturel, en effet, pour
des peuples habitant des archipels perdus dans l'im-
mensité des mers que de se figurer leurs îles comme
extraites du sein des eaux par un génie créateur ou
formateur.

2° La version dite *Continentale* paraît d'origine

---

1. Sonnerat, *Voyages aux Indes orientales et à la Chine*, t. I, l. II,
p. 287. Paris, 1782. — Fr. Noël, *Dictionnaire de la fable*, t. II, art.
Wischnou. Paris, 1803.

plus complexe. Elle pourrait bien résulter d'une fusion de la précédente avec les traditions relatives au déluge. En effet, cette idée que les êtres se trouvaient, à l'origine, renfermés dans une barque ou un berceau n'est pas de celles qui se présentent d'elles-mêmes, pour ainsi dire, à l'esprit humain. Il est plus naturel, lorsque l'on veut s'expliquer la création ou la multiplication des premiers hommes, des premiers animaux, de se les représenter répandus à profusion, par le Grand-Esprit, sur toute la surface de la terre et des mers. Au contraire, la donnée du radeau renfermant les êtres animés peut être considérée comme la conséquence forcée de la croyance à un cataclysme diluvien.

3° En tout cas, cette version continentale elle-même remonte certainement à une époque fort reculée; la preuve, c'est qu'elle a été portée d'Asie en Amérique, alors que les hommes en étaient encore restés à l'âge de la pierre. Sa diffusion dans le midi de l'Asie et chez les nègres de la côte de Guinée peut être considérée comme une autre démonstration de sa haute antiquité.

4° A une époque postérieure, diverses traditions relatives au déluge durent se greffer sur cette même version. Nous en avons des exemples dans plusieurs légendes américaines, dans celle des *Triades Celtiques*, etc., etc.

5° Les traditions indoues relatives aux incarnations de Wischnou résultent d'emprunts faits aux deux versions susindiquées, et cela à des époques qu'il serait impossible, croyons-nous, de préciser.

6° Certains indices : par exemple, la présence de la colombe, du corbeau, dans plusieurs légendes que l'on retrouve chez des populations fort éloignées géographiquement les unes des autres, telles que les Galliciens, les Maoris de la Nouvelle-Zélande, les Montagnais du Canada, sont de nature à faire voir dans une portion, au moins, de notre version *continentale*, le résultat d'un emprunt fait aux traditions sémitiques sur le déluge.

7° Nous disons sémitiques et non pas mosaïques, parce qu'évidemment, ledit emprunt remonte plus haut que l'époque de Moïse. Il ne faut point oublier, en effet, que le récit du législateur hébreu était connu des enfants de Sem dès l'origine même de leur race. Sur les points essentiels, une frappante conformité se manifeste entre le langage de Berose, celui des inscriptions cunéiformes et le texte de la Genèse.

8° En tout cas, c'est surtout à la légende wogoule ou plutôt à une forme plus archaïque encore de cette légende que se rattachent celles des Galliciens, Bulgares, Indiens de l'Amérique du Nord, etc., et leur parenté avec le récit biblique ne saurait être qu'indirecte.

9° Maintenant, comme il arrive toujours en pareil cas, chaque peuple a ajouté à la tradition primitive des détails qui lui sont propres ou bien l'a altérée par des réminiscences de faits tirés de sa propre histoire. On en trouvera la preuve dans l'examen même des récits rapportés au présent mémoire, et c'est un point sur lequel nous jugeons peu utile de nous étendre davantage.

CHAPITRE II

De l'origine souterraine de l'espèce humaine.

D'APRÈS DIVERSES LÉGENDES AMÉRICAINES

La donnée qui nous représente l'homme, ou les premiers hommes, sortant du sein de la terre, leur mère commune, a certainement un caractère assez philosophique, et trouve, en quelque sorte, son explication dans un passage de la Bible qui nous représente Dieu lui-même prenant un peu d'argile pour en fabriquer notre premier aïeul. Elle a donné lieu à une foule de légendes en vigueur, tant dans l'ancien que le nouveau monde. C'est en Amérique que ces légendes semblent être parvenues à leur point le plus complet de développement, bien qu'elles s'y présentent sous des formes parfois fort dissemblables à première vue. Nous débuterons par celle des Mandanes, si remarquable par son originalité et son caractère poétique.

Ces Indiens formaient une grande tribu, aujourd'hui à peu près, sinon complètement éteinte, et dont le dernier établissement était situé sur les bords de la rivière Jaune[1]. Ils se regardent comme le premier des peuples créés par le Grand-Esprit. Dans le principe, leur nation vivait au centre de la terre, occupée à la culture de la vigne. Un des ceps ayant rencontré une ouverture monta jusqu'à la surface du sol. L'un des jeunes gens de la tribu grimpa sur ce cep et parvint à l'endroit où se trouve le village actuel. S'étant aperçu de la fertilité du terrain et de l'abondance des buffles qui couvraient les prairies voisines, il tua plusieurs de ces animaux et redescendit pour avertir ses compagnons. Ceux-ci grimpèrent en foule avec lui et constatèrent *de visu* l'exactitude de sa relation.

Parmi ceux-ci se trouvaient deux jeunes et jolies filles très estimées des chefs parce qu'elles étaient vierges. Il y avait également une femme grosse et grasse, que l'on voulut empêcher de monter; mais comme elle était très curieuse, elle profita d'un moment où on l'avait laissée seule pour grimper à son tour. Le cep de vigne se brisa sous son poids et elle retomba dangereusement blessée. Les Mandanes se montrèrent furieux de la rupture du cep qui leur servait d'échelle. En effet, toute communication se trouva dès lors interrompue entre ceux de leurs compatriotes restés sous terre et ceux qui étaient arrivés jusqu'à la surface du sol.

L'on pourrait, au premier abord, découvrir dans l'histoire de cette grosse femme qui brise le cep de vigne un vague et lointain souvenir des récits

---

1. Lewis et Clarke, *Travels on the source of Missouri*, ch. v, p. 102. (Édit. de Londres, 1814.)

bibliques concernant la faute d'Ève, qui introduit la mort en ce monde pour avoir mangé et fait manger à son époux le fruit de l'arbre de la science du bien et du mal[1]. Mais, en tout cas, la réminiscence serait tellement lointaine qu'elle aurait fini par devenir sinon absolument, du moins à peu près méconnaissable.

Une tradition analogue se retrouve chez les Minétaries, peuple qui habite les rives du Missouri par le 47e, 34e de latitude nord et le 101e de longitude ouest. Toutefois l'eau remplace ici le rôle assigné dans la légende précédente aux abîmes souterrains. Quoi qu'il en soit, voici ce que racontent ces sauvages :

Leurs ancêtres habitaient au fond d'un grand lac, situé au nord-est de leur séjour actuel. Quelques Indiens parvinrent à gagner la surface des eaux, et ayant découvert un pays beaucoup plus beau que celui où ils vivaient, ils en firent de magnifiques descriptions à leurs compatriotes. Aussi, beaucoup de ces derniers se décidèrent à émigrer à leur tour. Un grand arbre auquel ils grimpaient leur permit d'exécuter ce projet. Toutefois, l'arbre étant venu à se briser, une bonne partie de la nation resta et reste aujourd'hui encore confinée dans son humide patrie. Alors commença pour les expatriés une longue série de voyages à travers la prairie. Sur le point, plusieurs fois, de mourir de faim, ils furent préservés de la mort d'une façon miraculeuse et arrivèrent enfin aux lieux qu'ils occupent aujourd'hui[2].

1. *Genèse*, ch. III, versets 1 à 10.
2. M. Malthews, *Hidatsa (Minnetare) grammar*. Introduct., p. XXII. New-York, 1873.

M. Mathews fait observer avec raison que cette
légende paraît composée d'éléments fort divers, les
uns évidemment fabuleux, les autres ayant un fonds
réel. L'on croit reconnaître dans cette masse d'eau
du sein de laquelle seraient sortis les premiers
Minétaries le lac du Diable, situé au nord du pays
des Dakotahs. Il est bien remarquable que, chez les
Sioux, il porte le nom de Miniwakan, litt. « lac
divin », ce qui correspond exactement, pour le sens,
au terme de Midipopu, par lequel le désignent les
Minétaries. Quant à la circonstance de l'arbre brisé,
des Indiens restés dans les profondeurs, elles pourraient bien avoir été empruntées purement et simplement à la légende mandane. Effectivement, les
Minétaries, qui, comme les Mandanes, appartiennent
à la famille siousse, ont longtemps vécu avec ces
derniers sur le pied de la plus étroite intimité.

Des légendes analogues existent plus au sud, chez
les Indiens Pueblos ou constructeurs de maisons en
pierre, appelés *Tusayans*, et qui habitent dans la
réserve *Moki* par le 35 L. N. entre le petit Colorado
à l'ouest et le rio Puerco à l'est. Elles diffèrent,
d'ailleurs, de groupe à groupe, car ce peuple est
divisé en clans ou associations de familles appelées
Wingwu. Chacun d'eux est censé composé d'individus ayant les mêmes ancêtres du sexe féminin,
car ils sont soumis au régime matriarcal, et, chez
eux, la parenté se compte uniquement par les femmes,
comme cela a lieu, d'ailleurs, pour beaucoup d'autres
tribus du Nouveau-Monde. Quoi qu'il en soit, les
individus de chaque clan possèdent en commun un

Totem, appelé *Myumu*. Les divers récits cosmogoniques des Tusayans, en dépit de leur diversité, sont
néanmoins d'accord pour nous donner la surface du
sol comme le quatrième lieu de séjour occupé par la
race humaine, depuis qu'elle est sortie des entrailles
de la terre. A l'origine, tous les hommes vivaient
ensemble dans les profondeurs obscures et humides
du sol. Leurs corps étaient monstrueux et horribles
à voir. Ils se trouvaient en proie à une profonde
misère, passant leur temps à se plaindre et à se
lamenter. Cependant, grâce à l'intervention de
Myuingwa, sorte de dieu de l'intérieur du globe, et
de *Baholikonga*, dieu de l'eau, adoré sous la forme
d'un énorme serpent muni d'une crête, les mortels
obtinrent une graine d'où sortit un roseau d'une
dimension prodigieuse. Ce végétal pénétra à travers
d'une crevasse jusqu'à un étage supérieur. Le genre
humain grimpant à même sa tige put ainsi s'élever
à un niveau plus élevé. Une lumière encore indécise
commençait à se montrer, et pour la première fois,
nos émigrants voyaient toutes sortes de végétaux
pousser à la surface du sol. Le roseau ayant continué
à se développer d'une façon magique, l'humanité put
une troisième fois entreprendre un voyage vers une
région plus éclairée. C'est là qu'aux plantes et arbres
vinrent se joindre les animaux.

Une quatrième et dernière ascension accomplie
dans des conditions analogues amena les hommes à
la surface de la terre où ils habitent aujourd'hui.
D'après certaines versions de la légende qui nous
occupe, les ancêtres de la race humaine, aidés dans

cette dernière expédition par deux jumeaux mythiques, auraient grimpé le long d'un grand pin ou d'un roseau de l'espèce appelée *Phragmites communis*. Les feuilles alternantes de ce végétal auraient servi aux hommes d'échelons pour monter. Une autre tradition veut que ceux-ci aient accompli leur ascension en grimpant dans l'intérieur d'un jonc de grande dimension. Nous ne nous prononcerons pas sur le point de savoir lequel de ces récits, également vraisemblables, se trouve le plus conforme à la réalité des faits. Les jumeaux dont nous venons de parler chantaient en tirant à eux les ancêtres de notre espèce pour les amener à la lumière du jour. Sitôt leur chant fini, personne n'eut plus le droit de monter. Aussi, d'après la tradition de ces peuples, y a-t-il beaucoup plus d'hommes vivant dans les profondeurs du sol qu'à la surface. Néanmoins, le chemin par lequel passèrent nos voyageurs n'a jamais été clos. Myuingwa s'en sert pour faire passer les germes de tous les êtres vivants dans les abîmes souterrains.

Tout ceci se trouve symboliquement exprimé dans les sortes d'écoutilles des *Kivas* ou chambres sacrées, dans les dessins tracés sur les autels de cendre qui y sont placés, dans les cercles isolés les uns des autres, dont les Indiens couvrent leurs poteries ; enfin dans les ornements de leurs paniers et de leurs tissus.

Quoi qu'il en soit, tous les hommes ainsi amenés à la surface du sol furent répartis en familles et en clans par les soins des deux jumeaux dont nous avons déjà parlé et qui s'appelaient *Pekonghoya*. Le

plus jeune d'entre eux était désigné par le nom de
Balingahóya ou « l'écho ».

Ils étaient d'ailleurs assistés par leur grand'mère,
Kohkyang-wuhti, « l'araignée femelle ».

Cette dernière apparaît d'ailleurs de différentes
manières dans beaucoup de mythes des Indiens
Tusayans. Tous réunis, ils enseignèrent aux populations le mode d'existence qu'elles auraient à mener
suivant qu'elles habitaient la plaine ou la montagne,
leur apprirent à construire des tentes, des cabanes,
des maisons. C'est à la suite de ces événements que
les hommes commencèrent à se disperser et à
peupler la terre.

En tout cas, les *Tusayans* ou, comme ils s'appellent
eux-mêmes, les *Hopituhs*, instruits dans l'art de
construire des demeures en pierre, commencèrent
par se répandre au loin, puis ils finirent à différentes
reprises et à des époques plus ou moins éloignées
les unes des autres à se rendre au pays qu'ils
occupent aujourd'hui. Ils durent en expulser les
Indiens Serpents, lesquels s'y étaient fixés avant eux.

D'après une curieuse légende que nous reproduisons ici en l'abrégeant, chaque famille d'émigrants
vivait dans un seul et même sac, fait en peau de
serpent. Tous ces sacs se trouvaient attachés à
l'extrémité d'un arc-en-ciel, dont l'autre bout s'al-
longea jusqu'à ce qu'il eut touché la montagne des
Navajos. Alors chaque sac se détacha et devint le
lieu de séjour de la famille qui s'y trouvait renfermée.
Les hommes ou femmes qui en sortirent commencèrent à bâtir une maison de pierre de cinq étages.

Une sorcière ayant enfanté une nichée de serpents
à sonnettes, ceux-ci se mirent à mordre les Indiens
et les obligèrent à chercher une nouvelle patrie.
Les émigrants furent d'ailleurs guidés dans leur
marche par une brillante étoile, laquelle apparut
dans la région du sud-est. Ils coupèrent ensuite un
bâton, le plantèrent en terre et attendirent que
l'étoile touchât son sommet. Puis ils se remirent en
route, continuant leur voyage tant que l'astre restait
visible, s'arrêtant lorsqu'il venait à s'éclipser. La
halte se prolongeait ainsi, parfois, plusieurs années
de suite. L'on en profitait pour construire des maisons
en pierre où l'on laissait des traînards, lesquels
venaient parfois regagner le gros de l'émigration.
Enfin, lorsque les Tusayans eurent atteint la source
de Wipho, à quelques milles au nord de *Walpi*,
l'étoile disparut pour ne plus se montrer. Nos Indiens
y construisirent une demeure, mais *Masaúwu*, le dieu
de la surface du sol, les obligea à émigrer encore
une fois. Ils se rendirent au bas de la vallée, à un
endroit situé entre la mesa (plateau) de l'est et celle
du centre, où ils firent de nombreuses plantations.
Un jour que les vieillards étaient rassemblés,
Masaúwu leur apparut sous forme d'un horrible
squelette, agitant sa tête décharnée, en frappant la
face des assistants. Son intention était de les effrayer,
mais personne ne prit peur. Alors le dieu s'écria :
« J'ai perdu mon pari, tout ce que je possède est à
« vous; demandez-moi ce que vous voudrez et je
« vous le donnerai ». A cette époque, la demeure
des Indiens se trouvait auprès de la rivière, et

6

Masaúwu ajouta : « Pourquoi habitez-vous au milieu
« de la boue ? Montez plus haut, là où le terrain est
« sec ». Alors les Indiens traversèrent la terrasse
basse et sablonneuse qui se trouve à l'ouest de la
mesa, et c'est là qu'ils se fixèrent. Une autre fois, les
vieillards se trouvant encore rassemblés, deux
démons firent leur apparition. On les chassa en leur
présentant deux fétiches. Comme ils s'en retour-
naient à leur village, lesdits vieillards rencontrèrent
une sorte de confrérie religieuse appelée *Lenbaki* ou
« flûte de roseau ». Ils ne voulurent pas lui permettre
de cheminer en leur compagnie, jusqu'à ce que
Masaúwu se fût montré à eux pour leur déclarer que
les individus la composant étaient, eux aussi, de
bons et vrais Hopitohs. Ces derniers construisirent
des demeures auprès du reste de la tribu. Ainsi
s'éleva un grand et beau village qui s'augmenta encore par l'arrivée d'autres émigrants de même race [1].

Il est assez remarquable que la tradition concernant
l'origine souterraine du genre humain ait exercé une
influence sur le développement de l'art architectural
chez les Tusayans et d'une façon plus ou moins
générale chez la plupart, sinon la totalité des Indiens
Pueblos.

Le *Kiva* ou chambre de cérémonie que l'on rencontre dans tous leurs villages, symbolisé par son
mode de construction, les quatre séjours successifs
qu'occupèrent tour à tour les mortels.

1. M. Victor Mindeleff, *A study of Pueblo architecture*, ch. I,
p. 16 et suiv. *du 8ᵉ Annual report of the bureau of ethnology.*
Washington, 1891.

Le *Sipapuh*, ou première pièce, avec sa cavité sous le plancher, représente incontestablement le monde inférieur, la demeure du dieu créateur Myuingwa. L'étage inférieur figure le second établissement des mortels. La section la plus élevée rappelle le troisième monde, celui où l'on commence à voir apparaître les animaux. Voilà pourquoi, sans doute, aux fêtes du nouvel an, on la décore de fétiches à forme animale.

Ajoutons que l'échelle conduisant à la plate-forme supérieure est invariablement fabriquée en bois de pin. Elle repose toujours sur cette dite plate-forme et non sur l'étage inférieur. Cela nous rappelle l'arbre auquel grimpèrent les mortels pour arriver à la surface du sol. Ce végétal, on le sait, sortait d'une crevasse que rappelle la sorte d'écoutille ou d'ouverture du *Kiva*[1].

Nous ne nous étendrons pas sur ces curieuses légendes. Il y aurait quelque lieu de penser que les Indiens Pueblos en furent les premiers inventeurs ou, tout au moins, les propagateurs. Elles se seront répandues ensuite chez diverses tribus des deux Amériques. De nombreux points de contact ont, d'ailleurs, nous le savons, été signalés entre la civilisation de ces peuplades sédentaires de l'Arizona et du Nouveau-Mexique et celles des nations qui occupaient le plateau d'Anahuac lors de la découverte. Le nom, par exemple, de *Chicomoztoc* ou des « sept grottes, sept cavernes », par lequel les Mexi-

_____

1. *Report of the director*, p. 31 et 32 du 8ᵉ *report*, etc.

cains désignaient le berceau primitif de leur race,
sinon de l'humanité tout entière[1], ne renferme-t-il
pas une allusion à d'antiques légendes de la nature
de celle des Indiens Pueblos.

Ce terme devrait se rendre métaphoriquement par
« véritable patrie, véritable lieu d'origine », puisque
sept a chez eux le sens mystique de « vrai, sacré,
« vénérable » et que, d'ailleurs, les hommes auraient
eu pour première patrie les entrailles de la terre.

Ce qui est bien curieux, c'est que nous retrouvons
cette même légende, très légèrement défigurée, chez
certaines peuplades du Brésil septentrional. Serait-il
téméraire de prétendre trouver là une preuve d'antiques migrations ayant passé de la vallée du
Mississipi jusque sur les bords de l'Amazone ?

Voici, notamment, ce que racontent les *Mundu-*
rucus, peuplade sauvage de cette dernière région.
Ces Indiens regardent à la fois *Cara Sacaïbu*[2] comme
le premier homme et comme un dieu. Son pouvoir
était partagé par son fils et un être de rang inférieur
appelé *Raïru*.

Bien que ce dernier fût l'exécuteur de ses com-
mandements, Cara Sacaïbu le détestait, on ne nous
dit point pour quels motifs, et pour se débarrasser
de lui, il imagina, entre autres, le stratagème suivant:
il fabriqua une figure de tatou qu'il enfouit presque
en entier dans le sol, ne laissant passer au dehors

---

1. Mendieta, *Historia eclesiastica indiana*, t. I, lib. II, cap. XXIII,
p. 145 et 146. Mexico, 1870.
2. *Voyage au Brésil*, par M. et madame Louis Agassiz, traduit de
l'anglais par M. Félix Vogeli, ch. X, p. 322. Paris, 1869.

que la queue, laquelle avait été enduite d'une sorte
d'huile résineuse; cette substance a la propriété
d'être fort adhérente aux mains lorsqu'on y touche.
Cela fait, Cara Sacaïbu ordonna à son ministre de
retirer l'animal du trou où il était enfoui et de le lui
apporter. Raïru saisit l'effigie par la queue, mais
fut naturellement impuissant à retirer sa main, et
le tatou, soudainement doué de vie par le dieu,
s'enfonça dans la terre, entraînant avec lui Raïru.
Ce dernier, qui était fort habile, trouva, pour revenir
sur terre, un moyen que l'histoire ne fait point
connaître. A son retour, il informa Cara Sacaïbu
qu'il avait découvert, dans les profondeurs du sol,
une foule d'hommes et de femmes. Ce serait,
ajouta-t-il, une excellente idée de les en faire sortir
pour cultiver la terre et tirer partie de sa fertilité.
Cet avis fut goûté du Dieu suprême. Aussitôt Raïru
sema une graine, d'où surgit le premier cotonnier.
Des filaments souples et soyeux contenus dans le
fruit de l'arbuste, Cara Sacaïbu fabriqua une longue
cordelette, à l'extrémité de laquelle il suspendit
Raïru. Celui-ci retourna donc dans les entrailles de
la terre par le même trou qui, une fois déjà, lui avait
livré passage. Une fois arrivé là, il hissa les êtres
humains qu'il rencontra, au moyen du fil, jusqu'à
la surface. Le premier qui sortit du trou était laid et
mal conformé. Ce fut peu à peu seulement que
commençaient à apparaître des gens mieux bâtis.
Par malheur, lorsque l'on en arriva là, le fil était
déjà fort usé. Il rompit sous le poids, et les plus
beaux hommes, les femmes les plus jolies retom-

bèrent dans les profondeurs, d'où on ne put jamais
les retirer. C'est pour cela que les charmes physiques
sont chose si rare en ce monde. Cara Sacaïbu tria
alors la race qu'il avait retirée du sein de la terre
et la partagea en diverses tribus, distinguées chacune
par un tatouage ou une manière de se peindre
qu'elles ont toujours conservée depuis.

Il leur assigna d'ailleurs leurs occupations spéciales.
A la fin, il ne resta qu'un rebut composé des plus
laids, plus chétifs, plus misérables représentants de
la race humaine. A ceux-là, le dieu dit, tout en leur
traçant sur le nez une ligne rouge : « Vous n'êtes
pas dignes d'être des hommes et des femmes; allez
et soyez des animaux. » Ils furent changés en
oiseaux, et c'est depuis ce temps que l'on voit les
mutums errer parmi les grands bois qu'ils font
retentir de leurs gémissements plaintifs.

Nous demanderons la permission au lecteur
d'attirer quelque temps son attention sur cette intéressante légende. Par elle, les riverains de l'Amazone ont voulu expliquer l'origine du tatouage et
de ces dessins symboliques, dont ils se couvrent le
corps. Ces emblèmes ne servent pas seulement chez
eux à différencier les peuplades, ils ont encore, en
quelque sorte, une signification honorifique, on
pourrait presque dire aristocratique[1]. Aussi, même
dans les villages d'Indiens plus ou moins civilisés,
où ces enjolivements ne sont plus en usage, le sauvage étranger qui arrivera tatoué à l'ancienne mode

---

1. *Voyage au Brésil*, par M. et madame Louis Agassiz, ch. x, p. 321.

sera-t-il considéré comme un personnage d'un certain rang et reçu avec quelques égards.

Un dernier écho de ces vieilles traditions va se retrouver encore chez les Tzendales du sud du Mexique; mais, cette fois, bien affaibli, et la vieille légende des prairies n'y apparaît plus, pour ainsi dire, que réduite à sa plus simple expression. Nous savons que chez ces peuples, *Imox* ou *Imos*, considéré comme l'ancêtre de la première génération humaine, et spécialement comme le père des Chichimèques ou barbares aborigènes, était adoré sous la forme du *Seiba* ou *Ceiba* (*Eriodendrum Ceiba*).

« Ces Indiens, nous dit l'évêque Nunez, tiennent pour très avéré que leur nation (dont les origines, sans doute, se trouvent, comme il arrive le plus souvent, confondues avec celles de la race humaine tout entière) est sortie des racines de cet arbre[1]. » De là les nombreuses marques d'honneur prodiguées à ce végétal, et dont nous avons parlé tout au long dans un précédent mémoire[2].

La comparaison entre cette légende centro-américaine et les légendes analogues, d'ailleurs, à plus d'un égard, que nous rencontrons chez d'autres peuples, semble admirablement propre à nous faire comprendre l'esprit des croyances de la race rouge.

D'après la mythologie scandinave, le premier couple humain sort du tronc du frêne. La version

---

1. Nunez de la Vega, *Constituciones diocesanas del obispado de Chiappa*, t. I, p. 9. Roma, 1702.
2. *Le Mythe d'Imos*, § 6, p. 133 et suiv. des *Annales de philosophie chrétienne*, t. LXXXIII de la collection.

hellénique, au contraire, fait naître notre espèce
des graines de ce même arbre. La ressemblance est
grande à coup sûr entre ces différentes données,
puisque toutes elles affirment l'origine végétale de
la race des hommes ; mais, enfin, ce qui distingue
les légendes des nations européennes de celle des
Tzendales, c'est que, d'après les premières, l'homme
sort du tronc ou des graines de l'arbre, c'est-à-dire des
parties que nous pourrions appeler aériennes[1], tandis
que, dans la seconde, il s'agit exclusivement des
racines.

Nous sommes très portés à croire que le détail
expliquant la rareté des charmes corporels au sein
de la race humaine faisait partie de la donnée
primitive, bien qu'il ne se retrouve plus aujourd'hui
dans le récit mandane.

En effet, nous le rencontrons dans une curieuse
tradition mexicaine, évidemment apparentée à celle
dont il vient d'être question, bien qu'affectant une
physionomie assez différente. C'est que cette dernière,
sous la forme conservée par les auteurs, semble elle-
même le résultat de la fusion de deux légendes primitivement distinctes et relatives, l'une à l'origine
des héros ou dieux terrestres, l'autre à la création
ou plutôt à la formation de l'homme.

Les habitants de la Nouvelle-Espagne, au dire du
père de Olmos, parlent d'un dieu appelé *Citlallatonac*[2]
et d'une déesse du nom de *Citlalicuyé*, identique,

1. Kuhn, *Die Herabkunft des Feuers*, etc., p. 24. Berlin, 1859.
2. *Historia eclesiastica indiana*, par Fray Géronimo de Mendieta,
lib. II, cap. I, p. 77. Mexico, 1870.

suivant toute probabilité, à l'*Omécihuatl*[1], litt. « deux
fois dame, deux fois souveraine », de Clavigero.

Cette divinité, qui avait eu beaucoup de fils, finit
par accoucher d'un *tecpatl* ou couteau de silex.
Effrayés à la fois et indignés de ce prodige, ses
autres enfants convinrent de le jeter hors du ciel. Le
silex fut donc précipité à peu près de la même façon
que le Vulcain hellénique. Il tomba dans le pays de
Chicomoztoc ou des sept grottes, partie primitive de
la race *nahuatle*, mais, dans sa chute, donna naissance, suivant la tradition populaire, à seize cents
dieux ou héros. Mendieta verrait là un souvenir de
la chute des mauvais anges.

Peut-être est-ce aller chercher bien loin des analogies. Nous constaterions plus volontiers dans ce
récit une preuve d'amour-propre national de la part
des aïeux de la race mexicaine, qui aimaient à
s'attribuer une origine plus relevée que celle du
reste de la race humaine, et spécialement que les
anciens habitants du pays, considérés simplement
comme fils de la Terre. Tout le reste de la légende
confirmerait, comme on va le voir, cette interprétation.

Effectivement, les divins héros se trouvaient fort
embarrassés. La race humaine venait de périr dans
un de ces cataclysmes périodiques, lesquels jouent un
si grand rôle dans la cosmogonie des peuples de la

---

1. *Storia antica di Messico, cavata dei migliori storici spagnuoli,*
del abate. D. Fracisco Saverio Clavigero, t. II, lib. VI, p. 8. In
Cesena, 1780.

Nouvelle-Espagne. Il ne restait, par conséquent, sur
la terre aucun être doué de raison pour les honorer
et les servir. Dans cette extrémité, ils résolurent
d'envoyer un messager vers leur mère, afin d'obtenir d'elle l'autorisation de créer une nouvelle espèce
humaine qui pût les assister dans leurs nécessités.
Celle-ci répondit que si ces héros s'étaient montrés
tels qu'ils devraient être, s'ils avaient eu des sen-
timents et des pensées conformes à leur céleste
origine, ils seraient restés au ciel en sa compagnie.
Mais puisque, se rendant justice, ils tenaient à
demeurer sur terre, ils n'avaient qu'à s'adresser à
Mictlan-Teuctli, litt. « le seigneur du pays des
morts », le Pluton de la mythologie mexicaine. Ils
n'avaient qu'à lui demander des os ou de la cendre
ayant appartenu aux morts de la génération antérieure. Les héros devraient ensuite arroser ces débris
de leur sang pour en voir naître un homme et une
femme destinés à repeupler l'univers de leur postérité. Seulement, il faudrait prendre garde à Mictlan-
Teuctli, qui, une fois la demande octroyée, pourrait
bien se repentir et tenter de reprendre ce qu'il venait
d'accorder. Il conviendrait donc de se hâter, les os
une fois obtenus, et ne point regarder en arrière. La
réponse maternelle ayant été rapportée aux dieux
terrestres par le *Tlotli* ou épervier, ceux-ci tinrent
conseil ensemble. Le résultat de leur délibération fut
l'envoi de Xolotl, l'un d'entre eux, auprès du prince
des enfers. Ayant obtenu ce qu'il demandait, Xolotl
détala au plus vite. Mais Mictlan-Teuctli, soit qu'il se
fût senti offensé de ce départ précipité, soit qu'il cédât

à un accès de son humeur traîtresse et méfiante, se mit
à courir après Xolotl. Ce dernier, dans sa fuite précipitée, fait un faux pas et tombe. Les os se brisent en
morceaux à la suite de cette chute, et voilà pourquoi, disent les Mexicains, il y a des hommes plus
grands les uns que les autres. Toutefois, Mictlan-
Teuctli ne parvient point à rattraper le fugitif et,
après quelques instants, retourne dans sa demeure
souterraine. Xolotl, ayant réuni les fragments
osseux, arrive à l'endroit où l'attendaient ses frères.
Les os furent placés dans une jatte ou un grand
vase, et les dieux les arrosèrent du sang qu'ils se
tirèrent de diverses parties du corps. De là vint, dit-
on, l'usage chez les Indiens, et spécialement chez
les *Tlamacazqui* ou prêtres, de se piquer avec des
épines de Maguey, de se percer diverses parties du
corps, les oreilles, lèvres, langue, gras des jambes,
par esprit de dévotion ; en un mot, de prodiguer leur
sang dans les cérémonies religieuses « comme si
c'eût été un liquide superflu et sans valeur[1] ». Un
garçon sortit du vase au bout de quatre jours, et au
bout de sept, une jeune fille. D'après Mendieta, ce
serait quatre jours après que celle-ci aurait pris
naissance. L'on confia à Xolotl ce couple à élever. Il
le nourrit de la sève du cardon, et c'est de ce jeune
homme et de cette femme que la race humaine tire
son origine.

Mendieta voit dans cette destruction, dont notre
espèce avait été victime, un vestige des traditions

---

1. Clavigero, *Storia antica di Messico*, t. II, lib. VI, p. 52.

bibliques concernant le déluge, et il n'a, suivant
nous, qu'en partie raison. Il s'agit ici de ces trois ou
quatre cataclysmes successifs dont les peuples de la
Nouvelle-Espagne reçurent, sans doute, la notion
des peuples de l'Extrême-Orient. Les mêmes faits
paraissent rapportés d'une façon un peu différente
par le *Codex Chimalpopoca*. Cet ouvrage parle de
Quetzalcohuatl[1] se rendant aux enfers pour demander
le *Chalchiuch Omitl* ou os d'émeraude à Mictlan-
Teuctli. Ce dernier le lui livre, mais, dans sa précipi-
tation, Quetzalcohuatl culbute. L'os d'émeraude se
brise, et l'on en voit les morceaux s'éparpiller de
tous côtés. Des cailles se jettent sur les débris
qu'elles becquètent, tandis que Quetzalcohualt
s'évanouit. Il y a, dans cette version de la légende,
un sens mystérieux que peut-être on ne pourra
pénétrer qu'après la publication intégrale de l'ouvrage mexicain. Pourquoi l'os est-il ici fait d'émeraude. On sait que cette pierre était particulièrement
estimée, non seulement des habitants de la Nouvelle-
Espagne, mais encore de ceux du Pérou. Souvent
on l'employait pour fabriquer des idoles. S'agirait-il
donc ici de la création de castes supérieures auxquelles un caractère presque divin aurait été attribué? D'où vient que Xolotl apparaît remplacé par
Quetzalcohuatl? C'est ce dont nous ne saurions
donner une explication satisfaisante. Et les cailles,
quel rôle jouent-elles dans tout le cours du récit? La

---

1. *Codex Chimalpopoca*, d'après les *Quatre lettres sur le Mexique*,
par M. l'abbé Brasseur de Bourbourg, lettre 4°, 2, p. 225. Paris, 1868.

mythologie indienne nous présente, on le sait, cet oiseau comme symbole de la sécheresse, et ceci s'explique sans peine par l'habitude où est la caille de fréquenter les pleines sablonneuses et brûlées du soleil. Il est dit dans le Rig-Véda, en parlant des Açwins : « Vous avez sauvé pour le bonheur, ô Açwins ! la caille que dévorait la puissance de Souparna. » C'est-à-dire la terre consommée par la chaleur solaire.

Sans nous arrêter à la solution de tous ces problèmes, signalons, au moins, le rôle de messager céleste attribué au *Tlotli* ou épervier. Ainsi, le *Popol vuh* ou livre sacré, nous signale positivement le *Vac* ou *Voc*, espèce de petit oiseau de proie qui fait la guerre aux reptiles, comme l'envoyé de *Hurakan*, le dieu de la foudre[1]. Il descendait du ciel tout exprès pour voir les héros mythiques de la nation quichée jouer à la paume, c'est-à-dire vraisemblablement s'apprêtant à la révolte contre *Xibalba*, à l'empire duquel le leur devait succéder. Un autre passage du même ouvrage expose tout au long la façon singulière dont ce volatile s'y prenait pour remplir les commissions à lui confiées[2]. N'est-ce point encore un envoyé des dieux que cet aigle posté sur un nopal et que les *Mexicas* aperçurent juste à l'endroit où se devait arrête rleur migration[3]? Enfin, c'est, sans aucun

1. Abbé Brasseur, *Popol vuh*, *le Livre sacré*, 2ᵉ partie, ch. I, p. 71. Paris, 1861.

2. *Ibid.*, ch. III, p. 135 et suiv.

3. Tezozomoc, *Histoire du Mexique* (traduct. Ternaux-Compans), ch. III, p. 15. Paris, 1853.

doute, comme ministre des vengeances célestes que
nous voyons divers volatiles de proie prendre part
à la destruction de la fin de l'espèce humaine lors de
la troisième période cosmique. « Alors, nous dit le
Livre sacré, le *Xécotcovoh* arracha les yeux de l'orbite
aux hommes coupables ; le *Camalotz* leur trancha la
tête ; le *Cotzbalam*, litt. « aigle-tigre », dévora leurs
chairs ; le *Técumbalam* brisa et broya leurs os et
leurs cartilages[1].

Nous n'entreprenons point ici de déterminer à
quelles espèces, au juste, se doivent rapporter chacun
de ces noms. Qu'il nous suffise de savoir qu'ils désignent certainement des animaux appartenant aux
genres épervier, faucon, pie-grièche ou autres tout
voisins. Semblable, à plus d'un égard, nous apparaît
la donnée haïtienne. En tout cas, le détail significatif de l'arbre servant d'échelle aux mortels, quoiqu'indiqué d'une façon assez vague, s'y retrouve
néanmoins.

Les habitants de l'île espagnole (Haïti) signalaient
deux grottes d'une montagne appelée *Canta* ou *Cauta*,
dans la province de *Caanau*, *alias* et sans doute plus
correctement *Caunana*. L'une de ces grottes portait le
nom de *Cacibagiagua* ou *Caxi-Baxagua* (pr. *Cachi-
Bachagua*) ; l'autre, *Amaiuua* ou mieux *Amaiuuna*.
De *Caxi-Baxagua* est sortie la plus grande partie des
gens qui peuplèrent l'île[2]. Le soin de les garder

---

1. *Popol vuh*, 3ᵉ partie, ch. I, p. 27.
2. Écrit du frère Romain Pane : *des Antiquités des Indiens*, traduit
par M. l'abbé Brasseur de Bourbourg, à la suite de la *Relacion de las
Cosas de Yucatan*, ch. I, p. 432 et 433.

pendant la nuit avait été confié à un Indien qui s'appelait *Marocaël* ou *Machochaël*. Une fois, ayant tardé à se rendre à son poste, il fut enlevé par le soleil. Ceux qui étaient dans la grotte, irrités de son inexactitude, lui fermèrent la porte au nez, et il fut transformé en pierre, proche l'entrée de la caverne.

Plusieurs de ceux qui étaient renfermés dans la grotte éprouvèrent un vif désir d'aller voir le monde, et sortirent pendant la nuit. S'étant livrés au plaisir de la pêche, ils eurent l'imprudence de ne point rentrer lorsque le jour commença à paraître. Ils furent surpris par le soleil, qui les changea en Iobis ou Hobis ; le hobi n'est autre chose que l'arbre appelé hocote ou jocote en mexicain, et qui se rapproche beaucoup du myrobalanier.

Nous ne nous arrêterons point à commenter cette curieuse tradition, ni à faire ressortir les ressemblances qu'elle nous offre à la fois avec les légendes mexicaine, mandane et brésilienne. Peut-être serait-ce de cette dernière toutefois qu'elle se rapprocherait le plus. Si le récit haïtien nous montre les hommes coupables d'un crime qui rappelle celui de Cendrillon et punis pour s'être abandonnés sans prudence au divertissement de la pêche, de même, chez les riverains de l'Amazone, l'envoyé du Grand-Esprit s'amuse en quelque sorte à prendre les hommes à la ligne, et c'est parce que son fil casse que ceux-ci ne peuvent plus sortir des entrailles de la terre. D'un autre côté, le gardien métamorphosé en pierre ne nous fait-il pas songer un peu aux os d'émeraude rapportés par Quetzalcohuatl ? Enfin, s'il est question, dans le récit des habitants de Saint-Domingue, d'hommes changés en arbres, rappelons-nous le végétal père de la race humaine, d'après les Tzendales, et même la vigne des Mandanes servant d'échelle aux mortels pour gagner la terre. Malgré l'interversion et la confusion des rôles, on aperçoit en quelque sorte, pour ainsi dire, les linéaments reconnaissables encore de la tradition primordiale. En tout cas, cette vengeance du soleil qui transforme un homme en pierre, pour le punir de sa négligence, mérite d'être signalée.

Peut-être semblera-t-il bien téméraire de prétendre rapprocher cette légende des insulaires de Saint-Domingue d'une autre que Marini trouva en vigueur parmi les Landjans ; ces derniers, on le sait, habitent une partie du Lao, dans le centre de l'Indo-Chine. Voici ce que racontent ces Asiatiques :

Les commandants, ou habitants du ciel, s'étant divisés en deux partis pour l'amour des femmes, eurent à soutenir les uns contre les autres plusieurs batailles sanglantes. Enfin, les vaincus durent quitter le céleste séjour et se retirer sur une île déserte qui était la terre. Leurs épouses se décidèrent, elles aussi, à abandonner le ciel pour les suivre. Enfin, les commandants, on ne nous dit pas pour quel motif, s'étant enfermés au sein d'une grande pierre (creuse sans doute), les anges et les démons réunirent leurs efforts pour les décider à en sortir. Un feu violent est allumé autour du rocher. Quelques-uns des commandants en sortent tout brûlés et noirs comme le charbon ; les autres, moins éprou-

vés par la chaleur, conservent leur teint naturel.
Puis les commandants noirs épousent les femmes
des démons, qui étaient noires ; les blancs s'unissent
aux filles des anges, lesquelles se distinguaient par
la blancheur de leur teint. Les premiers, comme les
seconds, engendrent une postérité qui reproduit les
traits paternels [1].

A part ce dernier trait, suggéré sans doute par le
désir d'expliquer l'origine des deux races noire-
pélasgique et mongole, lesquelles se succèdent dans
les régions de l'Asie méridionale, nous remarquons
un certain accord entre les données haïtienne et
indo-chinoise. Toutes deux font sortir des cavernes
ou rochers les ancêtres de la race humaine. Ce point
de ressemblance paraîtrait, à juste titre, bien peu
probant, si d'autres plus importants ne venaient
s'y joindre. Ainsi, les premiers habitants de l'île
espagnole se seraient trouvés dans la même situation que les commandants Landjans au sortir de
leur pierre, c'est-à-dire qu'ils n'avaient pas de femmes. Nous ne rapporterons pas ici le moyen étrange
qu'employèrent les Haïtiens pour s'en procurer. Le
personnage mystérieux désigné par le nom de
Guahagiona, qui enlève toutes les femmes du pays
où il se trouvait, même celles de son cacique *Ana-
Cacugia*, litt. « fleur de cacao », nous rappelle un peu
ces commandants Landjans, faisant la guerre à la fois
aux anges et aux démons pour ravir leurs épouses.
Enfin, si une autre tradition des Landjans porte

---

1. Marini, *Histoire du Tonkin et Lao*, p. 382.

7

qu'un buffle divin, tombé du ciel dans la mer, mit
au monde une courge remplie d'hommes noirs et
blancs, cette incohérente légende a encore son pendant chez les Haïtiens. Ceux-ci racontèrent qu'un
homme puissant, nommé Giani, après avoir mis à
mort son fils Gianiel, litt. « fils de Giani », qui voulait se rendre coupable de parricide, enferma les os
du criminel dans une calebasse. Au bout d'un certain
temps, Giani ayant renversé la calebasse, il en sortit
une multitude de poissons grands et petits. C'étaient
les os de Gianiel qui avaient subi cette métamorphose.

Les quatre fils jumeaux d'une femme appelée
Itaba-Tahunana ayant eu connaissance de ce prodige
voulurent goûter aux poissons en l'absence de Giani.
L'un d'eux, appelé *Dimivan Caracaracol*, détacha
ladite calebasse ; mais surpris au milieu du repas
par le retour précipité du maître de la maison, les
convives tentèrent de suspendre de nouveau ce
meuble miraculeux. Dans leur hâte, ils s'y prirent
fort mal. La calebasse tomba à terre et se brisa en
laissant échapper des torrents d'eau ainsi qu'une
multitude de poissons. C'est de là qu'ils tiennent que
la mer eut son origine. Besoin n'est pas d'être très
fort en symbolique pour reconnaître que, dans les
deux légendes en question, la courge ou calebasse
se trouve prise comme emblème de la terre. Seulement, les Indo-Chinois semblent faire émerger cette
dernière du sein des flots, tandis qu'à Haïti l'on
aurait plutôt vu dans l'Océan le réceptacle d'eaux
ayant d'abord recouvert notre terre.

Il y aurait là une vague réminiscence de ce vaste

incendie, de ce déluge de feu mentionné par les légendes brésiliennes, ainsi que par celles de quelques autres populations de l'Amérique du Sud [1]. D'après les populations de race tupi, Monan, le Dieu suprême, indigné de l'ingratitude des hommes, aurait envoyé contre eux *Tata*, le feu céleste, lequel consuma tout ce qui se trouvait sur la face de la terre. Un seul homme, appelé Irin Monge, échappa au désastre, Monan lui ayant accordé asile dans le ciel. A la vue de la conflagration universelle, Irin Monge s'adressa en ces termes à Monan : « Veux-tu donc aussi détruire les cieux et toute leur parure? Hélas ! où sera désormais ma demeure et comment pourrai-je vivre, maintenant que je suis seul de ma race? » Alors le Dieu suprême, ému de pitié, envoya une grande pluie qui éteignit le feu et, s'étant imprégnée des cendres faites par l'incendie, coula vers les profondeurs de la terre. C'est ce qui donna naissance à l'Océan, nommé à cause de cette circonstance *Parana*, litt. « eau amère [2] ».

Peut-être jugera-t-on les rapprochements que nous venons de signaler, quoique sans doute un peu vagues, favorables néanmoins à notre manière de voir relativement à l'origine sud-asiatique des civilisations du courant qualifié par M. Angrand de *Floridien* ou *Toltèque oriental* [3].

---

1. *Pop.-Vuh*, p. 216.
2. M. F. Denis, *Une fête brésilienne, célébrée à Rouen*, en 1850, p. 317 du t. II de la *Revue américaine*.
3. M. L. Angrand, *Lettre sur les antiquités de Tiaguanaco*, p. 44. (Extrait du 24e volume de la *Revue générale de l'architecture*, etc.)

Enfin nous ne voulons pas terminer ce travail sans dire quelques mots d'une tradition péruvienne, dont la parenté avec les précédentes peut paraître au moins douteuse. Effectivement, si le fait capital de l'origine souterraine de la race humaine s'y trouve clairement mentionné, là s'arrête la ressemblance.

Les circonstances accessoires de l'arbre servant de moyen de communication entre les deux mondes et de sa rupture qui donnent, pour ainsi dire, leur cachet spécial aux légendes susmentionnées, y restent complètement omises. Au dire des Quichuas du Pérou, le dieu Viracocha aurait, à la suite d'un déluge, fait sortir de la caverne de *Pacaric Tambo*, litt. « maison de production », quatre frères appelés *Manco-Capac*, *Colla*, *Tocay* et *Pinahua*. Il aurait même partagé la terre entre eux à peu près comme, d'après la tradition biblique, Noé le fit à l'égard de ses trois fils. Ajoutons que les rapprochements établis par l'abbé Brasseur entre cette grotte mystérieuse et le Pan-Paxil du *Tonacatepetl* des narrateurs mexicains et guatémaltèques nous semble bien contestable [1]. Ces deux derniers noms s'appliquent évidemment à la région située sur les rives du Tabesco et de l'Uzumacinta. C'est là que le premier Quetzalcohuatl, emblème de la migration toltèque orientale, aurait découvert le maïs et les autres plantes nécessaires à la nourriture de l'homme.

---

1. Acosta, *Historia natural y moral de las Indias*, lib. I, cap. xxv.— Herrera, *Historia general*, decad. V, lib. III, cap. vii.— Garcilaso de la Vega, *Comentarios reales*, lib. I, cap. xviii.— M. E. Desjardins, *le Pérou avant la domination espagnole*, § 1, p. 24.— *Popol-Vuh.*, Introd, p. 2242.

Enfin le souvenir de la création se trouvant assez souvent, dans les traditions américaines, confondu avec celui du déluge, les tribus du Nouveau-Monde ont pu puiser aux mêmes sources l'idée des hommes rencontrant, dans les grottes des montagnes, un asile contre le cataclysme diluvien. D'antiques légendes mexicaines nous représentent Quetzalcohuatl abordant en compagnie de dix-neuf chefs sur les rives de Potonchan. Bientôt après, à la suite d'une grande inondation, le nombre de ces princes se trouva réduit à sept, lesquels se réfugièrent dans des grottes, au penchant des montagnes [1]. De même, au Pérou, les derniers survivants de l'espèce humaine, il y a fort longtemps de cela, à la suite d'une grande inondation qui avait couvert toute la terre, sauf quelques montagnes fort élevées, cherchèrent un asile dans de grandes grottes ou cavernes. Ils y avaient porté toutes sortes de provisions et, une fois entrés, eurent grand soin d'en boucher les moindres ouvertures, de façon que l'eau n'y pût pénétrer. Au bout d'un certain temps, jugeant que l'inondation devait tirer à sa fin, ils firent sortir quelques chiens qui revinrent mouillés et sans que leur poil fût sali par la boue. Les réfugiés jugèrent à cet indice que les eaux étaient encore hautes. Ils ne se décidèrent à sortir de leurs retraites que lorsque d'autres chiens, de nouveau lâchés par eux, furent revenus tout souillés de limon [2]. Nous avons déjà signalé dans un précédent travail

---

1. Abbé Brasseur, *Recherches sur Palenqué*, ch. III, p. 40 et 41.
2. Zarate, *Histoire de la conquête du Pérou* (trad. française), t. I, ch. X, p. 59, 1874.

l'accord que, sur ce point, la légende péruvienne présente avec celles des tribus sauvages de l'Amérique du Nord. Effectivement, un rôle tout semblable à celui de la colombe biblique se trouve ici dévolu exclusivement à des quadrupèdes [1].

Nous n'insisterions pas sur la ressemblance qu'offrent les légendes mandane et minétarie avec certaines données d'origine polynésienne, si plusieurs points de contact assez singuliers ne se manifestaient, sous le rapport des traditions, entre les Indiens des prairies et les insulaires du Pacifique. Quoi qu'il en soit, c'est de l'ouest que la plupart des peuplades polynésiennes font venir leurs ancêtres. En effet, toute leur race semble originaire des Samoa et accomplit ainsi ses migrations d'Occident en Orient. Mais, d'un autre côté, dans le langage métaphorique des Océaniens, Awaïki, ou la région du couchant, désigne aussi l'hémisphère inférieur, de même que le rhumb de l'est est considéré comme supérieur.

On dit chez eux « descendre à l'Occident » et « monter vers le Levant [2] ». Ne faudrait-il pas chercher dans cette simple métaphore, l'origine de la provenance souterraine attribuée par les Mandanes à leurs premiers aïeux ? Nous n'aurions, pour notre part, nulle répugnance à l'admettre. En tout cas, ce ne serait peut-être pas le seul exemple à citer d'une légende ou tradition de Peaux-Rouges, empruntée à l'Extrême-Orient.

---

1. *Le Mythe d'Imos*, § 2, p. 74 et 75 (*Annales de philosophie chrétienne*, t. LXXXIII de la collection).
2. *Revue britannique* (*Mythes des îles de la mer du Sud*), p. 321 et suiv. du numéro de décembre 1876.

CHAPITRE III

Le serpent Python chez les Salibas.

Nous avions été, il y a longtemps déjà, frappé de la ressemblance de certaines légendes américaines avec celles de l'ancien monde. Un examen plus approfondi de la question nous a convaincu qu'en effet ces coïncidences ne pouvaient être le fruit du hasard. L'existence de communications entre les deux continents, bien antérieure à l'époque des navigations scandinaves et à celle de Colomb, ne saurait, à notre avis, être plus longtemps révoquée en doute. L'on aurait même, ce semble, de sérieux motifs de faire remonter ces communications peu avant le commencement de notre ère. Ce qui est certain, en tout cas, c'est qu'elles durent avoir lieu, non point par l'Europe ou l'Afrique, comme l'ont rapporté quelques auteurs, mais bien par l'Extrême-Orient.

Les *Salibas* ou *Salivas*[1], peuple habitant les rives de l'Orénoque, racontent qu'un affreux serpent dévorait leurs ancêtres. Le dieu *Puru* envoya du ciel sur la terre son fils pour les délivrer. Ce dernier, à la grande joie des populations, vainquit le monstre et le tua. Alors *Puru* dit au démon (sans doute figuré

---

1. *Historia natural, civil y geografica de las naciones situadas en las riberas del rio Orinoco,* su autor el Padre Joseph Gumilla, misionero que fué de las misiones del Orinoco, Meta y Casanare, t. I, p. 3. Barcelona.

par le sepent) : « Va en enfer, maudit ; jamais tu n'entreras dans ma maison ! »

Cependant l'allégresse des hommes fut de courte durée. Le corps du serpent étant tombé en putré-faction, on vit sortir de ses entrailles une multitude d'horribles vers. Chacun de ceux-ci, à son tour, donna naissance à un Caraïbe, accompagné de sa femme. L'humeur farouche et belliqueuse du reptile s'est conservée dans ses descendants, et aujourd'hui encore les Caraïbes sont pour la nation Saliva les plus redoutables des ennemis.

Quelques détails de ce récit trahissent l'influence des idées bibliques et peuvent être dus à l'imagination du missionnaire. Le reste est certainement bien indigène. Ce qu'il y a de plus curieux ici, c'est que la comparaison de cette légende avec celles de l'Asie permet de la reconstituer sous sa forme archaïque, et de reconnaître certains points d'affinité entre elles et une partie du mythe de *Quetzalcohuatl*. Nous voyons là encore se reproduire le même fait qui nous a déjà frappé dans la légende votanide, affranchie des emprunts faits plus tard par les récits similaires des peuples de l'Indo-Chine à la légende grecque de Thésée.

Les *Sekiis bei Klous*[1] ou hommes à huit bouquets de barbe, ces farouches montagnards du Kurdistan, qui causaient, nous dit Albert d'Aix, tant d'effroi aux *nobles dames*, aux *femmes très délicates*, aux

---

1. *Voyages dans l'Asie Mineure, en Mésopotamie*, etc., par M. B. Poujoulat, t. I, p. 368.

illustres matrones de l'Occident, ont conservé la tradition suivante relative au déluge.

L'arche de Noé, s'avançant vers le mont Ararat, où
elle devait s'arrêter, heurta contre un rocher, près
de Sandjak, et fit une voie d'eau. Cependant Noé
désespérait de son salut. Le serpent, qui était
renfermé dans l'arche, vit son embarras et promit
de l'assister à condition que le patriarche, une fois le
déluge passé, le nourrirait de sang humain. Noé
accueillit cette demande, et le serpent boucha les
fentes du navire avec les replis de son corps. Lors de
la sortie de l'arche, le reptile vint rappeler au restau-
rateur du genre humain son imprudente promesse.
Ce dernier, d'après le conseil de l'ange Gabriel, brûla
le serpent et jeta au loin ses cendres. Elles donnèrent
naissance à toutes les légions d'insectes, à toutes les
espèces de vermines qui tourmentent l'homme.

De là le respect des *Sekiis bei Klous* pour ces
animaux. L'identité de la tradition kurde avec celle
des Salivas est tellement évidente, que nous ne nous
arrêterons point à la faire ressortir. Les Kurdes, sur
ce point, se sont inspirés à la fois des traditions
bibliques concernant le déluge, de l'histoire du
serpent Python et de la légende persane relative à
Zohak[1], des épaules duquel sortaient deux serpents
qu'il était obligé de nourrir de chair humaine. Cette
dernière s'est également conservée au Mexique, dans
les récits relatifs à *Tezcatlipoca* et à sa lutte contre

1. *Le Livre des rois (Schah Nameh)*, par Abou'lkasim Firdouci,
traduit et commenté par M. Jules Mohl, t. I, liv. V (Zohak), p. 60.
Paris, 1838.

Quetzalcohuatl. Inutile, sans doute, de rappeler ici ce que dit Ovide du serpent Python [1], enfanté par la terre encore humide des eaux du déluge, mais rendue féconde par l'action des rayons solaires. Pour triompher du monstre, Apollon lui-même dut vider son carquois, et le dieu vit ses flèches se couvrir d'un noir venin.

Le nom même de ce monstre dériverait, d'après Macrobe [2] πύθω, *pourrir*, à cause de l'infection que répandait son cadavre en décomposition. Quant à celui d'Apollon, ne le retrouvons-nous pas dans le *Puru* des Salibas ?

Certaines divinités américaines semblent avoir conservé jusqu'au nom qu'elles portaient chez les peuples de l'ancien monde. La donnée des riverains de l'Orénoque se rapproche, on le voit, moins de celle des Hellènes que de la légende kurde. C'est à cette dernière, sans contredit, qu'elle a dû être empruntée. Toutefois, plusieurs circonstances importantes ont été omises dans le récit américain. C'est, on en comprend sans peine le motif, ce qui arrive toujours dans les légendes de seconde main ; ce qui a parfois, mais non toujours lieu, notamment dans celles de l'Amérique, lorsque nous les comparons à celles de l'Asie. Plus éloignées de leur source primitive, elles se sont conservées moins pures. C'est ce dont l'histoire de *Votan* nous a fourni déjà plus d'une preuve. Ainsi les Salibas ne font nulle mention du

1. *Métamorphoses*, liv. I, v. 438.
2. *Satires*, liv. I, ch. XVII.

déluge, et ils ne nous apprennent point, comme les *Sekiis bei Klous*, pour quel motif tous ces insectes sont sortis du corps du serpent. Ils ont gardé souvenir du fait matériel et oublié les causes qui l'ont produit.

Ajoutons toutefois que la victoire d'Apollon rappelle beaucoup celle de Krischna[1] sur *Kâlo*, l'hydre de la *Djamouna*. Seulement, le dieu indien, plus clément que Phébus, aurait, d'après le *Bhâghavat-Pourana*, fait grâce à son ennemi vaincu. Touché des prières que lui adressait la femelle de ce monstre, il leur permit de se retirer tous les deux dans l'île de Ceylan. Vraisemblablement les écrivains du Gange se sont, sur ce point, directement inspirés des écrivains helléniques.

D'un autre côté, ce reptile, bouchant les fentes de l'arche avec son corps, ne serait-il pas un peu parent du dieu-poisson que célèbrent les poèmes indous? C'est Brahma, d'après le *Mahabhârata;* Wishnou, d'après le *Bhâgavat-Pourana*, qui, sous la forme d'un poisson, viennent prévenir Manou de l'imminence de la grande inondation. Pour mieux témoigner leur reconnaissance du service signalé que leur a rendu ce patriarche, ils dirigent même son vaisseau au milieu de la mer agitée et ne le quittent que lorsqu'il est tout à fait hors de danger[2].

---

1. *Quelques observations sur le mythe du serpent chez les Indous* par M. Théodore Pavie. *Journal asiatique*, 5ᵉ série, t. V, p. 519.

2. Voir la *Tradition du déluge dans sa forme la plus ancienne, d'après les livres indiens*, 4ᵉ note, de M. Nève, dans les *Annales de Philosophie chrétienne*, t. III, p. 47, 4ᵉ série.

Enfin, dans l'origine attribuée aux insectes par les Kurdes, nous y verrions volontiers un reflet des doctrines manichéennes relatives aux deux principes créateurs. D'après les Perses, *Ormuzd* était l'auteur de tous les animaux et plantes utiles ou agréables à la vue. Les autres étaient l'œuvre d'*Ahriman*.

Saint Augustin nous parle précisément d'un chrétien que les manichéens décidèrent à embrasser leur doctrine en lui représentant que les mouches étaient des êtres trop désagréables et trop incommodes pour que Dieu ait pu consentir à les créer. Le diable seul avait pu se charger de cette tâche[1]. Sans doute il avait quelque connaissance de la croyance persane, ce malicieux conteur du moyen âge qui nous représente Adam produisant, au moyen d'un coup de baguette, les animaux domestiques ou destinés au service de l'homme, tandis qu'Ève, par le même procédé, donnait naissance à toutes sortes de bêtes féroces ou venimeuses.

D'ailleurs, un souvenir de ces récits, quoique bien altéré, semble avoir passé jusque dans nos vieux romans de chevalerie.

Un ouvrage, tout moderne à la vérité, concernant les quatre fils Aymon, mais tiré, affirme l'auteur, du roman original publié par Huon de Villeneuve, en caractères gothiques, l'an 1178, contient le passage suivant :

« Le duc de Beuves, marié depuis plusieurs années

1. S. Aug. *In Evang. Joannis*, trac. 1, ch. i, n° 14; *Patr. lat.*, t. XXXV, p. 1386.

déjà, se désolait de n'avoir pas encore d'enfants.
Enfin, son épouse étant devenue enceinte, il donna,
en témoignage de sa joie, une grande fête, à laquelle
se rendit toute la cour. Pendant que l'on était à se
divertir, soudain apparaît la flotte du Sarrasin *Sor-
galant* d'Esclavonie. Tout le monde se sauve. La
duchesse, fugitive, gagne un bois, où elle accouche
de deux jumeaux. Comme elle tâchait de regagner,
avec sa suite, son château d'Aigremont, la voilà qui
tomba entre les mains des mécréants. L'un de ses
fils se perd dans la bagarre, l'autre est confié à la
fée Oriande. Celle-ci, sachant, en raison de ses
connaissances surnaturelles, que le jeune homme,
bien que baptisé, n'avait pas encore de nom, lui
donna celui de *Maugis*.

« Formé par les leçons du magicien *Baudri*, le
jeune Maugis brûle de se signaler par ses exploits. Il
se met en tête de s'emparer du fameux cheval Bayard,
gardé dans une caverne de l'île *Boucaut* par un
démon de taille gigantesque appelé *Rouard*. Ayant
endormi le géant par la longueur de ses récits, le fils
du duc de Beuves se rend à l'endroit où se tenait un
horrible dragon chargé de la surveillance de Bayard.
Enveloppé d'une peau d'ours et tenant une fourche
à la main pour se donner l'air d'un diable véritable,
Maugis, que son arc rend invulnérable, triomphe du
monstre et le tue. Le sang du dragon coule à flots,
et il en naît quantité d'araignées, de crapauds et
d'aspics ; mais sitôt que le vaillant Maugis lui eut
arraché le cœur, toute cette vermine disparut, et il
put jouir en paix du fruit de sa victoire. Bayard,

sortant de son antre, venait de lui-même se livrer au jeune vainqueur[1]. »

Nous le répétons, bien que le livre en question soit tout récent et que nous n'ayons pu vérifier ce que dit l'auteur du manuscrit de Huon de Villeneuve, un fait reste certain, c'est que cet épisode n'est nullement de son invention. Notre contemporain l'a certainement pris à quelque roman chevaleresque du moyen âge ou de la Renaissance. Preuve nouvelle de la faculté d'accommodation que possèdent les légendes en apparence les plus étranges.

Le sens de tous ces récits est d'ailleurs bien facile à saisir. Dans le monstre, qui partout répand la désolation et l'effroi, on reconnaît l'image de la terre marécageuse avec ses émanations pestilentielles, non moins funestes à l'homme que la dent des reptiles. La vermine sortant de ses entrailles, ce sont les myriades d'insectes malfaisants qui éclosent sous l'influence d'une chaleur humide. Par les traits dont le serpent meurt percé, il faut entendre les rayons solaires qui assainissent le sol et le rendent habitable.

La même image reparaît encore dans Homère, lorsqu'il nous représente Apollon frappant de ses flèches les soldats de l'armée grecque campée devant Troie. C'est ainsi que le dieu les punissait du rapt de la fille de Chrysès, commis par Agamemnon[2].

Ces traits du fils de Jupiter n'étaient autres que les

1. M. de Robville, *Histoire véritable et authentique des quatre fils Aymon*, ch. VIII, p. 44 et suiv. Paris.
2. Homère, *Iliade*, chant I, vers 11 à 53.

rayons solaires qui, dardés sur une terre marécageuse, humectée par les débordements du Simoïs, procurent aujourd'hui encore aux habitants force rhumatismes aigus, affections typhoïdes et fièvres de toute nature[1].

CHAPITRE IV

La sortie du soleil.

La tradition mexicaine, rapportée par Sahagun, prétend qu'à l'époque où le monde était encore plongé dans les ténèbres, les dieux se réunirent à *Téotihuacan*. Il s'agissait de savoir lequel d'entre eux se chargerait de donner la lumière au monde. Il fallait, pour cela, consentir à se jeter dans un bûcher enflammé pour y être consumé : *Meztli* ou « la Lune » s'offrit le premier à accomplir ce sacrifice, mais un seul astre ne suffisait point au ciel; il en fallait au moins deux, le premier pour éclairer pendant le jour, le second pendant la nuit. Alors se présenta le plus humble et le plus affligé de tous les génies, à savoir *Nanahuatl*, litt. « le Syphilitique ». Il ne demandait pas mieux que de renoncer à une existence dont il avait épuisé les plaisirs et de s'immoler pour mettre un terme à ses souffrances. Afin de se préparer plus dignement au grand acte qu'elles devaient accomplir, les deux victimes se baignent pen-

1. *Correspondance d'Orient*, par MM. Michaud et Poujoulat, t. I, liv. XXIV.

dant quatre jours et quatre nuits ; puis, elles se rendent
au lieu où le bûcher était allumé. A ce moment,
Meztli, pris de peur, hésite et laisse *Nanahuatl* se
précipiter avant lui au milieu des flammes. Ce dernier, encouragé par les bonnes paroles de ses compagnons, prend son élan et se précipite dans le brasier
où il est aussitôt réduit en cendres. Cependant, les
dieux jettent leurs regards de tous côtés pour voir
où apparaîtrait *Nanahuatl* transfiguré. *Quetzalcoatl*,
identifié ici avec *Ehécatl*, dieu du vent, le signale du
côté de l'Orient, qu'illumine pour la première fois
l'astre du jour. Cependant Meztli, un peu revenu de
son effroi et d'ailleurs enhardi par l'exemple de
son prédécesseur, s'élance à son tour dans le foyer;
toutefois, celui-ci se trouvait déjà presque éteint et
le dieu lune tombe au milieu des cendres chaudes.
Il en ressort aussitôt sous la figure de l'astre des
nuits. La couleur cendrée de notre satellite tiendrait
précisément, au dire des Mexicains, à ce que le feu
n'avait plus conservé assez de force pour le consumer
entièrement. Un aigle et un tigre accompagnaient
Metzli dans son sacrifice. De là la teinte brune du
premier de ces animaux et la couleur fauve et mouchetée du dernier. En souvenir de cet événement,
on prit l'habitude de désigner du nom de *Quauhtli-
Ocelotl*, litt. « Aigles-tigres », les hommes vaillants
et courageux. L'on en fit une sorte de titre d'honneur
décerné à ceux qui s'étaient distingués par leurs
exploits guerriers[1]. Ajoutons que l'aigle et le tigre

---

1. Sahagun. *Histoire des choses de la Nouvelle-Espagne*, trad. de

passaient d'une façon spéciale pour des emblèmes
de la lune et du principe féminin et ténébreux[1].

L. Angrand a fort bien reconnu dans cette histoire
de *Meztli*, destiné à devenir l'astre du jour et qui, par
son hésitation, a laissé cet honneur à *Nanahuatl*, se
bornant à être transformé en lune, un indice de données gynécocratiques de la religion des Toltèques
occidentaux en général, et spécialement de celle des
Mexicains proprement dits. En effet, ces peuples
regardaient le principe femelle comme supérieur au
principe masculin[2].

Quoi qu'il en soit, une tradition fort analogue se
retrouve au Japon, et, chose étrange, la plus ancienne
mythologie de ce pays présente elle aussi, comme
nous allons voir, une tendance bien prononcée vers
la gynécocratie.

Voici ce que racontent les insulaires du Nippon.

Le couple créateur *Isanghi* et *Isanami*, dont nous
parlerons plus au long tout à l'heure, s'étant lavé
l'œil gauche avec de l'eau de mer purifiée, *Ama-
Térass*, litt. « la déesse qui brille au ciel », personnification du soleil, naquit de cette opération. Ils donnent le jour à *Tsouki*, la déesse de la lune, en se

M. le docteur Jourdannet, liv. X, ch. xxix. — Botturini, *Idea de una
nueva historia de la America septentrionale*. Madrid, 1776. — *Codex
chimolpopoca (Histoire des Soleils)*. Dans Abbé Brasseur de Bourbourg, *Histoire des nations civilisées du Mexique et de l'Amérique
centrale*, t. I, liv. II, ch. II, p. 181. Paris, 1857. — Abbé Brasseur de
Bourbourg, *Quatre lettres sur le Mexique*, lettre 3ᵉ, p. 159. Paris, 1868.

1. L. Angrand, *Lettre à M. Daly sur les antiquités de Tiaguanaco*
(Extrait de la *Revue générale d'architecture et des travaux publics*,
vol. XXIV).

2. L. Angrand, *Notes manuscrites*.

lavant l'œil droit avec la même substance, et lui conférèrent la souveraineté du pays argenté d'*Oss* (la nuit). Du dessous de nez des deux augustes auteurs du monde matériel se forma *Také-Haya*, d'abord dieu de la mer et qui, par la suite, devint celui du vent. Ce dernier, mécontent de son partage, bouleversa toute la nature. *Isanagi*, mécontent d'une telle façon d'agir, condamna le coupable à l'exil; à la vérité, celui-ci obtint la permission, avant de partir, d'aller rendre visite à sa sœur *Ama-Térass*. Toutefois, en montant au ciel, il fit un tel tapage que sa sœur effrayée refusa de le recevoir. La querelle s'étant envenimée entre les deux déités, Ama-Térass s'enferma dans une caverne obscure, et le monde se trouva plongé dans les ténèbres. Les autres dieux, effrayés de l'obstination de la déesse du soleil, résolurent de la forcer à faire de nouveau luire sa lumière. Ils accumulèrent les spectacles les plus merveilleux à l'entrée de sa grotte. Ama-Térass se décida enfin à entrebâiller sa porte pour voir ce qui se passait. Les dieux la supplièrent de sortir. *Ta-Tsikara*, « le dieu aux bras puissants », enleva ladite porte. Alors *Ama-Térass* consentit à se montrer tout à fait. Deux génies pénétrèrent dans la caverne pour empêcher la déesse de s'y renfermer de nouveau. Enfin *Také-Haya*, mû par un sentiment de repentir qui lui fait honneur, promit d'une façon positive de se mieux comporter à l'avenir. Depuis lors, le monde n'a plus cessé d'être éclairé par la lumière du soleil[1].

1. M. L. Metchnikoff, *l'Archipel japonais*, 2⁰ partie, ch. II, p. 268 et suiv. Paris, 1882.

Enfin les Aïnos, eux aussi, nous rapportent que le
Créateur ayant fini de fabriquer l'univers avec les
mortels qui l'habitent, les bons et mauvais génies,
qui jusqu'alors avaient vécu mêlés les uns aux autres,
commencèrent à se quereller. Il s'agissait de savoir
lesquels d'entre eux auraient l'empire du monde. La
discussion menaçait de s'envenimer, et pour rétablir
le calme, l'on convint que ceux qui apercevraient les
premiers l'astre du jour à son lever jouiraient d'une
domination incontestée. Chacun donc s'empressa de
gagner son poste. Seul, le dieu renard fit bande à
part, et s'obstina à rester à l'ouest. Au bout de
quelques instants, on l'entendit s'écrier : « J'aperçois le soleil qui commence à poindre. » Déités,
bonnes et mauvaises, se rendirent toutes auprès de
lui, et virent avec surprise la réverbération de l'œil
de la nature à l'occident[1]. Les mauvais génies
auraient pu protester et prétendre qu'autre chose
est de voir l'astre lui-même, ou de n'apercevoir que
sa réverbération ; mais ils se montrèrent bons
diables et ne songèrent pas à chicaner. C'est ainsi
que la prudence bien connue du dieu renard assura
à lui et à ses collègues l'empire du monde. Remarquons que cette discussion entre les dieux bons et
mauvais rappelle singulièrement celle qui s'éleva,
d'après la mythologie indoue, au sujet de la possession de l'*Amritam*, ou « boisson d'immortalité[3] ». Il

1. M. Romyn Hitchcock, *The Aïnos of the Japan*, p. 483 et 484 de
l'*Annual report of the Smithsonian institution*. Washington, 1891.
2. Sonnerat, *Voyages aux Indes orientales et à la Chine*, t. I, liv. II,
p. 284. Paris, 1782.

ne serait nullement surprenant que ces deux épisodes aient l'un et l'autre été empruntés à une source commune.

Nous serions porté à reconnaître trois éléments encore possibles à discerner dans la *légende mexicaine* qui fait l'objet de la présente étude, l'un plus primitif *et qui peut-être était commun* à d'autres tribus de la race cuivrée. Ainsi, les Peaux-Rouges *des régions septentrionales* nous expliquent d'où vient la couleur cendrée de la lune, connaissent l'histoire du génie qui se transporte successivement dans l'astre du jour et celui de la nuit. Écoutons, à ce sujet, les *Indiens Loucheux*, peuple appartenant à cette race *denné-dindjié* ou *athabaskane*, qui occupe la vallée du Mackenzie. Ils donnent le nom d'*Etsiégé*, litt. « frotté de bouse de vache » à l'esprit qui a élu domicile dans la lune. Les Peaux-de-Lièvre, autre tribu de même origine, appellent ce même personnage *Kotsi-daté*, litt. « taboué par la bouse ». Il est invoqué par les Dennés vers l'équinoxe de printemps, c'est-à-dire en mars-avril. Les Cris-des-Prairies, lesquels appartiennent à la souche algique, placent dans l'astre des nuits un génie mâle du nom de *Mustaté-Awasis*, « l'enfant - bison ». Nous le voyons reparaître chez les Pieds-Noirs sous l'appellation des *Kokoyé-natos*, terme dont nous ignorons la signification. D'autres tribus Dennées le désignent par différentes épithètes, entre autres celles de *Sta-Khédenné*, *Ebœ-ékon*, *Suyé-wétay* ou enfin *Sié-zjitdhidié*, litt. « le Bienfaisant ». D'après ces Indiens, c'est lui qui envoie sur terre la neige et les troupeaux

de rennes. Si la neige est trop abondante, on élève
vers l'astre au front d'argent un tison enflammé
en forme de torche. Chez les Esquimaux-Tchiglits,
ce mystérieux génie est appelé « fils de la lune ». —
Au dire des Loucheux et des Peaux-de-Lièvre, *Ètsiégé*
ou *Kotsi-daté* s'était rendu d'abord dans le soleil
qu'il trouva trop chaud, et cette circonstance le
décida à se transporter dans la lune [1]. Ajoutons que
chez les *Saks* des États-Unis [2], tout comme chez les
Quichuas du Pérou, la lune passait pour une déité
femelle dont l'époux était le soleil. Les hommes,
dans l'empire incacique, adoraient spécialement
l'astre du jour comme leur protecteur, tandis que les
hommages de leurs compagnes s'adressaient d'une
façon plus particulière au luminaire des nuits [3].

Les épithètes de *Taboué par la bouse*, d'*Enfant-
bison*, données à l'habitant de la lune, tendraient à
prouver que chez les indigènes de l'Amérique, tout
comme chez les Chaldéens, le bœuf ou bison passait
pour un emblème de l'élément femelle et humide
dont la lune constituait, à vrai dire, la principale
personnification. Cela se conçoit chez les populations
de l'Asie occidentale, lesquels voyaient dans le lion
le représentant obligé du principe solaire et masculin. La chose s'explique moins facilement de la

1. M. le R. P. Petitot, *Dictionnaire de la langue dené-dindjié*, § 2,
p. 32, et *Vocabulaire français-esquimau*, monographie B, § 6, p. 31.
Paris, 1876.
2. Major Pike, *Voyage au Nouveau-Mexique*, trad. de Breton, t. I,
p. 210 et 226. Paris, 1812.
3. *Tres relaciones de antigüedades peruanas*; relac. por Fernando
de Santillan, p. 30. Madrid, 1879.

part des Indiens de race cuivrée, lesquels ignorent les redoutables carnassiers de l'ancien monde. Le bison aurait quelques motifs de passer à leurs yeux pour le roi des animaux. Faudrait-il voir dans cette circonstance une preuve d'emprunt fait par le Nouveau-Monde à la symbolique de l'ancien? C'est ce que nous n'oserions affirmer. La chaleur dévorante du soleil a toujours été mieux caractérisée par des êtres féroces, par des carnivores ; l'éclat tempéré de la lune par des animaux paisibles et herbivores. Du reste, il faut bien le reconnaître, des légendes analogues se retrouvent un peu partout. En tout temps, l'imagination populaire s'est évertuée à deviner pour quelle raison la surface de la lune apparaît toute mouchetée. On a voulu voir dans les taches de cet astre la figure d'un voleur de bois transporté là-haut en punition de son méfait, et obligé de porter sur son dos, tout au moins jusqu'au dernier jugement, les fagots par lui dérobés. D'autres affirment y reconnaître Judas en personne, etc., etc. Nous parlerons plus loin du héros bienfaisant, fils d'une vierge, que les *Manacicas* de l'Amérique du Sud supposaient installé dans le soleil.

Un second élément de notre légende, et vraisemblablement le plus moderne de tous, c'est le sacrifice volontaire des dieux destinés à se transformer en astre. Nous le jugerions volontiers d'origine indigène. Il se trouve en parfait accord avec l'esprit sombre et cruel de la religion mexicaine, et c'est lui, pour ainsi dire, qui achève de donner à toute l'histoire de *Nanahuatl* et de *Meztli* sa physionomie indigène.

Enfin ces deux éléments écartés, reste dans les versions japonaise et aïno, tout comme dans celle du Mexique, ce que nous pourrions appeler un fond commun. Il s'agit de l'anxiété des dieux, affligés de la disparition de l'astre du jour, des procédés par eux employés pour l'obliger à reparaître à l'horizon, ainsi que du soin avec lequel ils épient l'instant de son lever. A cet égard, suivant toute apparence, le récit des Culhuas de Mexico ne constitue qu'un écho des traditions à eux apportées de l'Extrême-Orient. Il est vrai que la donnée gynécocratique mentionnée par Angrand n'apparaît pas dans les légendes aïno et japonaise, à moins que l'on n'en veuille retrouver un dernier vestige dans ce fait qu'*Ama-Térass*, le génie du soleil, appartient au sexe féminin. Ce qui est certain, en tout cas, c'est que ce caractère de gynécocratie religieuse se manifeste bien clairement dans un récit japonais dont nous allons parler à l'instant. Il ne nous semblerait nullement illogique d'admettre que les Mexicains ont fondu ensemble les deux légendes d'origine asiatique. Des exemples de pareilles modifications sont si fréquents dans l'histoire du *Folklore!* En tout cas, nous voyons en tout ceci une preuve nouvelle de l'influence prépondérante exercée par l'Asie orientale dans la création et le développement des civilisations du Nouveau-Monde. Au point de vue de la supériorité à attribuer au principe féminin, c'est-à-dire sur une question essentielle et fondamendale, la plus ancienne mythologie japonaise offre une similitude incontestable avec celle des habitants de la vallée d'Anahuac.

On le sait, les peuples de Nippon, tout comme les anciens Égyptiens et, du reste, tant d'autres nations de l'antiquité, possèdent une histoire entièrement mythique précédant l'histoire réelle. Ils font débuter leurs annales par le règne des dieux et des génies et, avant le règne des princes mortels, placent celui des dynasties célestes.

A l'origine, nous disent-ils et pendant un nombre incalculable de siècles, le Japon fut gouverné par les *Ten-sin-daï-tzin* ou « sept grands esprits célestes ». A ceux-ci succédèrent les héros ou demi-dieux. Enfin apparut la race actuelle, qui n'a rien des perfections de ses aïeux. Les trois premiers des grands esprits célestes n'avaient point de femmes, mais les quatre suivants étaient mariés. Il est vrai que les trois premiers d'entre eux rendaient leurs épouses fécondes rien que par leur seul regard. Nous reparlerons plus loin de cette curieuse légende dont un vestige semble se retrouver jusqu'en Indo-Chine.

Le dernier des *Ten-sin-daï-tzin* s'appelait *Isana-ghi-no Mikotto*, litt. « celui qui accorde trop », ou simplement *Isanaghi*. Il avait pour compagne *Isana-mi-no Mikotto* ou *Isanami*, « celle qui excite trop, qui fait naître tous les désirs ». Après avoir fait le tour de l'univers, le couple se rencontre auprès d'un grand pilier, sans doute la montagne qui supporte le ciel. Isanami prit la parole la première et s'écria : « Quel plaisir de rencontrer un aussi joli garçon ! » Isanaghi la reprit en lui disant : Il ne convient pas que la femme parle avant l'homme. L'Adam et l'Ève japonais recommencèrent donc à faire le circuit du monde, puis se retrouvèrent encore auprès de la même colonne. Isanaghi dit alors : « Quel plaisir de rencontrer une aussi jolie fille! » Ayant ensuite connu charnellement son épouse, Isanaghi la rendit ainsi mère de diverses îles, notamment de celle d'Awadzi, puis de plusieurs terres, fleuves, montagnes, d'une sorte de bruyère dont sont issues les autres plantes, du soleil dont les Japonais font une déesse sous le nom de *Ten syau daï tzin oho Kami*, ou *Ama-Térass*, « la grande déesse qui brille au firmament », et, enfin, de la race des demi-dieux. A cause de sa beauté, la déesse du soleil fut envoyée au ciel où elle brille en compagnie de sa sœur *Tsouki*, « la lune [1] ».

CHAPITRE V

Lucina sine concubito.

La croyance à un génie bienfaisant ou à un héros libérateur né d'une façon miraculeuse, le plus souvent d'une vierge, se retrouve, bien avant l'apparition du christianisme, chez une foule de nations des deux continents. Nous nous proposons ici d'étudier les

---

1. Kæmpfer, *Histoire naturelle, civile*, etc., *du Japon*; trad. française de Scheuchzer, t. I, ch. VII, p. 1 et suiv. Amsterdam, 1732. — M. Textor de Ravisi, *les Femmes célèbres du Japon*, p. 117 et suiv. du *Congrès des Orientalistes*. Paris, 1875. — Klaproth, *Annales du Japon*, trad. de Titsingh, p. 13. — M. L. Metchnikoff, l'*Archipel japonais*, 2ᵉ partie, ch. IV, p. 264 et suiv. Paris, 1882.

principales traditions qui s'y rattachent, en parcourant successivement chacune des parties du monde.

I

I. Commençons par l'Afrique ou, pour mieux dire, par l'Égypte, dont les légendes nous reportent à l'antiquité la plus reculée. La tradition en question s'y retrouve, mais défigurée par les données zoolâtriques qui jouent un si grand rôle dans la religion des riverains du Nil. D'après eux, le taureau Apis, adoré à Memphis, naissait d'une génisse vierge fécondée par un éclair, c'est-à-dire par le souffle de *Phtah*, le grand démiurge, le dieu sinon créateur, du moins organisateur de l'univers[1]. Nous pouvons d'ailleurs considérer comme une mauvaise plaisanterie l'opinion de certains savants, lesquels ont prétendu retrouver dans cette croyance égyptienne la source où avaient été puiser les évangélistes à à propos de la miraculeuse naissance de N.-S. J.-C.

Le taureau Mnévis, vénéré à Héliopolis, passait, lui aussi, pour une incarnation du grand dieu de l'Égypte, et vraisemblablement sa légende n'était autre que celle d'Apis. Quelques-uns voyaient même en lui le père de ce dernier dieu. Serait-ce un souvenir de cette légende qui aurait inspiré Pline, lorsqu'il nous donne comme certain qu'en Lusitanie, aux environs de Lisbonne et sur les rives du Tage, les cavales se

---

1. Hérodote, *Histoires*, liv. III, chap. XXVIII. — Pline, *Histoire naturelle*, liv. VIII, chap. XXI. — Plutarque, *de Iside et Osiride*. — Mariette, *Mémoire sur la mère d'Apis*. Paris, 1856.

tournent vers le Zéphyr pour être fécondées par le
vent. Les chevaux engendrés de la sorte, ajoute le
crédule savant, sont d'une légèreté extrême, mais ne
vivent jamais plus de trois ans[1]. Pomponius Méla se
montre encore plus dénué de critique, lorsqu'il nous
affirme que les Libyennes, lesquelles sont toutes
velues, conçoivent sans la participation de leurs
maris. Ces prétendues femmes couvertes de poils ne
seraient-elles pas simplement de ces gros singes
de l'intérieur de l'Afrique dont on avait pu entendre
parler à Rome? N'est-on pas d'accord pour voir
des gorilles dans ces soi-disant sauvagesses que
l'amiral Hannon fit tuer et dont il rapporta la peau à
Carthage?

II. Une autre version de la légende du fils de la
Vierge nous a été conservée par les scribes de la
vallée du Nil, mais, fait bizarre, elle semble cette
fois-ci inspirée non par la tradition indigène, mais
bien empruntée à celle des populations asiatiques.
Le manuscrit qui la contient est généralement connu
sous le nom de *Codex d'Orbiney*, qui était celui de
son possesseur. C'est le fameux *Roman* ou *Conte des
deux frères*, déchiffré et analysé une première fois
par M. de Rougé [2], puis traduit en allemand par
Bruegsch, et enfin en anglais par Ch. Lepage-
Renaut [3].

Ch. Maspéro s'est enfin décidé à en donner, à son
tour, une nouvelle traduction *à peu près exacte*,

1. Pline, *Hist. nat.*, liv. VIII, § 67.
2. *Revue archéologique*, 1re série, t. VIII, p. 385 et suiv. 1852.
3. *Records of the Past*, t. II, p. 137 et suiv.

comme il le dit modestement, c'est-à-dire, sans doute, plus exacte et surtout plus complète que celles de ses prédécesseurs [1]. C'est cette traduction que nous reproduisons ici, en ayant soin toutefois d'élaguer certaines notes, lesquelles n'offrent qu'un intérêt purement philologique et ne sauraient naturellement trouver place ici.

1. « *Il y avait une fois* deux frères d'une seule « mère et d'un seul père : *Anoupou* était le nom du « grand (de l'aîné) ; *Bitaou* était le nom du petit (du « cadet). Anoupou, lui, avait une maison, une femme, « et son petit frère était avec lui en guise de servi-« teur. C'était lui qui fabriquait les vêtements et « allait derrière les bestiaux aux champs, lui qui « faisait les labourages, qui battait, qui exécutait tous « les travaux des champs. C'était un ouvrier excel-« lent. Il n'avait point son pareil sur la terre entière. « Voilà ce qu'il faisait. »

2. « *Et beaucoup de jours après cela*, le petit frère « était derrière ses bœufs, suivant sa coutume de « chaque jour. Il revenait à la maison chargé de « toutes les herbes des champs, et voici ce qu'il « faisait sitôt après son retour : il déposait son « fardeau devant son grand frère, s'asseyait avec la « femme ; il buvait, il mangeait, il entrait dans son « étable à bœufs. »

3. « *Et quand la terre s'éclairait et qu'un second* « *jour était*, après que les pains étaient cuits, il les

---

1. *Revue archéologique*. Mars 1878. — *Les traditions relatives au fils de la Vierge*. Année 1888 des *Annales de Philosophie chrétienne*.

« mettait devant son grand frère. Il emportait des
« pains pour les champs ; il paissait ses bœufs pour
« les faire manger dans les champs. Tandis qu'il allait
« derrière ses bœufs, ceux-ci lui disaient : L'herbe est
« bonne en tel endroit. Lui écoutait tout ce qu'ils
« disaient. Il les menait au bon pâturage qu'ils
« souhaitaient. Aussi les bœufs qui étaient avec lui
« devenaient beaux, beaucoup. Ils multipliaient leurs
« naissances, beaucoup, beaucoup. »

4. « *Et quand ce fut la saison du labourage*, son
« grand frère lui dit : « Prépare-nous l'attelage pour
« labourer, car la terre est sortie de l'eau [1], elle est
« bonne à labourer. Aussi va-t'en aux champs avec
« les semences, car nous nous mettrons à labourer
« demain matin. Ainsi dit-il. »

5. « *Le petit frère fit toutes les choses que son*
« grand frère lui avait dites. »

6. « *Quand la terre s'éclaira et qu'un second jour*
« *fut*, ils allèrent aux champs. Ils se mirent à
« labourer et leur cœur fut joyeux beaucoup, beau-
« coup de leur travail, et ils n'abandonnèrent pas
« l'ouvrage. »

7. « *Et beaucoup de jours après cela*, ils étaient
« aux champs et ils labouraient. »

8. « Le grand frère dépêcha son petit frère,
« disant : « Cours, apporte-nous des semences du
« village. » Le petit frère trouva la femme de son
« grand frère qu'on coiffait. »

---

1. Par suite de la rentrée du Nil dans son lit et de la fin de la crue
annuelle.

9. « Il lui dit : « Debout, donne-moi des semences,
« que je coure aux champs, car mon grand frère,
« en m'envoyant, m'a dit : Pas de retard. »

10. « Elle lui dit : « Va, ouvre le coffre, prends
« ce qu'il te plaira, de peur que ma coiffure ne tombe
« en chemin. »

11. « Le jeune homme entra dans l'étable, prit
« une grande jarre, car son intention était d'emporter
« beaucoup de grains, la chargea de blé et sortit
« sous le faix. »

12. « Elle lui dit : « Qu'est-ce que les denrées qui
« sont sur ton épaule? » Il répondit : « Orge, trois
« mesures; froment, deux mesures; total : cinq.
« Voilà ce qui est sur mon épaule. » Ainsi lui
« dit-il. »

13. « Elle de dire : « C'est vraiment une grande
« force qui est en toi; car je vois ta vigueur chaque
« jour. Et son cœur le désira. »

14. « Elle se leva, le saisit et dit : « Viens, repo-
« sons ensemble une heure durant! Si tu m'accordes
« cela, certes, je te ferai de beaux vêtements. »

15. « Le jeune homme devint comme une panthère
« du Midi, en fureur, à cause des vilaines paroles
« qu'elle lui disait, et elle eut peur beaucoup, beau-
« coup. »

16. « Il lui parla, disant : « Mais, certes, tu es pour
« moi comme une mère ! Mais ton mari est pour moi
« comme un père ! Mais lui qui est plus grand que
« moi, c'est lui qui me fait subsister? Ah ! cette
« grande horreur que tu m'as dite, ne me la dis pas de
« nouveau, et moi je ne la dirai à personne, je ne

« la divulguerai à aucun homme. » Il chargea son
« fardeau et s'en alla aux champs. »

17. « Quant il fut arrivé auprès de son grand
« frère, ils se mirent à s'acquitter de leurs travaux. »

18. « Et sur le moment du soir, comme le grand
« frère retournait à sa maison et que le frère cadet
« était derrière ses bœufs avec sa charge de toutes
« les choses des champs et qu'il poussait les bestiaux
« devant lui pour les mener coucher à leurs étables,
« dans le village, alors, la femme du grand frère eut
« peur des paroles qu'elle avait dites. »

19. « Elle prit de la graisse salée et noire et devint
« comme celle qui a été frappée par un malfaiteur,
« afin de dire à son mari : « C'est ton petit frère qui
« m'a fait violence », quand son mari reviendrait
« au soir, suivant son habitude de chaque jour. En
« arrivant à la maison, il trouva sa femme couchée
« et dolente, comme d'une violence. Elle ne lui
« versa point d'eau sur les mains, suivant son habi-
« tude de chaque jour; elle ne fit pas la lumière
« devant lui; son logis était dans les ténèbres et
« elle était couchée toute salie. Son mari lui dit :
« Qui donc a parlé avec toi? » Voici ce qu'elle lui
« dit : « Il n'y a personne qui ait parlé avec moi,
« excepté ton petit frère. Lorsqu'il vint prendre pour
« toi les semences, me trouvant assise toute seule, il
« me dit : « Viens, toi, que nous reposions ensemble
« une heure durant; orne ta chevelure. Il me parla
« ainsi; moi, je ne l'écoutai point! Mais moi, ne
« suis-je pas ta mère? et ton grand frère n'est-il pas
« pour toi comme un père? Ainsi lui dis-je. Il eut

« peur, il me battit pour que je ne te fisse point de
« rapport. Mais si tu permets qu'il vive, je suis
« morte; car, vois, quand il viendra le soir, comme
« je me suis plainte de ses vilaines paroles, ce qu'il
« fera est évident. »

20. « Le grand frère devint comme une panthère
« du Midi; il donna du fil à son couteau; il le mit
« dans sa main. »

21. « L'aîné se tint caché derrière la porte de son
« étable, afin de tuer son petit frère, lorsqu'il vien-
« drait, au soir, pour faire entrer ses animaux dans
« l'étable. Et quand le soleil se coucha et que le
« petit frère, chargé de toutes les herbes des champs,
« selon son habitude de chaque jour, arriva, la vache
« qui marchait en tête, à l'entrée de l'étable, dit à
« son gardien : Attention, ton grand frère se tient
« devant toi, avec son couteau, pour te tuer; sauve-
« toi devant lui. »

22. « Quand il entendit ce que disait la vache qui
« marchait en tête, la seconde lui ayant parlé de
« même, il regarda par-dessous la porte de l'étable;
« il aperçut les pieds de son frère qui se tenait
« derrière la porte, son couteau à la main; il posa
« son fardeau à terre; il se mit à courir à toutes
« jambes, et son grand frère partit derrière lui avec
« le couteau. »

23. « Le petit frère cria vers *Phra Harmakhouti*[1],
« disant : « Mon bon maître, c'est toi qui distingues

---

1. Litt. « Le soleil *Horus* dans les deux horizons », *id est* à son
lever et à son coucher. C'est l'*Armachis* des Grecs, personnifié dans
le grand sphinx de Gizeh.

« le faux du vrai! » Et *Phra* entendit toutes ses
« plaintes; *Phra* fit paraître une eau immense entre
« lui et son grand frère, et elle était pleine de croco-
« diles; l'un d'eux se trouva d'un côté et l'autre de
« l'autre. Le grand frère étendit par deux fois la
« main contre son cadet, mais ne le tua pas; voilà
« ce qu'il fit. »

24. « Son petit frère l'appela de la rive disant :
« Reste là jusqu'à l'aube; quand le disque solaire se
« lèvera, je plaiderai avec toi, devant lui, et je réta-
« blirai la vérité, car je ne serai plus avec toi,
« jamais; je ne serai plus dans les lieux où tu seras;
« j'irai au *val du Cèdre*[1]. »

25. « *Quand la terre s'éclaira et qu'un second jour*
« *fut, Phra-Harmakhouti* s'étant levé, chacun d'eux
« aperçut l'autre. »

26. « Le jeune homme parla à son grand frère,
« disant : « Pourquoi venir derrière moi, pour me
« tuer en fraude, sans avoir entendu ce que ma
« bouche avait à te dire? Mais, moi, je suis bien ton
« petit frère! Mais toi, tu m'es bien comme un père!
« Mais ta femme m'est comme une mère! Ne serait-
« ce pas, après que tu m'eus envoyé pour apporter
« les semences, que ta femme m'a dit : « Viens,
« passons ensemble une heure, couchons-nous? Et
« voici, elle a tourné cela pour toi en autre chose. »

27. « Il fit connaître à son grand frère tout ce qui
« avait eu lieu entre lui et sa femme. »

---

1. Le *val du Cèdre*, dit M. Maspéro, paraît être en rapport avec la
vallée où Ammon faisait une visite annuelle. C'est un nom mystique
de l'autre monde.

9

28. « Il jura par Phra-Harmakhouti, disant :
« Toi, être venu derrière moi pour me tuer en
« fraude, t'être tenu le poignard à la main contre
« la porte, quelle infamie ! Il prit un couteau affilé,
« il se coupa le membre, il le jeta à l'eau où le
« caïman le dévora ; il s'affaissa, il s'évanouit. Le
« grand frère maudit son cœur beaucoup, beaucoup,
« resta là à pleurer tout haut, car il ne savait pas
« comment passer sur la rive où était son petit frère,
« à cause des crocodiles. »

29. « Son petit frère l'appela, disant : « Ainsi, tu
« t'es figuré une mauvaise action ! Ainsi, tu ne t'es
« pas rappelé une seule bonne action ou une seule
« des choses que j'ai faites pour toi. Ah ! va-t'en à la
« maison, soigne toi-même les bestiaux, car je ne
« demeurerai plus à l'endroit où tu seras. J'irai au
« val du Cèdre. Or, voici ce que tu feras pour moi :
« tu viendras prendre soin de moi, si tu apprends
« qu'il m'est arrivé quelque chose, car j'enchanterai
« mon cœur, je le placerai au sommet de la fleur du
« cèdre, et, si on coupe le cèdre, mon cœur tombera
« à terre ; tu viendras le chercher. Quand tu passe-
« rais *sept années* à chercher, ne te rebute pas ; mais
« une fois que tu l'auras trouvé, mets-le dans un vase
« d'eau fraîche ; certes, alors, je vivrai de nouveau,
« je révélerai le mal qu'on m'aura fait. Or, tu sauras
« qu'il m'est arrivé quelque chose, lorsqu'on te
« mettra une cruche de bière dans la main et qu'elle
« fera des bouillons. Ne reste pas un moment de
« plus après que cela te sera arrivé. »

30. « Il s'en alla au val du Cèdre, et son grand

« frère retourna à la maison, la main sur la tête,
« barbouillé de poussière. Lorsqu'il fut arrivé à la
« maison, il tua sa femme, la jeta aux chiens et
« demeura en deuil de son petit frère. »

31. « *Et beaucoup de jours après cela*, le petit
« frère, étant au val du Cèdre, sans personne avec
« lui, passait la journée à chasser les bêtes de la
« contrée, et venait coucher sous le cèdre, au som-
« met de la fleur duquel son cœur était placé. »

32. « Et beaucoup de jours après cela, il se cons-
« truisit de sa main, dans le val du Cèdre, une villa
« remplie de toute bonne chose, afin de s'y établir.
« Comme il sortait de sa villa, il rencontra la neu-
« vaine des dieux qui s'en allait régler les destinées
« de la terre entière. »

33. « Le cycle des dieux parla d'une seule voix, et
« lui dit : « Ah ! Bitaou, taureau du cycle des dieux,
« ne demeures-tu pas seul après avoir quitté ton
« pays devant la femme d'Anoupou, ton grand frère ?
« Voici, il a tué sa femme, car tu as révélé tout ce
« qui a été fait de mal contre toi. » Leur cœur en
« était malade, beaucoup, beaucoup. Phra-Har-
« makhouti dit à Khnoum : « Oh ! fabrique une
« femme à Bitaou, afin qu'il ne reste pas seul. »

34. « Khnoum lui fit une compagne pour demeurer
« avec lui, qui était parfaite en ses membres, plus
« que femme en la terre entière, car tous les dieux
« étaient en elle. »

35. « Les sept Hathors vinrent la voir et dirent :
« Qu'elle meure de mort violente ! »

36. « Bitaou la désirait beaucoup, beaucoup ;

« comme elle demeurait dans sa maison, tandis qu'il
« passait le jour à chasser les bêtes de la contrée
« pour les amener devant elle, il lui dit : « Ne sors
« pas dehors, de peur que le fleuve ne t'enlève ; je
« ne saurais te délivrer, car je suis une femme, tout
« comme toi, et mon cœur est posé au sommet de la
« fleur du cèdre, et si un autre le trouve, je me battrai
« avec lui[1]. »

37. « Il lui ouvrit son cœur sous toutes les formes. »

38. « *Et beaucoup de jours après cela*, Bitaou étant
« allé à la chasse, suivant son habitude de chaque
« jour, comme la jeune femme était sortie pour se
« promener sous le cèdre qui était auprès de sa mai-
« son, voici : elle aperçut le fleuve qui tirait vers
« elle ; elle se prit à courir devant lui, elle entra dans
« sa maison. »

39. « Le fleuve appela le cèdre, disant : « Que je
« m'empare d'elle » ; le cèdre livra une boucle de
« ses cheveux. »

40. « Le fleuve la porta en Égypte ; il la déposa au
« logis du blanchisseur de Pharaon (vie, santé,
« force). »

41. « L'odeur de la boucle de cheveux se mit dans
« les vêtements de Pharaon (vie, santé, force). L'on
« batailla avec les blanchisseurs de Pharaon (vie,
« santé, force), disant : « Odeur de parfums il y a
« dans les vêtements de Pharaon (vie, santé, force).
« On se mit donc à batailler avec eux chaque jour,
« et ils ne savaient plus ce qu'ils faisaient, et le chef

1. Il ne faut pas oublier que Bitaou s'était mutilé lui-même.

« des blanchisseurs de Pharaon (vie, santé, force)
« vint au quai, car son cœur était dégoûté beaucoup,
« beaucoup, des querelles qu'on lui faisait chaque
« jour. »

42. « Il s'arrêta, il se tint sur la berge, juste en
« face la boucle de cheveux qui était dans l'eau. Il fit
« descendre quelqu'un. On la lui apporta, trouvant
« qu'elle sentait bon, beaucoup, beaucoup ; et, lui, la
« porta à Pharaon (vie, santé, force). »

43. « On amena les magiciens de Pharaon (vie,
« santé, force). »

44. « Ils dirent à Pharaon : « Cette boucle de che-
« veux appartient à une fille de Phra-Harmakhouti,
« qui a en elle l'essence de tous les dieux. O toi ! à
« qui la terre étrangère rend hommage, que des mes-
« sagers aillent vers toute terre étrangère pour cher-
« cher cette fille, et le messager qui ira au val du
« Cèdre, que beaucoup d'hommes aillent avec lui
« pour la ramener. » Voici ce que Sa Majesté dit :
« C'est parfait, parfait, ce que nous avons dit. » On fit
« partir les messagers. »

45. « *Et beaucoup de jours après cela*, les hommes
« qui étaient allés vers la terre étrangère vinrent
« faire rapport à Sa Majesté ; mais ceux qui étaient
« allés vers le val du Cèdre ne revinrent pas ; Bitaou
« les avait tués, ne laissant (en vie) qu'un seul
« d'entre eux pour faire son rapport à Sa Majesté. »

46. « Sa Majesté fit partir beaucoup d'archers avec
« des hommes de char pour ramener la fille des
« dieux. Une femme était avec eux, et il lui donna
« tous les beaux affiquets d'une femme. »

47. « Cette femme vint en Égypte avec la fille des
« dieux, et on se réjouit d'elle dans la terre entière. »

48. « Sa Majesté l'aima beaucoup, beaucoup, et *on*[1]
« la salua *grande favorite.* »

49. « On lui parla pour lui faire dire la condition
« de son mari, et elle dit à Sa Majesté : « Qu'on coupe
« le cèdre et qu'on le détruise. » On fit aller les
« archers avec leurs outils pour couper le cèdre ; ils
« arrivèrent au cèdre, ils coupèrent la fleur sur
« laquelle était le cœur de Bitaou, et il tomba mort
« en cette male heure. »

50. « *Et quand la terre s'éclaira et qu'un second*
« *jour fut,* après que le cèdre eût été coupé, comme
« Anoupou, le grand frère de Bitaou, entrait dans sa
« maison et s'asseyait, ayant lavé ses mains, on lui
« donna une cruche de bière, et elle fit des bouillons ;
« on lui en donna une autre de vin, et elle se
« troubla. »

51. « Il prit son bâton avec ses sandales, il se mit
« à marcher vers le val du Cèdre, entra dans la villa
« de son petit frère et le trouva étendu mort sur sa
« natte. Il pleura quand il aperçut son petit frère
« étendu mort ; il s'en alla, pour chercher le cœur de
« son petit frère, sous le cèdre à l'abri duquel son
« petit frère couchait le soir ; il fit trois années de
« recherches pour ne rien trouver. Et il entamait la
« quatrième année, quand le cœur de son petit frère
« désira venir en Égypte, et dit : « J'irai demain. »
« Ainsi dit-il en son cœur. »

1. *On* est ici une formule de respect pour désigner le Pharaon.

52. « *Et quand la terre s'éclaira et qu'un second
« jour fut*, Anoupou alla sous le cèdre, passa son
« temps à chercher de nouveau ; il trouva une baie,
« la retourna sens dessus dessous, et voici : c'était le
« cœur de son petit frère. Il apporta une tasse d'eau
« fraîche, l'y jeta et s'assit suivant son habitude de
« chaque jour. »

53. « Et quand la nuit fut, le cœur ayant bu l'eau,
« Bitaou tressaillit de tous ses membres, se mit à
« regarder fixement son frère aîné, puis défaillit.
« Anoupou, le grand frère, saisit la tasse d'eau fraî-
« che où était le cœur de son petit frère ; celui-ci but :
« son cœur fut en sa place et lui devint comme
« il était autrefois. »

54. « Chacun d'eux embrassa l'autre, chacun d'eux
« parla avec son compagnon. »

55. « Bitaou dit à son grand frère : « Voici, je
« vais devenir un grand taureau qui sera de tous
« bons poils et dont on ne connaît pas la nature.
« Toi, assieds-toi sur mon dos ; quand le soleil se
« lèvera et lorsque nous serons au lieu où est ma
« femme, je révélerai tout le mal qui m'a été fait.
« Toi, conduis-moi au lieu où *on*[1] est et on te fera
« toute bonne chose : on te chargera d'or et d'argent
« pour m'avoir amené à Pharaon, car je ferai un
« grand miracle, et on se réjouira de moi dans la
« terre entière ; puis, tu t'en iras dans ton bourg. »

56. « *Et quand la terre s'éclaira et qu'un second
« jour fut*, Bitaou se changea en la forme qu'il avait

---

1. *On* désigne toujours ici le Pharaon.

« dite à son grand frère. Anoupou, le grand frère,
« s'assit sur son dos à l'aube, et arriva à l'endroit
« où *on* était. On le fit remarquer à Sa Majesté. Elle
« le regarda, elle entra en liesse beaucoup, beau-
« coup ; Elle lui fit grande fête, beaucoup, beaucoup,
« disant : « C'est un grand miracle qui se produit »,
« et on se réjouit beaucoup dans la terre entière. »

57. « On chargea d'or et d'argent le grand
« frère qui s'établit dans son bourg : on lui donna
« des gens nombreux, des biens nombreux, et
« Pharaon l'aima beaucoup, beaucoup, plus que
« tout homme en la terre entière. »

58. « *Et beaucoup de jours après cela*, le taureau
« entra dans le harem, se tint à l'endroit où était la
« favorite, se mit à lui parler, disant : « Vois, je
« viens à présent. » Elle lui dit : « Toi, qui es-tu
« donc ? » Il lui dit : « Moi, je suis Bitaou. Tu
« savais que si tu faisais abattre le cèdre par Pha-
« raon, c'en serait fait de moi, si bien que je ne
« pusse plus vivre, et vois, je vis à présent; je suis
« Taureau. »

59. « La favorite eut peur beaucoup, beaucoup,
« du propos que lui avait tenu son mari. ».

60. « Il sortit du harem, et Sa Majesté vint
« passer un jour heureux avec elle. Elle fut à la
« table de Sa Majesté, et on fut bon pour elle, beau-
« coup, beaucoup. »

61. « Elle dit à Sa Majesté : « Jure-moi par Dieu,
« disant : « Ce que tu me diras, je l'écouterai pour
« toi. » Il écouta tout ce qu'elle disait : « Qu'il me
« soit permis de manger le foie du taureau, car on

« n'en fera jamais rien. » C'est ainsi qu'elle lui
« parla. On s'affligea de ce qu'elle disait, beaucoup,
« beaucoup, et le cœur de Pharaon en fut malade,
« beaucoup, beaucoup. »

62. « *Et quand la terre s'éclaira et qu'un second
« jour fut,* on célébra une grande fête d'offrandes
« en l'honneur du taureau, et on envoya un des
« premiers officiers de Sa Majesté pour le faire
« égorger. Or, après qu'on l'eut fait égorger, comme
« il était sur l'épaule des hommes qui l'emportaient,
« il secoua son cou et laissa tomber deux gouttes de
« sang vers les deux grands perrons de Sa Majesté.
« L'une d'elles fut d'un côté de la grande porte
« de Pharaon, l'autre de l'autre côté, et elles pous-
« sèrent en deux grands Perséas, dont chacun était
« de la plus grande beauté. »

63. « On alla à Sa Majesté : « Deux grands
« Perséas ont poussé en grand miracle, pour Sa
« Majesté, pendant la nuit, à côté de la grande porte
« de Sa Majesté. Et on se réjouit à cause d'eux dans
« la terre entière, et on leur fit des offrandes. »

64. « *Et beaucoup de jours après cela,* Sa Majesté
« sortit par la porte de *Lapis-Lazuli,* le cou ceint de
« guirlandes de toutes sortes de fleurs. Elle était
« sur un char de vermeil et sortit du palais royal
« pour aller voir les Perséas. »

65. « La favorite sortit sur un char à deux che-
« vaux, à la suite du Pharaon. »

66. « Sa Majesté s'assit sous un des Perséas, la
« favorite sous l'autre. Quand elle fut assise, le
« Perséa se mit à parler à sa femme : « Ah! perfide!

« je suis Bitaou, et je vis en dépit de toi. Tu savais
« qu'en faisant couper le cèdre par Pharaon, c'en
« serait fait de moi ; je suis devenu taureau et tu
« m'as fait tuer! »

67. « *Et beaucoup de jours après cela*, comme la
« favorite était à la table de Sa Majesté : « Jure-moi
« par Dieu, disant : ce que me dira la favorite, je
« l'écouterai pour elle, dis! » Il écouta tout ce qu'elle
« disait. Elle dit : « Qu'on abatte ces deux Perséas ;
« qu'on en fasse de bonnes planches ! »

68. « On écouta tout ce qu'elle disait. »

69. « *Et beaucoup de jours après cela*, Sa Majesté
envoya des ouvriers habiles : on coupa les deux
« Perséas de Pharaon, et se tenait là, regardant
« faire, la royale épouse, la favorite. »

70. « Un copeau s'envola, entra dans la bouche
« de la favorite. »

71. « Elle l'avala et conçut. »

72. « On façonna les poutres, on en fit tout ce
« qu'elle voulut. »

73. « *Et beaucoup de jours après cela*, elle mit au
« monde un enfant mâle, et on alla dire à Sa Majesté:
« Il t'est né un enfant mâle ! »

74. « On l'apporta, on lui donna des nourrices et
« des remueuses. On se réjouit dans la terre entière.
« On se mit à faire un jour de fête. On commença
« d'être en son nom[1]. Sa Majesté l'aima beaucoup,

---

1. Cette phrase obscure, nous dit M. Maspéro, semble signifier que
l'on donna le nom du jeune prince aux enfants qui naquirent après
lui, ou que l'on commença à mettre son nom dans le protocole des
actes publics.

« beaucoup sur l'heure, et on le salua *Fils royal de*
« *Kousch* [1]. »

75. « *Et beaucoup de jours après cela*, Sa Majesté
« le fit prince héritier de la terre entière. »

76. « *Et beaucoup de jours après cela*, quand il
« fut resté beaucoup d'années prince héritier de la
« terre entière, Sa Majesté s'envola vers le ciel. »

77. « Bitaou dit : « Qu'on m'amène les grands
« conseillers de Sa Majesté, que je les instruise de
« tout ce qui s'est passé à mon sujet. »

78. « On lui amena sa femme : il plaida contre
« elle par devant eux ; on exécuta leur sentence.
« On lui amena son grand frère, et il le fit prince
« héritier de la terre entière. Il fut vingt ans roi
« d'Égypte, puis passa de la vie, et son grand frère
« fut en sa place dès le jour de ses funérailles. »

« Il est fini en paix, ce livre, pour le compte du
« scribe trésorier Gagabou, du trésor de Pharaon,
« du scribe Hori, du scribe Meremapt, fait par le
« scribe Ennatu, le maître des livres (bibliothécaire?).
« Quiconque parle de ce livre, Toth soit son allié ! »

Un savant ecclésiastique, trop tôt enlevé aux
études orientales, salue, dans ce récit, le « vénérable
ancêtre de tous les romans ». Peut-être pourrait-on y
voir plutôt un vrai conte de nourrice. L'art du narrateur semble, et avec raison, à M. l'abbé Ancessi

1. Un des princes de la famille royale, nous dit le même auteur,
était, à proprement parler, le gouverneur de *Kousch* (l'Éthiopie). En
réalité, ce titre pouvait n'être qu'honorifique. Arrivé à un certain âge,
l'héritier du trône faisait d'ordinaire son apprentissage du métier de
roi en gouvernant la région du haut Nil, les provinces au sud des
cataractes.

bien peu développé encore. « L'auteur, nous dit-il,
« se contente d'enfiler, l'un après l'autre, des récits
« venus de sources différentes, et il serait facile de
« détacher de l'ensemble chaque pièce juxtaposée
« dans cette marqueterie [1]. »

Impossible, à notre avis, de donner une idée plus
juste de l'ouvrage en question. Au premier coup
d'œil, on le reconnaît formé de parties assez faible-
ment rattachées les unes aux autres. L'une d'entre
elles semble avoir été inspirée par l'histoire de
Joseph. Comme ce dernier, Bitaou se trouve l'objet
des calomnies d'une épouse infidèle et court danger
de mort avant d'être justifié et élevé en gloire. Peut-
être ne serait-ce pas le seul emprunt fait par le scribe
égyptien à nos livres saints.

C'est ce que fait fort bien, à notre avis, ressortir
l'abbé Ancessi. « La création de la femme, nous
« dit-il, le langage du cycle divin sur l'isolement de
« l'homme, la tristesse des dieux, ces mots, au
« pluriel, *allons et faisons-lui une compagne*, ces
« paroles prononcées d'une même *bouche*, l'inter-
« vention de mauvais génies, la malédiction qui
« tombe sur la femme, sa facile désobéissance, ses
« malheurs, sa réhabilitation tardive, paraissent de
« vagues réminiscences des récits asiatiques. Com-
« ment ne pas rapprocher ces divins voyageurs qui
« s'en vont, réglant les destinées du monde, promet-
« tant un fils à Sarah et une femme à Bitaou? » Sans

---

1. Abbé V. Ancessi, *Job et l'Égypte*, chap. VIII, p. 245, en note. Paris, 1877.

exagérer la valeur de ces ressemblances, il nous semble impossible de ne point les signaler à l'attention des érudits.

D'autres passages du même roman sembleraient bien se rattacher, sinon exclusivement à la symbolique hébraïque, au moins, d'une façon plus générale, à celle de toute la race de Sem. Les sept Hathors qui vouent à une mort violente la compagne de Bitaou nous semblent quelque peu parents des sept esprits mauvais, fils d'Anou, lesquels, d'après la mythologie chaldéenne, luttent contre le dieu *Sin* (la lune)[1]. En effet, ce nombre *sept*, regardé par excellence comme divin chez les enfants de Sem, devient quelquefois même, dans nos livres saints, celui des mauvais esprits. L'Évangile ne nous parle-t-il pas des sept esprits méchants qui viennent de *nouveau* envahir l'âme de l'homme réconcilié avec Dieu?

L'histoire de la mutilation de Bitaou se retrouve également dans une légende citée par Proclus, et, sans aucun doute, d'origine sémitique, puisqu'elle paraît avoir pris naissance à Sidon. *Esmounos* (Eschmoun) ou Asklépios, le dernier et le plus charmant des fils de *Sadycos* (Cüdüq), aurait inspiré une violente passion à la déesse Astronomé (Hashtar-Nokhemà). Poursuivi un jour par elle et se sentant sur le point d'être atteint, il se mutila lui-même d'un coup de hache plutôt que de s'exposer à violer les lois de la chasteté.

L'on verra, du reste, plus loin, à quelle conclusion

---

1. Fr. Lenormant, *les Origines de l'histoire*, p. 564. Paris, 1880.

semble nous mener l'étude comparée de toutes ces légendes.

D'autre part, on ne saurait contester l'étroite affinité que présente la seconde partie de l'histoire de Bitaou avec celle d'**Atys** et de **Cybèle**, dont il sera question par la suite. En un mot, le scribe Ennatu semble s'être complu à donner dans son livre un résumé des croyances et traditions les plus curieuses des peuples étrangers avec lesquels l'Égypte se trouvait depuis longtemps déjà en contact.

Quant à l'épisode du cœur de Bitaou placé sur une fleur de hêtre et de la cruche de bière qui bouillonne pour annoncer à Anoupou la mort de son frère, nous le retrouvons sans doute ici sous sa forme la plus ancienne, mais il faisait partie d'une légende en vigueur chez beaucoup de populations des deux continents.

Ainsi, un conte kabyle nous parle de deux épouses d'un homme qui accouchèrent la même nuit; une mourut et l'autre éleva les deux enfants, mais sans pouvoir distinguer le sien de celui de sa compagne; une vieille femme, à laquelle elle s'était adressée lui ayant révélé le moyen de reconnaître son fils de son nourrisson, elle cessa de prodiguer ses soins à ce dernier. Le fils adoptif ne tarda pas à deviner la cause de ce changement de conduite de la part de celle qu'il avait considérée jusqu'alors comme sa vraie mère. S'étant rendu avec son demi-frère auprès d'une fontaine, il cassa deux baguettes minces et longues, les mesura et les planta dans la terre. Ensuite, il dit à ce dernier : « A partir de cet

« instant, je te dis adieu; visite chaque jour les
« baguettes; si tu trouves la mienne desséchée,
« sache que je suis mort. » Cet accident s'étant
produit à la fin de l'année, le fils de l'épouse survi-
vante comprit que son compagnon avait, en effet,
perdu la vie. Prenant ses armes et ses lévriers, il
suivit à cheval la route qu'avait déjà prise ce dernier.
Il arriva, au coucher du soleil, près d'une haute
montagne; là vivait une ogresse qui avait dévoré
le nourrisson. Notre voyageur, ayant eu la preuve
du crime commis, mit la coupable à mort. Il lui
fendit le ventre, en retira son frère mort, qu'il lava
soigneusement. Puis, ayant vu une *Tarente* rappeler
à la vie sa sœur qu'elle venait de tuer involontairement en lui faisant respirer l'odeur d'une certaine
herbe, il usa du même procédé à l'égard de son frère,
lequel ressuscita sur l'heure [1].

Peut-être est-ce le récit kabyle qui nous présente
l'épisode en question sous la forme la moins
altérée, et les Égyptiens ont fort bien pu le recevoir
de ces *Maschouach*, ou habitants de la Libye, qui
formaient la garde des Pharaons. Ce qui est certain,
c'est qu'on le retrouve en bien d'autres régions
encore des deux continents. A la liste considérable de contes qui rappellent le récit des Beni-
Menacer, et que cite M. Basset tout au long, on peut
encore ajouter celui de saint Corentin, si populaire

---

1. M. René Basset, *Textes berbères dans le dialecte des Beni-Menacer*, p. 48 et suiv. du vol. VI° du *Giornale della Società asiatica italiana*. Rome, 1892.

2. M. R. Basset, *Textes berbères*, ibid., p. 56 et suiv. En note.

en Bretagne, mais que E. Souvestre a tant altéré dans son *Foyer breton* en lui voulant donner une forme plus littéraire.

De même, d'après le livre sacré, les héros guatémaliens auraient planté au milieu de la cour de leur aïeule une baguette ou canne qui devait se dessécher, s'ils perdaient la vie[1].

D'autres détails de l'histoire des deux frères semblent offrir une couleur plus exclusivement égyptienne. Ainsi Bitaou et Anoupou, adonnés à l'agriculture et à l'élève du bétail, nous sont représentés menant la même vie (à part le merveilleux) que les petits propriétaires ou riches fermiers de l'époque pharaonique. Cela ne les empêche pas d'être des dieux déguisés. Est-ce que la légende grecque ne nous montre pas Apollon gardant les troupeaux d'Admète, Vulcain exerçant le métier de forgeron? De même, dans la tradition indoue, le demi-dieu Krishna, incarnation de Wischnou, passe pour le plus beau et le plus aimable des bergers.

Au reste, le scribe égyptien ne cache guère la nature divine des héros de son conte. Le grand frère *Anoupou* est-il autre qu'*Anubis*, litt. « le doré », le dieu des nécropoles, et figuré, en raison de cette circonstance, avec une tête de chien ou de chacal?

Il est néanmoins assez étrange qu'on fasse de lui le frère aîné de Bitaou, personnification d'Osiris, ainsi qu'on va le voir tout à l'heure. D'ordinaire, Anubis est plutôt considéré comme le fils de ce

1. *Popol-Vuh, le Livre sacré*, trad. de l'abbé Brasseur de Bourbourg, 2ᵉ partie, chap. III, p. 97. Paris, 1861.

dernier dieu et né de son adultère avec Nephthys, l'épouse de Typhon. Mais on remarquera que ce n'est pas la seule liberté prise par notre auteur avec les croyances de son pays. Il ne se montre guère, à cet égard, moins fantaisiste que ne l'a été l'auteur d'*Orphée aux Enfers* par rapport à la mythologie hellénique. L'identité d'Osiris et de Bitaou éclate dans toutes les particularités de leur vie, telle que la raconte le scribe Ennatu. Citons, par exemple, son goût pour l'agriculture et la bonté dont il fait preuve vis-à-vis de son grand frère, ses persécutions imméritées, sa mort et sa résurrection sous forme d'un taureau; enfin son triomphe final. Est-ce que ce dieu bienfaisant n'était pas par excellence la personnification du Nil, qualifié parfois d'écoulement d'Osiris[1]? En cette qualité, il devenait l'époux d'Isis, la terre noire et fertile de la vallée d'Égypte, fécondée par le grand fleuve. On figurait Osiris brun, parce que, dit-on, l'eau noircit tous les objets qu'elle imbibe. D'ailleurs, n'était-il pas le père des Égyptiens, toujours peints en rouge sombre ou en brun sur leurs monuments, tandis que les Sémites le sont en jaune, et que les habitants des îles septentrionales, sans doute de race européenne, se trouvent caractérisés par leur carnation claire ou blafarde? En sa double qualité d'inventeur de l'agriculture et de génie charitable, Osiris aurait, d'après Diodore de Sicile, quitté la vallée du Nil, où il régnait, et avait fait élever des digues contre les inondations fluviales. Il méditait

---

1. Plutarque, *de Iside et Osiride*.

la conquête pacifique de l'univers qu'il voulait initier aux bienfaits de la civilisation, et à la tête d'une nombreuse troupe d'hommes et de femmes, nous le voyons parcourir l'Arabie, les Indes, la Thrace, où il se signale par ses bienfaits. Vraisemblablement, c'est le souvenir du Thrace Orphée qui a amené la mention de ce dernier pays sous la plume de Diodore. Effectivement, le rôle assigné à ces deux personnages offre les plus grandes analogies. Enfin, Bacchus, conquérant des Indes, où il pénètre accompagné de Silène et de ses satyres, pourrait bien ne constituer qu'une forme rajeunie du dieu égyptien.

Si Bitaou se montre si bienveillant vis-à-vis de son grand frère, Osiris ne l'est guère moins à l'égard de Typhon, dont la perfidie n'a point encore éclaté, puisqu'il le nomme régent de l'Égypte en son absence. Typhon coupa son frère en morceaux, Anoupou essaie de le poignarder, Bitaou se mutile à la suite de cette tentative d'assassinat. On sait par Plutarque quelle était l'origine du culte rendu au phallus d'Osiris.

Bitaou se métamorphose en taureau. Les bœufs Apis et Mnévis, nous venons de le dire plus haut, passaient pour autant d'incarnations du maître de l'Olympe égyptien. La façon dont le petit frère du conte égyptien se venge de la criminelle favorite de Pharaon après avoir plaidé contre elle, nous fait songer à la conduite d'Osiris incitant son fils Horus à châtier Typhon, et à son rôle de juge des morts qu'il condamne ou absout à la suite d'un débat en règle. En un mot, l'auteur a fait de l'évhémérisme et

réduit à des proportions plus humaines les récits de
la mythologie.

D'un autre côté, si Bitaou se ravit à lui-même sa
virilité, s'il déclare être une femme, il ne faut point
oublier ce que nous pourrions appeler le côté
féminin du caractère d'Osiris.

Les anciens Orientaux, aussi bien que les Chinois
d'aujourd'hui, opposaient le principe passif, femelle,
ténébreux, humide et tendant vers le bas, symbolisé
par la terre, l'eau, le taureau et la lune, au principe
actif, masculin, lumineux, igné et tendant à s'élever
que symbolisaient l'air, le feu, le bélier, le lion et le
soleil[1]. Les constellations elles-mêmes se divisaient
en mâles et en femelles[2]. Ajoutons que d'après la
symbolique propre aux riverains du Nil, la chaleur
dévorante de l'été se trouvait figurée par la lionne.
Au contraire, la chatte, qui poursuit les rats, souris
et autres animaux amis des ténèbres, passait pour
l'emblème du soleil printanier, lequel fait pousser
la végétation.

Quoi qu'il en soit, Osiris, nous l'avons vu, était
personnifié par le Nil, dont les débordements rendent
féconde la terre noire d'Égypte. Sa mort, son séjour
aux enfers, sa résurrection rappelaient aux yeux des
sujets de Pharaon le coucher du soleil et la disparition de cet astre pendant la nuit. Enfin, dans les
taureaux Apis et Mnévis, le peuple voyait autant
d'incarnations du juge des morts. D'un autre côté, le

1. Fr. Lenormant, *les Origines de l'Histoire.* Appendices, p. 531.
2. *Ibid.*, p. 594.

soleil nocturne se confondant avec la lune, nous
voyons, pour ainsi dire, Osiris pris comme l'emblème
de la lune mâle par opposition à Isis, emblème de la
lune femelle. En un mot, ce dieu constituait la
forme féminine du principe masculin.

Une telle façon de comprendre les choses peut
nous sembler, à bon droit, fort étrange. Elle n'en
était pas moins parfaitement conforme à la doctrine
des Orientaux. Les éléments, symboles des deux
principes dont nous venons de parler, ne possédaient
toujours point, à proprement parler, une valeur
absolue. Si le feu et la terre restaient, le premier
constamment mâle, la seconde constamment femelle,
il n'en était plus de même pour l'air et l'eau. Appartenant au monde supérieur, l'air devenait la compagne du feu et, d'un autre côté, l'eau passait au
besoin pour l'époux de la terre. C'est en effet d'elle
que cette dernière tire sa fécondité. Ajoutons que la
lune, épouse du soleil et planète humide par excellence, paraît avoir joué, tout comme l'eau, le rôle de
principe mâle par rapport à l'élément terrestre[1]. En
effet, la croyance populaire n'a-t-elle pas, de tous les
temps, et ne continue-t-elle pas aujourd'hui encore
à attribuer à l'astre des nuits, un certain rôle dans
le développement de la végétation[2]?

1. *Philosophumena*, IV, 43, p. 76. Edit. Miller. — M. de Vogüé,
Inscriptions phéniciennes de l'île de Chypre, p. 147 du *Journal asiatique*. Août 1867. — *De quelques idées symboliques se rattachant au
nom des douze fils de Jacob*, p. 245 du 3e vol. des *Actes de la Société
philologique*. Années 1873-74.
2. *Ymos-Yima*, p. 7. Extrait du vol. de 1876 des *Mémoires de la
Société havraise d'émulation*.

Ajoutons que, dans la mythologie indoue, nous voyons également le dieu conservateur Wischnou jouer, tout comme Osiris en Égypte, le rôle d'un représentant du principe femelle par opposition à Chiwa ou Siva, le dieu destructeur qui représente le principe opposé. Ainsi, lorque les dieux et les géants se disputent la liqueur d'immortalité, Wischnou se métamorphose en femme. Le *Yoni* est devenu son emblème, tandis que le *lingam* passe pour celui de Chiwa. Enfin Wischnou se transforme en jeune fille pour détourner l'attention des pénitents, tandis que Chiwa séduit leurs compagnes[1].

Et ce ne sont pas là, à coup sûr, les seules traces de ce que nous pourrions qualifier gynécocratie religieuse, suprématie attribuée au principe féminin, chez les riverains du Nil. En effet, une particularité des plus caractéristiques, c'est que, dans les manuscrits égyptiens, le nom de la mère se trouve toujours cité avant celui du père. Le même fait a été signalé dans les inscriptions étrusques, et sans doute il doit y être rapporté à une cause identique.

En revanche, comment, en dépit peut-être de quelques traits inspirés par la Bible sur le rôle néfaste joué par Ève, méconnaître dans la favorite de Pharaon, Isis en personne. Ici, à la vérité, elle apparaît dépouillée de ce caractère bienveillant qui lui est habituel pour devenir un personnage essentiellement funeste. Son départ du val du Cèdre pour

1. Sonnerat, *Voyage aux Indes*, etc., t. **I**, articles *Wischnou* et *Chiwa*.

se rendre à la cour de Pharaon, qu'est-ce autre chose qu'une version défigurée d'un épisode bien connu de la vie de la déesse ? Ne sait-on pas, en effet, qu'elle quitta l'Égypte après la mort de son époux. Elle se rendit à Byblos en Phénicie, et fut accueillie par le roi et la reine de cette cité[1]. C'est le parfum s'exhalant d'une boucle de cheveux de l'épouse de Bitaou qui décida le roi d'Égypte à l'envoyer quérir. De même, c'est en répandant « une merveilleuse et souëfve odeur » sur les femmes d'Astarté, la reine de Byblos, et en leur « accoustrant les tresses de leurs cheveux » qu'Isis se fait admettre au service de cette princesse. L'infidèle compagne du petit frère de notre conte ordonne la mort de son mari, transformé en Perséa. Isis fait couper le tamarix qui avait poussé autour de la momie d'Osiris. Enfin, si ce dernier dieu, après sa mort et sa mutilation, rend encore sa compagne mère de deux fils, à savoir *Hélitoménus* et *Harpocrate* ou *Hor-pé-Chrouti* (Horus enfant), c'est également en des circonstances analogues que Bitaou s'engendre lui-même au sein de la maîtresse du roi.

Un autre trait qui semble bien égyptien, c'est celui de l'ennéade des dieux qui rendent visite à Bitaou. Le nombre 9, consacré par la religion chez les anciens Scandinaves, les Tartares et même en Chine, semble jouer dans la symbolique égyptienne un rôle presque aussi considérable que le 7 dans celle des Sémites. Du reste, elle paraît se pouvoir réduire à une sorte

1. Plutarque, *de Iside et Osiride*.

de trinité. « La triade des dieux, nous dit M. Maspéro, triplée en chacune de ses personnes, formait un
ensemble théorique de neuf personnes divines que
l'on appelait *Paut nuteru :* la neuvaine, l'ennéade
des dieux. » A cet égard, un rapprochement pourrait
peut-être être signalé entre la vallée du Nil et celle de
l'Euphrate. La mythologie chaldéenne possède de
son côté trois triades de déités cosmiques, réputées
supérieures aux dieux planétaires, ainsi qu'aux
génies locaux. Une conception quelque peu analogue
se retrouve même dans le dogme catholique, puisque certains théologiens considèrent chacune des
personnes de la Sainte Trinité, non seulement en
elle-même, mais encore dans ses rapports avec les
deux autres, soit isolées, soit réunies. N'aurait-on
pas ici quelque lieu de juger ce rapprochement avec
les anciennes mythologies purement fortuit?

Nous avons déjà fait ressortir la ressemblance du
passage de notre récit concernant le cœur de Bitaou,
placé sur une fleur de cèdre et du vase de bière qui
bouillonne pour annoncer la mort, avec les légendes
kabyle, bretonne et guatémalienne. Un autre épisode
du même conte se retrouve, lui aussi, un peu partout,
et jusqu'à plus ample informé on a lieu de le croire
d'origine égyptienne. Nous voulons parler des trans-
formations du petit frère en taureau, en perséa,
en copeau, puis en homme. Ne rappellent-elles pas
d'une façon étrange celles des Gallois Gwyddon, du
héros du recueil kalmouk de Siddikûr, aussi bien
que les métamorphoses du dieu mexicain *Xolotl*,
litt. « le dragon ». On sait que les autres dieux

s'étant mis à sa recherche afin de le sacrifier, il se déguisa successivement en *Méxolotl* ou aloès double, puis en *Axolotl* ou lézard d'eau, et finit par disparaître[1].

Rien d'étonnant d'ailleurs à ce qu'une légende éclose sur les bords du Nil ait fini par s'égarer ainsi sur le plateau d'Anahuac. Si l'on peut attribuer, avec plusieurs savants américanistes, une origine européenne aux populations aborigènes du Nouveau-Monde[2], tout, d'un autre côté, ainsi que nous nous sommes efforcé de l'établir à plusieurs reprises, nous engage à chercher dans l'Extrême-Orient le berceau des civilisations de l'hémisphère occidental. Or, précisément, l'on ne saurait guère douter qu'à une époque plus ou moins ancienne, et peut-être même à plusieurs reprises, l'influence égyptienne, tout comme celle de la Chaldée et aussi celle du peuple juif, ne se soient fait sentir chez les peuples de l'Asie orientale, lesquels, à leur tour, finirent par entretenir des relations plus ou moins suivies avec les riverains de la côte opposée du Pacifique. Bornons-nous, d'ailleurs, à quelques exemples. Est-ce que l'oiseau fabuleux appelé *Foung*, *Founghoang* dans les traditions chinoises ne rappelle pas, par son nom aussi bien que par ses attributs, le non moins mythique *Bennou* ou *Vennou* des Égyptiens,

---

1. M. J. Leflocq, *Études de mythologie celtique*, chap. II, § 2, p. 69. Orléans, 1869. — M. B. Juelg, *Siddikûr, Kalmuekische mæhrchen*, Introd., Leipzig, 1866. — *Le Mythe de Votan*, § 2, p. 86. Alençon, 1871. — Abbé Brasseur de Bourbourg, *Quatre lettres sur le Mexique*, p. 161. Paris, 1868.

2. M. le docteur J. Brinton, *Races and peoples*, lect. X, p. 247. New-York, 1890.

c'est-à-dire le Phénix, auquel notre vanneau a vraisemblablement servi de prototype? En effet, si la vie
du Phénix se prolonge jusqu'à cinq cents ans, le
Foung, lui, concilie les *cinq sons*, et il fait un séjour
perpétuel chez les hommes, alors que règnent les *cinq
vertus*. On voit le rôle que joue le nombre cinq et ses
multiples dans la légende de ce volatile merveilleux[1].
L'analogie serait bien plus frappante encore si,
comme on a tout lieu de le supposer, c'est encore au
Foung que les Chinois attribuent les propriétés d'être
unique de son espèce et de renaître de ses cendres[2].

Nous serions assez disposé également à reconnaître une contrefaçon du bœuf Apis dans la licorne
ou *ki-lin* des habitants du Céleste Empire. Cet animal
a, dit-on, le corps du cerf et la queue du bœuf. On
vante sa bienveillance et son esprit de charité, poussé
si loin qu'il n'écrase pas un vermisseau et ne foule
point l'herbe verte. D'après le dictionnaire *Pin-tsé-
tsien*, publié en 1687, il croît *sans semence* ou, suivant d'autres, il est la *semence de la dernière lune*.
Quelques auteurs le regardent comme un emblème
de l'élément humide[1], et son apparition passe pour
le présage d'une paix profonde ou de la venue prochaine d'un grand prince. L'on reconnaît dans le
ki-lin le roi des quadrupèdes, de même que dans le
foung celui des oiseaux. Beaucoup de ces traits, on
le voit, conviendraient assez à l'Apis égyptien.

---

1. Le P. Prémare, *Vestiges choisis des principaux dogmes de la
religion chrétienne*, etc., p. 40 et suiv. du t. XII des *Annales de philosophie chrétienne*, 6e série.
2. Fr. Noël, *Dictionnaire de la fable*, art. *Phénix*. Paris, 1803.

Enfin, les deux perséas qui s'élèvent subitement aux deux côtés de la grande porte de Pharaon, n'ont-ils pas inspiré la tradition chinoise en ce qui concerne les deux arbres merveilleux s'élevant des deux côtés du trône de l'Empereur Yu le Grand[1]?

C'est que, dans les temps anciens, le peuple du Céleste Empire ne semble pas avoir été animé de cet esprit d'exclusivisme et de cet amour-propre national qui lui inspirent une si profonde aversion pour tout ce qui est de provenance étrangère. Au contraire, il s'appropriait volontiers les légendes, traditions, coutumes des nations voisines et en arrivait, pour ainsi dire, à s'approprier aussi leurs annales. Ainsi, malgré l'opinion contraire d'un savant sinologue, nous aurions peine à ne pas partager la manière de voir de plusieurs missionnaires concernant l'empereur *Mou-Wang*, qui régnait en Chine vers le huitième siècle avant notre ère. Pour eux, son histoire mériterait d'être considérée simplement comme une contrefaçon de celle de Salomon[2]. En effet, les deux princes vivent à peu près à la même époque. Ils sont renommés l'un et l'autre par leur extrême sagesse, leur goût pour les chevaux et reçoivent les tributs des peuples voisins. L'entrevue du monarque chinois avec la mère du roi occidental, qui le défie à une sorte de tournoi poétique, rappelle bien la visite de la reine de Saba à Salomon. Enfin, si le monarque

---

1. *Vestiges choisis*, etc., p. 438 et suiv du t. XI des *Annales de philosophie chrétienne*, 6e série.
2. G. Pauthier, *Chine*, t. I, p. 94 et suiv. de la collection l'*Univers pittoresque*.

hébreu s'est rendu célèbre par sa magnificence, *Mou-Wany* ne signifie autre chose en chinois que « prince magnifique ». Ce n'est pas le seul exemple, à coup sûr, que l'on puisse citer de traditions bibliques portées jusque dans l'Extrême-Orient. En tout cas, nous sommes assez de l'avis de certains érudits, lesquels ne reconnaissent pas un caractère absolument historique aux annales du Céleste Empire pour la période précédant de deux ou trois siècles la naissance de Confucius.

D'autres affinités peuvent être signalées entre l'Égypte et le Nouveau-Monde, qui sembleraient, à première vue, le résultat d'un emprunt direct. En effet, elles ne se retrouveraient plus entre les croyances et les usages des riverains de la vallée du Nil et ceux des populations de l'Asie orientale. Nous estimons toutefois qu'il n'y a guère là que ce que nous pourrions appeler une illusion d'optique. Si nous connaissions plus en détail les annales de la Chine, du Japon et de l'archipel Indien, sans aucun doute, on arriverait à constater que sur ces points encore, comme sur les précédents, c'est bien par l'Extrême-Orient que l'influence égyptienne s'est fait sentir chez les populations de race cuivrée. Multiplier les exemples serait chose facile; bornons-nous à en citer quelques-uns. Les théologiens de la Nouvelle-Espagne, tout aussi bien que ceux de la vallée du Nil, faisaient spécialement consister le bonheur des élus à accompagner le dieu Soleil dans toute ou partie de sa course journalière[1]. L'emploi des *canopes* ou vases funé-

1. Sahagun, *Historia general de las cosas de Nueva Espana*, t. I,

raires paraît avoir été également en vigueur chez les
habitants de ces deux régions. Une remarquable analogie se manifeste même dans le nombre des vases,
qui était toujours de quatre, et dans le choix des
espèces animales dont le chef leur servait de couvercle. C'étaient, chez les sujets des Pharaons, le
chacal, le cynocéphale, l'épervier et l'homme ; au
Mexique, l'ocelot, le *coyote* ou chacal américain,
l'aigle et le corbeau. Les Yucatèques, qui, en leur
qualité de Toltèques orientaux, rendaient de préfé-
rence un culte aux êtres d'humeur inoffensive, rem-
plaçaient les animaux funéraires des Mexicains par
l'*agouti*, la perruche, le singe et le quetzal[1]. De plus,
une partie au moins de l'histoire du second Quetzalcohualt, celle où l'on nous raconte la vengeance par
lui exercée sur les meurtriers de son père, tué par
trahison, rappelle beaucoup le rôle assigné à Horus,
comme vainqueur de Set ou Typhon. Ajoutons, enfin,
qu'un érudit a depuis plusieurs années déjà signalé
l'étonnante ressemblance qui se manifeste au point
de vue artistique entre le type assigné par les Égyptiens à leur dieu *Bès*, prototype de la Méduse grecque,
et les traits sous lesquels figurait dans le calendrier
mexicain le dieu *Tonatiuh* ou Soleil[2].

chap. VII, p. 256 et 257. Mexico, 1830. — M. K. Lefébure, *Étude sur
la vie future chez les Égyptiens*, p. 8 et suiv. Chalon-sur-Saône,
1873. — *Des couleurs considérées comme symboles des points de
l'espace*, p. 16 du t. VIII des *Actes de la Société philologique*.

1. Abbé Brasseur de Bourbourg, *Recherches sur les ruines de
Palenqué*, ch. VI, p. 5 (en note). — *Les animaux symboliques dans
leurs relations avec les points de l'espace*, § 2, p, 291 du vol. III de la
Revue de Philologie et d'Ethnographie.

2. M. H. Husson, *le Dieu Bès*.

A quelle époque auraien eu lieu entre les deux mondes ces communications dont nous venons de signaler les vestiges? C'est ce que nous n'entreprendrons pas de rechercher ici. Bornons-nous à dire qu'elles doivent remonter assez haut et peut-être antérieurement, sinon à l'éclosion, du moins à la propagation du bouddhisme.

Quoi qu'il en soit, ce serait bien à tort, suivant nous, que l'on prétendrait voir dans le *Conte des deux frères* le prototype de l'histoire de Joseph, telle que la raconte la Genèse. L'opinion opposée nous semble seule admissible, et voici sur quoi se fonde notre manière de voir :

1° L'ensemble du roman égyptien, les épisodes dont il se trouve accompagné, les emprunts par lui faits à la religion phrygienne, et spécialement au mythe d'Atys, démontrent assez que son auteur s'est surtout inspiré de récits recueillis chez des nations étrangères.

Les auteurs des *Mille et une nuits* n'ont-ils pas fait entrer dans leur recueil une foule de contes pris aux sources les plus diverses, à preuve, entre autres, l'histoire de Sindbad le marin. Si donc, Ennatu a eu connaissance des croyances en vigueur chez les populations de l'Asie Mineure, comment eût-il pu ignorer les récits des Hébreux qui avaient, pendant plusieurs siècles, habité la vallée du Nil ?

2° La rédaction de l'ouvrage en question peut, avec un degré suffisant de certitude, être reportée à l'époque de l'Exode, c'est-à-dire à plus de trois cents ans, au moins, après la mort de Joseph. N'est-ce pas là, en dehors de toute autre considération, une grave présomption en faveur de l'antériorité du récit biblique?

Ajoutons qu'au moment où écrivait Ennatu, nous voyons régner en Égypte cet engouement pour les choses sémitiques qui dura de deux à trois siècles. Les scribes remplissaient leurs livres d'expressions, de tournures d'origine incontestablement chananéennes qui souvent prenaient la place des termes indigènes. C'est à peu près de la même façon que nos *sportsmen* d'aujourd'hui se plaisent à émailler leurs discours de vocables anglais. Cela est tellement sensible dans l'ouvrage d'Ennatu que l'on a cru y voir une preuve de son origine sémitique, et cela malgré la physionomie tout égyptienne de son nom.

Les progrès de l'orientalisme nous démontrent, d'ailleurs, chaque jour, d'une façon plus évidente à quel point l'étude des langues et littératures sémitiques se trouvait alors en honneur chez les sujets des Pharaons. Parlerons-nous de ces fameuses tablettes de Tell-Amarna, aujourd'hui déposées dans les musées de Berlin et du *British Museum?* Elles datent du temps d'Aminophis III, c'est-à-dire du quinzième siècle environ avant notre ère. Une partie d'entre elles tout au moins renferme des syllabaires en langue et caractères assyriens, mais dans lesquels on a eu soin de n'employer aucun signe offrant une prononciation ambiguë. C'étaient, en quelque sorte, des manuels rédigés par des Égyptiens sémitisants à l'usage de ceux de leurs compatriotes désireux d'apprendre l'idiome de la Chaldée. On ne saurait mieux

les comparer qu'aux *méthodes Ollendorff* employées
dans nos écoles.

Tout ceci s'explique facilement par le développement des relations existant alors entre les sujets des
Pharaons et les habitants de l'Asie occidentale, et,
sans doute, les emprunts faits par les uns aux autres
ne se bornaient point à quelques-uns des éléments
du vocabulaire. Il devait y avoir aussi échange de
croyances, d'usages, de procédés littéraires. Est-ce
que les Égyptiens n'avaient point emprunté, à une
époque relativement assez récente, à leurs voisins
du nord-est le culte de la déesse Anaïtis ?

Il n'y aurait pas lieu d'être surpris si les habitants
de la vallée du Nil, en dépit des progrès de leur civilisation, ont plus reçu du monde sémitique, moins
policé qu'eux peut-être à certains égards, qu'ils ne lui
ont donné. La race qui habitait le pays de Chanaan et
les rives de l'Euphrate, en raison de son énergie, de
son humeur belliqueuse et de sa supériorité intellec-
tuelle, dut naturellement exercer une grande influence
sur la nation égyptienne, et cela dès les temps les
plus reculés. Est-ce que la Chaldée à l'époque du roi
Sargon Ier, c'est-à-dire bien près de quarante siècles
avant notre ère, n'entretenait pas des relations avec
l'Égypte ?

Rien d'impossible d'ailleurs à ce qu'elles aient
commencé à une période antérieure. L'on serait ainsi
amené à se demander si l'étroite affinité qui se manifeste entre les dogmes principaux de la vieille religion égyptienne et ceux des religions asiatiques ne
doit point être simplement attribuée à une influence

préhistorique exercée par les Orientaux sur leurs voisins de l'Afrique boréale. Rien qui se ressemble plus que les légendes d'Adonis et d'Osiris, puisque ces déités meurent toutes les deux pour ressusciter dans la gloire. Le dieu de Byblos a parfois été qualifié d'Osiris phénicien. Ne serait-il pas plus exact de voir dans l'époux d'Isis ce même Adonis, habillé pour ainsi dire à l'égyptienne ?

3° D'ailleurs, une des marques d'emprunt les plus fréquentes consiste dans la tendance à enchérir sur la narration primitive, à outrer la part faite au merveilleux. Voilà ce qui caractérise les ouvrages tout comme les systèmes religieux de seconde main.

L'on est bien d'accord aujourd'hui, par exemple, à reconnaître dans le Parsisme, une religion de date fort récente, n'ayant presque rien de commun avec celle des anciens Achéménides. Suivant toute apparence, la rédaction définitive du *Zend-Avesta* doit même être reportée après l'époque du concile de Nicée. La lecture d'un simple passage de ce livre sacré nous eut permis de deviner les conclusions auxquelles arrivent nos modernes éranistes. De même qu'au sein du catholicisme, il n'y a que le prêtre validement ordonné qui puisse consacrer les saintes espèces, de même chez les Guèbres, seul, le *mobed* a droit de consacrer le *Myzada* ou offrande de viande cuite et de la faire goûter aux assistants[1].

N'aperçoit-on pas ici le désir d'enchérir sur le cérémonial chrétien? Dans l'église primitive, les

---

1. Mgr de Harlez, *Avesta*, t. II, Introd., p. 15. Liège, 1876.

fidèles recevaient le corps du Seigneur sous les espèces du pain et du vin. C'était une raison suffisante
pour que le prêtre zoroastrien voulût nourrir ses
croyants d'une façon plus substantielle, puisqu'il leur
faisait manger de la chair.

Le même phénomène se manifeste à chaque instant au sein du bouddhisme, et nous y voyons une
preuve incontestable que les sectateurs de *Çakya-
Mouni* ne furent pas sans avoir une certaine connaissance de l'Évangile. Ainsi, dans une légende indienne,
d'origine sans doute relativement assez récente, l'on
nous représente le Bouddha sortant victorieux des
embûches que lui tendait *Mâra*, ou le mauvais esprit,
et servi pendant sept jours par les dieux, qui répan-
dent sur lui des fleurs et des parfums[1]. C'est une
véritable amplification du récit de nos livres saints,
lesquels nous dépeignent les anges occupés à servir le
Christ, à la suite de sa tentation et de son jeûne de
quarante jours dans le désert.

Naturellement, à mesure que l'on se rapproche de
l'époque actuelle, nous voyons de plus en plus les
emprunts aux croyances et à la discipline chrétienne se multiplier au sein du bouddhisme, mais
presque toujours, ils apparaissent empreints d'un
caractère évident d'exagération. Rien de plus étranger, par exemple, à la doctrine primitive de Gautama
que l'idée d'un pontificat suprême et universel tel
que celui du pape dans l'église catholique. La réforme

---

1. Ch. Schœbel, *le Bouddha et le Bouddhisme*, ch. v, p. 132. Paris,
1857.

du Tibétain Tsoung-Kaba, vers le treizième siècle de notre ère, la fit pénétrer chez ses compatriotes. Mais il n'a point suffi aux montagnards du Tibet de voir dans le Dalaï-lama, un grand chef religieux, un docteur infaillible en matière de foi, tel qu'est pour nous le successeur de saint Pierre. Il constitue à leurs yeux une véritable incarnation du Bouddha, et l'on pousse le respect à son égard au point de vénérer ses excréments comme des reliques.

Partant de ces données, il suffira, croyons-nous, de comparer le roman des deux frères au récit de la Genèse, concernant le patriarche Joseph, pour reconnaître où se trouve le document original et lequel des deux ouvrages constitue une copie de l'autre. D'après Moïse, Joseph n'est que le fils d'un patriarche de Chanaan. Le scribe égyptien, au contraire, fait de Bitaou, le plus grand des dieux de son Panthéon, bien que déguisé sous les traits d'un simple fellah. Le fils de Jacob se borne à repousser les sollicitations de l'épouse Putiphar, tandis que le petit frère d'Anoupou pousse la délicatesse jusqu'à promettre à la compagne de son aîné, le silence sur ses coupables propositions. On se contente de jeter en prison l'intendant, réputé criminel ; Bitaou, lui, court risque de la vie et n'échappe que par miracle, c'est le cas de le dire, à la colère de l'époux irrité. Si Joseph laisse son manteau entre les mains de l'Égyptienne, le héros de notre conte abandonne bien autre chose encore, puisqu'il se mutile lui-même. Ajoutons que ces sévices volontaires, pratiqués comme preuve de chasteté et afin de détourner les soup-

çons jaloux, ont toujours passé pour des actes éminemment héroïques aux yeux des Orientaux. Cela
se conçoit, du reste, facilement. Rappellerons-nous
ici l'histoire de *Combabus*, l'ami du roi Antiochus,
racontée par Lucien, traduite et mise en vers par le
poète allemand Wieland.

Il convient, du reste, d'ajouter que ces mutilations
semblent, à l'origine, avoir été inspirées par un
motif de piété. C'est ce que fera ressortir l'étude de
la légende d'Atys. Plus tard seulement, sans doute,
l'on s'avisa de faire des eunuques attachés au service
du harem des rois et des grands.

Si nous nous rappelons, enfin, que Joseph ne parvient qu'à être premier ministre d'un Pharaon que
l'on a identifié avec le prince Hycksos Apépi, tandis
que Bitaou et, après lui, son frère aîné sont institués
monarques de la terre entière, hésiter davantage
ne nous semblera plus possible. Force sera de reconnaître dans le récit d'Ennatu une version plus
moderne de celui de Moïse concernant Joseph.

III. L'on sait à quel point les aborigènes du sud
de l'Afrique, Boschismans et Hottentots, différaient
des tribus cafres aussi bien que des nègres des
régions équatoriales, et cela tant sous le rapport
anthropologique que sous celui de la linguistique.
Des affinités ont, affirment les érudits, été signalées
entre l'idiome *kœkœp* ou hottentot, l'ancien égyptien et les dialectes kabyles. Aussi a-t-on été jusqu'à
admettre comme soutenable l'hypothèse d'une origine commune à établir entre les populations parlant ces trois groupes de langues. C'est là une

question dans laquelle nous n'avons pas à entrer pour le moment. Faisons observer toutefois que l'étude du Folklore nous conduit à des conclusions favorables à cette manière de voir. La légende du .héros ou demi-dieu *Heitsi-Eibib*, si populaire chez les pasteurs de race hottentote, paraît offrir quelques points de ressemblance avec celles d'Osiris et d'Apis. Elle nous a été transmise sous deux formes différentes.

D'après la première version, une jeune fille ayant avalé le jus d'une plante grasse de saveur douceâtre, appelée *Hobega*, se trouva tout à coup enceinte sans avoir eu de commerce avec aucun homme. Elle donna le jour à un fils qui fut appelé Heitsi-Eibib. Il était d'une force prodigieuse et parvint en peu de temps à l'âge viril.

Suivant d'autres, une vache pour avoir brouté d'un certain gazon devint pleine et mit bas un veau, lequel incontinent se transforma en un très grand taureau. Un jour, les hommes de la tribu se mirent à la poursuite de cet animal qu'ils voulaient tuer. Lorsqu'ils se furent approchés de lui, ils ne l'aperçurent plus. A sa place, se trouvait un homme occupé à faire un bouquet. Ce dernier n'était autre chose que le même *Heitsi-Eibib*, dans lequel tout le monde se plut à reconnaître une métamorphose du taureau merveilleux.

On donne pour épouse à ce héros mythique *Urisiri* ou *Soris*, *id est* est le soleil en personne. Ce dernier détail nous porterait à l'assimiler lui-même au dieu *Lunus* des anciens. Ainsi qu'Osiris sur les bords du

Nil, Wischnou sur ceux du Gange, il aurait donc, en quelque sorte, été pris comme la personnification du principe mâle dans sa forme féminine [1].

Ajoutons qu'en dépit de son caractère divin, le héros hottentot n'en aurait pas moins été, tout comme l'époux d'Isis, sujet au trépas. Il serait même mort bien des fois. Effectivement, en plusieurs endroits des environs du Cap, se voient des élévations de terre, visiblement faites de main d'homme et que l'on appelle tombeaux d'*Heitsi-Eibib*.

II

I. Passons maintenant en Asie; c'est naturellement le monde sémitique qui va tout d'abord attirer nos regards. Là encore nous rencontrerons des traditions fort anciennes concernant la légende de la vierge-mère. Voici notamment ce que nous lisons sur les tablettes en caractères cunéiformes de la Chaldée, concernant *Sargina* ou *Sargon* Ier, lequel régnait entre les 35e et 40e siècles avant notre ère. Malheureusement le texte assyrien ne semble pas d'une clarté parfaite, et la naissance miraculeuse de ce prince peut laisser place à contestation.

1º « Je suis Sargon, le grand roi d'Agané. »

2º « Ma mère ne connut pas mon père, mais ma famille appartenait aux maîtres du pays. »

3º « Ma ville natale était la cité d'Atzupirani, qui se trouve sur les bords du fleuve de l'Euphrate. »

---

1. De Quatrefages, *Croyances et superstitions des Hottentots et des Boschismans*, p. 728 et suiv. du *Journal des Savants*, décembre 1885.

4° « Ma mère me conçut (là) ! Elle me mit au monde dans une place secrète. »

5° « Elle me déposa dans une corbeille de joncs ; avec du bitume, elle ferma le couvercle. »

6° « Elle me porta sur la rivière et fit que l'eau ne pût entrer. »

7° « La rivière me porta jusqu'à la demeure d'Akki, l'ouvrier tireur d'eau. »

8° « Akki, le tireur d'eau, dans la bonté de son cœur, me tira de la rivière. »

9° « Akki, le tireur d'eau, m'éleva comme son propre fils. »

10° « Akki, le tireur d'eau, me plaça dans une troupe de forestiers (*ou* de jardiniers). »

11° « Ishtar me fit prospérer ; au bout de... ans, je devins roi[1]. »

Nous nous trouvons ici en présence de la plus ancienne version connue du récit concernant le chef de peuples enfanté d'une manière miraculeuse, exposé dès sa naissance, puis s'élevant par son audace et son énergie au pouvoir souverain.

Ce que la légende dit de lui, elle le répétera plus tard à propos de Cyrus, de Romulus, du siamois Phra-Ruang et même du bon Dyonisios, placé, au dire de Pausanias, dans une arche et poussé par les flots sur la côte de Brasiae en Laconie. M. Talbot signale la ressemblance qui existe entre le nom d'*Akki* et celui d'*Acca Laurentia*, mère nourricière

---

1. M. H. P. Talbot, *The infancy of Sargina*, p. 3 et suiv. des *Records of the Past*, 5° vol., ch. IX. — Maspéro, *Histoire ancienne des peuples de l'Orient*, ch. V, p. 195. Paris, 1875.

de Romulus et de Rémus. Ce trait de l'enfant exposé
sur le fleuve ne nous fait-il point songer à un ancien
usage en vigueur chez les Gaulois et Germains habitant les bords du Rhin? Le père qui avait conçu
quelques doutes concernant la fidélité de son épouse
exposait le nouveau-né dans un berceau, à la merci
des eaux. Le fleuve devait engloutir le fruit d'un
amour adultère et déposer doucement sur la rive
l'enfant légitime. Remarquons, toutefois, que dans
aucune des autres légendes formées sur le modèle de
celle de Sargina, il n'est question de mères vierges. Si
ce détail a été omis d'une façon aussi persistante, c'est
sans doute que la notion de la maternité virginale,
longtemps spéciale à certaines populations de l'Asie
occidentale ou du nord de l'Afrique, répugnait à
l'esprit des autres races.

En tous cas, la superstition que l'on nous signale
chez ces tribus gauloises paraît fort ancienne,
et, sans aucun doute, elle n'était point originairement spéciale à la race celtique. Si Sargina sort
indemne du milieu du fleuve, n'y devons-nous pas
voir une preuve que sa naissance, pour mystérieuse
qu'elle parût, n'en était pas moins certainement
sans tache? D'un autre côté, la croyance en question
ne nous explique-t-elle pas la conduite de Pharaon
ordonnant aux mères juives d'exposer leurs enfants
sur le Nil? C'était, en définitive, traiter ces derniers,
sinon comme de véritables bâtards, du moins comme
des êtres dont la légitimité pouvait être contestée,
comme les descendants d'une race profane et au sein
de laquelle, par suite, les unions ne pouvaient offrir

un caractère de véritable régularité. On sait que les Égyptiens qualifiaient volontiers d'*impurs* les peuples d'origine étrangère, et spécialement les Hycsos, d'origine vraisemblablement chananéenne, ou tout au moins sémitique, tout aussi bien que les Juifs.

Avant de quitter le domaine des enfants de Sem, nous ne saurions nous empêcher de rappeler ici le fameux passage d'Isaïe, dans lequel le prophète rassure Achaz, prince de Juda, attaqué à la fois par Razin, roi de Syrie, et Phacée, fils de Romélie, monarque d'Israël. Voici en quels termes s'exprime le voyant :

« C'est pourquoi le Seigneur lui-même vous « donnera un signe : voici qu'une vierge concevra « et enfantera un fils, et il sera appelé de son nom « Emmanuel litt. « Dieu avec nous ».

« Il mangera le beurre et le miel, de sorte qu'il « sache réprouver le mal et choisir le bien ; car avant « que cet enfant sache réprouver le mal et choisir le « bien, la terre que tu hais à cause de ses deux « rois sera abandonnée [1]. »

Les Juifs et les écrivains libres penseurs entendent ces paroles d'un fils qui devait naître à Isaïe et que l'on regardait comme le présage de la prochaine délivrance du royaume de Judée. L'on a fait valoir que le terme de *Alma*, litt. « cachée », se prend quelquefois dans le sens de « jeune femme, jeune personne ». D'ailleurs, un peu plus loin, Isaïe ne nous déclare-t-il pas que, sur l'ordre de Dieu, il s'approcha de son

[1]. *Isaïe*, ch. VII, versets 14 à 16.

épouse et en eut un enfant mâle, que l'on appela
Chasch-baz, litt. « prenez vite les dépouilles[1] ».

Ajoutons que tous les commentateurs et théologiens chrétiens, à commencer par saint Mathieu[2] en
personne, s'accordent pour appliquer ces paroles
d'Isaïe à N.-S. J.-C., ainsi qu'à la sainte Vierge. Ils
les rapprochent, en effet, d'un autre passage du même
écrivain inspiré, où il est dit :

« Car voici qu'un petit enfant nous est né et un fils
« nous a été donné, et il portera sur son épaule, le
« signe de la principauté, et il sera appelé, de son
« nom, l'admirable, le conseiller, le dieu fort, le
« maître du siècle futur, le prince de la paix[3] ».

L'on a fait ressortir, en effet, que le tableau tracé
de ce mystérieux enfant ne pouvait guère convenir
qu'à une incarnation de la divinité. De quel mortel
pourrait-on dire, par exemple, qu'il est le « Dieu fort »
ou « le Père du siècle futur » ? L'on a beau nous parler
du style imagé des Orientaux ; la métaphore serait
ici trop considérable et dépasserait les bornes per-
mises.

Quant à la chicane suscitée à propos de la valeur
précise du mot *alma*, nous ferons observer que, de
l'avis de tous les hébraïsants, il rend exactement le
latin *virgo*. Ce serait *bethoula* qui correspondrait
litt. à *puella*. En règle générale, *alma* devra toujours
se traduire par « vierge ». Ce n'est que par un véritable abus de langage, dont la Bible offre bien peu

---

1. *Isaïe*, ch. VIII, vers. 3.
2. *Saint Mathieu*, I, 22, 23.
3. *Isaïe*, ch. IX, vers. 6.

d'exemples, que l'on pourrait prétendre lui donner un sens plus étendu[1].

On pourrait admettre que, dans les fragments en question, Isaïe a parlé non seulement comme un prophète inspiré, mais encore comme l'écho d'une tradition antique relative à la vierge-mère d'un sauveur ou d'un libérateur. Ainsi s'expliquerait son existence chez tant de peuples différents et qui sans doute ne l'avaient pas reçue directement du peuple hébreu, ou du moins la possédaient bien avant le temps du fils d'Amos. Toutefois, ils l'auront surchargée d'une foule de détails d'un caractère puéril ou qui sont la magie, tandis que, dans nos livres saints, la naissance d'*Emmanuel* est simplement présentée comme un miracle dû à la seule volonté du Très-Haut.

II. Il est fort douteux que les premiers Indo-Européens connussent une forme quelconque de la légende qui nous occupe en ce moment. Sans doute, nous la trouvons très développée chez les anciens Phrygiens, et elle offre, même chez eux, ce que nous pourrions appeler un caractère orgiastique des plus prononcés. Que les peuples de Phrygie appartinssent à la souche indo-européenne, du moins par la langue, la chose ne semble pas douteuse. C'était, au dire de plusieurs écrivains anciens, une colonie des Bryges de Thrace. Les tribus de ce pays auraient même, suppose-t-on, envahi vers le huitième ou le

---

1. *Dissertation sur ces paroles d'Isaïe :* « Une vierge concevra », p. 279 du t. XIII de la *Sainte Bible, en latin et en français, avec des notes.* Paris, 1821.

neuvième siècle avant notre ère une grande partie
de l'Asie Mineure et occupé l'Arménie. Certains
érudits voient dans l'Arménien actuel un dernier
représentant de l'idiome des anciens Thraces[1].
D'autres, toutefois, inclineraient à faire du Phrygien,
un dialecte iranien se rattachant par suite au rameau
asiatique de la famille indo-européenne. Quoi qu'il
en soit, la religion phrygienne paraît avoir été fort
différente de celle des Persans aussi bien que de celle
des Hellènes ou des autres races de l'Europe. Ses tendances gynécocratiques si accentuées nous inclineraient peut-être à la rattacher aux vieux cultes des
Couschites ou des Pélasges, lesquels figurent au
nombre des plus antiques habitants de l'Asie occidentale.

Il y avait, aux frontières de la Phrygie, un grand
rocher appelé dans la langue du pays *Agdus* (cf. la
racine sanscrite *aç*, « offendere, lædere », d'où
Açman « Pierre »), duquel Deucalion et Pyrrha, sur
le conseil de Thémis, prirent les pierres destinées à
former une nouvelle race d'hommes[2]. D'une de ces
pierres naquit Cybèle, la mère des dieux. Le même
rocher, fécondé par Jupiter, enfanta l'hermaphrodite
Acdestis ou *Agdestis*. Celui-ci se rendit redoutable
aux dieux, objets de sa haine implacable, tant par sa
force prodigieuse que par sa cruauté. Enfin, Bacchus
trouva moyen de priver le monstre du sexe auquel il
devait sa vigueur et le rendit ainsi plus traitable. Du

---

1. M. O. Schrader, *Sprachvergleichung und Sprachgeschichte*,
ch. xiv, p. 623. Iéna, 1890.
2. Arnobe, *Contra gentes*, lib. VIII.

sang qui se répandit à la suite de l'opération prati-
quée sur Acdestis, naquit un grenadier ou, suivant
d'autres, un amandier chargé de fruits parfaitement
mûrs. *Nana* ou *Sangaride*, fille de Sangarius, roi de
Phrygie, les trouva si beaux qu'elle en cueillit un et
le plaça dans son sein. Par la vertu de ce fruit, elle
devint aussitôt enceinte. Son père la jugeant coupable, malgré ses protestations réitérées, la renferma
dans une prison où elle devait mourir de faim. C'est,
ajoutons-le par parenthèse, un genre de supplice
auquel sont parfois condamnées, en Chine, les
jeunes filles coupables du crime imputé à Sangaride.
Cybèle sauva cette dernière du trépas en lui appor-
tant de temps à autre quelques fruits à manger.
Enfin, Nana accoucha d'un fils auquel on donna le
nom d'Attys. Exposé par ordre de son grand-père, le
nouveau-né fut recueilli par un certain Phorbus,
lequel le nourrit de lait de chèvre. La beauté de l'enfant du miracle augmentait, à mesure qu'il avançait
en âge. Cybèle et Agdestis le comblèrent de témoi-
gnages d'affection. Enfin, Midas, roi de Phrygie, qui
résidait alors à Pessinunte, fut si enchanté de lui
qu'il résolut de le marier à *Ia*, sa propre fille. Le jour
des noces étant arrivé, Midas plaça des gardes aux
portes de la ville, pour prévenir le désordre qu'aurait
pu amener l'affluence des curieux. Cette précaution
ne put rien contre la jalousie de Cybèle. Elle se présente à la porte du palais, coiffée des tours et murailles
de la cité qu'elle venait d'enlever[1]. Agdestis arrive

1. Voilà pourquoi l'on figure d'ordinaire Cybèle la tête ceinte de

sur ces entrefaites et inspirant aux conviés des sen-
timents de rage et de désespoir, change le festin de
noces en une scène d'horreur. Le malheureux Attys
se mutile à la façon d'Origène, sous un pin où il
expire. Ia se donne la mort à son tour, désireuse
d'accompagner son fiancé au royaume infernal.
Agdestis et Cybèle, auteurs de toutes ces catas-
trophes, arrosent de larmes la tombe du fils de Nana.
Jupiter, touché de leur douleur, exempta ce dernier
de la corruption. Par la suite, on érigea dans la ville
de Pessinunte un temple magnifique à la mémoire
d'Attys. Il était desservi par des prêtres appelés
Galles, lesquels se privaient de leur virilité, en
mémoire de leur patron. Ce furent, sans doute, les
premiers eunuques. Plus tard seulement, nous l'avons
déjà dit, la jalousie répandit l'usage de ces mutilations, inspirées originairement par le zèle religieux.

Nous devons à Eusèbe une version assez différente
de la même légende, qu'il affirmait avoir puisée dans
les anciens mythographes phrygiens. Cybèle, fille de
Méon, premier roi de Phrygie, éprise des charmes
d'*Atys* ou *Attys*, eut de lui un fils. Méon vengea son
honneur outragé en livrant Atys à la dent des
bêtes féroces. Cybèle, folle de douleur, parcourut
longtemps les montagnes et les forêts de son pays.
Enfin, l'amitié qu'elle contracta avec Apollon lui fit
un peu oublier son infortune. Elle se rendit avec ce

---

tours et de murailles. Rabelais aurait-il été inspiré par la légende en
question dans le passage où il représente Gargantua s'emparant des
cloches de Notre-Dame de Paris pour les suspendre, en guise de clo-
chettes, au cou de sa jument.

dieu dans la région des Hyperboréens. Par ordre
d'Apollon, le corps d'Atys fut enseveli et Cybèle
élevée après sa mort au rang de déesse[1].

On ne saurait contester le caractère essentiellement gynécocratique de la religion phrygienne,
ce qui, sans doute, s'expliquerait par son origine
kouschite. Et quelle façon plus péremptoire d'attester cette supériorité de l'élément féminin que
de nous représenter une déesse concevant, pour
ainsi dire, par sa seule énergie et sans le concours
d'un personnage de sexe opposé. D'ailleurs, le principal personnage du panthéon phrygien, c'était incontestablement Cybèle, emblème de la terre et par
suite du principe femelle. L'apothéose de Cybèle,
attribuée par la légende à Apollon, pourrait bien
n'indiquer que l'entrée de cette déesse dans l'Olympe
hellénique.

En tous cas, Atys n'était considéré que comme
déité d'ordre moins élevé. Cependant, nous devons,
sans aucun doute, voir en lui une personnification
de l'astre du jour aussi bien que de l'énergie mascu-
line. Voilà, précisément, pourquoi la statue en or
d'Atys fut placée, au dire de Lucien, à côté de celles
de Bendis, d'Anubis et de Mithra, qui constituent
autant de divinités solaires. D'ailleurs, l'or n'est-il
pas, par excellence, le métal consacré au soleil?

On ne saurait contester que la légende d'Adonis
n'offre d'étroites affinités avec celle d'Atys, et il y
aurait quelque lieu de se demander si toutes deux,

1. Eusèbe, *Preparat. Evangelica*, liv. II, 4°.

malgré d'importantes différences, ne découlent pas
d'une source commune et évidemment fort ancienne.
La Vénus ou Astarté des habitants de Byblos, l'amante
du dieu syrien aussi bien que la Cybèle de Phrygie
figurent visiblement la terre fécondée par les rayons
solaires, mais qui reste veuve et désolée aussi bien
pendant les grandes chaleurs de l'été que pendant
les froids de l'hiver.

Ne serait-il pas permis de rapprocher, au moins
dans une certaine limite, l'ennemi des dieux, cause
de la mort d'Atys et le sanglier farouche, lequel
fait passer Adonis de vie à trépas? Il est vrai que ce
quadrupède, ennemi des récoltes, symbolise incontestablement les ardeurs de la canicule, l'insuppor-
table chaleur de l'été syrien, puisque c'est à la fin
du printemps qu'Adonis succombe. Au contraire,
Agdestis, né d'un dur et aride rocher, représenterait
plutôt les rigueurs de la froide saison, lesquelles sont
beaucoup plus sensibles en Asie Mineure que dans
le sud de la Phénicie. Chacun de ces peuples aurait
ainsi personnifié sous les traits d'un mauvais génie,
d'un monstre redoutable, la partie de l'année où le
corps humain avait le plus à souffrir.

Sans doute, Adonis ne pourrait passer pour le fils
d'une vierge, puisqu'en fait on nous le donne comme
le fruit de l'inceste de Myrrha avec son père Cynire.
Toutefois, sa naissance n'en reste pas moins aussi
merveilleuse que celle d'Atys. Rappelons-nous, en
effet, Myrrha contrainte, après son crime, de fuir en
Arabie et changée par les dieux en l'arbrisseau qui
porte son nom. Lorsque le moment de ses couches

fut arrivé, l'on vit se fendre l'écorce de l'arbre à Myrrhe d'où sortit Adonis. Enfin, n'oublions pas que les végétaux consacrés, l'un au fils de Sangaride, l'autre au dieu phénicien, constituent tous deux des résineux.

En tout cas, si l'on refuse de voir dans les légendes phyrienne et phénicienne simplement deux versions d'un même récit primitif, il nous sera difficile de ne pas admettre que la première d'entre elles a dû exercer plus ou moins directement une profonde influence sur la seconde. L'histoire d'Atys et de Cybèle présente un caractère franchement archaïque que nous ne retrouvons pas, à beaucoup près, aussi prononcé dans celle d'Adonis.

Mais, ce qui semble particulièrement important à signaler, c'est l'influence que la légende d'Atys, ou du moins celle qui lui servit de prototype, dut exercer sur les légendes analogues de la Tartarie, de la Chine et même du Nouveau-Monde. Il y est partout question, ainsi que nous le verrons par la suite, d'un fruit ou autre objet avalé qui rend une vierge mère. On peut juger par là de l'importance des études folkloriques pour établir les communications préhistoriques des diverses races et peuples entre eux. Nous pouvons même dire plus, ce sont elles spécialement qui nous fourniront un moyen de résoudre certaines questions chronologiques et de fixer d'une façon approximative vers quelle époque la civilisation de l'Asie a pénétré pour la première fois en Amérique.

Bornons-nous seulement à un seul exemple. Le

document mexicain, connu sous le nom d'*Histoire des Soleils*[1], assigne le nom de *Néna* à l'épouse de *Nata*, le Noé de l'Anahuac, l'homme sauvé du déluge. Mais, étant donné l'ensemble du récit américain, l'on ne saurait guère s'empêcher de le rattacher à la version diluvienne en honneur chez les peuples d'Asie Mineure, de rapprocher par exemple *Néna* de *Nannacus*. Or, d'après la tradition, ce dernier était un roi de Phrygie, au temps duquel arriva le déluge. Cette catastrophe lui ayant été annoncée à l'avance, il versa d'abondantes larmes en songeant à la destruction prochaine du genre humain. De là le proverbe « pleurer comme *Nannacus* ».

Le nom de *Nannacus*, que l'on trouve aussi écrit *Cannacus* et qui a parfois été rapproché de celui de Noé[2], devrait plutôt être considéré, au dire de certains auteurs, comme une corruption du nom de l'*Hénoch* biblique, identique suivant toute apparence à l'*Annunaki*[3] de la tradition chaldéenne. Il se pourrait bien faire, en tous cas, que ces deux noms et les traditions qui s'y rattachent se soient fondus les uns avec les autres dans la légende phrygienne, du moins sous

1. *Recherches sur quelques dates anciennes de l'histoire du Mexique*, p. 7. (Extrait du numéro du 1er oct. 1892 de la *Revue des questions historiques*.)

2. *Des Ages ou Soleils, d'après la mythologie des peuples de la Nouvelle-Espagne*, p. 63 et suiv. du 2e vol. des *Mémoires du Congrès des américanistes de Madrid*. — Abbé Brasseur de Bourbourg, *Histoire des nations civilisées du Mexique*, etc., t. I, Introd., p. 79. Paris, 1857. — Fr. Lenormant, *Essai de commentaires sur les fragments de Bérose*, p. 280 et 281.

3. M. Babelon, *la Tradition phrygienne du déluge*, p. 172 et suiv. du t. XXIII de la *Revue de l'histoire des religions* (mars-avril 1891).

la forme relativement moderne où elle nous a été transmise.

En tous cas, peut-être pourrions-nous tirer quelques données relatives aux origines de la civilisation en Amérique des légendes dont il vient d'être ici question.

La tradition phrygienne du déluge, d'après M. Babelon, serait d'origine assez peu ancienne. Elle aurait été portée en ce pays par des colons juifs qu'Antiochus III établit à Apamée vers l'année 294 avant J.-C.

D'un autre côté, nous savons que la plus ancienne date positive à nous fournie par les documents indigènes de l'Amérique est celle de 4 ou mieux de 45 de notre ère. A cette époque les Chichimèques, c'est-à-dire, sans aucun doute, les tribus de langue et de civilisation nahuatle ou mexicaine, arrivent à Aztlan, après avoir traversé un bras de mer ou un grand cours d'eau. Où cette mystérieuse localité doit-elle être cherchée ? C'est ce qu'il sera peut-être téméraire de vouloir déterminer d'une façon trop précise. En tout cas, l'on aurait, ce semble, tout lieu de placer l'Aztlan primordial quelque part sur les côtes nord-ouest de l'Amérique du Nord [1]. C'est ce que nous nous sommes efforcé d'établir dans un précédent travail. Il faut, bien entendu, se garder de le confondre avec une autre localité du même nom située dans la province de Michoacan. La légende de

---

1. *Recherches sur quelques dates anciennes de l'histoire du Mexique*, p. 7 et suiv. (Extrait du numéro du 1ᵉʳ oct. 1892 de la *Revue des questions historiques*.)

Néna n'a donc pu être portée dans le nouveau continent ni avant la fin du troisième siècle avant J.-C., ni
après les débuts de notre ère. Sans doute, nous ne
serions pas fort éloigné de la vérité en déclarant que
les premiers germes de civilisation transmis d'Asie
en Amérique ont dû l'être vers le premier siècle
avant l'ère chrétienne.

La tradition par nous étudiée, en ce moment,
semble d'origine relativement moderne dans l'Iran.
Nulle part, Zoroastre n'est donné comme fils d'une
vierge, mais on nous représente la semence de ce
prophète comme devant donner naissance au sauveur
futur. Les livres sacrés de la Perse parlent des
99 999 *Fravashis* ou génies protecteurs chargés de la
garder. D'autres Fravashis, en nombre égal, ont
pour mission de veiller sur le corps de *Kereçâçpa*.
Signalons ici la valeur évidemment symbolique
attribuée au chiffre 9 et à ses multiples [1].

Les Guèbres ou Gaures, modernes partisans du
Zoroastrisme, ont encore enchéri sur cette donnée de
leurs livres saints. Voici ce que Tavernier nous
raconte à ce sujet [2] : « Ils donnent trois enfants à leur
« prophète Ébrahim (Zerateucht ou Zoroastre), mais
« qui ne sont pas encore de ce monde, bien que
« leurs noms leur aient déjà été donnés. Ils disent
« que ce prophète *Ébrahim* passant une rivière,
« miraculeusement, sans bateau, trois gouttes de sa

---

1. M⁢ʳ l'abbé de Harlez, *Des Origines du Zoroastrisme*, p. 175 du
Journal asiatique (février-avril, 1880).
2. Tavernier, *Voyages*, etc., t. II, liv. IV, ch. VIII, p. 95 et 96. Rouen,
1724.

« semence tombèrent dans l'eau, et qu'elles sont là
« conservées jusqu'à la fin du monde ; que Dieu
« enverra une fille fort chérie de lui et que, par la
« réception de la première goutte de la semence,
« elle deviendra grosse du premier enfant qu'ils
« nomment, par avance, *Oushider*. Il fera son entrée
« dans le monde avec grande autorité, fera recevoir
« la loi que son père Ébrahim avait apportée et,
« prêchant avec éloquence, la confirmera par plu-
« sieurs miracles. Le second, qui s'appellera *Oushi-*
« *derma*, sera conçu de la même façon. Il secondera
« les desseins de son frère et, l'assistant dans le
« ministère de la prédication pour aller prêcher par
« tout le monde, fera arrêter le soleil pendant dix
« jours pour obliger le peuple, par ce miracle, à
« croire ce qu'il annoncera. Le troisième sera conçu
« de la même mère, comme les deux autres, et
« s'appellera *Senoïet-Hotius*. Il viendra au monde
« avec plus d'autorité que les deux autres frères
« pour achever de réduire tous les autres peuples à
« la religion de leur prophète. Ensuite de quoi se
« fera la résurrection universelle ». Etc.

Toutes ces fables nous révèlent, chez les Persans,
une imagination aussi féconde que celle des Indous.
En tout cas, elles ne semblent pas fort anciennes, et
on y rencontre d'incontestables réminiscences des
croyances juives, chrétiennes et musulmanes. Le
savant Hyde croyait pouvoir retrouver dans les trois
fils de Zoroastre la personnification des trois états du
Messie : sa nativité, qui avait déjà été annoncée au
monde par divers moyens ; son ministère sur la terre,

accompagné de la prédication évangélique et de
plusieurs miracles ; enfin, son dernier avènement,
alors qu'il viendra juger le monde, et à la suite
duquel les saints chanteront ses louanges pendant
toute l'éternité[1]. Ajoutons qu'*Oushiderma* arrêtant le
soleil ne paraît être qu'une contrefaçon de Josué, que
le nom d'Ébrahim donné par les Gaures à Zoroastre
n'est que la traduction arabe du nom d'*Abraham*
ou *Ibrahim*. L'on peut juger ainsi combien était
profonde l'erreur de Voltaire, prétendant trouver un
argument contre l'authenticité de nos livres saints
dans ce fait que la loi zoroastrienne apparaît quelquefois désignée sous le nom de *Kish-Ibrahim* ou
Millat-Ibrahim[2]. Nous avons évidemment à faire là
à des désignations d'origine bien moderne. Nous ne
saurions attacher grande importance au témoignage
de l'auteur arabe Abulpharadje, d'après lequel Zoro-
desht ou Zerdusht, le fondateur de la secte des mages
et dont la prédication débuta dans la province d'Azder-
baïdjan, aurait prophétisé qu'au temps où une vierge
enfanterait, l'on verrait une étoile se montrer en plein
jour. Sur cette étoile devait apparaître l'image d'une
vierge. « Vous donc, ô mes enfants ! se serait écrié le
« prophète, quand vous apercevrez cette étoile, pre-
« nez-la pour guide ; allez vous-mêmes à l'endroit où
« l'enfant est né, adorez-le, offrez-lui vos dons ; car
« il est cette parole qui a établi les cieux[3]. » Tout

1. Hyde, *Religio veterum Persarum*, cap. XXX.
2. Voltaire, *Introd. à l'essai sur les mœurs*, art. *Abraham.* — Abbé
Guénée, *Lettres de quelques Juifs*, etc., t. II, *Petit Commentaire*,
p. 109. Paris, 1817.
3. Abulpharajius, *in Hist. dynast.*, p. 83.

ceci est évidemment inspiré par le récit évangélique.
Il en est de même de Giamasp, le dixième des grands
docteurs de l'Iran et le conseiller du fabuleux
Djemschid, lequel, dans son livre intitulé *Judicia
Giamaspii*, aurait prédit la venue de Jésus, la naissance de Mahomet, la ruine de la religion des
mages[1]. Suivant toutes les apparences, le véritable
Zoroastre aurait été une façon de magicien du temps
de Darius et fort différent de ce que le représentent
les documents d'époque postérieure.

L'idée d'une conception virginale semble avoir été
étrangère à l'Inde ancienne. Elle n'apparaît, en ce pays,
qu'un temps plus ou moins long après l'apparition du
bouddhisme. Les plus anciens récits bouddhiques ne
donnent pas Çakyamouni comme né d'une vierge.
Ils se bornent à dire qu'au moment où elle le conçut,
sa mère n'avait point encore enfanté et que, d'ailleurs, elle n'entretenait plus depuis plusieurs mois au
moins de relations avec son époux. « Elle n'a point
« enfanté, elle n'a ni fils ni fille », se borne à dire
l'ouvrage tibétain, intitulé *Rgya-tscher-rol-pa*, lequel
ne constitue, sans aucun doute, que la traduction
d'un original indien. Après ses couches, la mère du
sauveur de l'humanité fut purifiée par Indra.

La donnée primitive ne tarda pas à se modifier,
sans aucun doute, sous l'action des idées chrétiennes,
lesquelles durent pénétrer dans la péninsule indoustanique dès le premier siècle de notre ère[2]. Déjà

---

1. Hyde, *Relig. veterum Persarum*, t. XXXI, p. 365.
2. Kœppen, *die Religion des Buddha*, t. I, p. 76 et 77. Berlin, 1857.

saint Jérôme nous déclare que, d'après les Samanéens, (c'est ainsi qu'il désigne les bouddhistes), le fondateur de leur religion était né d'une vierge. « Aucune « autre femme, dit le Lalita-Vistara, n'était digne « de porter le premier des hommes. » Ratramnus confirme le dire de saint Jérôme. Bientôt l'imagination indoue se donnant carrière entoura la conception de Çakyamouni des circonstances les plus étranges. Étant encore *Bôddhisatva*, c'est-à-dire candidat à la dignité de Bouddha, il aurait quitté la région des dieux, transformé en un éléphant blanc, appelé *Ardjavartan* ou le « chemin sans tache ». Nous le voyons, sous l'apparence d'un rayon de cinq couleurs, pénétrer dans le sein de *Mâyâdévi*, l'épouse du roi *Çouddhodâna*. Il y est reçu d'une façon immaculée, sans concours d'aucun moyen humain.

Plus tard, cette légende fut reprise par le brahmanisme. Voici ce que rapporte, par exemple, le Bhâghavata-Purâna, ouvrage dont la rédaction définitive ne doit guère dater que du douzième ou treizième siècle de notre ère, bien que certaines des légendes qui le composent puissent passer pour notablement plus anciennes [1].

Çûra, père de Vasudéva, lequel épousa Dévaki, mère de Wischnou, incarné sous la forme de Krischna (le noir), eut plusieurs filles. Parmi

---

— A. Csoma de Kœrœs, *Asiatic researches*, XX, 299. — Georgi, *Alphabetum Tibetanum*, 32.

1. M. l'abbé Roussel, *l'Incarnation d'après le Bhâgavata-Pourâna*, p. 111 de la 2ᵉ section du *Compte rendu du Congrès*, etc., *des catholiques*. Paris, 1891.

celles-ci, il convient de citer Prithâ, qui possédait un charme capable de faire apparaître les
dieux à sa voix. Voulant, un jour, en essayer la
puissance, elle appela *Surya* (le soleil). Le dieu se
présente, et *Prithâ* effrayée lui dit : « C'est uniquement pour essayer ce charme que je t'ai appelé, ô
Dieu ! Retourne-t-en et pardonne-moi ma curiosité. »
Surya lui répondit : « Ma présence ne peut être
« stérile, ô femme ! c'est pourquoi je désire te rendre
« mère, de sorte, toutefois, que ta virginité n'en
« souffre pas. » Ayant ainsi parlé, le dieu s'unit à
Prithâ, puis il remonta au ciel. La jeune fille enfanta
aussitôt un fils qui resplendissait comme un second
soleil[1]. C'est, ainsi que le remarque M. l'abbé
Roussel, le seul exemple de vierge-mère dont parle
le *Bhâghavata-Purâna*.

III. Parmi les populations plus ou moins nomades
du nord et de l'ouest de l'empire chinois, vulgaire-
ment connues sous le nom de *Tartares*, nous rencontrons diverses versions de notre légende. Sans
doute, elles auront été portées à des dates et par des
voies différentes. Signalons tout d'abord celle des
Khirghises noirs qui dépendent ou plutôt dépen-
daient autrefois du khanat de Khokand. Ils prétendent descendre d'une princesse, laquelle se serait
trouvée enceinte pour s'être baignée dans un lac.
Chassée de sa tribu, elle aurait été recueillie par le
khan d'une tribu voisine, laquelle eut d'elle un fils.
Expulsé, à son tour, comme bâtard, cet enfant,

---

1. *Ubi suprà*, p. 100.

après s'être signalé par divers exploits, devint le
père de la peuplade en question[1]. Il existe, à la
vérité, un autre récit notablement différent de celui-ci
relativement à l'origine des Khirghises. Nous en
reparlerons à propos des hommes-chiens.

Kœppen a remarqué que les Mongols, les plus
simples et les plus fervents sectateurs du bouddhisme,
attachent une grande importance à la naissance
virginale du fils de la reine de Kapilavastou. Serait-
ce dû à l'influence de certaines traditions occidentales qui auraient pu se répandre parmi eux, même
avant leur conversion à la religion de Çakyamouni ?
L'on reconnaît aujourd'hui, sans conteste, dans leur
grand dieu *Harmousta*, tout simplement l'*Ahura-
Mazda* des anciens Perses[2].

Les princes de la dynastie mandchoue, qui règnent
aujourd'hui encore sur la Chine, se glorifient d'avoir
eu, eux aussi, pour auteur de leur race, le fils d'une
vierge-mère. Voici ce qu'ils nous racontent à ce
sujet. Une fille céleste descendit un jour près de la
montagne qui se trouve non loin de la plaine d'Odoli
et se baigna dans un lac du voisinage. Sur ces entrefaites, une pie laissa tomber sur le sein de la jeune
personne un fruit rouge que celle-ci s'empressa de
manger. S'étant trouvée subitement enceinte, elle
mit au monde un fils qui se mit à parler dès le jour
de sa naissance. Une voix, dans les airs, annonça
qu'il avait le ciel pour père, qu'il réunirait plusieurs

1. M. Girard de Rialle, *Mémoire sur l'Asie centrale*, p. 80. Paris,
1875.
2. Kœppen, *Ubi suprà*.

tribus en un seul peuple, et prescrivit de lui donner le nom d'*Aïschin-Gioro*.

Devenu grand, ce fils de la nymphe céleste monta sur une barque, se laissant aller au courant du fleuve jusqu'à ce qu'il rencontrât des hommes occupés à puiser de l'eau. L'endroit où le jeune homme était arrivé servait de résidence à diverses familles, lesquelles vivaient en fort mauvaise intelligence les unes avec les autres, car chacune, affirme la tradition, prétendait dominer ses voisins. « Qui êtes-vous ? » demanda-t-on à l'étranger. « Je suis Aïschin-Gioro, « répondit-il, le fils de la vierge, envoyé par le ciel « pour mettre fin à vos débats. » A ces mots, ils élèvent le jeune homme sur leurs bras, l'emmènent à leur village et le proclament roi. Aïschin-Gioro, malgré le merveilleux dont on s'est plu à entourer sa naissance et sa vie, n'en a pas moins constitué un personnage très réel qui vivait vers 1375 de notre ère. Il fonda une petite principauté à l'est du *Tchang-pé-Chan*, dans la plaine d'Odoli, et ses successeurs devaient être un jour les conquérants du Céleste Empire[1]. L'empereur *Kien-Long* s'est, du reste, complu à rappeler, dans un poème, la naissance merveilleuse de son ancêtre.

Cette curieuse légende, visiblement fabriquée, si nous osons nous servir d'une pareille expression, de pièces et de morceaux, pour flatter l'amour-propre des princes mandchoux, ne peut pas, bien entendu,

---

1. M. E. F. Kœppen, *die Religion des Buddha*, 2º vol., liv. III, p. 160.

passer pour fort ancienne. En effet, son héros ne date que de la fin du moyen âge. D'ailleurs, l'analyse scientifique peut, sans trop de peine, séparer les uns des autres les éléments qui la composent. Plusieurs chefs de dynastie et hommes illustres du Céleste Empire ayant, comme on le verra tout à l'heure, émis la prétention de descendre d'une mère vierge, les chefs tartares ne voulurent point, suivant l'expression vulgaire, se trouver en reste avec eux. L'épisode du bain à la suite duquel la jeune fille se trouve enceinte reparaît, on le verra tout à l'heure, dans une des légendes du Japon, dans celle de la vierge chinoise *Ching-mou*, aussi bien que dans le récit des Khirghises dont nous venons de parler.

Peut-être, à l'origine, ce bain faisait-il partie d'une autre légende, celle des nymphes volantes, à laquelle nous consacrons un article du présent volume. Mais on sait bien que le Folklore constitue par excellence la tératologie de l'esprit humain, ou tout au moins de l'imagination populaire. Les détails de narration s'échangent d'un conte à l'autre, à peu près comme les membres supplémentaires qui s'attachent à un autre corps que celui auquel ils appartiennent légitimement et constituent ainsi un monstre. Ajoutons, comme nouvel exemple de ce que nous avançons, que ce bain merveilleux fait un peu double emploi avec le fruit avalé par la fille céleste. Cette dernière particularité se retrouve dans une foule d'autres récits de la même famille, et spécialement dans l'histoire d'Atys. Si la mère de la dynastie mandchoue apparaît dans le voisinage d'une montagne,

n'oublions pas que les Battaks de Sumatra prétendent, eux aussi, descendre d'une fille céleste qui
s'abattit sur une montagne jetée dans l'Océan par
le maître du ciel, après que le déluge eut submergé
toute la terre [1]. Enfin, le fait qu'Aïschin-Gioro
commence à parler dès sa naissance a été signalé
dans un assez grand nombre de légendes, notamment dans celles du Japonais *Sotoktaïs* et du Mars
mexicain Huitzilopochtli [2], dont il sera question tout
à l'heure.

Une autre légende du même genre existait chez
les populations de la Mandchourie orientale, au dire
de l'historien chinois Ma-Touan-lin. D'après cet
écrivain, le roi des *So-li*, ou barbares du Nord, s'étant
absenté pour un voyage, trouva, au retour, sa servante, qui était une de ses concubines, enceinte. Il
voulut la tuer. Celle-ci dit : « J'ai aperçu dans le
ciel une vapeur de la grosseur d'un œuf : elle est
descendue en moi, et c'est ainsi que j'ai conçu. » Le
roi l'ayant fait enfermer, elle enfanta un garçon qui
fut jeté dans une étable à porcs. Ces animaux
réchauffent le nouveau-né de leur haleine. On porte
alors l'enfant dans une écurie, et voilà que les
chevaux se mettent à le réchauffer à leur tour. Le
roi, persuadé alors de la véracité de sa servante, lui
rendit son enfant, afin qu'elle l'élevât. On donne au
jeune homme le nom de *Tong-Ming*, « clarté de
l'Orient », et il devint un fort habile archer. Le roi,

---

1. MM. Casimir Henricy et Frédéric Lacroix, *les Mœurs et coutumes de tous les peuples* (*Océanie*, p. 6). Paris, 1847.

qui le redoutait, voulait le faire mourir. Alors Tong-Ming s'enfuit vers le sud, et parvint aux bords du fleuve *Yen-hou* (le *Toumen* ou *Soungari* supérieur). De son arc, Tong-Ming frappa l'eau; aussitôt tortues et poissons se réunissent en masse compacte, et de leur dos forment une sorte de pont sur lequel le fugitif passe le fleuve à pied sec.

Étant ensuite parvenu dans une région située à 1 000 lis au nord de *Hiouen-tou*, il fonda la nation et le royaume des *Fou-yu*. Ceux-ci étaient bornés au midi par les *Kao-kiu-li*, lesquels occupaient une partie de la Corée actuelle; au septentrion, par le *Girin* ou *Toumen-Oulu*, qui les séparait des So-li[1].

Le châtiment infligé à la servante par le prince des barbares du Nord rappelle un peu le récit kirghise et surtout celui des Phrygiens. Certains traits ne seraient-ils pas même empruntés à nos livres saints? Si le fondateur du royaume des Fou-yu passe à pied sec à travers le fleuve, Moïse n'avait-il point, de son côté, franchi la mer Rouge d'une façon analogue[2]? Les animaux qui réchauffent le merveilleux enfant ne rappellent-ils point le bœuf et l'âne de la crèche où reposait N.-S. J.-C.? Rien d'étonnant à ce que les récits de la Bible et des évangiles aient pu, à l'époque où écrivait Ma-touan-lin, pénétrer dans l'Extrême-Orient. L'auteur chinois, en effet, florissait dans le cours du quatorzième siècle de notre ère. Ce qu'il y aurait toutefois

---

1. Ma-touan-lin, *Histoire des peuples étrangers à la Chine*, trad. du marquis d'Hervey-Saint-Denys, t. I, p. 41 et suiv. Genève, 1876.
2. *Exode*, ch. xiv.

de plus curieux à signaler, n'est-ce pas l'affinité qu'offre une partie de la légende So-li avec les récits de certaines tribus de l'Amérique du Nord ? C'est un fait bien remarquable que plus nous pénétrons dans les régions de l'Asie orientale, plus les légendes populaires présentent de ressemblance avec celles des tribus du Nouveau-Monde.

Quoi qu'il en soit, ces tortues et poissons qui portent le héros tartare, ne rappellent-ils pas à la fois, d'une façon étrange, la tortue, qui d'après la mythologie indoue supporte notre monde et celle des récits iroquois ? On sait que cette dernière aurait reçu sur son dos la déesse Ataentsic, la mère du genre humain, une fois chassée du ciel[1]. Les Ojjbeways des États-Unis, eux aussi, nous parlent d'une reine des tortues, laquelle aurait, à la suite de sa lutte contre Ménaboju, le héros civilisateur et le Noé de ces peuples, causé un déluge universel[2]. N'y aurait-il pas là un mélange à la fois de traditions bibliques récemment empruntées et de légendes indigènes ? On remarquera, toutefois, le rôle néfaste attribué ici à la tortue, tandis que, dans les récits précédents, elle apparaît plutôt comme un être bienfaisant. Sans doute, certains emprunts ont pu être faits plus ou moins indirectement à nos livres saints par les populations du Nouveau-Monde dès une

1. H. Schoolcraft, *History of the Indians tribes*, t. I, liv. VI, p. 316 et 317. Philadelphia, 1851.
2. J. C. Kohl, *Wanderings on the lake Superior*, p. 388-390. — *Le Déluge, d'après les traditions de l'Amérique du Nord*, p. 90 et suiv. de la *Revue américaine*, 2ᵉ série, nᵒ 2.

époque assez reculée, mais la date tout à fait moderne de certains autres ne semble guère contestable. Toutefois, nous n'aborderons pas ici l'étude de cette délicate question.

IV. Si les Coréens se rapprochent incontestablement par la langue des Aïnos de Yesso et des îles Kouriles, et même, quoique d'une façon moins intime, du groupe de populations sibériennes dites *Jénisséiques*, tels que les Assanes et les Kottes[1], ils diffèrent essentiellement par leur genre de vie des nomades de la Mongolie et des rives de l'Oussouri, puisqu'ils sont adonnés à l'agriculture et mènent une existence sédentaire. Toutefois, l'on rencontre chez eux une légende relative au fils de la Vierge, qui ne semble autre chose qu'une seconde version de celle dont nous venons de parler. Suivant elle, les rois de Kao-kiu-li, état situé dans le nord de la péninsule coréenne et qui florissait vers l'an 200 avant l'ère chrétienne, tiraient leur origine des princes de Fou-yu.

Un roi de ce pays ayant eu en sa possession une fille du fleuve *Ho* (peut-être le *Fleuve Jaune* ou *Hoang-ho* des Chinois) la tenait enfermée dans son palais. Les rayons du soleil tourmentaient la recluse, laquelle se remuait dans tous les sens pour les éviter.

Atteinte par la réverbération, elle conçoit et accouche d'un œuf gros comme un demi-boisseau. Le roi fait jeter l'œuf à des porcs et à des chiens qui n'y

1. *Annales de philosophie chrétienne*, p. 157 et suiv. du 1er vol. de 1866. (*Recherches ethnographiques sur les Aïnos*). — Voy. *Journal asiatique*, t. XVI de la 5e série, p. 256 du 2e vol. de 1860.

veulent pas toucher. Sur ses ordres, on le porte au
milieu du chemin ; mais chevaux et bœufs se
détournent de peur de l'écraser. On l'expose ensuite
dans un désert, et les oiseaux se réunissent en troupes,
le couvrent de leurs ailes. Le roi alors veut briser
l'œuf, mais sans pouvoir réussir. Il est, enfin, rendu
à la captive qui l'enveloppe et le met dans un lieu
chaud. Il se rompt au bout de quelque temps, et
l'on en voit sortir un garçon. Quand il fut adoles-
cent, on l'appela *Tchu-Mong*, c'est-à-dire « habile à
lancer les flèches ».

Le peuple de Fou-yu pressait le roi de choisir
Tchu-Mong pour son successeur. Il refuse, mais le
nomme intendant de ses haras. Par une ruse renou-
velée de celle de Jacob, le jeune héros engraisse les
mauvais chevaux et laisse dépérir les bons que le
monarque lui abandonne. Dans une grande partie de
chasse, Tchu-Mong ayant, avec une seule flèche,
abattu beaucoup de gibier, les ministres du souve-
verain en conçoivent de l'inquiétude et veulent le
faire périr. Un conseil est tenu à cette fin ; mais le
jeune homme, averti par sa mère, s'enfuit vers le
sud-est, accompagné de *Ma-ta* et de quelques ser-
viteurs.

Arrivé au bord du fleuve, Tchu-Mong prononça
ces paroles : « Je suis fils du Soleil et petit-fils du
« fleuve *Ho*. Des hommes armés sont sur le point de
« m'atteindre ; serai-je arrêté par ce courant, sans
« pouvoir le franchir ? » Poissons et tortues, habitants du fleuve s'assemblent pour lui faire un pont
de leur dos et, sitôt le fugitif de l'autre côté de l'eau,

se dispersent. Force est bien aux cavaliers envoyés à sa poursuite de s'arrêter. Tchu-Mong continue sa course jusqu'aux bords du fleuve *Pou-chou*. Là, il rencontre trois hommes habillés, l'un de toile de chanvre, l'autre d'un vêtement piqué, le troisième, enfin, d'une robe d'herbes aquatiques. Ils se joignent à lui et toute la troupe arrive de conserve à la ville de *Ké-ching-ko*. C'est là que se fixe *Tchu-Mong*. Il donne à cette cité le nom de *Kao-kiu-li*, s'en adjuge la souveraineté et prend, lui-même, pour nom de famille, celui de *Kao*[1].

Le récit coréen ne semble qu'une amplification de celui des barbares So-li. Les peuples de la péninsule auraient-ils puisé, dans la légende indoue concernant Prithâ, cette idée que leur héros national devait être fils de l'astre du jour ?

V. Les habitants de l'archipel Japonais appartiennent, on le sait, aux races les plus diverses. Une première couche de population dut être fournie à cette région par les *Négritos*, ou noirs de petite taille, que l'on a voulu, mais à tort, cantonner dans les régions de l'Asie du Sud-Ouest aussi bien que dans l'archipel Malai. Le fait est, comme l'a signalé Mgr Leroy, que l'on rencontre également, non loin du Kilimandjaro, des noirs de petite taille très différents des Obongos et des Boschimans du sud-ouest africain ; mais, en revanche, aussi semblables aux insulaires de l'archipel Andaman que les Papouas le

---

1. *Ethnographie des peuples étrangers à la Chine*, t. I, p. 141 et suiv.

sont aux nègres de Guinée. Une seconde migration
fut celle des Aïnos, peuple remarquable par l'exubérance de son système pileux. Il est incontestablement
de sang caucasique. Aujourd'hui refoulés dans l'île de
Yéso, les Aïnos durent occuper jadis la plus grande
partie, sinon la totalité du Nippon. Ensuite vinrent
les Japonais proprement dits, qui finirent par passer à
l'état de race dominante, et avaient sans doute traversé la péninsule coréenne. Ajoutons à tout ceci des
colonies de Chinois, de Coréens apparentés par les
traits physiques aux Tongouses, dont M. de Maïnoff
fait le résultat d'un croisement de Mongols avec
des Américains de race cuivrée, et enfin d'Indoné-
siens[1]. Peut-être d'autres éléments anthropologiques
entrent-ils encore dans la composition du peuple
japonais, mais leur présence n'a pu être constatée
jusqu'à présent. L'on peut juger, par ce que nous
venons de dire, du peu d'homogénité qu'offrent les
populations du grand archipel de l'Asie orientale.
Rien d'étonnant, par suite, à ce que l'on rencontre
chez eux jusqu'à trois versions différentes de la
légende par nous étudiée en ce moment, et dont les
deux dernières spécialement ont dû être importées à
une période plus ou moins récente.

Commençons par celle qui présente la physionomie, en quelque sorte, la plus indigène. Nous
avons déjà dit que des sept génies célestes qui

---

1. De Quatrefages, *Introduction à l'étude des races humaines*,
ch. XIX, p. 507 de la *Bibliothèque ethnologique*. Paris, 1889. — Docteur
Verneau, *les Races humaines*, ch. III, IV, p. 664 de la collection *les
Merveilles de la nature*.

régnèrent au Nippon avant les dynasties humaines, trois n'avaient point de femmes ; les quatre suivants étaient mariés, il est vrai, mais ils rendaient leurs épouses mères rien que par leur seul regard. L'on verra tout à l'heure ce procédé de fécondation éminemment artificiel reparaître dans les récits des peuples de l'Indo-Chine.

Une seconde légende qui rappelle davantage celle des habitants du continent voisin est la suivante. Il y a mille ans environ (à partir de l'époque où le récit a été recueilli, c'est-à-dire en 1660 de notre ère) trois jeunes vierges appelées *Angéla*, *Changéla* et *Fécula* descendirent du ciel pour se baigner dans une fort belle rivière. Pendant qu'elles étaient en prières, Fécula aperçut un arbre dont les feuilles plus longues et plus pointues que des feuilles d'orme couvraient à demi des fruits semblables à des cerises noires. Ayant goûté de ces fruits, elle les trouva si bons qu'elle ne s'en pouvait rassasier. Quelque temps après avoir fait ce régal, la vierge se trouva enceinte. Elle eut donc le déplaisir de voir ses compagnes remonter au ciel sans pouvoir les accompagner, son état de grossesse lui interdisant un aussi long voyage. Force lui fut de rester sur la terre jusqu'au temps de ses couches, qui arrivèrent neuf mois après. S'étant donc délivrée d'un fils qu'elle sevra bientôt après, elle le porta dans une petite île, lui commandant d'attendre l'arrivée d'un pêcheur qui ferait son éducation. Il n'était pas permis, en effet, à la mère de se charger de ce soin, obligée qu'elle était de regagner le céleste séjour. A peine eut-elle disparu que le pêcheur

annoncé s'arrêta à l'endroit où était le jeune enfant.
Il l'emporte dans sa maison, où ce dernier grandit
aussitôt à vue d'œil. Son esprit et son corps firent
chaque jour de merveilleux progrès ; il se rendit
bientôt capable de gouverner le pays et même de
faire des lois pour quantité d'autres royaumes. Par la
suite des temps, là mère de ce héros fut honorée sous
le nom de *Pussa*[1].

Divers épisodes de cette curieuse légende nous
rappellent ceux des contes précédents. Comme dans
l'histoire du prince mandchou Aïschin-Gioro, il est à
la fois question d'un bain pris et d'un fruit avalé qui
amènent la grossesse de la fille céleste. Le fait que sa
gourmandise l'empêche de remonter au ciel ne nous
fait-il pas songer à la fois à Adam et Ève, chassés du
paradis terrestre pour avoir mangé le fruit défendu,
et à l'Iroquoise Ataentsic précipitée sur terre à cause
de son intempérance[1] ? De plus, l'enfant conçu d'une
façon si étrange est recueilli par des mains étrangères
et soigné par un inconnu, tout comme Romulus, le
prince siamois Phra-Ruang, Cyrus, le fondateur de
la monarchie persane, et Sargina, le roi de Chaldée.
Enfin, l'influence bouddhique se ferait-elle sentir dans
le rôle de sage législateur assigné au fils de Fécula ?
Nous n'oserions l'affirmer. En tout cas, sur ce point
encore, il se rapproche sensiblement du prince
mandchou, prédestiné par le ciel pour réunir plusieurs peuplades sous une même autorité.

1. *Ambassade mémorable à l'empereur du Japon*, in-fol., 2ᵉ part.,
p. 82. Amsterdam, 1680.

En revanche, l'on ne saurait contester l'empreinte du bouddhisme dans l'histoire de *Sotoktaïs*, ce religieux de la secte de *Çakya-Mouni* qui florissait au Japon vers la fin du sixième siècle de notre ère. Sa mère est donnée comme vierge, et il parla avant de naître, au huitième mois qui suivit sa conception. Des reliques du Bouddha lui parvinrent d'une façon merveilleuse, alors qu'il n'était encore âgé que de quatre ans[1].

Deux caractères sont communs à Sotoktaïs et à Aïschin-Gioro, aussi bien qu'à *Huitzilopochtli*, le Mars du Mexique, dont il va être question un peu plus loin, à savoir d'être nés d'une façon toute miraculeuse et d'avoir parlé, soit avant leur naissance, soit immédiatement après. Ce dernier trait se retrouve, du reste encore, dans une légende racontée par le Mahabhârata et dont nous parlerons tout à l'heure. Tout ceci devait s'appliquer primitivement à quelque dieu guerrier ou chef militaire. Plus tard, seulement, les Japonais se seront plu à embellir de ces détails merveilleux la vie d'un illustre moine bouddhique.

Devons-nous faire figurer au nombre des légendes par nous étudiées en ce moment celle qui se rapporte à *Yébiss*, le dieu des pêcheurs, le Neptune du Nippon? La tradition japonaise le représente comme né par hasard de la main de la première femme[2], identifiée vraisemblablement à la déesse *Isanami no Mikotto*.

---

1. Kaempfer, *Histoire du Japon*, trad. de Scheuchzer, t. I, liv. II, ch. IV, p. 263 et 264. Amsterdam, 1732.
2. *Catalogue du musée Guimet*, p. 76. Lyon, 1880.

VI. De nombreuses versions de notre légende ont été signalées également chez les races de l'Asie orientale, parlant des dialectes plus ou moins mono-syllabiques, surtout en Chine, et quelques-uns semblent remonter assez haut dans la série des temps.

Voici ce que dit *Tchéou-King*, auteur de la première moitié du douzième siècle avant notre ère, dans une de ses odes insérées au *Chi-king* :

« Lorsque l'homme (*Héou-tsi*, fondateur de la « dynastie des Tchéou) naquit, *Kiang-Yuen* devint « mère. Comment s'opéra ce prodige? Elle offrait « ses vœux et son sacrifice, le cœur affligé de ce que « le fils ne venait pas encore. Tandis qu'elle était « occupée de ces grandes pensées, le *Chang-Ty* « (Seigneur suprême) l'exauça. Elle s'arrêta sur une « place où le souverain Seigneur avait laissé la « trace du doigt de son pied, et à l'instant, dans « l'endroit même, elle sentit ses entrailles émues, « fut pénétrée d'une religieuse frayeur et conçut « *Héou-tsi*.

« Le terme étant arrivé, elle enfanta son premier-« né, comme un tendre agneau, sans déchirement, « sans efforts, sans douleur, sans souillure. Prodige « éclatant! Miracle divin! Mais le Chang-Ty n'a qu'à « vouloir, et il avait exaucé sa prière en lui donnant « *Héou-tsi*.

« Cette tendre mère le couche dans un petit réduit « à côté du chemin; des bœufs et des agneaux « l'échauffèrent de leur haleine; les habitants des « bois accoururent, malgré la rigueur du froid; les « oiseaux volèrent vers l'enfant, comme pour le

« couvrir de léurs ailes; lui, cependant, poussait des
« cris puissants qui étaient entendus au loin. »

Dans une seconde ode du même recueil, le poète
parle de *Kiang-Yuen*, mère de *Héou-tsi*, en ces
termes :

« O grandeur, ô sainteté de *Kiang-Yuen!* Oh! que
« le Chang-Ty a bien exaucé ses désirs! Loin d'elle
« la douleur et la souillure. Arrivée à son terme,
« elle a enfanté Héou-tsi en un instant. »

Sans doute, il ne faudrait pas ajouter une foi trop
entière à la haute antiquité du *Chi-King*, en dépit des
dires des lettrés chinois. Cet ouvrage, ainsi que
plusieurs autres, fut très probablement remanié vers
l'époque de Confucius, c'est-à-dire dans le cours du
cinquième siècle avant notre ère. D'un autre côté,
Kiang-Yuen n'était pas une jeune fille, mais bien
l'épouse ou même la concubine de *Ty-Ko*. L'Hérodote de la Chine, *Sé-ma-thsien*, qui florissait l'an 145
avant J.-C., rapporte qu'étant allée se promener
dans le désert, elle devint enceinte pour avoir
marché sur les traces d'un géant. Honteuse de sa
maternité, elle abandonna son enfant au coin d'un
bois. Ce dernier fut, par la suite, dit le *Chou-King*,
chargé de *veiller sur l'agriculture*. L'auteur de la
dynastie des Tchéou n'aurait donc été, de son vivant,
qu'une sorte de ministre de l'agriculture et du commerce d'un petit prince féodal du Céleste Empire.

1. R. P. Prémare, *Traditions primitives* (vestiges choisis des principaux dogmes de la religion chrétienne, extraits des anciens livres
chinois), § 4, p. 488 et suiv. du cahier de décembre 1875 des *Annales
de philosophie chrétienne*.

Avouons-le franchement, la ressemblance de certains passages du *Chi-King* que nous venons de lire avec ceux de nos évangiles concernant la naissance du Christ, le désaccord entre le *Chou-King* et *Sé-ma-thsien* d'une part et de l'autre, le livre des odes ne sont pas sans nous inspirer quelques doutes sur l'authenticité absolue de celui-ci. N'aurait-il pas, tout comme les grands poèmes de l'Inde, subi les interpolations postérieures à notre ère?

Sans doute, le poète chinois aura, par flatterie, appliqué à un fondateur de dynastie les récits merveilleux de la muse populaire. C'est ainsi, remarque le père Cibal, que fit Virgile dans sa iv° églogue, relative à la naissance du fils de Pollion.

En tout cas, la tradition constante de la Chine nous représente *Kiang-Yuen* comme vierge. *Kong-Yng-tou*, qui vivait sous la dynastie des *Tang* (617-904) après notre ère, dit en propres termes: « Si *Héou-tsi* avait été conçu par l'union des deux « sexes, il n'y aurait là rien d'extraordinaire. « Pourquoi le poète insisterait-il si fort sur les « louanges de sa mère, tandis qu'il ne dit rien de « son père? »

Tsou-Tong-Po ajoute : « Ayant été conçu, et le *Tien* « lui ayant donné la vie par miracle, il devait naître « sans blesser la virginité de sa mère. »

Enfin, *Ho-Sou* fait observer que « tout homme, « en naissant, déchire le sein de sa mère et lui coûte « les plus cruelles douleurs, surtout s'il est son « premier fruit. Kiang-Yuen enfanta le dieu sans « rupture, lésion ni douleur. C'est que le *Tien* vou-

« lait faire éclater sa puissance et montrer combien
« le saint diffère des autres hommes. »

« Un commentateur fort ancien, nous dit encore le
P. Cibal, fait la remarque singulière que dans les
deux odes où il est parlé de Héou-tsi, l'une met
avant, l'autre après, le signe voulant dire *enfantement*, les mots *Vou-tsi*, *Vou-haï*, qui marquent que la
virginité de la mère n'en reçut aucune atteinte. »

Lopi, contemporain des *Song* et qui vivait vers
l'an 1170 de notre ère, prétend qu'« il n'y a personne
qui ne convienne que les anciens rois *Héou-tsi* et *Sié*
ont été conçus sans père ». En effet, la naissance
miraculeuse de ces deux princes est attestée dans le
Chi-King, qui jouit d'une autorité irréfragable à
la Chine. Aujourd'hui encore, les philosophes du
Céleste Empire ajoutent foi à ces miracles.

Enfin, *Tchu-hi*, littérateur philosophe qui mourut
en l'an 1200 de notre ère, confirme le dire de ses
prédécesseurs : « *Héou-tsi* et *Sié* ne sont pas nés,
« déclare-t-il, suivant la voie ordinaire, mais ils ont
« été produits miraculeusement. Aussi ne doit-on pas
« parler d'eux d'après les notions vulgaires. »

Du reste, nous le répétons, ce ne sont pas seulement les deux princes en question que l'on s'accorde,
sur l'autorité du *Chi-King*, à regarder comme fils
d'une vierge. La même extraction était attribuée
aux grands hommes, au *sage*, suivant l'expression
chinoise, et cela dès le temps de Confucius.

Koung-Yung-Tsaï, sans doute identique à ce
Koung-Yung, qui florissait 551 ans avant J.-C.,
reconnaissait que les anciens saints n'avaient point

de père, mais naissaient « par l'opération du *Tien*
« (ciel) ».

Sou-ting-Po, de son côté, écrivait que « l'homme
« divin naîtra d'une manière toute différente des
« autres hommes. Il n'y a rien là qui doive éton-
« ner ».

Les interprètes *Sé-Kiang* ajoutent : « Comme il est
« né sans semence humaine, il est évident qu'il est
« produit par le ciel. »

Le *Choué-Yun*, dictionnaire rédigé par *Hin-tching*,
qui vivait vers le commencement de notre ère, d'après
le P. Fouquet, et un siècle et demi plus tard, suivant
d'autres, à propos du caractère *Sing*, fait les réflexions
suivantes : « Les anciens saints et les hommes divins
« étaient appelés *les fils du ciel*, parce que leurs
« mères conçurent par la puissance du *Tien* « ciel »,
« et en eurent des enfants. C'est pour cela que le
« caractère *Sing* est composé de deux autres, dont le
« premier signifie *vierge* et le second *enfanter*. »

Aussi ne doit-on pas être surpris que, partant de
cette donnée, les auteurs chinois aient fini par en
arriver aux idées les plus étranges. D'après eux, le
grand *Yu* serait sorti par la poitrine de sa mère ; *Kié*
par son dos ; *Hao-Tsen* par le côté gauche ; *Ché-Kia*
(*Çakya, Çakya-Mouni*), qui est le même que *Fo* ou
Bouddha, par le côté droit ; *Héou-tsi*, par la voie
naturelle, mais qui resta fermée. Une grande compilation en 100 volumes dont parle le P. Cibal, consacrée aux faits historiques les plus curieux et les
plus intéressants, contient un livre entier sur les
naissances saintes. On y voit, entre autres choses, que

la mère de l'empereur *Chin-Noung* conçut par la
faveur d'un esprit qui lui apparut ; celle de *Hoang-ti*,
par la lueur d'un éclair et d'une lumière céleste dont
elle fut environnée ; celle de *Yao*, par la clarté d'une
étoile qui jaillit sur elle pendant un songe ; enfin, la
mère de *Yu*, par la vertu d'une perle qui tomba dans
son sein et qu'elle avala. C'était, comme le remarque
le P. Cibal, une prétention commune à presque tous
les fondateurs de dynasties chinoises d'être nés d'une
vierge. Elle offre, somme toute, quelque chose de
plus moral et de plus poétique, à la fois, que celle
d'Alexandre, lequel se donnait comme fils de Jupiter,
déguisé en serpent. Rappelons, à ce propos, le titre
de *fils du soleil*, porté par les Pharaons ; mais peut-
être n'avait-il à leurs yeux qu'une valeur purement
honorifique et ne regardaient-ils point, en réalité,
l'astre du jour comme leur auteur. Du reste, les
vierges-mères de l'antiquité chinoise ont toutes des
noms significatifs, tels que : « *Beauté attendue ;*
« *Vierge qui s'élève ; Vierge pure ; Félicité uni-*
« *verselle ; Grande fidélité ; Celle qui s'orne elle-*
« *même.* »

Fo-hi, le fondateur, très vraisemblablement, ou
plutôt, très certainement mythique de la monarchie
du Céleste Empire, ne pouvait naturellement échapper à la règle admise, et sa naissance merveilleuse se
trouve racontée de différentes façons. Suivant les
uns, *Hoa-Sin*, sa mère, ayant vu des traces de pied
humain d'une grandeur extraordinaire, désira avoir
un fils semblable à celui qui les avaient laissées. Son
vœu fut exaucé, et au bout de quatorze mois de gros-

sesse, elle donna le jour à celui qui devait être le premier empereur de Chine [1].

On remarquera la similitude de ce récit avec celui que nous fait Ssé-ma-thsien au sujet de la maternité de Kiang-Yuen. Ce sont, évidemment, deux versions d'une seule et même légende primitive.

D'autres racontent que la vierge Ching-Mou conçut pour avoir mangé une fleur de Lien-hoa (nelumbium) qu'elle avait trouvée sur ses vêtements, à l'endroit où elle se baignait. S'étant, au terme de sa grossesse, rendue à l'endroit où elle avait ramassé la fleur, elle y accoucha d'un fils, qu'elle fit élever par un pauvre pêcheur. Cet enfant, que l'on s'accorde à identifier avec Fo-hi, devint un grand homme et accomplit force prodiges [2].

Remarquons le rôle assigné au pêcheur dans ce récit, aussi bien que dans un de ceux des Japonais, et dont il a, du reste, déjà été question.

Parfois, les conceptions merveilleuses seraient, d'après les auteurs chinois, le résultat pur et simple d'un rêve. Tel aurait été, par exemple, le cas pour Tchang-tao-ling. Sa mère, dit un ouvrage chinois, serait devenue enceinte de lui pour avoir vu en songe un esprit qui descendait de la grande Ourse, vêtu d'une longue robe brodée et portant à la main une fleur parfumée. L'odeur de cette dernière se répandit sur elle, et c'est ainsi qu'elle se trouva grosse [3]. Des

---

1. Lord Macartney, *Voyage dans l'intérieur de la Chine*, trad. de Castéra, t. I, p. 48.

2. J. Barrow, *Voyage à la Chine*, trad. de l'anglais, par Castéra, t. II, p. 311.

3. *Shen-Sien-tong-kien*, XV, f. 15, 55.

récits analogues sont, comme le fait remarquer Mgr de Harlez, racontés au sujet de bien d'autres personnages.

L'immortel connu sous le nom de *Wen-Yuen-Chouaï*, « le général Wen », fut obtenu par sa mère *Tchang-Shi* d'une façon à peu près identique. Cette dame priait instamment *Hou-Tou*, l'esprit de la Terre, pour obtenir un fils. Un jour, elle vit en songe un esprit couvert d'une cuirasse d'or et armé d'une grande hache. Il tenait de la main droite une perle magnifique, et dit à la dame endormie : « Je suis « l'esprit *Lu-Kin*, l'envoyé du maître suprême. Je « désire que vous soyez mère. Y consentez-vous ? » Tchang-Shi répondit qu'elle était soumise aux ordres du ciel. Là-dessus l'esprit déposa la perle dans le sein de cette dernière, et douze mois après notre royal héros voyait le jour[1]. Peut-être retrouverait-on dans ce passage une réminiscence des récits évangéliques, mais c'est une question que nous ne voulons point aborder ici. En tout cas, Mgr de Harlez fait observer à quel point les mythologues du Céleste Empire aiment à prolonger le temps de la gestation de leurs grands hommes. Et que sont les douze mois écoulés entre la conception et l'accouchement de Tchang-Shi et les quatre-vingt-une années passées par le philosophe *Lao-tseu* dans le sein maternel ? Tout est, du reste, absolument merveilleux dans sa légende. Son père, dit-on, n'était qu'un pauvre paysan et serait arrivé jusqu'à l'âge de soixante-dix ans sans avoir

---

1. Voy. le *Tchong-hoei-seu-chang-ki.*

fait choix d'une épouse. C'est alors qu'il se maria à une paysanne elle-même âgée de quarante ans. Elle conçut par l'influence d'une grande étoile tombante. La durée absolument insolite de cette grossesse mécontenta, dit-on, le maître de cette femme. Il la renvoya de sa maison et la força à errer longtemps dans la campagne. Enfin, s'étant reposée sous un prunier, elle mit au monde un fils dont les cheveux et les sourcils étaient blancs. Elle lui donna d'abord le nom de l'arbre sous lequel il était né. S'étant aperçue ensuite qu'il avait les lobes des oreilles très allongés, elle l'appela *Li-eulh*, « prunier-oreille ». Le peuple, frappé des cheveux blancs qui ornaient la tête du futur philosophe, l'appela *Lao-tseu*, litt. « vieillard-enfant ». Il est quelquefois aussi nommé *Lao-Kiun*, litt. « vieux prince ».

Ici, évidemment, nous nageons en pleine fantasmagorie. Il convient d'ajouter que les auteurs de la *Sainte Légende* sur Lao-tseu en font, pour ainsi dire, le dieu suprême, un être existant par lui-même[1]. Le fait est que l'histoire véritable de ce personnage, bien qu'assez bizarre, n'offre rien cependant qui soit en dehors des lois de la nature. Il ne paraît pas avoir été Chinois d'origine. C'est à un âge déjà avancé et lorsque ses cheveux avaient commencé à grisonner qu'il apparut dans la principauté de *Tsu*, par laquelle se faisait le commerce avec les régions du sud et du sud-ouest. Son nom même de *Lao-tseu*

---

1. G. Pauthier, *Chine*, 1re partie, p. 112. Paris, 1837. De la collection l'*Univers*, publié par Firmin-Didot.

« vieillard-enfant », ou mieux « vieux personnage »,
semble faire allusion à son âge avancé. Il est parfois
aussi qualifié de *Tchung-erh* ou « double oreille » et
de *Tchung-tan* ou « oreille plate ». Cela n'indique-
rait-il pas qu'il était originaire de la Birmanie, les
Birmans aussi bien que les Shans se faisant remarquer par la grandeur de leurs oreilles qu'ils ont
l'habitude de percer. Tout ceci explique sans peine
la couleur indienne, sinon bouddhiste, du système
philosophique de *Lao-tseu*. En effet, un siècle et demi
ou deux siècles avant la naissance de ce personnage,
dans le cours de la septième centaine avant notre
ère, déjà l'Indien Abhirrya se serait établi sur les
rives de l'Irrawady. M. de la Couperie verrait encore
un indice d'origine méridionale dans le surnom de *Lé*
que notre philosophe se serait attribué à lui-même [1].

Fait bizarre, la croyance à ces grossesses prolon-
gées se retrouvait dans un pays bien éloigné de la
Chine, chez les Maures de la Tunisie, mais là revê-
tait, pour ainsi dire, un caractère tout spécial. Ces
derniers se figurent que l'embryon, une fois conçu,
peut rester un temps plus ou moins long endormi
avant de naître, et l'on aurait vu, dit-on, des enfants
persister dans cet état pendant plusieurs années, sans
que ce sommeil prolongé de leur part causât le
moindre préjudice à l'honneur de la mère [2]. Cette

---

1. M. Terrien de la Couperie, *Origin of the early Chinese Civilisation*, etc., p. 52 et 53 du n° 3, 6° vol. *of the Babylonian and Oriental
record*, september, 1892. London.
2. *Algérie, États tripolitains, Tunis*, par le docteur L. Frank, p. 109.
Paris, 1850. De la collect. l'*Univers*, par Firmin-Didot. — *La Régence
de Tunis*, p. 311 du t. I de la *Revue orientale et américaine*. Paris, 1859.

façon de voir a visiblement été propagée par des épouses qui se trouvaient dans une situation plus délicate qu'intéressante ou menacées de divorce en raison d'une stérilité prolongée.

Mais il est temps d'en revenir aux conceptions résultant d'un songe, suivant les écrivains chinois.

D'après le *Petsé, Wei-Kao Héou tchouen,* l'impératrice épouse de *Hiao-wen* rêva qu'elle se trouvait debout au milieu du *Tang,* tandis que le soleil venait projeter ses rayons sur elle à travers la fenêtre et la brûler. En vain cherchait-elle à s'y soustraire en se rejetant soit à droite, soit à gauche. Le lendemain, elle interrogea *Song-nien* sur ce que signifiait cette vision. Celui-ci répondit que c'était un présage merveilleux. Aussi, peu après, la princesse conçut en son sein l'enfant qui fut *Siouen-Wou-ti.* Elle vit en rêve le soleil le transformant en un dragon qui l'enveloppait. Aussi donna-t-elle le jour à un prince héritier du trône.

D'autres fois, le rêve est fait non par une princesse, mais par un souverain, et il lui annonce la naissance de fils qui seront des sages, des héros ou de grands chefs de peuples. Tel aurait, par exemple, été le cas pour l'empereur *Kao-sin* (vingt-cinquième siècle avant J.-C.) A la suite d'un songe pendant lequel l'astre du jour lui était apparu, il eut huit fils, tous parfaitement sages, que le peuple appela les huit *Youen* ou les « huit principes », ou bien *Youen-Wang-Tséu,* « les huit principes fils de roi ».

L'empereur *Ti-Kou* (vingt-quatrième siècle avant J.-C.) vit également en rêve l'astre du jour et l'avala.

Aussitôt son épouse se trouva enceinte et, par la suite, lui donna un fils[1].

D'après le *Tsé-Ki,* le prince *King-ti*, des Hans, rêva d'un esprit femelle qui lui remit en mains le soleil pour le donner à l'impératrice, son épouse. Celle-ci l'avala sans façon et devint mère d'un prince après quatorze mois de gestation. Cet enfant ne fut autre chose que *Wou-ti*[2].

D'autres fois, le rêve ne paraît plus suffire ; la princesse destinée à concevoir d'une façon merveilleuse n'est pas nécessairement en état de sommeil lorsqu'elle aperçoit l'astre présage de maternité. Citons, comme exemple, le récit concernant la naissance de *Wang-King* des *Tso-tché*. La mère vit un jour l'essence du grand luminaire céleste qui s'arrêtait en son sein, puis deux hommes célestes (*Tien-Djin*), lesquels descendirent de son côté, tenant chacun à la main une cassolette d'or emplie d'encens. Aussitôt elle sentit en elle une douce commotion dont rien n'expliquait la cause. La princesse se trouvait enceinte de *Wang-King*.

L'histoire de l'épouse de *Wou-ti* des *Liang* rappelle assez la précédente, si ce n'est que l'astre du jour s'y trouve remplacé par celui des nuits. Elle avait vu la lune descendre dans son sein et la féconder.

Enfin, la mère du célèbre poète *Li-taï-pe* aurait, dit la légende, aperçu l'étoile de Vénus (*Taï-pe*) pro-

---

1. Voy. le *Si-lei-fou*, t. IV, liv. XX, 1.
2. Voy. le *Han-wou-ti-tchouen.*

14

jeter ses rayons sur elle. On ne dit pas si ce fut réellement cette apparition qui la rendit mère, mais elle la détermina à donner à son fils le nom de l'astre du matin[1].

Il existe en Chine beaucoup d'autres légendes du même genre et qui n'ont pas encore été toutes portées à la connaissance du public européen. Ce que nous venons de dire suffit à démontrer que les conceptions miraculeuses constituent un sujet sur lequel l'imagination des écrivains du Céleste Empire s'est le plus librement donné carrière. A cet égard, nous pouvons constater une différence essentielle entre les Chinois et les Indous, lesquels mentionnent assez rarement ce genre de prodige.

D'autre part, chez les Landjans du Lao méridional, on rencontre une légende relative aux naissances virginales, qui se rapproche tout particulièrement de celle des insulaires du Nippon, concernant les sept génies célestes. Comme tous les peuples professant le bouddhisme, ceux du Lao admettent des destructions et restaurations successives de notre monde, qu'ils estiment d'ailleurs éternel en durée. A la suite du dernier cataclysme, qui fut un déluge et précéda de seize mille ans la venue de *Ciaku* (Bouddha), un dieu ou génie, appelé *Poutabo-Bamisouan*, descendit du plus haut des seize mondes supérieurs pour rétablir la terre en son premier état.

Ayant aperçu une fleur qui flottait sur l'eau, le génie

1. Mᵇᵐ de Harlez, *Miscellanées chinoises*, p. 369 et 370 du *Muséon*, t. XII, n° 5, nov. 1893. Louvain.

la coupa en deux à l'aide d'un cimeterre dont il était armé. Aussitôt, de la tige sortit une belle fille dont il devint amoureux. Il eut bien voulu l'épouser, mais l'innocente beauté refusa, par pudeur, d'écouter ses propositions. Jugeant le recours à la violence indigne d'un habitant des cieux, Poutabo s'y prit de la façon suivante : il se plaça à une certaine distance de sa belle, de façon à la pouvoir contempler à son aise. Plus habile que Royomir, qui se bornait à faire mûrir les raisins rien qu'en les regardant, par le seul éclat de ses yeux, il rendit la jeune fille mère sans qu'elle cessât d'être vierge.

Beaucoup d'enfants leur naquirent de la sorte, et c'est pour subvenir aux besoins de sa nombreuse famille que le dieu se décida à orner la terre de montagnes d'où découlent les eaux, de vallées fertiles, d'arbres à fruit, d'animaux destinés au service de l'homme, et, enfin, de mines de métaux et de pierres précieuses[1].

Avant de quitter l'Indo-Chine, il nous reste à parler d'une version de notre légende fort curieuse, ce semble, à plusieurs égards, et spécialement parce qu'elle repose sur un événement incontestablement réel.

L'avant-dernier prince de la dynastie des Hung régnait sur l'Annam, alors appelé royaume de Vanlung, et vivait environ vers la fin du quatrième ou les débuts du troisième siècle avant notre ère. Les

1. Le R. P. Giovanni Filippo Marini, *Relation du Tonkin et du Lao*, p. 380. Paris, 1666.

Chinois avaient envoyé une armée considérable pour envahir ses États et défait son général *Ly-Công-dât* dans une grande bataille. Le prince, découragé, ne savait plus qui opposer à l'ennemi.

Heureusement, vivait à cette époque, dans le village de Phu-dòng, un homme âgé de plus de soixante ans et dont la femme avait conçu d'une façon miraculeuse. Près de quatre ans auparavant, traversant le village de *Bin-tau* (aujourd'hui *Thi-Cau*, près de *Bac-ninh*), elle avait remarqué sur la terre l'empreinte d'un pied de grandeur extraordinaire. Y ayant elle-même marché, cette femme se trouva aussitôt enceinte.

L'enfant dont elle accoucha n'avait jamais parlé depuis le jour de sa naissance et se tenait toujours étendu sur le dos, sans pouvoir remuer ni s'asseoir. Cependant un héraut était venu dans le village de Phu-dòng pour appeler, de la part du roi, tous les hommes valides sous les drapeaux, leur promettant de grandes récompenses. La mère du jeune enfant, l'ayant entendu, s'écria : « Malheur à moi qui ai « enfanté un être inutile ne sachant que boire et « manger ; ce n'est pas lui qui sera jamais capable « de se mesurer avec les ennemis du royaume ; le roi « peut réserver pour d'autres ses bienfaits. Nous « nous contentons de téter et de nous gaver de « bouillie. »

A peine l'enfant eut-il entendu sa mère s'exprimer de la sorte qu'il se leva sur son séant et dit : « Je « vous prie de faire venir ici le héraut. » La mère, devant ce prodige, fut saisie d'une grande frayeur.

Elle appela sa voisine qui, à son tour, resta stupé-
faite de ce qui se passait et conseilla de faire entrer
le héraut.

Dès qu'il l'aperçut, l'enfant se leva tout debout,
s'écriant : « Retourne dire au roi qu'il fasse forger
« un cheval de fer, haut de huit pieds, une massue
« et un casque de fer. L'enfant qui te parle montera
« sur le cheval et se coiffera du casque, s'armera de
« la massue et dispersera les ennemis. »

« De quel poids voulez-vous la massue ? demanda
l'envoyé du roi.

« De cent livres », répondit l'enfant, « et le cheval
« de mille livres. »

Le héraut s'empressa de retourner vers le roi, à
qui il rendit compte de ces faits extraordinaires. « Le
« ciel, s'écria le monarque, manifeste son intention
« de nous sauver. » Il commanda à son surintendant
général de faire fabriquer le cheval, la massue et
l'armure et d'adresser le tout à l'enfant. Ce dernier
fut d'abord mécontent parce que le cheval de fer
n'avait pas d'entrailles et exigea qu'on lui en forgeât.
On fit ce qu'il désirait ; on introduisit des entrailles
de fer dans le ventre du cheval et on porta le tout
dans le village de Phu-dòng.

Quand la mère vit arriver toutes ces choses, elle
eut peur pour son fils et le lui dit. Celui-ci reprit en
riant : « Ne prenez pour l'instant d'autre souci que
« de me faire préparer à manger et à boire. Il me
« faut prendre beaucoup de forces pour commencer
« la campagne. »

Sitôt que l'enfant eut commencé à manger, il

grandit d'une façon extraordinaire. Sa mère ne parvenant pas à le rassasier, on dut avoir recours aux voisins, et tout le village apporta du riz et du vin pour ce repas extraordinaire, qui dura deux jours. Après ce temps, l'enfant, devenu un géant, revêtit l'armure, monta le cheval de fer et se mit en marche.

Le roi avait ordonné à son neuvième fils, nommé *Long-Son*, et à son dixième fils, appelé *Uy-Son*, de l'accompagner. L'armée annamite formait trois corps de troupes, chacun de trente mille hommes. Le guerrier miraculeux était en tête, et son cheval de fer fendait l'espace comme s'il eût eu des ailes. Tout le monde était enthousiasmé de ce prodige, et les volontaires accouraient de tous côtés; on vit deux frères de la famille *Nguyen*, du hameau de *Nghiem-Xa*, abandonner leurs buffles dans la rizière et, armés du fer de leurs charrues, suivre les soldats.

On atteignit l'ennemi à la montagne de *Trau* (entre *Bac-Ninh* et *Dap-Cau*), où les avant-postes étaient fortement retranchés, et le combat s'engagea immédiatement. Le choc fut terrible mais décisif; quatre généraux chinois furent tués, et leurs soldats dispersés, poursuivis jusqu'à une grande distance. Au fort de la mêlée, le guerrier miraculeux ayant brisé sa massue de fer arracha une touffe de bambou et s'en servit pour achever la déroute des ennemis. Ceux d'entre les Chinois qui ne furent pas mis à mort, affolés par la peur, rendirent leurs armes. Vingt-quatre des principaux officiers, s'étant engagés à ne plus servir contre le Van-lang, furent remis en liberté.

Le fils de l'empereur de Chine, trouvé parmi les morts, fut inhumé au pied de la montagne. On y montre encore son tombeau.

Après la victoire, le guerrier miraculeux, remontant sur son cheval de fer, prit la route de *Kim-anh* et la suivit jusqu'à la montagne de *Vu-linh*. Arrivé là, il jeta la touffe de bambou dont il s'était servi pendant le combat, quitta ses vêtements de fer, gravit la montagne et s'envola au ciel. Le cheval de fer se rendit tout seul au village de *Dong-vi*.

Aujourd'hui encore, on trouve sur le sommet de la montagne la marque d'un pied imprimé dans la pierre. C'est l'empreinte que laissa le guerrier en quittant la terre. A l'endroit où le cheval s'arrêta, on construisit un temple, qui fut doté par le roi d'un domaine de dix *mân* de rizières. Un temple fut également élevé dans le village du libérateur du royaume, et l'on érigea sur l'emplacement de sa maison une statue de pierre portant ces mots en chinois : « Ici, autrefois, était la demeure du roi céleste *Dong*. » Le monarque annamite affecta le revenu de cent *mân* de rizières à l'entretien de ces deux monuments.

Enfin, quinze cents ans plus tard, vers 1020, le roi *Ly*, qui était originaire des environs, voulut aussi honorer le grand génie national. Il lui éleva deux temples, l'un dans son village natal de Phu-dòng, auprès de la maison commune, l'autre sur le versant de la montagne *Vu-ninh* ou *Vê-linh*, près le *Phu* de *Tu-son*. Dans ce dernier, on plaça la statue du héros, qui y est encore.

En commémoration de l'événement, les Annamites célèbrent chaque année dans les temples du génie, et principalement dans celui de Phu-dông, qui est son village natal, des fêtes auxquelles on donne le plus d'éclat possible. Au cours de ces solennités, on rappelle, par des groupes historiques, le grand événement qui s'est accompli il y a vingt-trois siècles. La crête de la toiture du temple où elles se célèbrent est ornée de dragons en porcelaine bleue.

Des députations de tous les villages du canton viennent faire des offrandes au génie; elles sont composées de notables, tous correctement vêtus de la robe bleue à longues manches. La cérémonie se termine par un simulacre de combat rappelant celui dans lequel le héros national avait vaincu les guerriers du Céleste Empire. Les généraux chinois apparaissent, dit-on, figurés par de jeunes vierges qui, d'ailleurs, jouent un rôle muet et doivent garder l'immobilité la plus absolue [1].

Plusieurs remarques nous semblent devoir être faites au sujet de cette intéressante légende. Elle contient évidemment, comme il a déjà été dit, un fondement historique. Le fait d'un triomphe des Annamites sur les Chinois vers les débuts du troisième siècle avant J.-C. ne semble pas contestable, mais la plupart des détails rattachés à cet événement offrent un caractère franchement mythique. Comme il arrive d'ordinaire, l'événement réel constitue le

---

1. M. G. Dumoutier, *Une fête religieuse annamite au village des Phu-dông* (Tonkin), p. 67 et suiv. du t. XXVIII de la *Revue de l'histoire des religions*, n° de juillet-août 1893.

noyau autour duquel viennent pour ainsi dire se cristalliser les fables inventées par l'imagination populaire. En tout cas, la tradition du Tonkin n'offre rien du caractère cosmologique de celle des Landjans du Lao. L'histoire de l'empreinte du pied que vient emboîter la mère de notre héros pourrait bien être d'origine chinoise. Le reste offre, sans doute, une physionomie plus indigène. Nous nous trouvons, je crois, ici, en face du récit qui a servi de prototype à celui concernant le Japonais Sotoktaïs. Constatons toutefois à quel point ce dernier a été écourté et dégagé de ce que nous pourrions appeler l'élément militaire, qui certainement doit passer ici pour primitif. En tout cas, ce que nous tenons spécialement à faire ressortir dans cette présente étude, c'est l'étonnante ressemblance qui se manifeste entre l'histoire du guerrier indo-chinois et celle du dieu mexicain *Huitzilopochtli*, dont il va être parlé plus en détail tout à l'heure. Encore un de ces points de contact si nombreux que l'on découvre entre les Folklores des deux continents.

L'effroi du roi d'Annam, en apprenant la défaite de son armée, rappelle tout à fait celle de la mère du Mars de la Nouvelle-Espagne, lorsqu'elle voit ses fils s'avancer pour la mettre à mort. Tous les deux sont rassurés par les paroles que prononce l'enfant destiné à les faire triompher de leurs ennemis. Ajoutons que ces vainqueurs précoces ont l'un et l'autre été conçus d'une façon presque identique et miraculeuse. La plupart des adversaires périrent dans la déroute; cependant un certain nombre parvint à se sauver.

L'affinité des deux légendes se poursuit jusque dans des détails assez insignifiants. La tige de bambou dont le jeune demi-dieu annamite se sert pour achever la dispersion des vaincus n'aurait-il pas son pendant dans la branche de pin appelée « serpent d'herbe », au moyen duquel, nous l'allons voir bientôt, l'un des fidèles du Mars américain frappe mortellement la belle-sœur de ce dernier. La couleur azur joue un certain rôle dans les deux récits. Rappelons les robes bleues des notables assistant à la fête du roi céleste Dong, les plaques de porcelaine de même nuance dont sont formés les dragons qui couronnent son temple. Or, la légende mexicaine a bien soin de nous faire savoir que les cuisses, les bras et les armes d'Huitzilopochtli étaient peintes en bleu. Peut-être même sera-t-il permis de supposer que l'emploi de cette teinte se trouvait destinée à rappeler le fer dont étaient fabriqués à la fois les armes et le cheval du dieu guerrier de l'Extrême-Orient. En effet, les Mexicains ne pouvaient faire figurer dans l'armement de leur dieu protecteur ce métal qu'ils ne savaient pas travailler. Tout au plus auraient-ils pu en conserver, par tradition, un vague souvenir. Inutile de faire ressortir pourquoi il n'en est pas question dans leur récit. Par exemple, les quatre tours de la montagne accomplis par Huitzilopochtli à la poursuite des méridionaux ne renfermerait-il pas une allusion, bien voilée à la vérité, aux quatre généraux chinois tués dans la mêlée?

III

Nous en avons enfin fini avec l'Asie, et c'est vers l'Europe que se tourneront maintenant nos regards. Débutons par les traditions des peuples ougro-finnois, lesquelles semblent, elles aussi, avoir été puisées à des sources fort diverses. La muse finlandaise nous parle d'une vierge-mère, mais dont le caractère est surtout cosmologique. Voici de quelle façon débute le *Kaléwala*[1], la grande épopée du peuple suomi : « La vierge de l'air descend dans la mer, où, fécondée par le vent et l'eau, elle devient la mère de l'eau. » On ne conçoit pas trop bien comment elle peut enfanter l'élément humide, auquel elle devait déjà sa fécondité. Sans songer à résoudre cette difficulté, le poète ajoute un peu plus loin : « *Waeinae-moeinen* est enfanté par la mère de l'eau, et il est ballotté longtemps par les vagues, jusqu'à ce qu'il s'arrête brusquement près du rivage. »

Dans les vers suivants se retrouve une version plus détaillée du même récit[2] :

« Se révéla l'éternel barde (Waeinaemoeinen) »
« Porté dans le sein de la divine créature; »
« De la fille de l'air, sa mère. »
« Il était une fois, une vierge, fille de l'air, »
« Une créature divine, la belle fille de la nature. »

1. *Le Kalévalu*, trad. sur le texte original par M. Ch. de Ujfalvy, p. 13 et suiv. (*Actes complémentaires de la Société philologique.*) Paris, 1876.
2. *Ibid.*, p. 23 et suiv.

« Elle conserva longtemps sa pureté »
« Et pendant tout ce temps sa virginité. »
« Dans les larges espaces de l'air, »
« Dans ces plaines unies, »
« Le temps lui parut long et ennuyeux, »
« Le ciel lui devint à charge, »
« Étant toujours seule, »
« Vivant comme vierge, »
« Dans les larges espaces de l'air, »
« Dans ces vastes solitudes. »
« Alors elle descend davantage ; »
« Elle s'abaisse sur les vagues, »
« Sur le dos limpide de la mer, »
« Dans la haute mer déserte. »

et plus loin :

« Le vent souffle dans son sein (de la vierge de l'air), »
« La mer la rendit enceinte. »
« Elle porta le poids de son corps ; »
« L'ampleur de son ventre, avec douleur, »
« Pendant sept cents ans, »
« Pendant neuf fois la vie d'un homme, »
« Sans pouvoir mettre au jour le fruit de son corps. »
« La vierge fut ballottée comme mère de l'eau. »
« Elle nagea vers l'est, nagea vers l'ouest, »
« Nagea vers le nord, nagea vers le sud, »
« Nagea vers tous les bords de l'horizon, »
« Dans les angoisses de son brûlant enfantement, »
« Dans les douleurs causées par le poids de son ventre, »
« Sans enfanter aucun être vivant, »
« Sans pouvoir mettre au jour le fruit de son corps. »

Bref, ce n'est que lorsque le canard mystérieux eut déposé sur son genou ses œufs d'or que la vierge enfanta ou plutôt créa les terres, les golfes, les pro-

montoires. Plus tard, enfin, elle donna le jour à
Waeinaemoeinen, le grand démiurge, la personnification de la poésie, des arts et de la vie civilisée.

Toute cette étrange légende, si fort empreinte de
l'esprit méditatif et rêveur des races du Nord, offre
un caractère bien original. Vraisemblablement, elle
fut apportée de Biarmie, c'est-à-dire des rives de la
mer Blanche en Finlande, alors que les tribus de race
suomi pénétrèrent dans ce dernier pays. Nous doutons
fort qu'elle ait rien à faire avec la plupart des autres
légendes étudiées dans le présent mémoire. Elle
repose surtout, répétons-le, sur une donnée cosmologique, tandis que beaucoup de celles dont nous venons
de parler revêtent principalement un caractère symbolique et religieux. Si l'on tenait absolument à
trouver une légende analogue à celle de la vierge de
l'air du Kaléwala, c'est vers la déesse japonaise Isanami, mère des îles, des montagnes et des fleuves, qu'il
faudrait tourner ses regards ; l'une et l'autre sont pour
ainsi dire des démiurges femelles et accusent les tendances gynécocratiques de la religion des anciens
Suomis comme de celle des Japonais de l'époque primitive. Faut-il y voir la preuve ou le dernier vestige
d'une ancienne parenté ethnique entre les races du
nord de l'Europe et de l'archipel japonais. Ajoutons
que dans une légende taïtienne citée, autant qu'il nous
souvient, dans l'ancienne collection du *Journal des
Voyages*, il est question d'une déesse qui aurait
enfanté les terres, les rochers et les sables de la mer.

Les Hongrois, eux aussi, nous font de merveilleux
récits relatifs à la naissance miraculeuse de l'un de

leurs anciens chefs. Nous voulons parler d'*Almos* (le *Zalmoutz* de Constantin), chef de la confédération des Magyars ou Huns-Ougriens, alors établie dans le sud de la Russie et père du célèbre Arpad[1]. Quelque temps avant la naissance de ce héros, sa mère aurait aperçu un vautour ou, suivant d'autres, un épervier qui se réfugiait dans son sein et un fleuve majestueux qui se répandait au loin sur la terre. C'était le présage des brillantes destinées réservées, soit à ce prince, soit à ses successeurs. Du reste, les chroniqueurs hongrois du moyen âge semblent avoir profité de la ressemblance qui existe entre le nom de *Almos* et le terme *Alom*, « rêve, songe », pour faire de ce héros, l'enfant du songe. En tout cas, malgré la parenté ethnographique des peuples chez lesquels nous les rencontrons, la légende magyare ne semble pas du tout avoir la même origine que celle des Finlandais, relative à la vierge de l'air.

II. La mythologie gréco-romaine offre un caractère trop anthropomorphique, son génie s'éloigne trop de celui des vieilles religions orientales pour que nous puissions nous attendre à y retrouver notre légende sous une forme bien caractérisée. En effet, elle n'y figure que d'une façon tout à fait accessoire. D'après les poètes latins, Junon, jalouse de n'avoir été pour rien dans la merveilleuse naissance de Minerve, sortie, comme l'on sait, du cerveau de Jupiter, résolut d'enfanter sans le concours de son époux. Dans ce

1. M. E. Sayous, *les Origines et l'époque païenne de l'histoire des Hongrois*, ch. I, p. 16. Paris, 1874. — Madame Dora d'Istria, *la Nationalité bulgare*, n° du 15 juillet 1868 de la *Revue des Deux Mondes*.

but, elle entreprit de visiter les contrées orientales. Fatiguée de la route, elle se reposa près du temple de Flore, laquelle lui demanda le sujet de son voyage. Une fois renseignée à cet égard, Flore indiqua à la compagne de Jupiter une fleur qui croissait dans le champ d'Olène et dont le simple attouchement devait infailliblement la rendre mère. C'est ainsi que Junon donna le jour au dieu Mars[1]. En tout cas, on ne voit nulle part que cette déesse ait été considérée comme vierge.

Quelques auteurs et mythographes, entre autres Lucien, font encore de Vulcain le fils de Junon seule ; mais cette opinion n'est point celle de la majorité des auteurs, lesquels donnent à ce dieu Jupiter pour père.

Nous ne nous étendrons point sur la légende relative à Hébé[2]. Quelques auteurs, dit Noël Leconte, prétendent que Junon fut, un jour, invitée à dîner, par Apollon, dans le palais même de Jupiter. Parmi les mets ornant la table figurait un plat de laitues sauvages. En ayant mangé, Junon, demeurée stérile jusque-là, se trouva subitement enceinte de la déesse de la jeunesse, la séduisante Hébé. On n'a pu retrouver dans quel écrivain ancien, notre compatriote a pris ces récits. Leur physionomie même, qui ne présente rien d'antique, a fait supposer que tout ceci pourrait bien être de l'invention de Noël. Ainsi que l'auteur d'*Orphée aux enfers,* il aura trouvé bon d'ajouter quelque chose à la mythologie.

---

1. Fr. Noël, *Dictionnaire de la fable*, t. II, art. *Mars*. Paris, an XII.
2. Natalis Comitis *Mythologia*, etc., t. I, lib. II, cap. v, p. 14. Lyon, 1602.

Il serait également question de naissances merveilleuses dans certains contes populaires de la Grèce
moderne; malheureusement, nous n'avons pas eu le
loisir de consulter l'ouvrage de M. Legrand (*Contes
grecs*, p. III) à ce sujet.

III. Parmi les populations de race slave, nous ne
sachions guère que les Tchèques de la Bohême, chez
lesquels se retrouve une version de la légende qui
fait l'objet du présent travail. Malgré sa physionomie,
en apparence assez originale, elle pourrait bien ne
pas remonter à une époque fort ancienne. Nous la
donnons ici en détail.

Un fossoyeur avait une fille qui aidait son père
dans son triste travail de chaque jour. Condamnée, dès
sa jeunesse, à la solitude, elle apprit à classer les
ossements, qui se trouvaient épars dans le cimetière,
à les ranger en pyramides très régulières, à en faire
des autels. Dans les crânes servant de calices, elle
déposait des offrandes de fleurs. Cependant, la jeune
fille, en grandissant, devint de plus en plus belle. Un
jour qu'elle était sortie du cimetière pour aller puiser
de l'eau à la fontaine, l'un de ces crânes s'échappa
du milieu des autres ossements, et se mit à rouler
sur les pas de la fillette. Celle-ci le releva courageu-
sement en lui disant : « T'aurais-je posé dans un
endroit peu digne de toi? Sois tranquille, je vais te
donner une meilleure place. » Elle le prit entre ses
mains, l'embrassa avec un sourire et finit par le
mettre sur l'autel; mais, à partir de ce moment, la
tête de mort ne voulut plus quitter les pieds de la
jeune fille. Partout et toujours, on le voyait rouler à

sa suite. Effrayé de ce prodige, le fossoyeur alla
consulter une sorcière, sur les conseils de laquelle il
brûla le crâne pour en faire avaler les cendres à son
enfant. Moins d'un an après, la vierge mit au monde
un petit héros. Le nouveau-né passa ses jours au
pied du mont Blanik[1] ou sous l'ombrage des tilleuls[2].
Il s'entretenait avec les héros endormis. Qui sait s'il
ne devint pas, s'il n'est pas déjà devenu leur chef?
Un éminent écrivain polonais a pris cette légende
pour sujet d'une de ses poésies[3].

Sans doute, l'on constate dans le récit que nous
venons de rapporter l'influence de certaines préoc-
cupations politiques et nationales. C'est ce qu'il nous
a transmis par des lettrés plus ou moins mêlés aux
querelles des partis. Impossible de nier cependant
que, par ses éléments essentiels, il ne soit bien de
source populaire. Le détail du crâne ambulant se
retrouve dans un récit cambodgien. Il y est question
de deux amis également ivrognes; l'un étant venu à
mourir, son crâne se mit à poursuivre le survivant.

---

1. D'après la tradition populaire, le mont Blanik doit, à un moment
solennel, vomir de son sein les corps des guerriers taborites qui y
furent ensevelis après la défaite de *Lipau*. En attendant, les guerriers
gardiens de la patrie s'éveillent, de temps à autre, de leur sommeil
séculaire pour se demander : « L'heure a-t-elle sonné, tout est-il
prêt? » Le prince Arthur de Bretagne, l'enchanteur Merlin, Charle-
magne, Frédéric Barberousse et bien d'autres grands personnages
ont été l'objet de légendes analogues.

2. Le tilleul, à cause du vert tendre de son feuillage, de l'élégance
de son port, est l'arbre de prédilection des Slaves, de même que
le chêne est celui des races de l'Europe occidentale. Chez les Slaves de
l'époque païenne, il passait presque pour un arbre sacré.

3. MM. J. Fricz et Léger, *la Bohême historique, pittoresque et littéraire*, p. 344 et 345.

Ce dernier ne pouvait le décider à se tenir tranquille
qu'en l'arrosant d'un peu d'eau-de-vie de riz.
Comment cette particularité se retrouve-t-elle
aujourd'hui sur deux points assez éloignés? C'est ce
que nous n'avons point à rechercher ici.

. IV. A quelle époque la tradition en question s'est-
elle répandue chez les peuples de race et de langue
celtique? C'est ce qui semble assez difficile d'établir
clairement. Si plusieurs auteurs parlent d'un autel
élevé à Chartres, ou plutôt au sein de la grande forêt
qui jadis couvrait une partie du territoire carnute,
par les Druides à la Vierge qui doit enfanter (*Virgini parituræ druides*), l'exactitude de ce renseignement n'en reste pas moins fort douteuse[1]. Une tradition locale veut même que ce vieux sanctuaire gaulois
ait été érigé à l'endroit où se trouvent les chapelles
de la cathédrale, du côté du nord. C'est en souvenir
même de cette circonstance qu'on lit l'inscription
suivante, en lettre gothiques, sur le frontispice de la
principale porte, bâtie sur l'emplacement de la grotte
druidique : *Virgini parituræ.*

Quoi qu'il en soit, l'autel gaulois aurait été, dit-on,
surmonté d'une statue de la Vierge, représentée les
yeux fermés, comme n'étant point encore née et
tenant dans ses bras un enfant, les yeux ouverts,
parce qu'en sa qualité de dieu il est déjà né ou plutôt
éternel. Tout ceci ne paraît pas plus fondé que les
légendes irlandaises, au sujet de la mort du Christ,

. 1. Doyen, *Histoire de Chartres*, t. I, p. 8. — Abbé Fret, *Antiquités
et chroniques percheronnes*, t. 1, p. 36. Mortagne, 1838

annoncée par un druide à l'instant même où le déi-
cide venait de s'accomplir[1]. Les prêtres de la Gaule
ne se fussent pas avisés, sans doute, de rédiger une
inscription en latin. Suivant toute apparence, la
légende du pays chartrain tire son origine du souvenir altéré de quelque autel gallo-romain élevé en
l'honneur de la mère de Dieu. Bien que certains
vestiges d'influence orientale puissent peut-être être
constatés dans le druidisme, rien ne permet de supposer la prophétie d'Isaïe connue en Gaule avant le
temps de la conquête romaine. N'oublions pas, en
effet, que la Gaule fut un des pays où les Juifs
s'établirent le plus tard. Ils formaient déjà à Rome
une colonie nombreuse dès le temps de César. Au
contraire, il n'y en avait point encore pour ainsi dire,
chez nous, au quatrième siècle de l'ère chrétienne.

En revanche, la présence de plusieurs traditions
relatives à des naissances virginales a été constatée
dans la littérature irlandaise du moyen âge; mais
rien ne dit que, malgré leur physionomie originale,
elles n'aient une origine chrétienne. En voici une
tirée d'un manuscrit hibernien du quatorzième siècle
et rédigé en vers, à savoir : le *Leabhar bregg*, litt.
« livre bigarré », ainsi appelé, sans doute, à cause
de la couleur de sa couverture. La traduction, vers
par vers, est aussi littérale que possible :

1° « Cred, la bonne femme, fille de Ronan, roi de
Leister, avec son église aimable et pure, fut mère de
Boëthin, fils de Findach. »

---

1. Abbé Domenech, *Voyage pittoresque en Irlande*, ch. IV, p. 173.
Paris, 1865.

2° « Findach, le pillard qui avait l'intention de voler l'église, se trouva un certain jour dans l'aubépine, au-dessus de la source. »

3° « Quand Cred à l'œil fort, la fille de Ronan, vint y laver ses mains. »

4° « Lorsque le hardi pillard regarda la jolie fille de Ronan. »

5° « *Aliquid seminis ejus* tomba sur une brindille amère de cresson. »

6° « La jeune fille mangea cette brindille de cresson. »

7° « De là, noble combat, naquit l'immortel Boëthin[1]. »

Findach était, dit-on, originaire de *Inis Boëthini* (île de Boëthin), dans le Leister. On remarquera la ressemblance du rôle à lui assigné avec celui que la légende persane fait jouer à Zoroastre, et plus encore avec certain passage d'un récit recueilli chez les habitants de la côte du Pérou dont nous parlerons tout à l'heure. Peut-être n'y a-t-il là qu'une coïncidence purement fortuite. Une histoire analogue avait cours dans l'Inde dès une époque peut-être assez ancienne[2].

Les légendes celtiques nous parlent assez fréquemment, d'ailleurs, de conceptions ou naissances merveilleuses. Citons, par exemple, celle de Saint-Aidan ou Meadoc, dont la fête se célébrait au

---

1. M. W. Stokes, *Cred's pregnancy*, p. 199 du t. II de la *Revue celtique*.
2. De Gubernatis, *Mythologie*, t. II, p. 231. — *Mahabhárata*, trad. de M. H. Fauche, t. I, p. 254.

3 janvier. On le regardait comme fils d'une étoile
tombée dans la bouche de sa mère endormie[1]. Ne
conviendrait-il pas de voir là une trace de cette
croyance à l'influence des corps célestes sur la
destinée des mortels, croyance qui a donné naissance à l'astrologie judiciaire. Il n'est guère de
région sur terre où elle ne soit répandue. Ne se
figure-t-on pas aujourd'hui encore, au moins dans
certains cantons de la Basse-Bretagne, que les femmes
et les filles doivent se garder le soir de se tourner
pour uriner vers la lune, surtout lorsque cet astre est
cornu, c'est-à-dire dans ses premiers quartiers, ou
bien en décours. Sans cela, l'imprudente courrait
risque de se trouver *lunée*, c'est-à-dire enceinte par
l'action de l'astre des nuits et de donner naissance à
un *loarer* ou lunatique[2]. Cette superstition pourrait
bien remonter fort haut et s'explique sans peine, si
l'on songe que, presque partout, la lune a été prise
comme emblème du principe féminin, l'astre du
jour constituant naturellement celui du principe
mâle.

V. Notre tradition ne pouvait guère naturellement se retrouver chez les peuples néo-latins. Ils ont
depuis trop longtemps et trop complètement subi
l'action du christianisme, fait trop de progrès dans
la voie de la civilisation pour que ces vieilles
légendes à caractère naturaliste et païen se soient

---

1. M. Luzel, *Légendes chrétiennes de la Basse-Bretagne*, t. I, p. 45
et 60. — *Revue celtique*, p. 275, t. V. Paris, 1883.
2. M. F. M. Luzel, *la Lune*, p. 452 de la *Revue celtique*, t. III,
1876-1878.

conservées parmi eux. A peine les habitants de la
péninsule ibérique en ont-ils gardé quelques traces,
et encore l'antique légende du fils de la vierge
a-t-elle pris, chez eux, une physionomie tout à fait
grivoise, est-elle passée à l'état de conte pur et simple.

Un des rares romances inspirés par le poème de
Tristan et d'Iseult fut, nous dit un auteur contemporain, vers la fin du quinzième siècle, fort allongé,
sous ce titre : *Romance de Don Tristan, nuevamente
glosado por Alonso de Salaya, con otras obras suyas*,
et imprimé en lettres gothiques, sans date ni lieu
d'impression. En voici le sujet en peu de mots.
Iseult veut voir Tristan que, dans un transport de
jalousie, le roi Marc a transpercé d'un grand coup
de lance. Les deux amants versent d'abondantes
larmes, et de ces larmes naît un lis. « Chaque femme
« qui en mange, nous dit le romance », se sent
aussitôt grosse. La reine Iseult en avait mangé pour
son malheur [1]. Il ne faut point oublier que le lis est
ordinairement pris, et spécialement dans les romans
du moyen âge, comme symbole de pureté et de
virginité. On conçoit donc bien ce que signifie cette
expression *manger un lis*.

Un souvenir de ce vieux romance n'est-il point
encore visible dans une chanson très répandue
aujourd'hui chez les Asturiens. Remarquons seulement que le lis s'y trouve remplacé par la bourrache.

---

1. M. le comte de Puymaigre, *Les vieux auteurs castillans*, t. II,
p. 355 et suiv. Paris, 1852.

Hay una yerba en el campo,
Que se llama la borraja.
Toda mujer que la pisa,
Luego se siente preñada.

Les autres couplets de cette pièce de vers nous
racontent précisément ce qui arriva à la princesse
Alexandra pour avoir marché sur cette herbe[1]; elle
ne s'en tira pas à aussi bon compte que plusieurs des
autres héroïnes de la légende. Voici, au reste, la
traduction intégrale de cette chanson :

« Il y a une herbe aux champs, qu'on appelle la
« bourrache, et la femme qui la foule se sent embar-
« rassée[2]. Le « Destin voulut qu'Alexandra marchât
sur cette herbe. Un jour, comme elle revenait de la
messe, son père la considère ».

« Qu'as-tu Alexandra, qu'as-tu? es-tu malade?—J'ai
« une indisposition que j'ai gardée depuis que j'étais
« petite. — Ou tu as le mal d'amour ou tu es amou-
« reuse. En appelant sept médecins, tu seras vite
« guérie. On appela sept docteurs, les plus savants
« de l'Espagne. L'un dit : « Je n'y comprends rien »;
« l'autre dit : « Ce n'est rien »; le plus jeune de tous :
« La princesse est grosse. » — Taisez-vous, taisez-
« vous, docteur! Que ne le sache le roi d'Espagne.

1. Y aurait-il par hasard quelque corrélation à établir entre les
vertus extraordinaires ici attribuées à la bourrache et notre locution
familière : « Sur quelle herbe avez-vous marché ? » Nous verrions plutôt
ici, pour notre part, une allusion aux propriétés magiques de quelque
autre végétal.
2. Rappelons qu'en basque l'adjectif *izorra*, « enceinte, » ne s'emploie guère que lorsqu'il s'agit de femmes mariées. On se sert du
terme *empatchua*, litt. « empêchée », pour les filles et les veuves.

« Si le roi d'Espagne le savait, je perdrais la vie.
« Elle monta dans son appartement, elle monta dans
« sa chambre où elle travaillait et cousait, où elle
« cousait et travaillait. Elle éprouvait une douleur à
« chaque point qu'elle faisait, et entre une douleur
« et une douleur, elle mit au monde un enfant mâle.
« Prends-le et emporte le jouvenceau dans les plis
« de ta cape. Avec celui-là, il y en a déjà sept ; mon
« père ne sait rien. Qu'il ne sache ni par où tu
« descends, ni par où tu sors, que mon père ne te
« rencontre pas... Ah ! si mon père te rencontrait !
« Au bas de l'escalier, il se trouve avec le bon roi.
« — Que portes-tu là, petit garçon, dans les plis de
« ta cape ? Je porte des roses et des œillets, caprices
« de femme grosse. — De ces roses et de ces œillets,
« donne-moi la fleur la plus colorée ? — La plus
« colorée de toutes a perdu une feuille. — Qu'elle
« l'ait ou non perdue, on ne refuse rien à un roi. On
« en était là de ces propos ; l'enfant se mit à pleurer.
« — Marche, marche, petit garçon, et ne perds pas ta
« journée. De l'arbre qui porte ces fruits, je couperai
« la branche. Le roi s'en fût à la chambre d'Alexan-
« dra. Alexandra, qui l'avait vu, était sortie de son
« lit. Reste tranquille, Alexandra ; une femme
« qui est accouchée, il y a une heure, ne peut être
« levée. Dis ta confession, maudite ! Dis ta confes-
« sion, méchante. Quand elle dit : « Seigneur », j'ai
« péché, il lui coupa la tête. »

Une pièce du romancero portugais, intitulée
Dona Ausenda, a évidemment été inspirée par la
même donnée. En voici le premier couplet :

A Porta de Dona Ausenda
  Esta una herva fadada.
Mulher que ponha a mâo n'ella
Logo se sente pejada.

« A la porte de Dona Ausenda est une herbe fée ;
« la femme qui pose la main sur elle, à l'instant se
« trouve enceinte. »

M. de Puymaigre ne nous donne pas la suite de ce
romance, mais, sans aucun doute, il doit se rapprocher beaucoup de la chanson asturienne.

En tout cas, les vertus extraordinaires dont on
gratifie spécialement la bourrache, à l'exclusion de
tous les autres végétaux, pourraient bien trouver leur
explication dans la ressemblance du nom de cette
plante avec les termes *bourre*, *bourrer*, au sens
de « remplir ». On sait le rôle important qu'a toujours joué le calembour dans la formation des
légendes populaires. Nous ne voulons pas examiner
ici la question de savoir si la bourrache n'aurait
point, dans l'esprit des masses, succédé à quelque
autre plante, telle, par exemple, que la *mandragore*,
au sujet de laquelle les anciens ont débité tant de
contes.

IV

Le savant et regretté L. Angrand, le premier,
on le sait, a reconnu la double origine des civilisations du Nouveau-Monde. Toutes les populations
policées de cet hémisphère paraissent, en effet, se
rattacher soit au courant dit *occidental* dont faisaient

partie les Mexicains proprement dits et, sans doute
aussi, les mystérieux constructeurs du temple de
Tiaguanaco dans le haut Pérou, soit à celui des
Orientaux, comme les Mayas du Yucatan, et les
Quichuas de l'époque incacique[1]. Ajoutons que certaines différences bien marquées dans le système
religieux, la symbolique, l'art architectural, permettent de distinguer l'une de l'autre les populations
appartenant à chacun des deux systèmes ci-dessus
mentionnés. Sans vouloir étudier ici cette question,
nous nous bornerons à l'examen d'un point particulier : la tradition d'un héros puissant et libérateur
né sans le concours de l'homme semble avoir été
spéciale aux Occidentaux ; nous n'en trouvons pas
trace, en effet, ni au Yucatan ni chez les habitants de
Cuzco. Au contraire, l'on en rencontre des vestiges
partout où l'influence occidentale a été prépondérante, soit dans le nord, soit dans le sud du continent
américain. Ajoutons qu'elle se trouvait absolument
conforme aux tendances gynécocratiques de la religion
mexicaine, qui accordait une prééminence incontestable au principe femelle sur le principe masculin.

Il y aurait peut-être quelque lieu de penser que les
légendes relatives à cette naissance miraculeuse ne
sont point écloses sur le sol américain, qu'elles y
ont été importées d'ailleurs. Nous pourrions même
trouver là de précieux renseignements sur la façon
dont les fables et les contes se propagent au loin.

---

1. L. Angrand, *Notes manuscrites* et *Lettre à M. Daly sur les antiquités de Tiaguanaco.*

Les Pimas de la Californie, incontestablement
apparentés par la langue et, sans doute aussi, par
leur système de civilisation aux Mexicains proprement dits, nous racontent que, dans les temps les
plus reculés, une jeune vierge, d'une beauté remarquable, habitait les bords d'un lac verdoyant, sur
l'emplacement où se trouvent aujourd'hui les ruines
des *Casas grandes*. Elle n'aimait personne et enten-
dait rester fille. Une sécheresse survint qui menaçait de faire mourir la tribu de faim. Celle-ci donna
à ses concitoyens du grain et des provisions qui ne
s'épuisaient pas plus que ses libéralités. Un jour
qu'elle dormait, un orage éclata et une goutte de
pluie vint à tomber sur sa poitrine. A l'instant même
la jeune fille se trouva enceinte d'un fils, qui, plus
tard, devint le constructeur des *Casas grandes*[1].

Les indigènes d'Oraïbe regardent également leur
Montézuma comme né d'une pauvre vierge[2] qui le
mit au monde dans le pueblo de *Pecos*.

Voici, d'un autre côté, ce que les Mexicains
racontent au sujet de la naissance de *Huitzilopochtli*,
le dieu de la guerre. Sur une montagne non loin de
Tulan et appelée *Coatepec*, litt. « A la montagne du
serpent », vivait une femme nommée *Coatlicuyé*, litt.
« Jupon de Serpent ». Elle était mère d'un grand
nombre de fils, appelés *Centzon vitznahuas*, litt. « les

---

1. M. H. Albert Emory, *Notes of a military record from Leawen-
worth in Missoury to San Diego in California*, p. 82 et 83. Washington,
1849, *Senat's documents*. — *Le Fils de la Vierge*, p. 293 et suiv. du
Recueil des publications de la Société havraise d'études diverses. Le
Havre, 1879.
2. M. G. Thompson, *The pueblos and their inhabitants*, p. 321.

quatre cents Méridionaux », et avait une sœur appelée *Coyolxauhqui*, litt. « Grande dame parée à la mode antique ». Chaque jour, par esprit de pénitence, Coatlicuyé balayait le pavé du temple près duquel elle habitait. Pendant qu'elle était occupée de la sorte, une petite boule de plumes, semblable à une pelote de fil, tomba sur elle. L'ayant saisie, elle la cacha sous sa jupe. Après avoir achevé sa tâche, elle voulut la reprendre, mais la pelote avait disparu et Coatlicuyé se trouva enceinte. En apprenant cette nouvelle, les Centzon vitznahuas entrèrent en fureur et Coyolxauhqui leur conseilla de tuer leur mère, puisqu'elle les avait couverts de déshonneur.

L'enfant que Coatlicuyé portait dans son sein la rassura et calma son effroi en lui disant : « N'aie point peur, je sais ce que j'ai à faire. » Aussitôt sa mère sentit le calme renaître dans son âme. Décidés à mettre celle-ci à mort, les Centzon vitznahuas commencèrent à arranger leurs cheveux en torsades, comme des guerriers marchant au combat. L'un d'entre eux, appelé *Quauhitlicac*, qui n'approuvait pas leur dessein, alla prévenir Huitzilopochtli, lequel n'était pas encore né. Ce dernier répondit : « O mon oncle, regarde soigneusement ce qu'ils font, écoute ce qu'ils disent, parce que je sais, de mon côté, comment je dois agir. »

Cependant, les meurtriers apparaissent bien armés et le corps couvert de morceaux de papier. *Coyolxauhqui* leur servait de guide. Quauhitlicac court avertir Huitzilopochtli. « Où sont-ils en ce moment ? » demanda celui-ci. — « Ils arrivent à *Tzompantitlan*,

litt .« Près du pieu patibulaire », répliqua le messager.
Peu après, Huitzilopochtli ajouta : « Et actuellement,
où se trouvent-ils ? » — « A *Coaxcalco* », litt. « Auprès du Serpent de sable », repartit Quauhitlicac.
Huitzilopochtli demande une fois encore : « Où sont-
ils ? » La réponse fut qu'ils arrivaient à l'instant à
Petlac. Bientôt Huitzilopochtli réitère sa question.
— Au milieu de la Sierra, lui dit-on. Et de nouveau
Huitzilopochtli s'écria : « Où sont-ils enfin ? » — Les
voici tout près, dit le messager, et à leur tête marche
Coyolxauhqui. Au même instant, le Mars mexicain
sort tout armé du sein maternel. Il portait une ron-
dache bleue, appelée *teneuch*, avec un dard teint de la
même couleur. Sa figure était peinte et sa tête sur-
montée d'un ornement qui s'y trouvait collé. Sa jambe
gauche était frêle et couverte de plumes ; les cuisses
et les bras également peints en bleu. Il ordonna à un
nommé *Tochan Calqui*, litt. « habitant de notre
demeure », de mettre le feu à un serpent fabriqué
en bois de pin, appelé *Xiuhcoatl*, litt. « Serpent
d'herbe », et sans doute métaphoriquement « Serpent
enflammé ». En effet, *Xiuhteuctli*, litt. « Seigneur de
l'herbe », était le dieu du feu dans la mythologie mexicaine. Quoi qu'il en soit, ce fut avec ce bois enflammé que Coyolxauhqui fut frappée mortellement.
Cela fait, Huitzilopochtli, les armes à la main, pour-
suivit les Centzon vitznahuas de la Sierra jusqu'à
la plaine. Il fit ainsi quatre fois le tour de la montagne, sans que ses frères pussent même se dé-
fendre contre lui. Malgré leurs prières et leurs sup-
plications, le Mars mexicain les mit presque tous à

mort. Quelques-uns cependant parvinrent à s'enfuir et à se retirer au pays de *Huitzlampa*, litt. « Vers le sud ». Le vainqueur s'empara des dépouilles de ses frères et spécialement de leurs armes, appelées *Anecuhiotl*[1].

Cette légende peut être fort ancienne, mais nous sommes, pour notre part, porté à croire qu'elle se trouve mêlée à des événements historiques de date bien plus récente et contemporains de la migration aztèque. Nous n'avons pu, il est vrai, parvenir à identifier les noms de localités ici indiquées, mais ils ont pu changer par la suite des temps, à moins qu'elles ne soient de si minime importance que les auteurs modernes aient cru devoir les passer sous silence. *Coyolxauhqui*, « la grande dame mise à l'ancienne mode », et ses frères, les Centzon vitznahuas, vaincus et repoussés vers le sud, nous auraient tout l'air de personnifier les antiques habitants de ces régions, défaits et expulsés par les Mexicas. Naturellement, ces derniers auront fait honneur de la victoire à leur dieu national, *Huitzilopochtli*.

On ne nous dit pas, il est vrai, que Coatlicuyé fut vierge, et ce fait qu'elle passe pour mère d'une si nombreuse progéniture semble même attester le contraire, mais il n'en reste pas moins vrai que la naissance du Mars mexicain doit être considérée comme tout à fait miraculeuse et qu'elle a été le résultat d'une intervention du Ciel.

1. Sahagun, *Hist. gén. des choses de la Nouvelle-Espagne*, liv. III, ch. 1, p. 201 et suiv. — Torquemada, *Monarquia indiana*, t. II, liv. VI, p. 41 et 42.

Au reste, on peut, suivant toute apparence, faire
découler d'une même source ce récit et l'un de
ceux que rapporte le Mahabhârata. L'épouse du
pénitent *Vacishtha* fut pendant douze ans enceinte
de son fils *Asmaka*, et peut-être n'en serait-elle point
encore délivrée à l'heure qu'il est, si elle ne s'était
décidée à pratiquer sur elle-même l'opération césa-
rienne.

Un jour, voulant détourner d'une vengeance que
méditait *Paraçara*, son petit-fils, ou plutôt le petit-
fils de son mari, elle lui raconta la merveilleuse
histoire d'Aurva. Des *Kshattriyas*, ou guerriers de la
race de *Kritavîrya*, résolurent d'exterminer les
Bhrigus, ascètes illustres par leurs vertus et qui
appartenaient à la souche des *Rishis*. Malgré tous
les soins qu'ils prirent pour échapper à la rage de
leurs ennemis, presque tous ces saints personnages
furent mis à mort ainsi que leurs épouses. L'une de
celles-ci voyant les guerriers impitoyables ouvrir le
ventre de ses compagnes pour en arracher le fruit,
s'empressa de recourir au procédé jadis employé
par Jupiter pour Bacchus, le fils de Sémélé, c'est-à-
dire qu'elle cacha dans sa cuisse l'enfant auquel
elle devait donner le jour. Les égorgeurs ayant été
prévenus de tout ceci par un misérable qui crut
racheter sa vie au prix d'une délation, vinrent pour
tuer la mère avec son fils. Celui-ci sortant alors de
la cuisse maternelle parut soudain environné d'une
telle lumière qu'à l'instant les guerriers en eurent
les yeux brûlés. Ils conjurèrent alors le jeune héros
d'avoir pitié d'eux. L'enfant de la Bhrigu s'étant

enfin laissé fléchir leur rendit la vue. Il reçut ensuite
le nom d'*Aurva* (né de la cuisse), qui rappelle sa
naissance miraculeuse, et se signala par toutes sortes
d'exploits [1].

Toutefois, le récit hindou, visiblement très modifié
par l'influence des idées brahmaniques, semble avoir
beaucoup plus dévié du type primitif que celui des
peuples d'Anahuac.

Ajoutons, d'ailleurs, que cette faculté de parler
avant que de naître est encore attribuée par le Mahabhârata à un personnage de la famille de *Vacishtha*.
Cet ascète ayant perdu son fils, *Çaktri*, et désespé-
rant désormais d'avoir un descendant, résolut de
mettre fin à ses jours. Après plusieurs essais infruc-
tueux, il exhala son chagrin par ces mots : « Hélas !
je ne puis mourir ! »

Un jour cependant qu'il errait par monts et par
vaux, il ne s'aperçut pas que sa belle-fille *Adriçyanti* le suivait. Comme elle marchait près de lui,
voici qu'il entendit soudain une voix qui récitait
distinctement les védas, sans oublier les six *añgas*.
L'ascète se retourne et demande : « Qui donc me
suit ? » — Sa bru lui répondit : « Je suis *Adriçyanti*,
la veuve de *Çaktri*; bien que vouée à l'ascétisme, je
suis désespérée. » — Vacishtha reprit : « O ma fille !
quelle est donc la voix que j'entendais tout à l'heure
réciter les védas avec les *añgas* et qui ressemble si
bien à celle de mon fils *Çaktri?* »

1. *Mahabhârata*, *Adi-Parvan*, *Adhyaya*, CLXXVII. — A. Roussel,
les Idées religieuses de Mahabhârata, p. 266 et 267 du *Muséon*, t. XII,
n° 3. Louvain, 1893.

Adriçyanti lui répondit : « Je porte dans mon
sein le fils de Çaktri. Voici douze ans passés que je
l'ai conçu. La voix que tu viens d'entendre est celle
de cet (embryon) ascète qui récitait les védas. »

A ces mots, Vacishtha s'écria plein de joie : « J'ai
encore un fils. » Il ne chercha plus à mettre fin à
ses jours et, accompagné d'Adriçyanti, il reprit le
chemin de sa demeure.

Celle-ci donna enfin le jour à un enfant mâle
dont l'esprit était depuis bien longtemps déjà illu-
miné par la science védique [1].

Remarquons que l'enfant qui parle avant sa naissance et celui auquel est racontée l'histoire d'Aurva
appartiennent tous les deux à la famille de Vacishtha.
De cette coïncidence, l'on pourrait conclure qu'à l'origine, les événements racontés dans ces deux récits
faisaient partie de la légende d'un seul et même
personnage. En un mot, celle-ci devait être, dans
ses traits essentiels, identique à celle de Huitzilopochtli. Nous voyons ici une preuve nouvelle du
caractère archaïque que conservent d'ordinaire les
récits des peuples américains, lorsque nous les comparons à leurs similaires en vigueur chez les races
de l'ancien monde. Bien entendu, on ne saurait
induire de là qu'ils aient pris naissance chez les
populations du nouveau continent. Cela prouve
simplement que, chez ces dernières, ils ont eu moins
à souffrir des remaniements d'une époque relativement récente. On conçoit qu'il en soit ainsi au

---

1. *Ibid.*, *Museon*, p. 265.

sein de races, somme toute, assez peu civilisées et
qui n'ont pas eu à subir de révolutions religieuses,
sociales ou politiques. Est-ce que, par exemple, les
contes et chants sacrés des Lithuaniens n'offrent pas
une physionomie très primitive, si nous les comparons à ceux des Slaves proprement dits, surtout à
ceux des Slaves du Sud. La chose tient précisément
à ce que la Lithuanie a longtemps eu une existence
isolée et qu'elle ne s'est trouvée en contact perma-
nent avec les autres sociétés européennes qu'aux
débuts de l'ère moderne. Au contraire, chez les
Serbes et les Albanais, la lutte contre l'islamisme a
promptement fait tomber en oubli les souvenirs
des temps antiques. En tout cas, l'influence des idées
brahmaniques a profondément altéré les récits du
Mahabhàrata, leur a fait perdre beaucoup de leurs
traits originaux, et ce n'est pas là, à coup sûr, que l'on
doit s'attendre à rencontrer rien de bien primitif.
Nous ne pouvons, à cet égard, que renvoyer le lecteur
à ce qui a déjà été dit au début du présent travail.

D'après une légende mexicaine, le genre humain
n'aurait pas eu de père, mais la mère des premiers
hommes serait *Sihuacoatl* ou *Cihuacoatl*, litt. « la
femme serpent ». Elle conçut sans aucun commerce
avec un individu du sexe masculin. Cette déesse
apparaissait parfois vêtue de blanc, portant sur les
épaules une sorte de hotte ou de petit berceau dans
lequel se trouvait un enfant. D'autres fois, elle révé-
lait, pendant la nuit, sa présence par des cris plaintifs
et des sanglots, mais sans se montrer en personne.
Du reste, qu'on la vît ou qu'on se bornât à l'entendre,

la chose passait pour de fort mauvais augure[1] . Cette déesse semble avoir été confondue, par la suite, avec *Cohuatl*, litt. « Serpent », sœur du héros *Totépeuh*, qui lui confia l'éducation de Quetzalcoatl, après la mort de *Chimalman*, son épouse [2]. L'on sait, du reste, que jusqu'à la fin de la monarchie mexicaine, le titre de Cihua-Cohuatl fut décerné au ministre suprême de la justice et de la maison du roi [3].

Nous connaissons, au Guatémala, la fameuse histoire de la vierge *Xquiq*, fille du prince *Cuchuma-quiq*. Le héros mythique des Guatémaliens, Hunhun-Ahpu, ayant été mis à mort par ordre des chefs de l'État de Xibalba, on lui coupa la tête et on la plaça dans les branches d'un calebassier. Aussitôt l'arbre se couvre de fruits, bien qu'il n'en eût point un seul auparavant. Bientôt le chef du guerrier guatémalien se transforma lui-même en calebasse. De là, ajoute l'auteur américain, le nom de « Tête de Hunahpu » que porte ce fruit chez les Quichés.

Les princes xibalbaïdes, témoins d'un tel prodige, défendent d'approcher de l'arbre merveilleux. Cependant, la jeune *Xquiq*, entraînée par la curiosité, désobéit, se disant à elle-même avec une indiscrétion digne de notre mère Ève : « Les fruits de cet arbre doivent être bien savoureux. »

Étant partie seule, elle arriva au pied du calebassier, lequel s'élevait lui-même au milieu du cendrier.

---

1. Torquemada, *Monarq. indiana*, t. II, lib. VI, cap. XXXI, p. 61.
2. Abbé Brasseur de Bourbourg, *Hist. des Nat. civil.*, t. I, liv. II, ch. IV, p. 241.
3. Abbé Brasseur, *ibid.*, t. III, liv. XII, ch. IV, p. 577.

La vue des fruits lui arrache des cris d'admiration et
elle ajoute : « En mourrai-je donc et sera-ce ma
ruine si j'en cueille un? »

Alors, continue le narrateur indigène, la tête de
mort qui était au milieu de l'arbre parla. « Est-ce
donc que tu en désires? Les boules rondes qui se
trouvent entre les branches de l'arbre, ce sont uniquement des têtes de mort. Est-ce que tu en veux
toujours? » ajouta-t-elle.

« Oui, » répondit Xquiq en étendant la main vers
le crâne d'Hunhun-Ahpu. Alors ce dernier lança
avec effort un crachat dans la main de la jeune fille.
Celle-ci regarda aussitôt le creux de sa main, mais
la salive du mort avait déjà disparu.

« Cette salive et cette bave, c'est ma postérité que
je viens de te donner, ajouta le crâne. Voilà que ma
tête cessera de parler, car ce n'est qu'une tête de
mort qui déjà n'a plus de chair. »

En effet, Xquiq se trouvait enceinte. Au bout de six
mois, son père s'apercevant de son état se mit en
devoir de l'interroger. « Il n'y a pas d'homme dont
je connaisse la face, ô mon père », répondit-elle. « En
vérité, tu n'es qu'une fornicatrice », s'écria Cuchuma-
quiq, et il ordonna de lui arracher le cœur, ainsi qu'on
le faisait pour les victimes sacrifiées aux dieux. Les
prêtres mexicains, on le sait, ouvraient la poitrine
aux hommes immolés [1] sur leurs autels, afin que,

---

1. M. le docteur Jourdanet, *les Sacrifices humains et l'Anthropophagie chez les Aztèques*, p. 891 et suiv., *Appendice* de la traduction
de l'*Histoire véridique de la conquête de la Nouvelle-Espagne*, par
Bernal Diaz. Paris, 1877.

suivant l'énergique expression d'un écrivain indigène, le soleil eût des cœurs à manger et du sang à
boire.

Xquiq parvient à exciter la compassion des exécu-
teurs, lesquels lui laissent la vie et s'avisent d'un
subterfuge pour faire croire à Cuchumaquiq que son
ordre a été suivi d'effet. La jeune fille se retire chez la
mère de *Hunhun-Ahpu*, au pays de Guatémala. C'est
là qu'elle met au monde deux jumeaux destinés à
venger leur père de la cruauté des princes de Xibalba [1].

L'abbé Brasseur insiste sur le côté historique de
cette légende. Il y voit un souvenir des luttes jadis
soutenues par les Guatémaliens contre le puissant
empire yucatèque [2]. Nous ne demandons pas mieux
que de reconnaître le bien-fondé de ces conjectures,
mais ici, tout comme dans le récit de la naissance de
Huitzilopochtli, nous croyons la légende beaucoup
plus ancienne que les événements réels qui ont pu,
par la suite, s'y trouver mêlés.

Le savant M. Jimenez de la Espada nous fait
connaître, d'après un manuscrit du Dr Francisco de
Avila, intitulé *Tratado y relación de los errores, falsos
dioses y otras supersticiones*, etc., etc., *en que vivian
antiguamente los Indios de las provincias de Huaro-
chiri, Mama y Chaella*, la tradition suivante. Ce
serait bien dans la province de *Huarochiri*, c'est-à-
dire sur le littoral péruvien, chez les Yuncas, qu'elle
aurait été recueillie.

1. Abbé Brasseur, *Popol-Vuh*, 2ᵉ partie, ch. III, p. 91 et suiv.
2. *Ibid.*, Introd., p. 137 et suiv.

« Le Coniraya Viracocha, le Créateur de toutes
« choses, apparut, il y a bien longtemps de cela,
« sous les traits d'un homme pauvre, d'apparence
« misérable et vêtu de haillons. Ceux qui ne le
« connaissaient pas ne manquaient guère de le traiter
« de sale personnage et de pouilleux. Cependant,
« c'était par son ordre que tout avait été fait, que les
« plateaux et cavités des montagnes avaient été
« formés. Rien qu'en lançant une tige creuse de la
« plante appelée *Canne de Castille*, il creusait les
« canaux et les aqueducs. Il se rendait sur tous les
« points de la terre pour mettre chaque chose en
« ordre. Dans sa sagesse, il tournait en dérision et
« attaquait les *huacas* et idoles partout où il les
« rencontrait. Alors vivait une jeune déesse vierge
« et excessivement belle, appelée *Cavillaca*. Plusieurs
« dieux et génies avaient sollicité sa main, mais
« sans succès. Enfin, un jour qu'elle était à tisser un
« manteau au pied d'un arbre de l'espèce appelée
« *Lucumo*, Virococha se déguisa en un joli oiseau et
« se percha sur l'arbre. Il prit de sa semence et la fit
« entrer dans une *lucma* bien mûre et bien appétis-
« sante. Ensuite, Viracocha fit tomber le fruit auprès
« de la jeune fille qui, l'ayant mangé, se trouva
« enceinte sur le coup et sans avoir connu d'homme.
« Au bout de neuf mois, elle enfanta un fils qu'elle
« allaita un an entier, sans s'être rendu compte
« comment elle l'avait eu[1] ».

1. M. Jimenez de la Espada, *Mitos de los Iuncas*, p. 130 et 131, t. II
du *Congresso internacional de Americanistas*. Madrid, 1883.

Enfin, plus à l'est encore, nous trouvons une nouvelle version de la même légende, mais sous une forme assez archaïque et se rapprochant quelque peu de celle des Pimas. Les Manacicas, voisins des Chiquitos, et qui, jadis, ne formaient avec eux qu'une seule nation affirment qu'une vierge d'une grande beauté enfanta un fils sans avoir eu de relation avec aucun homme. Ce dernier, parvenu à l'âge viril, accomplit les plus grands prodiges, guérissant les malades, débarrassant de leur infirmité les boiteux et les aveugles. Un jour, ayant rassemblé une grande foule de peuple, il s'envola au ciel et fut changé en soleil. Lui et l'astre du jour ne font qu'un, et s'il ne se trouvait à une si grande distance, ajoutent les *Maponos* ou prêtres des idoles, on pourrait distinguer ses traits [1]. Ce mystérieux personnage devrait-il être assimilé à *Ursana*, le fils du dieu suprême et qui a pour mère la déesse vierge *Quipoci* dont il sera question ailleurs? C'est ce que nous n'oserions affirmer. Peut-être bien, au reste, les narrateurs espagnols ont-ils inconsciemment un peu retouché la légende indienne, pensant n'y voir qu'une version plus ou moins altérée de certains passages des évangiles. Il n'en est pas moins vrai qu'elle mérite d'être considérée comme authentique, du moins dans ses traits essentiels. Ces populations n'auraient-elles pas, comme les Moxos, subi l'influence des Atumurunas ou autres tribus du courant occidental jadis occupant de

---

1. *Choix de lettres édifiantes*, etc. Amérique, t. II, p. 199. — *Relation des Missions du Paraguay*, trad. de l'italien de Muratori, ch. III, p. 38. Paris, 1826.

certaines régions du Pérou et de la Bolivie [1] ? La
chose nous paraît d'autant plus admissible qu'au
point de vue de la symbolique des nombres, ainsi
qu'il sera exposé autre part, les Manacicas semblent
également se rapprocher des populations dites *Cali-
forniennes* ou *Toltèques occidentales.*

L'on rencontre parfois Quetzalcoatl substitué à
Huitzitopochtli dans la légende mexicaine dont nous
venons de parler. Ainsi, au dire de Mendieta, certains
prétendent que *Chimalma* ou mieux *Chimalman,* litt.
« la main du bouclier », étant occupée à balayer,
avala un *chalchihuite* ou pierre de jade et se trouva
aussitôt enceinte d'un fils qui fut Quetzalcoatl [2].

Les gloses de plusieurs *codices* racontent les faits
d'une façon analogue. Ainsi le *Vaticanus* qui, au dire
de M. Chavero, constitue l'unique traité de Thégonie
Nahoa parvenu jusqu'à nous, semble distinguer deux
personnages du nom de Quetzalcoatl; le premier fut
l'un des sept qui échappèrent à la grande inondation.
Il a été, par la suite, ainsi que ses six compagnons,
adoré comme dieu, spécialement, dit la glose, par les
Chichimèques, c'est-à-dire, sans doute, par les populations de langue et de race mexicaine. On ne saurait
guère refuser de l'identifier avec le demi-dieu civilisateur des Toltèques orientaux, mais dont le culte,
par la suite, fut aussi adopté par les Toltèques
occidentaux. Le titre de *cœur du peuple* ou plutôt

---

1. Angrand, *Lettre sur les Antiquités de Tiaguanaco*, p. 17 et
suiv.

2. Mendieta, *Hist. eccles. indiana*, lib. II, cap. v, p. 82 et 83.

de cœur de la terre[1] à lui décerné semblerait bien le rapprocher du dieu mexicain Tépéyolotl, litt. « cœur de la montagne » ou mieux « cœur du pays », quelquefois adoré comme l'écho personnifié. D'un autre côté, Votan, le fondateur de la monarchie des *Chans* ou « serpents », le héros civilisateur du Chiapas se trouve également invoqué sous le nom de « cœur du peuple ». C'est un nouveau motif pour nous de voir en lui surtout une forme secondaire du Quetzalcoatl Ulmèque qui aborda sur la côte de la Nouvelle-Espagne[2]. Impossible également de ne pas reconnaître une parenté étroite entre ces deux personnages mythiques et le dieu des Mixtèques, qualifié par Burgoa de « corazon del pueblo ». Nous savons qu'on l'adorait dans le fameux sanctuaire d'Achiutla, sous la forme d'une émeraude portant gravés un oiseau et un serpent enroulé. Enfin, c'est sans doute encore la même déité que l'on vénérait, dans un temple souterrain, sous le nom de « cœur du royaume ». Ledit édifice était situé dans une île de la lagune sise près de Téhuantepec et connue depuis la conquête espagnole sous l'appellation de San Dionisio de la Mar.

M. Seller, au reste, fait observer que Tépéyolotl ne paraît pas avoir été très populaire chez les Mexicains. Aucun des auteurs qui habitaient le plateau

---

1. Abbé Brasseur de Bourbourg, *Hist. des nat. civil.*, t. I, liv. I, ch. III, p. 75. — *Le Mythe de Votan*, p. 45 du 2e vol. des *Actes de la Société philologique*, etc.

2. *Le Mythe d'Imos*, § 18 et suiv., p. 134 et suiv. du t. V, 6e série, des *Annales de Philosophie chrétienne*. Paris, 1873.

d'Anahuac, tels que Sahagun, Mendieta, Duran, ne
l'ont mentionné. Ce n'est que dans les *codices* qu'il
en est question. Notre auteur en tire cette conclusion,
fort plausible à notre avis, que ce dieu intitulé
« cœur du peuple, cœur du royaume », pourrait
bien être originaire des provinces du sud-ouest,
du pays des Mixtèques ou des Zapotèques[1]. Plus
tard seulement, son culte aura pénétré dans les
régions du centre et de l'est où on l'aura tantôt
adoré comme une divinité spéciale sous le nom
de Tépéyolotl, tantôt assimilé à Votan et à Quetzalcoatl.

Quant au grand Quetzalcoatl, le réformateur religieux, voici ce que le Codex Vaticanus rapporte à
son sujet.

Le dieu *Citlallatonac* ou mieux *Citlaltonac*, litt.
« étoile brillante », personnification de la voie lactée,
envoya du ciel un messager à une vierge appelée
Chimalman, lui annonçant qu'il voulait qu'elle conçût
et enfantât d'une façon toute miraculeuse. Les deux
sœurs de Chimalman, appelées l'une *Tzochitlicué* ou
mieux *Xochitlicué*, litt. « robe de fleurs » et l'autre
Conatlicué ou plus exactement *Cohuatlicué*, litt.
« robe de serpent », moururent de frayeur à la
vue de l'envoyé céleste. Quant à Chimalman, elle
enfanta Quetzalcoatl, depuis adoré comme dieu de
l'air. C'est lui qui introduisit l'usage des temples
ronds inconnus jusqu'alors et détruisit le monde

1. M. Seller, *Das Tonalamatl der Aubinischin Sammlung und die
Verwandlen Kalenderbücher*, p. 521 et suiv. du *Compte rendu de la
7e section du Congrès des Américanistes*. Berlin, 1890.

par le vent. Dès sa naissance, ainsi qu'il convient à un dieu, Quetzalcoatl aurait eu le plein usage de sa raison[1].

D'après la glose de l'une des planches de la collection Kingsborough, c'est par son souffle que le dieu *Tonacateuctli* ou *Citlaltonac* aurait engendré Quetzalcoatl[2].

Enfin, le Codex Tellerianus ajoute que le pénitent (Quetzalcohuatl) trompé par Tezcatlipoca était le même qui naquit de la vierge appelée Chimalma, au ciel *Chalchivitztli*, dont le nom a été traduit par « pierre précieuse de la pénitence *ou* du sacrifice ». Il se sauva du déluge et naquit sous le signe *Chicna-huiecatl* ou 9 vent[3].

Remarquons que dans les divers passages par nous cités, les deux Quetzalcohuatl semblent parfois plus ou moins confondus, mais le fait d'une naissance virginale attribuée au moins à l'un d'entre eux paraît suffisamment établi.

Peut-être s'étonnera-t-on de voir une déité d'origine toltèque orientale assimilée sur ce point à un dieu tel qu'Huitzilopochtli, le dieu national des Mexicas, mais il n'est pas douteux pour nous que ce n'est qu'après avoir été admis dans l'olympe des Toltèques occidentaux que Quetzalcohuatl a pu être substitué au Mars mexicain. Jamais le premier des personnages de ce nom, le héros civilisateur des

1. M. E. Beauvois, *Deux Sources de l'histoire des Quetzalcoalt,* p. 435 et suiv. du *Museon,* t. V. Louvain, 1886.
2. *Ibid.,* p. 441.
3. *Ibid.,* p. 600.

Ulmèques et des Xicalanques ne paraît avoir été considéré comme l'enfant d'une vierge.

Du reste, toute l'histoire du second Quetzalcohuatl offre des traces de remaniements postérieurs. Les annalistes qui nous l'ont transmise se trouvent rarement d'accord entre eux. Le seul point sur lequel ils sont à peu près du même avis, c'est le nom de la mère de ce personnage qui s'appelait soit *Chimalman*, « la main du bouclier », soit *Chimalna* « la mère du bouclier ». Pour tout le reste, ils diffèrent grandement, ainsi que l'on va pouvoir en juger.

Le Codex Chimalpopoca fait de cette dernière une reine d'un pays de *Huitznahuac*, litt. « vers les Nahoas méridionaux », placé par l'abbé Brasseur au sud du Popocatépetl, en dehors de la vallée d'Anahuac. Ce document nous rapporte que le prince envahisseur *Totépeuh-Nonohualcatl*, également désigné sous le nom de Mixcohua-Camaxtli, l'épousa après l'avoir vaincue et la rendit mère de Quetzacohuatl, mais il ne nous la donne nullement comme vierge, ainsi que les documents précédents[1].

Nous voyons que les diverses légendes ne concordent guère en ce qui concerne le père soit réel, soit putatif de notre héros; les uns parlent de Camaxtli ou Totepeuh, les autres de Tonacateuctli ou Citlaltonac. Une tradition citée par Mendieta et dont le caractère semble, dans une certaine mesure, ethnographique, fait descendre Quetzalcoatl d'un

1. Codex Chimalpopoca, *apud* Brasseur de Bourbourg, *Hist. des nat. civil.*, t. I, liv. II, ch. III, p. 236 et 237.

vieillard habitant le pays de Chicomoztoc ou des
« sept cavernes » qui s'appelait *Iztac-mixcohuatl*,
litt. « la blanche couleuvre nébuleuse ». D'une première épouse appelée *Ilancueitl*, litt. « vieux jupon »,
il aurait eu six fils, qui furent Xelhua, Tenuch, Ulme-
catl, Xicalancatl, Mixtecatl et Otomitl. Sa seconde
femme ne lui aurait donné qu'un enfant, lequel fut
Quetzalcoatl[1].

Plusieurs des personnages ici mentionnés portent
visiblement des noms de nations, telles que celles des
Othomies, des Xicalanques, des Ulmèques. Nous
verrons plus loin que le terme de Chicomoztoc dési-
gnait une région bien éloignée du plateau d'Anahuac. Le sens de la légende est, du reste, facile à
saisir. Elle veut dire simplement que les nations
civilisées de la Nouvelle-Espagne ou plutôt que les
civilisations de ce pays avaient leur berceau dans les
contrées du nord-ouest. Après tout, il n'y a rien
d'étonnant à ce que les dévots de Quetzalcoatl aient
attribué à ce personnage mythique, ce qui primitivement était appliqué à Huitzilopochtli ou même à
quelque autre divinité. Ne voyons-nous pas, par
exemple, les musulmans de l'Arabie et de la Perse
désigner du nom de *Bethoul* ou « vierge », Fathma,
la fille de Mohammed, parce que telle est l'épithète
dont les chrétiens de Syrie font usage pour désigner
la mère du Christ[2]; les *Gaures* ou Parsis confondre
leur prophète Zoroastre avec le patriarche Abraham

1. Mendieta, *Hist. ecclesiast. indiana*, lib. II, cap. XXXIII, p. 145.
2. A. Chodzko, *Théâtre persan, choix de Téaziés*, mystère III, p. 74,
en note, de la *Bibliothèque orientale elzévirienne*. Paris, 1878.

que leur ont fait connaître les lecteurs de la Bible[1].
Enfin, on sait l'abondante infiltration d'idées chrétiennes qui, dès les premiers siècles de notre ère, se
produisit chez les bouddhistes[2].

Pour en finir avec les traditions relatives au fils de
la Vierge en Amérique, Mendieta affirme que Barthé-
lemy de la Casas les retrouva également au Yucatan,
ainsi qu'en ferait foi une apologie écrite de la main
de ce dernier personnage et conservée au couvent de
Saint-Dominique, à Mexico.

Un clerc respectable et d'âge mûr, chargé par
l'évêque de Chiapas d'évangéliser la péninsule
yucatèque, lui aurait appris, d'après une conversa-
tion qu'il avait eue avec un chef de ce pays, que les
Indiens même païens croyaient au dogme de la Trinité. Ils reconnaissaient un Dieu Père, créateur de
toutes choses, nommé *Izona*. Son fils, appelé *Bacab*,
naquit d'une vierge du nom de *Chibirias*. Cette
dernière avait pour mère la déesse *Ixchel*. Quant à
l'Esprit-Saint, ces peuples l'auraient connu sous le
nom d'*Echuah*. Quoi qu'il en soit, les Yucatèques
affirmaient que *Bacab* aurait été mis à mort par un
certain *Eopuco*, lequel le fit flageller, lui mit une
couronne d'épines sur la tête et l'attacha les bras

---

1. Tavernier, *Voyages*, etc., t. II, liv. IV, ch. VIII, p. 95 et 96.
Rouen, 1724. — *Les Traditions relatives au fils de la Vierge*, p. 948
du t. IV, nouvelle série des *Annales de philosophie chrétienne*. Paris,
1881.

2. *Les Trad. relat. au fils de la Vierge*, ibid., p. 947. — Abbé
Roussel, l'*Incarnation d'après le Bhâgavata Purâna*, p. 90 et suiv. de
la 2ᵉ section (*sciences religieuses*) du *compte rendu du Congrès scientifique international des catholiques*. Paris, 1891.

étendus à un pieu. Toutefois, Bacab serait ressuscité le troisième jour après son trépas, pour remonter au ciel où il réside auprès de son père. C'est alors qu'Echuah arriva sur terre pour donner aux hommes ce qui leur était nécessaire. Interrogé sur le sens de ces diverses dénominations, l'Indien aurait répondu que *Izona* voulait dire « le grand-père », *Bacab* « le fils du grand-père » et *Echuah* « marchand ». « D'ailleurs, ajoute-t-il, tout ce que je viens de vous exposer nous est connu par un enseignement que les habitants de ce pays se transmettent de père en fils[1]. »

Nous aurions beaucoup de peine à regarder cette tradition comme authentique. Si les croyances des Yucatèques s'étaient autant rapprochées du christianisme, comment se fait-il que Landa, si au courant des choses de la Péninsule, n'en ait soufflé mot? Ce qui nous paraîtrait le plus vraisemblable, c'est que le clerc de l'évêque de Chiapas aura été induit en erreur par un Indien déjà initié aux croyances chrétiennes, lequel forgea tout un roman relativement aux traditions de ses aïeux. En tout cas, Bacab ne signifie pas du tout « fils » en maya. Peut-être est-ce un composé de la racine *buc* « répandre » et de l'affixe possess. *cab;* litt. « celui qui répand, qui fait répandre ». Le nom de *Bacabs* était affecté aux quatre grands dieux chargés de soutenir la voûte céleste, ainsi qu'aux vases à tête d'animaux renfermant les entrailles des défunts. *Chibirias* ne saurait

---

1. Mendieta, *Hist. eccles. indiana,* lib. IV, cap. XLI, p. 536 et 537.

être un mot de la langue du Yucatan, puisque la lettre *R* n'existe pas dans cet idiome. *Echuah* est visiblement pour *Ek chuah*, nom du dieu protecteur des marchands et voyageurs[1]. *Izona* ne serait-il pas une forme incorrecte pour *Itzamna* ou *Ytzamma* ou même *Zamna*, héros et demi-dieu civilisateur de la péninsule yucatèque? C'est même à lui que l'on attribue l'invention des caractères calculiformes[2]. Quant à *Ixchel* ou *Ixcheel*, dont le sens est peut-être celui d'une sorte d'oiseau bleu femelle, on l'invoquait spécialement dans les accouchements, en qualité de déesse de la médecine[3].

CHAPITRE VI

Les hommes-chiens.

La plupart des tribus de race Athabaskane ou Denné-dindjié qui habitent la région du nord-ouest de l'Amérique comprise entre la baie d'Hudson et les Montagnes Rocheuses, affirment que leurs ancêtres sont venus d'une région située bien loin à l'ouest, de l'autre côté de la mer. Cette patrie primitive de leur race est appelée par les Indiens Peaux-

---

1. D. de Landa, *Relacion de las cosas de Yucatan*, trad. de l'abbé Brasseur de Bourbourg, § 27, p. 159.
2. Beltran, *Arte del idioma maya*, p. 16. Merida de Yucatan, 1859.
3. *Relacion de las cosas de Yucatan*, § 32, p. 125. — Manuscrit Troano, t. II, articles *Ekchuah*, *Itzamma*, etc., *Études sur le système graphique des Mayas*, par l'abbé Brasseur de Bourbourg. Paris, 1870.

de-Lièvre (Indian hare), l'*Énéné*[1] ou « l'autre monde ». Suivant les uns, elle aurait été détruite et, suivant d'autres, transportée d'Occident en Orient. Les tribus des Montagnes Rocheuses, qui fréquentent les rives du lac des Liards, nous font de longues descriptions de ce mystérieux pays[2]. La terre, nous disent-elles, y produisait des arbres étranges, et sur ces arbres, l'on voyait grimper des animaux grimaciers, semblables à l'homme (c'est-à-dire, sans doute, des singes). Il y avait également de gros animaux ovipares, munis d'écailles (gavials ou crocodiles?), des vers gigantesques (serpents?), des chats énormes (tigres ou lions?), des rennes de taille colossale (buffles, éléphants?), et enfin des quadrupèdes, protégés par une peau si dure qu'on ne pouvait les tuer (rhinocéros?).

Toutes ces particularités sembleraient de nature à nous faire placer le berceau de la race Denné dans les régions chaudes de l'Asie. Cependant, ni par leur type, ni par leur langue, ces Indiens ne paraissent offrir un caractère plus asiatique que les autres populations du Nouveau-Monde, mais voici qui paraît à la fois plus important et plus significatif.

Les Dennés vivaient sous la domination de maîtres cruels qui les tenaient dans un dur esclavage. Ces hommes forts et puissants inspiraient tant d'effroi, qu'au dire des narrateurs, leurs aïeux « n'osaient

---

1. Le R. P. Petitot, *Rapport sur la géologie de l'Athabaskaw-Mackensie*, p. 73 et 74. Paris, 1875.
2. R. P. Petitot, *Dictionnaire de la langue des Dennés-Dindjiés (Essai sur l'origine des Dennés-Dindjiés)*, p. 27 et 28. Paris, 1876.

17

.« rire qu'en se couvrant la bouche d'une vessie
« d'élan ».

Au nombre de ces tyrans, figurait spécialement
une race de magiciens jouissant du privilège de se
transformer en chiens pendant la nuit, car le jour ils
redevenaient hommes. Ils avaient pris pour épouses,
nous disent les Loucheux et Peaux-de-Lièvre, des
femmes Dennés, qui, elles, ne participaient en rien
de la nature du chien. Les magiciens se rasaient la
tête et portaient de faux cheveux, d'où le nom de
Kfwé-détélé, sous lequel ils sont parfois désignés. On
les appelle aussi « pieds de chien » ou « fils de
chien ». Adonnés à tous les vices, et surtout à
l'anthropophagie, ils ne se couvraient le corps
d'aucun vêtement, sauf une peau d'élan, munie de
petits cailloux coagulés (cuirasse) qui leur protégeait
la poitrine, et portaient des casques.

D'après les Loucheux, Flancs-de-Chien et Esclaves,
ces sorciers habitaient une contrée ténébreuse bien
loin à l'ouest, et les Indiens Peaux-de-Lièvre sont
persuadés qu'une nation d'hommes-chiens continue
encore à y vivre. Les Indiens plats côtés de chien ou
flancs de chien (Dogribs), considérés comme métis de
ces hommes-chiens et des Dennés, sont en raison
de cette circonstance l'objet des railleries de tribus
voisines. Quant aux Indiens du Churchill (environs
de la baie d'Hudson), ils se reconnaissent fils d'une
mère indienne et d'un jeune homme-chien. Le
fameux géant primordial dans lequel le R. P. Petitot
reconnaît, sans conteste, l'emblème de toute la race
Denné, tua le chien et créa ensuite les diverses

espèces animales, destinées à la nourriture de
l'homme.

Cependant, l'heure de la liberté finit par sonner
pour les malheureux Indiens. Les circonstances de
ce grand événement sont diversement racontées par
chaque tribu. D'après la tradition chippewayane[1],
leurs aïeux auraient traversé un grand lac parsemé
d'îles et de glaçons (mer de Behring, archipel des
Aléoutiennes?) pour aborder enfin sur les bords du
lac de cuivre. D'autres affirment que le géant primordial, dont nous venons de parler, barra le passage
aux émigrants que poursuivaient les têtes pelées.
Cependant, ce géant ayant été mis à mort par les
fugitifs, ils firent de son corps une sorte de pont qui
les conduisit jusqu'en Amérique, que d'ailleurs ils
trouvèrent déserte, ce qui rappelle un peu la tradition
scandinave concernant le géant Ymer. D'autres
enfin prétendent que la terre ayant subitement
tourné d'Occident en Orient, les Dennés furent
transportés en un clin d'œil dans la partie du monde
aujourd'hui encore habitée par eux. Presque toutes
les tribus, du reste, sont d'accord pour reconnaître
comme principal auteur de leur délivrance un
puissant magicien, dont l'histoire offre des traits de
ressemblance bien frappants avec celle de Moïse.
C'est lui, par exemple, qui aurait ouvert aux fuyards
un chemin à travers les eaux de la mer. Ce libérateur
avait un frère dont le rôle ne rappelle guère moins

1. Hearne, *A journey from Prince of Wales fort to the Northern
Ocean.* London, 1769-1772.

celui d'Aaron, puisqu'il était spécialement chargé des soins du culte et tenait à la main un instrument mobile attaché à un lien, semblable à un encensoir. Enfin, la manne tomba du ciel pour les nouveaux venus, avant qu'ils ne pussent vivre du produit de leur chasse, sous forme de petits morceaux de viande dont ils se nourrirent quelque temps.

L'on remarquera certains points de contact entre une portion de ces légendes et celles qui, chez nous, se rapportaient aux *Loup-garous* et aux *Lycanthropes*. Elles offrent une affinité bien plus étroite encore avec certaines traditions des peuples de l'Extrême-Orient, dont nous allons parler à l'instant.

Voici, par exemple, ce que racontent les Aïnos qui habitent l'île de Yéso, au nord de l'archipel japonais, les îles Kouriles, le sud de la péninsule kamtschadale, une partie de l'île de Saghalien et de la côte de Mandchourie[1].

Aussitôt que le monde fut sorti des eaux, une femme vint habiter la plus belle des îles qu'occupe aujourd'hui la race Aïno. Elle était arrivée sur un navire poussé par un vent propice d'Occident en Orient. Amplement munie d'engins de pêche et de chasse, elle vécut plusieurs années, heureuse dans un magnifique jardin qui existe encore, mais dont nul mortel ne connaît l'emplacement. Un jour, au retour de la chasse, elle alla se baigner dans le fleuve qui séparait son domaine du reste de l'univers.

---

1. M. Rodolphe Lindaü, *Voyage autour du Japon*, ch. v, p. 99. Paris, 1864.

Ayant aperçu un chien qui nageait vers elle avec rapidité, elle sortit de l'eau pleine d'effroi. Toutefois, le chien la rassura, lui demandant la permission de rester près d'elle pour lui servir de protecteur et d'ami. Elle se laissa persuader, et de leur union naquit le peuple Aïno.

Cette singulière tradition est évidemment formée d'éléments très divers. L'un d'eux paraîtrait même avoir un fondement historique. C'est celui du bateau qui amène de l'ouest à l'est l'Ève des Aïnos. Effectivement, à en juger par la langue qu'elle parle aujourd'hui et qui semble offrir d'incontestables affinités avec le coréen et les dialectes dits jénisséïques, tels que l'Assane et le Kotte[1], la race qui occupe les Kouriles a dû venir des massifs de l'Altaï. Là, en effet, il convient de chercher le berceau primitif de la plupart des populations de l'Asie boréale, aussi bien que des nations Ougro-finnoises. Le jardin qu'occupe la femme primordiale, ainsi que le fleuve dont il est entouré, nous font penser à la fois à l'Éden biblique, arrosé de quatre grands cours d'eau, et à l'enclos mystérieux borné par une infranchissable rivière où repose Xisuthrus, le Noé Chaldéen[2].

Enfin, l'épisode du bain semble emprunté à une légende dont les différentes versions se retrouvent en vigueur chez plusieurs peuples, tant de l'ancien que

1. *Recherches ethnographiques sur les Aïnos ou habitants des Kouriles.* Extrait du cahier de février 1866 des *Annales de philosophie chrétienne.*

2. M. Fr. Lenormant, *Les premières civilisations*, t. II, p. 32 et suiv. Paris, 1874.

du nouveau continent. Nous voulons parler de l'histoire des nymphes volantes, aussi populaires en Finlande que chez les insulaires des Célèbes et que l'on
retrouve jusqu'à la Nouvelle-Zélande. Il s'agit de
filles célestes qui viennent sur terre, parfois sous
forme d'oiseaux, et abandonnent leur dépouille ou
leurs vêtements pour se plonger dans l'onde. Un
chasseur, qui les guette, s'empare du vêtement de
l'une de ces fées. Cette dernière ne peut plus s'envoler et finit par devenir l'épouse de l'audacieux
mortel [1].

Une seconde version de la même légende nous est
transmise par un savant américain [2]. Une jeune Japonaise avait excité le courroux de son père par sa
désobéissance ; celui-ci n'imagina rien de mieux que
de l'enfermer dans une boëte qu'il jeta à la mer. Les
flots la portèrent au nord, vers la région de l'île de
Yéso, où se trouve aujourd'hui la ville de *Ishikari*. Un
chien qui se promenait de ce côté-là brisa la boëte
avec ses dents. La jeune fille était encore vivante.
A peine eut-elle aperçu le chien qu'elle se dit à elle-
même : « Quand j'étais chez mon père, je lui ai
« désobéi, et c'est pour cela que j'ai fait un voyage
« si désagréable. Je ne rencontre ici qu'un chien,
« mais je lui serai soumise, crainte de châtiment. »
Elle épousa son libérateur à quatre pattes, et ils

1. *Affinités de quelques légendes américaines avec celles de l'ancien
monde.* (Extrait du *Bulletin du Comité d'archéologie américaine.*)
2. M. Romyn Hitchcock, *The Ainos of the Japan*, p. 483 de l'*Annual
report of the Board of regents of the Smithsonian Institution.*
Washington, 1891.

vécurent heureux ensemble. Elle en eut un enfant
dont le corps était tout couvert de longs poils noirs,
et plusieurs autres remarquables par l'abondance de
leur système pileux. Ce furent les ancêtres de la race
Aïno actuelle.

M. Hitchcock regarde d'ailleurs cette légende
comme étant plutôt d'origine japonaise qu'Aïno. En
tout cas, les Japonais l'auront sans doute empruntée
aux peuples du continent asiatique.

Il s'en faut de beaucoup, du reste, que les Kouri-
liens soient les seuls des Asiatiques à se vanter de
leur origine canine. Les habitants de la cité de Pégu,
dans l'Indo-Chine, semblent avoir eu exactement la
même prétention. Le grand poète portugais y fait
allusion dans le passage suivant de son livre [1] : « Vois
la capitale du Pégu que des monstres peuplèrent,
monstres nés du commerce infâme d'un chien et
d'une femme abandonnés sur cette terre déserte. »

De même, d'après la tradition javanaise [2], le prince
Bandong Prakousa errait dans une forêt, sous forme
de chien, lorsqu'il rencontra la fille du célèbre *Baka*,
le ministre du roi *Randu-Baléang*. Il eut d'elle un
fils qui, après l'avoir tué, épousa, comme Œdipe, sa
propre mère. De cette union incestueuse descendent
les *Kalangs*, les peuples de *Kendal*, *Kali-Wongou* et
Démak. Ce sont les Javanais indigènes. Le sens de
cette légende peut être formée, en partie, d'une

1. Camoëns, *Lusiades*, chant X, strophe 122.
2. *Mémoires de l'Institut royal de France, Académie des inscriptions et belles-lettres*, t. XV, p. 229 et suiv. (*Sur les rapports de la
Chine avec Java.*)

réminiscence des vieux récits grecs dont quelques-
uns semblent avoir pénétré jusque dans l'archipel
indien, est facile à saisir. Le narrateur voulait faire
ressortir l'état presque bestial dans lequel a vécu le
peuple javanais avant d'avoir subi l'influence de la
civilisation indienne. Du reste, ce qui achèverait
d'établir le caractère sacré attribué au chien par ces
insulaires, c'est le nom de *Jang' gala*, litt. « ville du
chien », que le grand monarque *Déwa-Kasouma*, ce
Nemrod de l'Océanie, donna à une cité par lui
fondée en l'an 846. Elle se trouvait, comme l'on sait,
à six milles de Sourabaya.

Enfin, un dernier vestige de ces croyances semblerait même se retrouver plus à l'est encore, au
cœur de la Mélanésie, chez les noirs de la Nouvelle-
Poméranie. Les habitants d'en deçà de la rivière de
Karvat, laquelle sépare le nord du sud de l'île en
question, désignent les gens qui vivent au delà,
vers le midi, du nom de *Boutam*. Ils les représentent comme des hommes à queue, obligés pour
s'asseoir de creuser dans la terre, une cavité quelconque, afin d'y placer leur disgracieux appendice.
On ne nous dit pas, il est vrai, si l'objet en question
ressemble plus à une queue de chien qu'à celle de
quelque autre animal, d'un rat, par exemple. En tout
cas, il convient de remarquer qu'en général, les quadrupèdes ne s'asseoient guère sur leur queue et l'éten-
dent au loin lorsqu'ils s'appuient sur leur postérieur[1].

---

1. *Mission d'Océanie*, lettre du R. P. Gouthéraud, p. 459 du n° 391,
novembre, 1893, des *Annales de la Propagation de la foi*.

Toutefois ce n'est pas, à notre avis, dans l'Extrême-Orient, mais au contraire vers le centre du continent asiatique qu'il convient de chercher l'origine de ces traditions relatives aux hommes-chiens. Les Khirghizes [1] aujourd'hui fixés dans les montagnes d'*Issik-Koul* et le territoire du khanat de Khokhand, font dériver leur nom national des deux termes indigènes *kirk*, « quarante », et *khiz*, « fille ».

Voici l'explication qu'ils donnent de cette bizarre dénomination. Un khan du temps passé avait, nous disent-ils, une fille à laquelle il donna quarante compagnes. Un jour que ces demoiselles revenaient d'une excursion, elles trouvèrent leurs aouls détruits et tous les habitants du village en fuite. Ne sachant que devenir, elles se mirent à errer dans les environs, et firent la rencontre d'un chien rouge qu'elles acceptèrent pour compagnon, et ensuite pour mari. Au bout d'un an, la troupe vagabonde avait doublé en nombre. Telle fut l'origine de la nation khirghize. Du reste, le nom de *Bourout*, litt. « loups », de *Bour*, « loup », sous lequel les Mongols désignent ce peuple, semble bien contenir une allusion à la légende dont nous parlons, car, au premier aspect, le loup et le chien (surtout celui des Asiatiques orientaux et des Américains) se ressemblent beaucoup. Quant aux Mongols, ils se regardent comme fils de *Bourté-Tchiné*, litt. « le loup gris », et, au dire des annalistes chinois, les *Tou-kiéou* ou Turks du

1. *Observations sur les Khirghizes*, par M. Radloff. V. *Journal asiatique*, 6ᵉ série, p. 309 et suiv.

lac *Sihoï* prétendaient avoir une louve pour mère.

Du reste, il convient de remarquer le penchant qu'ont les tribus khirghizes à se donner des noms d'animaux. L'une d'entre elles, soumise à la Russie et qui erre entre les rives du fleuve Tékesse et le lac d'Issik-koul, porte le nom de *Bougous*, « cerfs ». Les *Sari-boghiche*, litt. « élans jaunes », habitent au nord et à l'ouest du même lac. Ils relèvent, ou plutôt relevaient du khanat de Khokhand. Nous citerons encore la tribu khirghize des *Tchoug-boghiché*, litt. « grands élans », à l'occident de Khashgar. Il convient d'ajouter, à propos de la légende khirghize en question, qu'elle est encore parfois racontée d'une manière différente et que, dans cette seconde version, il n'est plus question de chien ni de loup. Une princesse de cette nation s'étant trouvée enceinte pour s'être baignée dans un lac couvert d'écume, fut chassée de sa tribu et accueillie par le khan d'une peuplade voisine. Elle en eut un fils qui, chassé lui aussi, comme bâtard, devint le père de la nation des Khirghizes noirs [1]. Ici nous voyons la tradition primitive, et, sans doute, indigène, remplacée par une autre, de provenance probablement étrangère, mais dont nous n'avons point à nous occuper pour le moment.

Quoi qu'il en soit, les historiens chinois attribuent une descendance analogue aux Kao-tché (Turks-Oïgours). Un prince, nous disent-ils, avait deux

---

1. M. Girard de Rialle, *Mémoire sur l'Asie centrale*, p. 89. Paris, 1875.

filles, dont l'une si belle qu'il la fit enfermer dans une tour, ne voulant accorder sa main à aucun mortel. C'était la cadette. Celle-ci, périssant d'ennui, se livra à un loup qui la rendit mère de la nation oïgoure.

Il est clair, du reste, que les écrivains du Céleste Empire n'ont fait que s'inspirer des récits en vigueur chez les tribus nomades de la Tartarie. Ce qui le prouve bien, c'est qu'ils nous tiennent un langage encore à peu près identique, relativement à l'origine d'autres tribus de même race[1]. Une peuplade turke qui, vers le cinquième siècle de notre ère, habitait sur les bords de la mer Caspienne, aurait, d'après eux, été presque anéantie par ses ennemis. Un enfant de six ans, qui avait échappé au massacre, fut sauvé et nourri par une louve compatissante. Il finit par l'épouser et en eut dix enfants, dont l'un nommé Asséna. Ce dernier devint père d'une très nombreuse postérité qui habita dans une caverne et fut soumise aux *Youan-youan*.

Évidemment, nous voici parvenus aux lieux où la légende en question a pris naissance, puisque nous avons affaire à des peuples qui se vantent eux-mêmes de leur origine canine et s'en font, pour ainsi dire, un titre de gloire. Nous savons bien toute la réserve que commande une saine critique et ne prétendons point que toutes les nations qui se déclarent issues du loup ou du chien se soient inspirées de mythes

---

1. Abel Rémusat, *Recherches sur les langues tartares*, ch. VI, p. 300. Paris, 1820.

. turks ou tartares; mais lorsque nous rencontrons une semblable tradition chez un grand nombre de tribus apparentées entre elles par la langue et, sans doute aussi, par le sang, comme sont les Mongols, les Oïgours, peut-être même les Aïnos, nous sommes en droit de supposer qu'elle remonte aux temps où la race tout entière, réunie en une seule tribu, ne s'était point encore fractionnée en peuplades distinctes.

Les écrivains arabes, eux aussi, nous parlent de nations d'hommes-chiens qu'ils placent en différents endroits soit de l'Arabie, soit de l'Afrique. C'est d'eux, sans doute, que se sont inspirés les Abyssins modernes, lorsqu'ils affirment, ainsi qu'a pu le constater M. d'Abbadie, l'existence, dans le pays d'Adel, d'une nation où les hommes sont munis d'une queue de chien, laquelle se relève, lorsqu'ils vaquent à leurs besoins naturels. Au contraire, les femmes de cette tribu ne diffèrent pas sensiblement des autres personnes de leur sexe, et n'ont rien du chien.

Ceci ne nous rappelle-t-il pas d'une façon assez bizarre les traditions en vigueur chez les sauvages de la Nouvelle-Poméranie?

Du reste, au dire des habitants de Tunis, on rencontre quelquefois, parmi les nègres exposés en vente, au marché, des esclaves appartenant à une tribu anthropophage et que l'on reconnaissait à ce qu'ils avaient une petite queue ou un prolongement de l'os du coccyx. Aussi les *gellâbys* ou négriers, lorsqu'ils capturent quelque individu de cette race, ont-ils soin de lui couper son appendice. Ceux qui ne tiennent point à faire l'acquisition d'un cannibale ne manquent pas, ajoute-t-on, d'examiner s'il ne se trouve pas quelque cicatrice à l'endroit où cette excision a dû avoir lieu. Les gens du Caire parlent également, paraît-il, de ces noirs à queue, adonnés à l'anthropophagie. Le docteur Frank ajoute avoir vainement cherché à voir des nègres de cette espèce, et aucune des personnes par lui interrogées n'en avait personnellement vu un seul[1]. Leur existence nous paraît, en conséquence, plus qu'hypothétique. Peut-être s'agirait-il simplement d'hommes portant, comme ornement, une queue d'animal attachée au bas du dos. Cette pratique se trouve en vigueur, paraît-il, chez quelques peuplades du sud de l'Afrique.

Il existe, à la vérité, chez les Druses, une secte de *Kelbié* ou « adorateurs du chien » et le nom de *Nahr-el-Kelb* ou « rivière du chien », donné à un cours d'eau de leur pays, semble renfermer une allusion à un culte dont l'espèce canine aurait été l'objet. Néanmoins, l'on n'a rencontré ni dans l'Asie occidentale, ni dans l'est de l'Afrique, aucune peuplade se donnant, que nous sachions, un loup ou un chien pour premier ancêtre. Évidemment, les narrateurs musulmans ont, sans scrupule, fait voyager presque d'une extrémité de l'ancien continent à l'autre cette race d'hommes-chiens, dont ils avaient beaucoup

1. *Algérie, États tripolitains, Tunis*, p. 117 de la collection l'*Univers*. Firmin-Didot. Paris, 1850.

entendu parler, sans la rencontrer nulle part. C'est, du reste, ce qui arrive presque toujours lorsqu'il s'agit de peuples imaginaires. Rappelons-nous, à ce propos, les Pygmées[1] que les plus anciens auteurs grecs placent en Éthiopie, considérés, à une époque plus récente, comme habitant les rives du Strymon en Thrace, et dont certains écrivains modernes se sont même amusés à faire des Lapons ou des Aborigènes de la Lusace. Néanmoins, l'on n'en saurait plus douter aujourd'hui, c'est bien dans le cœur et le midi du continent africain qu'il convient de chercher le prototype des Pygmées, chez ces populations chasseresses et de très petite taille, connues sous les noms multiples d'*Akkas*, d'*Obongos*, de *Bochesmans*[2], de *Wabili-kimos*, etc.

Maintenant, quelle raison a pu porter tant de nations différentes à s'attribuer une si étrange généalogie. Elle doit, suivant nous, être cherchée dans les instincts même du chien et du loup, dans leurs goûts carnassiers, leur penchant au vol et à la rapine. Ces carnivores devenaient pour les habitants des régions froides ce que furent le tigre et le lion pour ceux des contrées tropicales, un symbole de force et de courage. A l'appui de notre manière de voir, nous pouvons invoquer les exemples fournis par différentes peuplades, reconnaissant toutes le

1. Abbé Banier, *Dissertation sur les Pygmées*, p. 101 et suiv. V. *Mémoires de littérature, tirés des registres de l'Académie royale des inscriptions et belles-lettres*, depuis l'année 1718 jusqu'en 1725.
2. M. le docteur Schweinfurth, *Au cœur de l'Afrique*. Trad. de M. St. Loreau, t. II, ch. XVI, p. 114 et suiv. Paris, 1875.

loup pour ancêtre. Ainsi, p. ex., la tribu sabine
des Hirpins (de *Hirpus*, « loup »), se réunissait en
assemblée solennelle au mont Soracte pour célébrer
certaines cérémonies, en souvenir d'un ancien oracle
prédisant la destruction de leur race, le jour où ils
cesseraient de vivre, comme les loups, de meurtres
et de pillages. Aussi les spectateurs se présentaient-
ils vêtus de peaux de loup et faisaient entendre des
hurlements semblables à ceux de cet animal.

De même encore, pour les Tonkaways, une des
nations les plus sauvages et les plus féroces du
Texas, laquelle s'attribuait la même filiation que les
Hirpins. Ces Indiens avaient soin de proclamer dans
une de leurs fêtes annuelles qu'ils étaient faits pour
subsister de maraude et de rapines, comme font les
loups, et ne jamais cultiver le sol[1].

Enfin, les Romains, qui donnaient une louve pour
nourrice à leur premier roi, qui arboraient l'image
de ce carnassier sur leurs étendards, n'annonçaient-
ils pas, par là même, leur humeur belliqueuse et
leur soif de conquêtes ?

Il y a plus : nous ne serions pas éloigné de penser
que la pratique du cannibalisme a fort bien pu
s'associer parfois à cette croyance à une origine
lupine ou canine. Ainsi, les traditions des Dennés
nous représentent, comme anthropophages, les sorciers ou hommes-chiens dont nous avons déjà parlé.
Ne serait-ce pas à cause du caractère sacré attribué

---

1. M. D. Brinton, *The mythes of the New World*, ch. VIII, p. 231.
New-York, 1868.

soit au loup, soit au coyote, par un grand nombre de
tribus de Peaux-Rouges, que leurs prêtres ou jongleurs
passent pour plus adonnés à l'usage de la chair
humaine que les autres Indiens. Les sacerdotes de ces
tribus se jugeaient tenus à suivre l'exemple donné
par des carnassiers réputés divins. Ainsi les *Manito-
kassus*, ou sorciers des Cris, jouissent de la réputation,
assez méritée d'ailleurs, d'être des *Windigos* ou
mangeurs d'enfants[1].

Rappelons, à ce propos, les traditions grecques
relatives à Lycaon[2], fondateur de Lycosure, la plus
ancienne cité de la Grèce. Ce prince avait élevé, au
milieu de la cité en question, un temple à Jupiter
Lycæus, où il sacrifiait des victimes humaines. La
suite même de l'histoire de ce mauvais roi semblerait
prouver que s'il immolait ainsi des hommes, c'était
pour se repaître de leur chair. Ce qui est certain,
c'est que le maître de l'Olympe étant venu lui rendre
visite, Lycaon poussa l'impiété jusqu'à le vouloir
égorger, après lui avoir offert, à son repas, les
membres d'un esclave qu'il avait immolé. Jupiter,
indigné, à bon droit, d'une si affreuse violation des
lois de l'hospitalité, fit tomber la foudre sur le palais
du prince arcadien, le changea en loup[3] et peu après,
envoya le déluge pour laver la terre des crimes de ses
habitants.

Le souvenir de cette antique époque où les habi-

---

1. Mgr Faraud, *Dix-huit ans chez les sauvages*, par M. Fernand-
Michel, 2° partie, ch. x, p. 338 et 339. Paris, 1866.
2. Fr. Noël, *Dictionnaire de la fable*. Paris, an XII.
3. Ovide, liv. I, *Métam.* 8.

tants de la Grèce, encore à peu près sauvages, n'avaient point été détournés par Orphée (emblème de la race et de la religion indo-européenne) de ces affreuses pratiques, s'ést maintenu assez longtemps. Platon nous déclare que dans le temple de Jupiter Lycéen, en Arcadie, celui qui goûte des entrailles humaines mêlées aux chairs des autres victimes, se trouve immédiatement transformé en loup[1].

Certains peuples même en étaient arrivés à faire du chien leur principale déité. Tel était, p. ex., le cas pour les Indiens Huancas[2]. Lorsque l'Inca Pachacutec vint faire la conquête de leur pays, il trouva dans tous les temples les dieux représentés sous des formes canines. C'était au son d'un instrument fait avec un crâne de chien que les prêtres appelaient le peuple aux fêtes et aux solennités. Enfin, au lieu de dévorer des hommes, par dévotion pour les dieux chiens ou loups, les Huancas, déjà parvenus à un certain degré de civilisation, engraissaient soigneusement un représentant de l'espèce canine, que l'on regardait comme l'incarnation de la déité suprême. Lorsqu'il était bien à point, on le tuait et on le mangeait avec force démonstrations religieuses. Ne serait-on point tenté de voir là une sorte d'adoucissement d'une pratique en vigueur chez les Caraïbes et Indiens de la Nouvelle-Espagne? Elle consistait à enfermer les prisonniers de guerre dans de grandes

---

1. Platon, *République*, t. X, p. 174 de la trad. française.
2. M. Brinton, *The mythes of the New World*, ch. v, p. 138.

cages de bambous où on les nourrissait abondamment. Une fois reconnus assez gras, ils étaient sacrifiés aux dieux, puis on les dépeçait et leurs membres accommodés de différentes façons étaient dévorés[1].

En tout cas, cette opinion d'une extraction canine ou lupine à attribuer à certaines peuplades nous paraît remonter fort haut, peut-être à l'époque où le chien n'étant point encore domestiqué, devait se rapprocher singulièrement du loup et peut-être même être confondu avec lui. Cela nous reporterait, au plus tôt, vers la fin de l'âge de la pierre taillée ou les premiers débuts de celui de la pierre polie. L'humanité n'avait encore fait que bien peu de progrès dans la voie de la civilisation. A peine les peuples les plus policés s'étaient-ils élevés au-dessus du niveau où l'on trouva les Peaux-Rouges, lors de la découverte de l'Amérique. Par suite, les cas de cannibalisme devaient être fréquents, et peut-être même étaient-ils passés à l'état de véritable institution.

Sans doute, le chien, comme un grand nombre d'autres animaux, a pu jouer des rôles très différents dans la symbolique religieuse de certains peuples, et nous ne prétendons nullement qu'il ait toujours été pris exclusivement comme emblème de la vie sauvage, du courage guerrier, de la pratique de l'anthropophagie. Ainsi nous voyons, chez les Indous, la tempête figurée par Çarvara, le chien céleste qui emporte les âmes des morts sur l'aile des vents[2]. De

1. Bernal Dias, *Histoire véritable de la conquête de la Nouvelle-Espagne* (trad. de M. D. Jourdanet, ch. LXXVIII, p. 194. Paris, 1877.
2. M. Michel Bréal, *Hercule et Cacus*, p. 172. Paris, 1863.

même, en Assyrie, cet animal joue le rôle de compagnon de *Bin*, le dieu des phénomènes atmosphé-
riques[1]. En Égypte, à Rome, chez certaines tribus
du Nouveau-Monde, il apparaît souvent consacré à
Hécate, à la lune, aux divinités des ténèbres. Enfin,
la fidélité du chien, la sollicitude avec laquelle il
accompagne son maître et protège la maison contre
les voleurs, contribua sans doute beaucoup au développement de certaines légendes, p. ex., celle de Cer-
bère, gardien des enfers ; des chiens de Yama, le
Pluton indou, qui vont chercher les âmes des morts ;
de celui qui, d'après la donnée huronne et iroquoise,
garde le pont des âmes, etc., etc. On remarquera
toutefois que chez aucun des peuples dont nous
venons de parler, le chien, considéré comme animal
sacré, ne passe pour l'auteur de la race humaine.

En tout cas, une double conclusion nous semble
se dégager de l'étude des légendes Dennées et de
leur comparaison avec celles de l'Extrême-Orient : la
première, c'est qu'une partie au moins de ces Indiens
ont à une époque reculée habité l'Asie ; la seconde,
c'est qu'ils ont dû être refoulés en Amérique, à la
suite de luttes sanglantes contre certaines tribus de
race turco-mongole, lesquelles se vantaient, comme
elles le font encore aujourd'hui, d'avoir eu le loup pour
premier ancêtre. En effet, ce que nous disent les
Dennés du séjour de leurs aïeux dans une région
située à l'ouest, de l'autre côté de la mer, ne saurait

1. Fr. Lenormant, *Essai de commentaire*, etc., *de Bérose*, p. 93.
Paris, 1871.

guère s'appliquer qu'au continent asiatique. Et, de fait, d'autres indices encore attestent l'antique présence dans ces régions de populations d'origine américaine. Ainsi, les collectionneurs japonais ont signalé déjà la prodigieuse similitude des objets de l'âge de pierre trouvés dans leur archipel avec ceux dont se servaient naguère encore les habitants de la côte nord-ouest de l'Amérique du Nord. Ceci toutefois ne constituerait pas une preuve décisive et pourrait être considéré, tant bien que mal, comme le résultat du pur hasard. Voici qui nous semble plus significatif. L'on rencontre assez fréquemment chez les Japonais de ces types qui n'ont, à vrai dire, rien de mongolique ni d'indo-européen. Le teint plus ou moins cuivré de certains insulaires de Nippon, leur nez à la fois large et recourbé, leurs mâchoires excessivement massives permettent de reconnaître en eux le résultat d'un croisement du sang tartare avec le sang américain. C'est ainsi que les anthropologistes ont remarqué chez beaucoup de Français du dix-neuvième siècle bien des traits qui rappellent les races des âges antérieurs. Dernièrement encore, un voyageur qui a visité le pays des Aïnos n'hésite pas à regarder quelques-uns d'entre eux, au moins sous le rapport physique, comme de vrais Peaux-Rouges, à peine modifiés par un assez léger mélange de sang japonais. Un savant russe estime qu'il en est de même pour les Yakoutes de la Sibérie [1], lesquels

---

1. *La Section ethnologique au Congrès de Paris*, p. 103 du 2ᵉ vol. de la *Revue de Philologie et d'Ethnologie*.

parlent cependant aujourd'hui un dialecte exclusivement turc. Enfin, le même observateur fait des Tongouses autant de métis d'Esquimaux et de Mongols.
Toutefois, même en admettant comme parfaitement
établie l'ancienne résidence des Dennés en Asie, il
resterait bien difficile d'admettre qu'ils se soient
avancés assez vers le sud pour gagner la région des
crocodiles, des rhinocéros et des singes. Mais ils ont
parfaitement pu en entendre parler et les connaître
par ouï-dire. C'est ainsi que, dans les *Niebelungen*, il
est question d'une chasse au lion, quoique certainement il ne se trouvât, en Allemagne, aucun de ces
animaux à l'époque où le poème en question fut
composé.

Maintenant, tout ce que les Dennés nous disent des
sorciers mi-hommes et mi-chiens porte, à un haut
degré, le caractère d'un emprunt fait à des races
étrangères. Ils signalent l'existence de ces hommes,
comme un fait extraordinaire, étrange. Tandis que
bon nombre de tribus de race tartare se font une gloire
d'être les descendants du chien ou du loup, les Dennés
semblent avoir horreur d'une telle filiation et se
bornent à indiquer quelques-unes de leurs tribus
comme provenant de l'union des Peaux-Rouges avec
ces êtres pervers. Faisons-le observer néanmoins, la
propagation de ces légendes parmi la race Denné
pourrait bien avoir eu pour effet de leur faire
oublier celles qui concernent l'origine de leur propre
race. Sous ce rapport, on n'a rien signalé encore
chez nos Indiens d'analogue à ce qui se rencontre
parmi certaines tribus voisines, mais d'extraction

différente. Ainsi, les peuplades des rives du Pacifique, Atnahs, Kolouches, nous donnent, comme
premier auteur de leur race, ce mystérieux oiseau
auquel le monde lui-même doit son origine. Cet
étrange volatile reparaît bien dans les traditions
chippewayannes. Elles nous le représentent tirant
l'univers du sein des eaux. De ses yeux jaillissent
des éclairs, et la foudre est produite par le battement
de ses ailes. C'est, en un mot, une personnification,
comme le Phtah égyptien, du feu céleste et créateur.
Depuis la baie d'Hudson jusqu'au Canada et des
rives de l'Orégon à celles du Mississipi, chez les
Algonkins, comme chez les Sioux, partout nous
retrouvons le souvenir de cet oiseau du tonnerre, et
la légende chippewayanne nous en parle dans des
termes qui rappellent étrangement le passage du
Mahabhârata, consacré à l'aigle ou au milan *Garouda*,
autre personnification de la foudre.

A l'est du pays denné, chez les tribus de race
algique, ce n'est plus l'oiseau du tonnerre qui nous
est donné comme père de la race humaine. On fait
descendre cette dernière de l'union contractée par
Messou ou *Saketchak*, le Noé ou mieux l'Adam américain, avec la femelle du castor ou du rat musqué [1].
C'est que ces animaux aquatiques avaient, dit-on,
rapporté du fond de la mer primordiale la pincée de
sable ou de limon qui, en s'élargissant démesurément,
constitua la terre habitable. C'est plus au sud, chez
certaines tribus de race mexico-californienne, comme

---

1. Chateaubriand, *Voyage en Amérique*, p. 178. Paris, 1857.

les Shoshones ou chez les peuplades du Texas, que
nous retrouvons la croyance à l'origine lupine ou
canine de notre espèce, et là elle pourrait bien être
considérée comme purement indigène. Remarquons,
par parenthèse, que cette différence dans les données
cosmologiques ou relatives à la création de l'homme,
spécialement parmi les nations du Nouveau-Monde,
semble offrir une grande importance au point
de vue ethnologique. C'est, à notre avis, un des
points par lesquels les diverses souches de populations se distinguent le plus nettement les unes des
autres.

Nous avons vu, en outre, que les Dennés, à leur
arrivée en Amérique, trouvèrent le pays complètement désert. C'était un des motifs qui ont décidé le
R. P. Petitot à admettre que le nouveau continent a
reçu sa population d'Asie par le détroit de Behring.
Certaines considérations nous détourneraient, je
l'avoue, de partager cette manière de voir. D'abord,
il ne conviendrait pas d'attacher trop d'importance à
une affirmation dictée peut-être par un simple mouvement d'amour-propre national. Est-ce que les
rédacteurs des triades celtiques ne nous donnent
pas leurs aïeux comme les premiers habitants de
l'île de Bretagne ? Néanmoins, nous savons parfaitement aujourd'hui qu'il y avait déjà des hommes en
Angleterre et même en Écosse bien des siècles avant
l'arrivée des premières colonies gauloises[1].

---

1. Augustin Thierry, *Histoire de la conquête de l'Angleterre par
les Normands*, t. I, liv. I, p. 4. Paris, 1830.

De plus, les régions de l'Asie boréale constituent évidemment, si nous osons nous servir de cette expression, la matrice dans laquelle s'est élaborée la race mongolique, de même que celles du centre de l'Afrique constituent le berceau primitif de cette race éthiopique, si différente des noirs océaniens. Or, il nous répugnerait, je l'avoue singulièrement, d'admettre que les mêmes lieux aient pu donner naissance à deux fractions de l'espèce humaine aussi dissemblables que le Mongol et le Peau-Rouge. C'est cependant ce qu'il faudrait supposer, si l'on croit les ancêtres des Américains arrivés dans leur nouvelle patrie par le détroit de Behring. Prétendra-t-on, en s'étayant sur certaines ressemblances typiques plus ou moins prononcées entre les populations des deux rives du Pacifique, que le Peau-Rouge est simplement un Mongol modifié par l'influence d'un nouveau milieu? Mais, somme toute, le type américain s'éloigne beaucoup moins de celui de l'européen que le type mongol. Nous ne croyons pas nous aventurer beaucoup en disant que le Caucasien doit être considéré comme l'homme primitif et normal, que les autres branches de l'espèce humaine peuvent être regardées comme le résultat d'autant de déviations de ce modèle primordial. Or, rien ne nous autorise à croire qu'aucun type, une fois déformé par l'action de causes soit morales, soit physiques, puisse jamais, même sous l'influence d'un milieu plus favorable, revenir à sa pureté originelle. Si donc les Américains étaient réellement venus d'Asie, ils nous offriraient, sans aucun doute, la même conformation, les mêmes traits que les Kalmouks ou les Éleuthes, ce qui n'est pas.

D'ailleurs, comme le disait un illustre savant : *natura non facit saltum*. Ce principe nous semble également vrai, qu'il s'agisse d'espèces ou de simples variétés. Éclaircissons ceci par un exemple. Le renard et l'écureuil rouges sont communs à une portion notable des régions des deux continents. Il ne viendra sans doute à l'esprit d'aucun zoologiste que ces animaux aient pris naissance à la fois en plusieurs endroits différents. Chaque espèce doit avoir nécessairement un berceau unique ; c'est là un de ces aphorismes, de ces axiomes aprioriques qu'admettent, et avec toute raison suivant nous, les meilleurs esprits. Une fois établi que la nature ne procède pas plus par répétition que par bonds, reste à déterminer quelle fut la patrie primitive des deux espèces animales dont nous venons de parler. Est-ce l'Europe ? est-ce l'Amérique du Nord ?

D'abord, nous observons qu'en général l'aire d'habitation d'un être animé apparaît d'autant plus étendue que l'on se rapproche davantage des lieux qui lui servirent de berceau. Or, le renard et l'écureuil rouges sont répandus dans toute l'Europe. Au contraire, l'Amérique ne les possède guère que dans la zone assez étroite qui s'étend de l'Atlantique aux Alleghanys. De plus, ils constituent, au moins dans l'Europe occidentale, les seuls représentants du sous-genre renard et du genre *Sciurus*. Au contraire, le Nouveau-Monde possède d'autres espèces des mêmes groupes : par exemple, le *Coyote* ou *Canis latrans* et

l'écureuil noir. Ces animaux, absolument inconnus
à l'ancien monde, se trouvent par contre répandus,
en Amérique, sur un territoire d'une immense
superficie.

- Dès lors, plus de doute ; à notre avis, le coyote et
l'écureuil noir devront être considérés comme seuls
propres au nouveau continent. Dans leurs congénères
à teinte rouge, nous verrons de simples émigrants
transportés sur la rive occidentale de l'Atlantique,
par une voie inconnue, sans doute même à une époque
géologique qui précéda la nôtre.

Raisonnons maintenant par voie d'analogie. Le
nord de l'Asie nous offre, vivant côte à côte, des
nations de deux types fort tranchés. Donc, l'un de
ces types passera seul pour indigène. L'autre est
forcément venu du dehors. Certainement, il ne viendra à l'idée de personne de faire des Mongols une
race d'origine étrangère. Par conséquent, c'est bien
dans le Nouveau-Monde que nous chercherons le
berceau de la race Dené. Si elle s'est établie dans
le nord de l'Asie, elle y est arrivée de l'est et a fini
par se trouver refoulée dans son pays d'origine. Cela
n'empêche nullement que certaines tribus de sang
cuivré n'aient pu continuer à séjourner sur le continent asiatique, tout en perdant l'usage de leurs
langues primitives pour adopter des dialectes d'origine mongolique. Ainsi, nous avons vu les pasteurs
sémites qui avaient envahi la vallée du Nil refoulés,
par l'épée des Pharaons, en Syrie, c'est-à-dire juste
dans la contrée dont ils étaient sortis plusieurs siècles
auparavant. Néanmoins tous les individus de race

sémitique ne prirent point ainsi part à l'exode
de leur race. Aujourd'hui encore, nous rencontrons
sur les bords du lac Menzaleh une population dont
le type n'a rien d'égyptien et rappelle au contraire, d'une manière frappante, celui des enfants
de Sem[1].

S'il nous fallait, à toute force, attribuer une
origine occidentale aux Américains, nous aimerions
mieux en revenir à l'hypothèse, déjà mise en avant
par quelques savants, d'un grand continent aujour-
d'hui submergé. C'est là, dans la région équatoriale
du Pacifique, qu'il conviendrait de placer le berceau
de toute la race rouge. Il est indubitable, en effet, que
sous le rapport de la conformation physique, certaines populations polynésiennes, spécialement les
Néo-Zélandais, se rapprochent prodigieusement des
Indiens des États-Unis. Cette façon de voir, il est
vrai, ne s'accorderait guère avec les données
fournies par l'étude des langues, mais à voir
comment les choses se passent, on dirait vraiment
que l'anthropologie et la géologie préhistorique n'ont
été inventées que pour mettre les linguistes en défaut.
Ce qui est bien certain, c'est que les idiomes américains n'offrent, dans leur structure générale, rien de
commun avec ceux de l'Océanie et qu'ils appartiennent à des souches totalement différentes. Au
contraire, d'étranges affinités se manifestent, par
exemple, entre le basque et les dialectes parlés de

1. M. Fr. Lenormant, *Les premières civilisations*, t. I, liv. II, § 2,
p. 209. Paris, 1874.

l'autre côté de l'Atlantique. Bien que certains philologues ne soient plus à en contester l'importance, elle nous semble assez considérable pour que nous regardions, au moins comme fort plausible, l'hypothèse d'une origine commune à assigner à tous ces dialectes. Nous les réunirions volontiers tous en un grand groupe auquel conviendrait assez le nom de *Vasco-Américain*. On pourrait, il est vrai, se croire en présence d'un de ces exemples de métamorphisme anthropologique dont la science de l'homme fournit plus d'un exemple. Les indigènes de l'Amérique seraient des Polynésiens mêlés à des colons de l'Europe occidentale dont ils ont adopté la langue. Cette explication, toutefois, n'est pas sans susciter bien des difficultés.

Sans doute, d'assez notables différences se manifestent dans les traits des nombreuses tribus d'origine cuivrée, de même que dans le génie de leurs idiomes. Toutefois, il faudrait bien se garder d'en exagérer l'importance. Somme toute, sous le double rapport physiologique et linguistique, l'homme américain nous semble un des plus homogènes qui existent; il l'est bien plus, à coup sûr, que le nègre. Tout ceci ne nous permet guère de voir en lui le simple produit d'un métissage. Véritablement, s'il nous fallait fixer son lieu d'origine et opter entre les hypothèses océanique et européenne, c'est encore à cette dernière que nous préférerions avoir recours. En effet, l'on peut jusqu'à un certain point expliquer les similitudes physiques par l'influence de milieux analogues. Il en est autrement pour les ressemblances dans la structure même du langage et la construction grammaticale.

Si toutefois, nous admettons le passage de la race Denné d'Asie en Amérique, suivi de son retour dans cette partie du monde, il semblera assez difficile de déterminer avec tant soi peu de précision à quelle époque ce dernier événement dut s'accomplir. Les traditions de cette race ne nous fournissent naturellement, sur ce point, aucune donnée chronologique. Un seul point reste incontestable, c'est la présence parmi elles de certaines légendes visiblement empruntées à l'histoire de Moïse. Or, d'après l'opinion la plus généralement admise, le législateur des Hébreux serait du seizième siècle avant notre ère. Quelle que soit la rapidité avec laquelle nous voyons parfois voyager les légendes, plusieurs siècles ne sembleraient pas de trop pour expliquer cette transmission de souvenirs historiques depuis les solitudes de l'Idumée jusqu'aux rives du Pacifique.

Ce n'est d'ailleurs que vers le huitième siècle avant J.-Ch. que nous voyons l'influence des idées sémitiques se faire sentir d'une façon appréciable dans le Céleste Empire ou même dans l'Inde. Nous jugerions donc prudent de ne pas placer beaucoup avant cette époque le retour des Indiens Dennés en Amérique, peut-être même serait-il permis de le supposer de beaucoup plus récent.

En tout cas, le présent travail fournira, nous osons l'espérer, une preuve de l'importance des questions que soulève l'étude de la mythologie comparée, et que cette science est certainement appelée, au moins en partie, à résoudre.

CHAPITRE VII

L'Orphée américain.

La légende de l'Orphée américain est répandue surtout chez les Iroquois.

On nous raconte qu'un guerrier du nom de *Saya-dio* ou *Sayadis* et du clan de la *Grande-Tortue* avait une sœur appelée le *Petit-Épi*, qu'il aimait plus que tout au monde. Trois chefs, épris de ses charmes et connaissant l'habileté de cette jeune personne à tous les travaux du ménage, avaient voulu répudier leurs femmes pour l'épouser. Petit-Épi refusa leurs offres, ne voulant point se séparer de son frère. Cependant, une épidémie ayant atteint son village, elle ne tarda point à succomber dans tout l'éclat de sa jeunesse et de sa beauté, en dépit des *ayoschinew* ou « voyants » que son frère avait appelés pour la guérir.

Après avoir fait à sa sœur les funérailles les plus magnifiques qu'il lui était possible, Sayadis partit pour la guerre. Il espérait se consoler en rapportant de nombreuses chevelures de Lénapés; mais, le souvenir de la morte continuant à le harceler, il résolut d'aller la chercher au pays des âmes. Son voyage fut d'abord si pénible, si rempli d'aventures à la fois terribles et extraordinaires, qu'il se trouva sur le point d'y renoncer pour se livrer au désespoir. Enfin, ayant songé à implorer son *okki* ou génie familier, celui-ci l'invita, dans un rêve, à s'adresser à un vieil homme-médecine du nom de *Sonon Kwinitsi* ou « la

Longue-Chevelure ». Ce dernier enseigna à Sayadis,
une formule d'incantation toute-puissante pour évo-
quer les esprits. Il lui fit don, en outre, d'une gourde
ou, suivant une autre version, d'un sac dans lequel
Sayadis devait enfermer l'âme de sa sœur, s'il parve-
nait à la retrouver, et remit enfin au guerrier le
crâne de la jeune fille soigneusement empaqueté. En
sa qualité de gardien des têtes des morts, Longue-
Chevelure l'avait, en effet, conservé.

Muni des instructions du vieillard, Sayadis entreprend d'un cœur joyeux le voyage de *Eskenane* ou
pays des ombres. Il marche plusieurs mois vers
l'ouest, rencontrant à chaque pas de nouvelles difficultés, dont il triomphe grâce aux indications du
magicien. Enfin se présente un cours d'eau qu'il
fallait traverser sur un pont de lianes. Un chien
furieux en gardait l'entrée et s'efforçait de faire choir
les voyageurs dans la rivière. Au moment où il
approchait du pont, Sayadis eut soin de lâcher une
martre. Le chien courut après elle, laissant le passage libre au guerrier indien.

Quelques jours après, Sayadis arriva dans une
ravissante prairie où erraient les ombres des fauves
dont les chasseurs de notre terre avaient dévoré la
chair. Peu après, apparurent les âmes des morts
appartenant à l'espèce humaine. Bientôt Sayadis entendit au loin le son du tambour, du *Tchitchikoué* et
de la flûte indienne qui appelait les défunts à la danse.
Entraîné par un charme irrésistible, le guerrier
courut vers le lieu d'où partait ce concert. Toutefois
les âmes semblaient montrer peu d'empressement à

l'accueillir. Trois ombres, plus audacieuses que les autres et qui s'étaient séparées de la ronde pour examiner le nouveau venu, s'enfuirent en donnant des signes d'épouvante. Le guerrier arriva donc seul à la demeure d'Ataëntsic. C'était une cabane tapissée de fourrures précieuses et de colliers apportés par les morts. Le jeune Iroquois y trouva Taronyawagon, assis auprès de son aïeule, et il adressa aux deux divinités les paroles suivantes :

« Vous qui êtes des esprits, vous devez savoir pourquoi je suis venu vers vous du pays des vivants. Un grand oiseau plane sur le pays des *Mingwés* (Iroquois), et le vent de ses ailes a fait tomber les guerriers et les jeunes filles comme les feuilles des arbres tombent à la lune des amours de l'élan (le mois d'octobre). Ma sœur, le Petit-Épi, a été déposée en terre après beaucoup d'autres, et, depuis ce temps, mon âme est malade. Permettez donc, esprits des morts, qu'elle revienne avec moi au pays des Mingwés. Voici un collier que je vous offre pour ouvrir vos bras qui retiennent le Petit-Épi ; puis un second pour lier vos pieds, afin que vous ne puissiez la poursuivre, et, enfin, un troisième pour essuyer vos yeux, si vous pleurez son départ. »

Les deux divinités répondirent : « C'est bien, tu peux reprendre le Petit-Épi. »

Cependant, la vieille et perfide Ataëntsic voulut offrir un festin au jeune Mingwé. Elle lui servit, sous différentes formes, des serpents dont le poison l'eût infailliblement tué, si Taronyawagon ne l'avait averti de n'en point goûter. Ce débonnaire Taronyawagon, qui était le maître des cérémonies au séjour des âmes, mit le comble à son obligeance en faisant don à Sayadis d'une paire de raquettes merveilleuses, qui lui permettrait d'approcher des ombres sans qu'elles songeassent à fuir.

A ce moment, la musique recommençait à se faire entendre, et la ronde des morts reprenait de plus belle. Sayadis se cacha derrière le feuillage et, ayant reconnu sa sœur au moment où elle passait près de lui, il la saisit. Malgré tous les efforts qu'elle fit pour lui échapper, il l'enferma dans la gourde et s'en retourna dans son village, où il annonça le succès de son entreprise. Toute la tribu se prépara à déterrer le corps de la défunte en observant le cérémonial prescrit par Taronyawagon. Cependant une femme de condition servile, voulant savoir comment était faite une âme séparée de son corps, ouvrit la gourde qui renfermait l'ombre de Petit-Épi. Aussitôt l'esprit de la morte s'envola de nouveau vers le pays des âmes. Sayadis, dans sa colère, eut fait un mauvais parti à l'indiscrète créature, si le mari de cette dernière ne l'en eût empêché.

Sayadis ne put jamais retrouver le chemin de la région des morts. Il vécut de longues années dans la tristesse et le chagrin, ayant toujours le visage barbouillé de noir en signe de deuil. Il maudissait la sotte curiosité des femmes, et ne recueillit d'autre fruit de ses aventures que de pouvoir raconter ce qui se passait dans l'autre monde[1].

1. Karl Knortz, *Mærchen und Sagen der Nordamerikanischen Indianen*. Leipzig, 1871, p. 254.

19

Laissant de côté l'affinité évidente de cette légende avec celle des Grecs concernant Orphée et sur laquelle nous aurons à revenir plus loin, nous nous bornerons à signaler certaines ressemblances qu'offre le récit iroquois avec ceux des différentes populations des deux continents. Le pont de lianes, franchi par Sayadis pour aller chercher l'âme de sa sœur, et que garde un chien qui essaye de précipiter dans la rivière les voyageurs, a son équivalent exact dans celui de la mythologie algonique. Ce dernier se trouve à quelques journées de marche, au bout d'une prairie que doivent traverser les âmes des morts en route pour leur dernière patrie. Il consiste en une branche d'arbre au-dessus d'une rivière rapide, et plie tellement lorsqu'on y passe que l'âme est en danger de tomber dans l'eau, où elle se noierait sans pouvoir jamais atteindre le séjour des ombres[1].

Les livres sacrés de la Perse, eux aussi, connaissaient ce pont des âmes. Toutefois, la donnée iranienne offre un caractère plus moral; car les justes seuls peuvent atteindre l'autre rive, et les méchants tombent infailliblement dans l'abîme ouvert sous leurs pas.

On sait que, sur ce point, Mahomet s'est inspiré de la doctrine persane : le Coran, à son tour, nous parle du *Boulschero* (pont du passage), que les âmes traversent avec plus ou moins de rapidité, suivant

---

1. Nicolas Perrot, *Mémoires sur les mœurs, coustumes et religion des sauvages de l'Amérique septentrionale*, publiés pour la première fois par le R. P. Tailhan, de la Compagnie de Jésus. Leipzig et Paris, 1864, ch. IX, p. 41.

qu'elles se trouvent plus ou moins chargées de péchés ; les unes le franchissent avec la rapidité de l'éclair, les autres avec celle d'un cheval au galop, d'autres enfin à pas lents, non sans difficulté. Quant aux âmes des réprouvés, elles ne peuvent atteindre l'autre rive, et sont précipitées dans le fleuve infernal.

D'autres points de contact peuvent encore être signalés entre la Perse ancienne et l'Amérique, ne fût-ce, par exemple, que la coutume d'ensevelir les morts, non pas dans le sein de la terre, mais dans des tours élevées et sur des échafaudages [1]. Le Zend-Avesta renferme, on le sait, bien des éléments d'origine très différente, et qui souvent n'ont rien d'indo-européen. La civilisation de l'empire achéménide semble avoir offert un caractère d'éclectisme très prononcé : elle faisait volontiers des emprunts à tous les peuples du voisinage, et nous ne serions pas, pour notre part, surpris que l'espèce de monothéisme prêché, dit-on, par Zoroastre en personne, fût un résultat de l'influence judaïque. Le savant Kossowicz a déjà signalé une ressemblance frappante entre les mesures de l'arche de Noé et celles de l'enclos où le génie Yima aurait enfermé les créatures qu'il voulait préserver du déluge de neige. L'emprunt ne paraît guère contestable sur ce point, et aucun ethnologue, sans doute, ne supposera qu'il ait été fait par les Hébreux aux sujets de Darius ; toutefois, l'étude de

---

1. Docteur H. C. Yarrow, *A further Contribution to the Study of the North American Indians*, p. 91 et suiv. du *First annual Report of the Bureau of Ethnology*, 1879-80. Washington, 1881.

cette intéressante question nous mènerait beaucoup trop loin pour le moment.

Un second passage de la légende de Sayadis nous semble devoir être signalé à l'attention du lecteur. Notre héros offre un collier au dieu de l'autre monde pour qu'il consente à lâcher l'âme de Petit-Épi, et un second pour qu'il ne songe point à la poursuivre. La mythologie mexicaine, elle aussi, paraît attribuer au dieu de la mort, non seulement beaucoup de répugnance à abandonner sa proie, mais encore une tendance marquée à courir après les défunts réfractaires et à tâcher de les rattraper. Voici ce qu'elle raconte au sujet de la création des premiers hommes : un silex enfanté par la déesse Citlalicuyé, étant tombé au pays de Chicomoztoc ou des Sept-Grottes, se brisa en seize cents fragments dont chacun donna naissance à un dieu. Ceux-ci se plaignirent de n'avoir point d'hommes pour les servir ni leur offrir de sacrifices. Leur mère, par l'entremise du Tlotli ou Épervier, leur conseilla de s'adresser à *Mictlan Teuctli*, le Pluton de la Nouvelle-Espagne, pour qu'il leur donnât des os et de la cendre des morts ayant appartenu aux générations précédentes ; ils n'auraient ensuite, eux-mêmes, qu'à se sacrifier sur ces débris pour donner naissance à une génération nouvelle. Après avoir longuement délibéré, les dieux chargèrent un des leurs, appelé Xolotl ou le Dragon, d'accomplir leur commission auprès du dieu des enfers. Mais, tandis que Xolotl retournait vers ses frères, chargé des dépouilles des morts, Mictlan Teuctli, se repentant de lui avoir accordé l'objet de

sa demande, se mit à courir après lui pour le lui
reprendre. Xolotl, effrayé, fit une chute et laissa
tomber les os des morts, qui se brisèrent en mille
morceaux de grandeur inégale, et de là vient, ajoute
la tradition mexicaine, que les hommes sont de tailles
si différentes et que l'on en trouve parmi eux de très
grands et de très petits[1].

En tout cas, l'on remarquera à quel point le mythe
grec est ici plus complexe, plus chargé d'éléments
étrangers que son correspondant américain. Le seul
fait qui se rattache au souvenir de Sayadis, c'est
qu'il lui a été donné, par un privilège spécial, de
pénétrer vivant dans le pays des Ombres. Au
contraire, l'histoire d'Eurydice, rendue par Pluton à
son époux, ne constitue pour ainsi dire qu'un simple
épisode de la vie d'Orphée, et les narrateurs se sont
plu à rattacher des traditions de sources bien diverses
au nom de ce personnage. Les uns nous le donnent
comme fils d'Œagre, roi de Thrace; les autres lui
assignent Apollon pour père. Plusieurs reconnaissent
en lui, le premier civilisateur des riverains du Strymon qu'il détourna de la pratique du cannibalisme.
On nous le représente comme un musicien si habile
qu'il charmait les bêtes féroces par les accords de sa
lyre. On n'est pas d'accord sur son genre de mort,
mais l'opinion la plus accréditée semble avoir été
qu'à l'instigation de Vénus, les Thraciennes l'auraient
mis en pièces. Nous nous trouvons évidemment ici

---

1. Mendieta, *Historia eclesiastica indiana*, p. 77 et 78, cap. I,
lib. II. Mexico, 1870.

en présence de cycles de légendes plus tard réunis en une seule, et l'on a été jusqu'à supposer qu'il y a eu plusieurs Orphées, de même qu'il a bien pu y avoir plusieurs Hercules[1].

Ajoutons, par parenthèse, que le nom d'*Orphée* se rattache, suivant toute apparence, à la même source que celui des *Ribhôus* ou mieux des *Ribhâvas* de l'Inde ancienne. Nous rencontrons dans le premier de ces termes, comme le fait observer M. Nève, la même désinence *ou, u* qui apparaît également dans certains noms propres tels que *Manu*, le dieu *Vâyou*. Reste une racine *ribh* regardée, par notre auteur, comme une modification très conforme d'ailleurs aux règles de la phonétique sanscrite d'un primitif *arbh*, ayant le sens de « croître, grandir ». Ce dernier, au reste, nous le retrouvons encore dans les termes védique *arbha* et sanscrit classique *arbhâka*, « fils, enfant, produit, rejeton ». Ne conviendrait-il pas d'en rapprocher le grec ὁρφος, ορφανος et le latin *orbus*, lesquels n'auraient eu, à l'origine, que le sens de « fils, enfant »? Quoi qu'il en soit, les trois frères appelés *Ribhâvas* nous fournissent le premier exemple d'apothéose mentionné dans les livres sacrés de l'Inde[2]. Il est bien vraisemblable que ce terme possédait, à l'origine, plutôt la valeur d'une épithète que celle d'un nom véritable.

Il a été donné à des personnages semi-historiques

---

1. Fr. Noël, *Dictionnaire de la fable*, t. II, p. 272 et s. (art. ORPHÉE.) Paris, 1803.
2. M. F. Nève, *Essai sur le mythe des Ribhâvas*, ch. VI, p. 242 et suiv. Paris, 1847.

en raison des actes merveilleux à eux attribués ou en souvenir de leurs fonctions. C'étaient des prêtres, des chantres sacrés, et précisément la racine *ribh* pourrait bien constituer un doublet du védique *rábh*, « louer par des chants, *magnificare* ».

En tout cas, la ressemblance phonétique existant entre ces *ribhóus* de l'Inde et l'Orphée ou les Orphées de la Grèce, atteste l'existence des *arbhous*, de ceux qui glorifient, grandissent les dieux par leurs louanges, en un mot des chantres sacrés à une époque fort reculée, antérieure à la séparation des différents rameaux de la race aryenne [1].

Il n'y aurait rien de surprenant à ce que ces poètes aient rappelé, dans leurs vers, la légende du voyageur au pays des âmes. En tout cas, ce fait qu'Orphée bien que Thrace de nation est considéré par les Grecs comme un compatriote, comme le père de leur littérature religieuse semble assez significatif. Ne conviendrait-il pas de voir là une preuve que la région comprise entre le Danube et le Bosphore fût primitivement occupée par des tribus de sang hellénique? Plus tard, seulement, auront apparu ces populations guerrières dont la langue différait notablement du grec proprement dit et qui constituent les Thraces de la période historique.

1. M. Lassen, *Zeitschrift für die Kunde des Morgenlandes*, t. III, p. 487.

CHAPITRE VIII

Le mythe de Psyché en Amérique.

M. Léland nous rapporte une légende répandue chez les peuples de langue algonkine, que nous avions cru, tout d'abord, pouvoir rapprocher de celle d'Orphée. Tout bien considéré, elle rappellerait plutôt celle de Psyché, telle que la raconte Apulée.

Quoi qu'il en soit, il existait autrefois un bon magicien du nom de Glootskap, lequel se faisait un plaisir de procurer aux gens tout ce qu'ils souhaitaient, pouvu, bien entendu, que leurs vœux et leurs actes fussent conformes à la justice et à la raison. Par exemple, il se montrait impitoyable pour ceux qui cherchaient à le tromper ou se mettaient à faire autre chose que ce qu'il leur avait prescrit.

Un jour, il arriva qu'un de ces insensés, de ces hommes qui ne veulent jamais agir que suivant leur caprice, entreprit un long voyage pour aller consulter Glootskap. Il eut, du reste, à passer par bien des épreuves et à triompher de bien des obstacles. Il atteignit une très haute montagne dans un désert couvert d'obscurité et où régnait un profond silence. La montée était semblable à celle d'un mât bien uni et la descente de l'autre côté bien pire encore ; car elle se trouvait en proéminence par rapport au sol. Le chemin, qui partait de là, était bordé de chaque côté par deux énormes têtes de

serpents qui se touchaient presque l'une l'autre et
dardaient leurs terribles langues contre les passants.
En outre, ledit chemin longeait la muraille de la
Mort. Inclinée sur la plaine et semblable à un nuage
effrayant, elle s'abaissait et se relevait tour à tour,
sans que personne pût prévoir à quel instant; et
lorsque ce mur retombait, on le voyait frapper la
terre en brisant tout ce qui se trouvait au-dessous
de lui.

Néanmoins, le jeune homme parvint à échapper à
cette multitude de périls et aborda à l'île habitée par
le bon magicien.

Au bout d'un certain temps, Glootskap demanda
au voyageur quel était le but de sa visite. Ce dernier
répliqua: « Si mon Seigneur le veut bien, qu'il me
« donne un remède contre toutes les maladies. » Le
maître lui remit un petit paquet en disant : « Voici
« qui renferme ce que tu m'as demandé ; aie soin de
« ne pas même jeter un regard dessus avant d'être
« rentré chez toi. » Notre voyageur remercie le magicien et s'en va ; mais à peine avait-il fait quelques
pas qu'il se sent pris d'un vif désir d'ouvrir le
paquet: « Sans doute, se disait-il à lui-même, on a
« voulu me tromper ; voilà pourquoi il m'a été
« recommandé de ne pas toucher à ce paquet avant
« d'être retourné chez moi. Glootskap savait le
« voyage trop long et trop difficile pour que je l'en-
« treprenne à nouveau. Allons donc et ne nous
« gênons pas ; si la médecine ne vaut rien, du moins
« elle ne pourra pas me faire de mal. » Il ouvrit donc
le paquet dont le contenu tomba à terre comme de

l'eau, et disparut ensuite sous forme d'une vapeur légère. Il va sans dire que notre héros, de retour dans ses foyers, fit rire tout le monde à ses dépens lorsqu'il s'avisa de raconter son histoire[1]. L'humanité n'en continua pas moins, grâce à l'indiscrétion de notre pèlerin, à rester, aussi bien que par le passé, tributaire de la maladie et de la souffrance.

Ici, comme dans les légendes de Sayadis et d'Orphée, il s'agit d'une punition infligée à la curiosité et à l'indiscrétion, mais certains détails rappellent d'une façon plus intime l'histoire de Psyché dont nous allons donner ici un résumé.

Cupidon, devenu l'époux de Psyché, lui recommande de ne pas chercher à le voir et de rester sourde aux conseils de ses méchantes sœurs, si elle ne veut pas attirer sur elle de grandes peines et une foule d'ennuis. Séduite par les insinuations de ces perfides qui lui représentent son mari comme un cruel serpent dont l'intention est de la dévorer, ainsi que le fruit qu'elle doit bientôt mettre au monde, Psyché prend la résolution de faire périr le père de son enfant. Elle s'arme d'un rasoir, allume une lampe et se prépare à accomplir son funeste dessein. A peine a-t-elle jeté les yeux sur Cupidon endormi, elle se sent enflammée d'amour pour celui qu'elle allait tuer, elle le couvre de baisers et, saisissant son carquois, se blesse involontairement à l'une de ses flèches. Dans son trouble, la malheureuse laissa tomber une goutte d'huile bouil-

---

1. M. Ch. T. Leland, *The Algonquins Legends of the New-England or myths and Folklore of the Micmac, Passamaquoddy and Penobscot tribes*, p. 94-95. Boston, 1884.

lante sur l'épaule droite du dieu. Réveillé par là
douleur, celui-ci s'envole aussitôt. Psyché veut le
retenir dans sa course aérienne, mais bientôt, retombe
à terre, épuisée. Cependant Cupidon, avant de la
quitter, lui adresse des reproches sur sa crédulité et
sa désobéissance. Détournée par Pan du projet
qu'elle avait formé de mettre fin à ses jours, elle finit
par se livrer à Vénus, jalouse de sa beauté et outrée
qu'une simple mortelle fût devenue la femme de son
fils. La mère de Cupidon, après avoir accablé Psyché
d'outrages et de mauvais traitements, lui impose
diverses épreuves; la première, c'est de trier, suivant leur espèce, les grains d'un monceau où il y
avait de l'orge, du froment, du millet, de la semence
de pavot, des pois et des fèves. La pauvre victime,
sentant bien qu'une pareille tâche était pour elle
impossible à accomplir, se laissait aller au désespoir;
mais voici qu'une petite fourmi vient la rassurer. Elle
réunit ses compagnes, et toutes aussitôt, se mettant à
la besogne, exécutent le travail commandé par Vénus.

Mention d'une épreuve quelque peu analogue est
faite par le *Popol-Vuh*. Les princes guatémaliens
Hunahpu et *Exbalanqué* sont sommés par les chefs
de Xibalba de leur apporter quatre bouquets de
certaines fleurs de l'espèce des *Chipilins*. Les jeunes
héros, enfermés dans la maison des lanciers, ne
pouvaient guère aller chercher ce qu'il leur était
demandé, mais ils chargent des fourmis d'accomplir
cette besogne. En vain avait-on recommandé aux
gardiens de veiller sur les fleurs du jardin et de n'en
laisser enlever aucune. Les insectes s'avancent sans

bruit et profitent de ce que lesdits gardiens exercent leur surveillance ailleurs. Aussi, au lever de l'aurore, quatre vases se trouvaient-ils remplis d'autant de bouquets de fleurs apportés par ces insectes[1].

Remarquons la similitude du rôle assigné aux fourmis dans les deux légendes.

Nous croyons nous rappeler avoir vu, dans certains contes de fées contemporains, le récit de tâches d'un genre analogue, imposées à des héroïnes, et qu'elles accomplissent par des procédés tout aussi merveilleux.

Par exemple, il est peut-être un passage de la légende de Psyché que nous pourrions plus directement rapprocher de celle de Glootskap. C'est celui où il est question d'une source ténébreuse à laquelle Vénus commande à Psyché d'aller puiser de l'eau. Elle arrosait les marais du Styx et finissait par grossir les flots bruyants du Cocyte. Du reste, cette fontaine se trouvait située au plus haut sommet d'une montagne inabordable, aux flancs escarpés et glissants. Du creux des rochers, l'on voyait sortir des dragons furieux, au col allongé et dont les yeux n'avaient jamais été fermés par le sommeil. Quant aux eaux de la source, elles se défendaient elles-mêmes, affirme Apulée. Ayant reçu le don de la parole, elles disaient à l'imprudent qui songeait à les recueillir : « Que fais-tu ? Attention ! Prends garde, fuis au plus vite, ou ta mort est certaine ! »

---

1. *Popol-vuh, le Livre sacré*, trad. de l'abbé Brasseur de Bourbourg, 2ᵉ partie, ch. IX, p. 153 et suiv. Paris, 1861.

Tout ceci ne nous rappelle-t-il pas étrangement le conte américain et sa montagne couverte de ténèbres, dont la montée est plus raide que celle d'un mât et sa muraille de la mort et son chemin bordé de deux têtes d'énormes serpents? Les Peaux-Rouges, il est vrai, se bornent à nous dire que le pèlerin parvint à triompher de tous ces obstacles, mais sans nous expliquer comment. L'écrivain de Madaure est, au contraire, plus explicite: il nous apprend que l'aigle de Jupiter lui-même vint au secours de la belle affligée et prenant entre ses serres la fiole de cristal remise par la mère de Cupidon à sa belle-fille, alla la remplir à la source ténébreuse. Nous voyons ici une confirmation de ce que nous avions déjà tenté d'établir dans les travaux antérieurs. Sans doute, les légendes américaines comparées à leurs similaires de l'ancien monde offrent généralement un caractère indiscutable de simplicité et d'archaïsme. Cela tient à ce que le Nouveau-Monde n'a pas connu, autant que l'ancien, ces grandes révolutions sociales, politiques et religieuses, telles que la prédication bouddhique ou les conquêtes des Cyrus et des Alexandre, qui ont amené la fusion des contes populaires aussi bien que celle des croyances et des races[1]. Les inspirations de la muse populaire ont donc naturellement conservé plus intacts, en Amérique, les traits de leur physionomie primitive. D'autre part, certains détails d'une véritable importance pour la clarté

1. *Djemschid et Quetzalcoatl*, p. 241 et suiv. de la *Revue des traditions populaires*, t. VIII, n° 5, mai 1893.

du récit s'y trouvent souvent omis. N'y devons-nous
pas voir une preuve que ces mêmes contes sont, dans
l'hémisphère occidental, d'importation étrangère et
n'ont pas pris naissance sur son sol[1] ? Enfin, il est
un passage dans lequel la ressemblance semble plus
étroite encore entre les deux récits. Le voyageur
algonkin, par une coupable indiscrétion, défait, nous
l'avons vu, le paquet remis par Glootskap plutôt
qu'il n'était permis. Aussi, tout le contenu s'en
échappe-t-il à l'instant sous forme de liquide d'abord,
et ensuite sous forme de vapeur légère. La conduite
de Psyché n'est guère moins répréhensible, au dire
d'Apulée. Elle est chargée par sa cruelle marâtre
d'aller réclamer à Proserpine, non pas l'élixir de
longue vie, mais un peu de sa beauté. Cythérée
voulait ainsi réparer l'atteinte portée à ses charmes,
par ses inquiétudes maternelles et les soins qu'elle
avait dû donner à son fils malade. Après beaucoup
d'aventures inutiles à raconter ici, Psyché revient
tenant renfermé dans une boîte le cadeau fait par
la reine des enfers. Toutefois, mal guérie, par les
épreuves précédentes, de sa coquetterie et de son
penchant à la curiosité, l'épouse de Cupidon ouvre
la fatale boîte. Elle n'eut pas été fâchée de garder
pour elle-même un peu du trésor destiné à Vénus.
A peine le couvercle soulevé, une vapeur léthargique
se répand dans l'air et plonge Psyché dans un sommeil semblable à la mort.

1. *Le Mythe de Votan*, p. 87 et 88 du t. II des *Actes de la Société
philologique*. Alençon, 1871.

Il est vrai que les suites de cette faute ne furent pas aussi fâcheuses pour elle que pour le voyageur indien. Cupidon, guéri de la blessure que lui avait occasionnée la goutte d'huile brûlante répandue par son amante, parvient à s'échapper de la prison où sa mère le tenait enfermé. Il vole au secours de Psyché, renferme dans sa boîte la vapeur soporifique qui s'en était échappée. Ensuite, il la porte à Vénus et obtient de cette dernière, aussi bien que du grand Jupiter, leur consentement à son union avec Psyché. Le maître de l'Olympe, prenant entre ses mains une coupe d'ambroisie, la fait boire à cette dernière, ainsi promue à la dignité de déesse et rendue immortelle[1].

Si la fin des deux récits apparaît aussi différente, n'oublions pas qu'il devait forcément en être ainsi. Le pèlerin indiscret de la légende algonkine peut bien devenir l'objet des railleries de ses compatriotes. Un destin tout contraire convenait seul à la compagne de l'Amour, à la mère de la volupté.

CHAPITRE IX

L'Enfant rouge-gorge.

Il est question, dans l'ouvrage du docteur Matthews, d'un Indien qui avait rêvé que son fils parviendrait à acquérir beaucoup de gloire et de renommée, s'il

---

1. Apulée, *Métamorphoses*, liv. VI et suiv.

prolongeait son jeûne au delà du temps ordinaire.
En conséquence, lorsque le jeune homme fut arrivé
à l'âge de l'épreuve, il le contraignit à une absti-
nence telle que celui-ci mourut de faim. En récom-
pense de sa soumission, l'enfant fut transformé en
rouge-gorge, et depuis ce temps il continue à faire
son nid près de l'habitation des hommes [1].

Une histoire assez analogue est aujourd'hui encore
racontée dans certaines parties de l'Allemagne, aussi
bien qu'en Languedoc.

Nous nous bornerons à reproduire ici un passage
de l'*Allemagne* de Ph. Lebas, extrait lui-même d'un
article du *Globe*, publié par M. Charpentier [2].

« Un paysan devenu veuf s'était remarié, quoique
« père de deux enfants; mais sa nouvelle épouse ne
« pouvait souffrir ces derniers. Elle fait mourir, à
« force de mauvais traitements, le jeune fils de son
« mari, le coupe par morceaux, et, après l'avoir fait
« cuire, l'envoie à son père qui travaille aux champs
« et qui le mange, croyant avoir affaire à un court-
« bouillon de chevreau. La sœur de ce malheureux
« enfant a été témoin du crime, et c'est elle qui, par
« ordre de la marâtre, porte à son père ce festin
« digne de Thyeste ou de Fayel, mais la crainte
« d'éprouver le même sort la rend muette. Cepen-
« dant, elle recueille les os de son frère, les enterre

---

1. M. le docteur Matthews, *Contes indiens* (trad. française). — *Affinités de quelques légendes américaines avec celles de l'ancien monde.*
(Extrait de la *Revue indépendante* du 1er mai 1866.)
2. Ph. Lebas, *Allemagne*, t. I, p. 440 de la collect. l'*Univers* de
Firmin-Didot. — Charpentier, *Histoire de la Littérature au moyen
âge*, p. 203.

« avec soin, et, afin de reconnaître l'endroit de la
« sépulture, plante un arbrisseau sur lequel un
« oiseau ne tarde pas à venir chanter. Voici les
« paroles que la jeune fille croit distinguer dans
« son ramage :

> « Ma marâtre, »
> « Pique–Pâtre, »
> « M'a fait bouillir »
> « Et rebouillir, »
> « Mon Père, »
> « Le laboureur, »
> « M'a mangé »
> « Et rongé. »
> « Ma jeune sœur,
> « La Lisette, »
> « M'a pleuré »
> « Et soupiré; »
> « Sous un arbre, »
> « M'a enterré. »
> « Riou, tsiou, tsiou [1], »
> « Je suis encore en vie. »

« On n'est pas peu surpris, en lisant le *Faust* de
« Gœthe, d'y trouver ces vers presque littéralement
« reproduits; c'est la pauvre Marguerite qui, après
« avoir noyé son fils et perdu le sens, le chante dans
« sa prison. En voici la traduction due à M. Albert
« Stapfer :

> « Ma mère, »
> « La catin, »
> « Qui m'a tué! »
> « Mon père, »

1. Imitation du chant d'un oiseau.

« Le coquin, »
« Qui m'a mangé. »
« Ma jeune sœur, »
« A la faveur »
« De la nuit sombre, »
« En un lieu frais, »
« Que je connais, »
« A l'ombre, »
« Jeta mes os, »
« Dans les roseaux, »
« Sous un saule, »
« A l'eau. »
« Là, je devins petit oiseau, »
« Et vole, vole. »

« On sait que Murger conçut l'idée de sa *Léonore*
« en entendant fredonner par une petite fille ces
« mots qui sont reproduits à la fin de plusieurs
« stances : *Les morts vont vite à cheval.* Rappelons
« que lord Byron prit le sujet du *Giaour*, dans une
« ballade chantée ou récitée par un Turc qui lui
« demandait l'aumône. Gœthe a sans doute appris les
« vers qu'il place dans la bouche de Marguerite de
« quelque paysan saxon ; mais je ne m'explique pas
« comment ce petit poème se trouvait, à la fois,
« récité, il y a de longues années, en patois, dans la
« commune de Montredon, près Castres (départe-
« ment du Tarn), et en allemand aux environs de
« Vienne et de Weimar. Dans laquelle de ces deux
« contrées a-t-il été composé? Comment ces vers se
« sont-il trouvés transportés à deux cents lieues de
« distance de la contrée où ils ont été faits et traduits
« presque mot à mot et dans la même mesure? »
Nous nous demanderions volontiers, pour notre

part, si ce poème d'origine française n'a pas été porté
en Allemagne par les réfugiés de l'édit de Nantes.
Ce ne serait pas le seul exemple, à coup sûr, que
l'on pourrait citer d'un pareil mode de transmission.
En tout cas, bien qu'il soit question, dans tous les
récits que nous venons de voir, d'enfants maltraités
et transformés en oiseaux, nous n'oserions point
affirmer que le conte américain et les vers de Gœthe
aient nécessairement été puisés à la même source.
Une idée aussi simple que celle qui leur sert de base
a pu se présenter bien des fois, d'elle-même, à l'esprit
des narrateurs. En tout cas, une variante de la
complainte de Marlborough, beaucoup plus ancienne,
on le sait, que le général de ce nom, nous paraît
devoir être rapprochée de ces récits. On nous représente le guerrier transformé en petit oiseau et la
chanson termine par ces vers.

> « Non, Marlborough n'est pas mort, »
> « Car il vit encor. »

L'on sait, au reste, que des populations primitives
de l'Amérique, tout comme les anciens Égyptiens et
Chaldéens, symbolisaient volontiers l'âme séparée du
corps par un volatile. Aujourd'hui encore, lorsque
les jeunes filles indiennes perdent une de leurs compagnes, elles lâchent un oiseau captif. C'est l'âme de
la défunte qui reprend sa liberté et s'élève au ciel.

CHAPITRE X

Les nymphes volantes.

Une légende algonkine raconte qu'un jeune chasseur rencontra dans la prairie un sentier circulaire sans aucune trace de pas à l'entour. Ce sentier était uni, bien battu et semblait avoir été récemment fréquenté par plusieurs visiteurs. Surpris de ce qu'il voyait, le chasseur se cacha dans l'herbe pour pénétrer ce mystère. Au bout de quelque temps, une musique mélodieuse et dont les accents arrivaient par intervalles réguliers se fit entendre. Levant la tête, il aperçut une petite tache blanche qui ressemblait à un nuage. Le nuage se rapprocha et la musique redoubla de mélodie. Enfin il reconnut que ce point blanc était un panier d'osier contenant douze jeunes filles d'une admirable beauté. Chacune d'elles avait à la main un tambour sur lequel elle frappait en chantant avec une grâce surhumaine. Le panier descendit du cercle, et, aussitôt, les jeunes filles en sortirent et se mirent à danser sur le petit sentier. Elles se lançaient les unes aux autres une paume brillante comme l'éclair. Leur danse était aussi ravissante que leur musique. Frappé surtout de la grâce et de la beauté de la plus jeune, le chasseur résolut de s'en emparer et d'en faire sa femme. A cet effet, il s'approche du cercle sans être aperçu, et il était sur le point de réussir lorsque les douze filles rentrèrent brusquement dans le panier, qui remonta aussitôt.

Le chasseur, fort affligé, revint le lendemain au même endroit. Le panier descendit de nouveau avec les célestes visiteuses. L'aînée dit à ses sœurs : « Peut-être ce mortel veut-il nous enseigner com- « ment dansent et chantent les habitants de la « terre. » — « Oh non ! s'écria la plus jeune ; remon- « tons vite, car j'ai peur. » Toutes, cependant, se mirent à chanter et à danser, puis elles repartirent.

L'Algonkin revint une troisième fois ; il vit un tronc d'arbre où étaient logées quantité de souris ; par la vertu de son sac à médecine, il revêtit la forme d'un de ces animaux, après avoir pris la précaution de rapprocher le tronc le plus possible du cercle. La plus jeune des filles dit : « Voyez donc ce tronc « d'arbre ; il n'était pas là hier », et elle s'enfuit vers son panier ; mais ses sœurs se mirent à rire, et entourant l'arbre, le renversèrent. Les souris furent toutes tuées, à l'exception de l'Indien métamorphosé. Il reprit sa forme naturelle et s'empara de la plus jeune des visiteuses au moment où celle-ci allait l'assommer d'un coup de bâton. Il épousa sa captive et en eut un fils, mais la fille céleste dépérissait sur terre. Un jour que l'Indien était à la chasse, elle fabriqua un petit panier d'osier, cueillit des fleurs, prit des oiseaux, ramassa toutes les curiosités qui pouvaient plaire à son père et emmena son fils avec elle. Puis, s'étant rendue dans le cercle magique, elle entonna la chanson mystérieuse et remonta ainsi vers l'étoile d'où elle était descendue. L'Al- gonkin l'ayant entendue s'envoler courut au cercle, mais sans pouvoir rattraper la fugitive.

Deux ans après, l'étoile dit à sa fille : « Amène ton
« mari avec nous (car le fils de l'Indien voulait revoir
« son père), qu'il apporte des échantillons de tous
« les animaux qu'il pourra tuer. » Un grand festin
ayant été donné au ciel après l'arrivée du gendre de
l'étoile, chaque convive choisit : qui une patte,
qui un œil, qui une queue. Ceux qui prirent les
pattes et les queues furent transformés en quadrupèdes. L'Algonkin garda pour lui une plume blanche
et fut métamorphosé en faucon, ainsi que sa femme
et ses enfants[1].

Une seconde version du conte algonkin, peu différente de la précédente, nous a été conservée par
M. Leland[2].

D'après celle-ci, un Indien du nom d'*Abistanooch*,
litt. « la Martre », ayant surpris des naïades en train
de se baigner dans un lac, enlève leurs vêtements,
puis touche légèrement la tête de l'une d'elles avec
une mince baguette. C'en fut assez pour qu'elle
devînt son épouse. Plus tard, il en prend une autre
également de la même manière. Au bout de quelque
temps, ces naïades désirent se marier avec des étoiles
et sont ravies au ciel. Leurs nouveaux époux con-
sentent néanmoins à leur permettre de redescendre
sur terre. Ils les laissent au sommet d'un arbre fort
élevé. *Lox*, le mauvais esprit que notre auteur rapproche peut-être un peu témérairement du *Loki*

1. Abbé Domenech, *Voyage pittoresque dans les grands déserts du
Nouveau-Monde*, p. 214.
2. M. Charles G. Leland, *The Algonkin Legends of New-England*,
p. 142 à 151. Boston, 1884.

scandinave, les tire de cette dangereuse position, mais se trouve enfin fort mal récompensé de ses peines.

Une légende quelque peu analogue se retrouve chez les Esquimaux du Groënland. Ils parlent, en effet, d'une grande mouette qui, changée en fille, était devenue l'épouse d'un habitant de ce pays. Quand l'indigène la surprit, elle n'avait pas encore eu le temps de recouvrer sa première forme et de s'envoler avec ses pareilles. Le Groënlandais, néanmoins, n'était pas rassuré ; il craignait toujours que la femme, redevenue volatile, ne disparût soudain. Cependant elle lui donna deux fils et les éleva avec soin. Quand ils furent grands, elle sortit un jour avec eux : « Ramassez des plumes, leur dit-elle, vous « êtes de la race des oiseaux. » Et dès qu'elle eut posé quelques plumes sur leurs bras, ils s'envolèrent, et elle les suivit elle-même dans les airs : tous les trois étaient changés en oiseaux[1].

D'autres superstitions des habitants du Groënland paraissent se retrouver plus ou moins identiques chez certaines nations, tant de l'ancien que du Nouveau-Monde. Les précautions que, d'après eux, il faut prendre, par exemple, pour regarder la lune et ne pas mécontenter l'irascible génie qui y réside, rappellent un peu celles que prennent les femmes de la Basse-Bretagne pour empêcher cet astre de leur nuire[2]. Les génies habitants des étoiles, dont parlent

---

1. M. l'abbé Morillot, *Mythologie et Légendes des Esquimaux du Groënland*, p. 262 du t. IV, n° 7 des *Actes de la Société philologique*. Paris, 1874. — *Kaladlit Okalluktvalliait*, III, p. 120. Gothaab, 1861.
2. Voy. ch. IV, § 3-4 du présent volume.

également les Esquimaux, ne font-ils pas songer au père de la fille céleste dont il vient d'être question, aussi bien qu'aux légendes des peuples de l'Europe concernant le Petit-Poucet et la constellation de la Grande Ourse[1]? Il sera question tout à l'heure du génie de la force, d'après un récit groënlandais.

Enfin, puisque nous en sommes aux légendes offrant un caractère astronomique, terminons par le récit des Esquimaux concernant certain *Inua* ou génie bizarre qui apparaît sous la forme d'une femme. Il habite un rocher devant lequel on doit nécessairement passer lorsqu'on va visiter la lune. Par ses grimaces, ses bouffonneries, il s'efforce d'exciter le rire des passants. Malheur à celui qui ne sait pas résister à la tentation. Au moindre éclat, il tombe sous la domination du cruel génie, qui s'empresse d'éventrer le rieur, de lui arracher les entrailles. Du reste, la lune est l'ennemi de ce farouche personnage, et elle protège les hommes contre lui[2].

Cette légende groënlandaise ne doit-elle pas être rapprochée de celle que rapporte le *Popol-vuh* ou livre sacré, au sujet d'*Hunbatz* et *Hunchouen*. Ils étaient beaux-frères de la princesse *Xquiq* dont nous avons raconté la conception merveilleuse, mais se montraient fort malveillants à l'égard de

1. M. G. Paris, *Le Petit-Poucet et la Grande Ourse*, p. 372 et suiv. des *Mémoires de la Société de linguistique de Paris*. Paris, 1868. — M. G. Paris, *Le Petit-Poucet et la Grande Ourse*, Paris, 1875. — *Le Petit-Poucet et la Grande Ourse*, p. 241 et suiv. du t. VIII de la *Revue de linguistique*. Paris, 1875.
2. *Mythologie et Légendes des Esquimaux*, p. 252.

celle-ci et de ses deux fils *Hunahpu* et *Xbalanqué*.
Voici à quel procédé ces derniers eurent recours
pour se venger. Ils passaient la plus grande partie
de leur temps à prendre au filet des oiseaux que
mangeaient seuls leur aïeule et ses deux fils. On n'en
donnait aucune portion aux chasseurs. Un jour,
ceux-ci revinrent à la maison les mains vides. « Les
« oiseaux se sont, dirent-ils, embarrassés dans les
« branches touffues de l'arbre, et nous ne sommes
« pas capables de grimper pour les prendre. Que nos
« frères aînés grimpent et les rapportent; nous les
« accompagnerons. »

A peine *Hunbatz* et *Hunchouen* furent-ils montés à
même le tronc de l'arbre qui était de l'espèce appelée
Canté (sorte de bois de teinture), qu'il se mit à
grandir démesurément. Ils ne savaient plus comment
descendre. *Hunahpu* et *Xbalanqué* leur conseillèrent
d'ôter leurs ceintures, de se les attacher sous le
ventre, en laissant un long bout pendant qu'ils n'auraient qu'à tirer par derrière. A peine les grimpeurs
eurent-ils mis ce conseil à exécution qu'ils se trouvèrent transformés en singes, et les bouts de leurs
ceintures étaient devenus des queues de quadrumanes.

Leur mère était profondément affligée d'une telle
métamorphose. Alors ses beaux-fils lui indiquèrent
un moyen de la faire cesser. « Nous allons, dirent-ils,
« rappeler ces malheureux en jouant des instruments
« de musique, mais gardez-vous de rire à leur vue,
« car nous ne pouvons les faire venir que quatre
« fois. A la cinquième, leur sort sera définitivement

« fixé, et ils ne pourront plus redevenir hommes. »

La vieille ne put satisfaire à cette condition; chaque fois qu'elle vit ses fils, transformés en quadrumanes, jouer, gambader, prendre des poses grotesques, elle éclata de rire. Ceux-ci furent donc condamnés à rester singes à perpétuité. Ils se retirèrent dans les bois où habite aujourd'hui encore leur postérité[1]. Serait-ce donc cette légende ou quelque autre analogue qui aurait donné naissance à ce dicton des nègres des Antilles qui considèrent les singes comme des hommes transformés : « Ces petits « mondes, disent-ils, en leur pittoresque langage, « pas parler pour ne pas travailler ? »

Pour en finir avec cette digression et en revenir à la légende qui nous occupe, on remarquera que comparés aux récits analogues en vigueur chez les Peaux-Rouges, les récits groënlandais se distinguent par leur simplicité, la sobriété de leurs détails. Ne faudrait-il pas voir là autant de preuves d'archaïsmes ? Nous avions même songé à nous demander si l'histoire de la fille céleste chez les Algonkins ne résulte pas d'un mélange des deux contes concernant les habitants des étoiles et la femme mouette, lesquels primitivement, sans doute, n'avaient rien

---

1. *Popol-vuh, le Livre sacré*, trad. de l'abbé Brasseur de Bourbourg, 2ᵉ partie, ch. v, p. 109 et suiv. Paris, 1861. Le rire est considéré comme chose funeste, parce qu'il est involontaire et enlève à l'homme la possession de lui-même. Serait-ce un vestige de cette croyance que nous retrouvons dans la formulette enfantine :

« Si tu me tiens, je te tiens »
« Par la barbe, je te tiens ».
« Le premier de nous qui rira, »
« Un bon soufflet il aura. »

à faire l'un avec l'autre. Il est vrai que la comparaison de la fable algonkine avec celle des habitants de l'archipel Malais rend cette hypothèse difficile à soutenir. Tout nous porte à croire, en effet, que la priorité doit être attribuée au conte océanien. En définitive, l'Amérique a reçu des légendes de l'ancien monde, et rien ne prouve qu'elle lui en ait jamais communiqué.

Quoi qu'il en soit, voici ce que nous racontent les insulaires des Célèbes : *Utahagi*, fille de *Limuru-ut* ou *Limumu-ut* et de son mari *Toar*, descendit un jour du ciel avec six autres nymphes, toutes également belles, pour se baigner dans une fontaine aux eaux pures et claires qui se trouvait à *Mendolang*, dans les environs de *Tutéli*. A cette époque vivait, dans ladite localité de *Mendolang*, un certain *Kasimbaha*, fils de *Mainola* et de son mari *Linkanbene*, fils lui-même, aussi bien que *Utahagi*, de *Limuru-ut* et de *Toar*.

Lorsqu'il aperçut les nymphes dans l'air, il les prit d'abord pour des colombes blanches; mais lorsqu'elles se furent approchées de la fontaine et dépouillées de leurs vêtements, il découvrit à sa grande surprise que c'étaient des femmes. Pendant qu'elles étaient au bain, il prit une sarbacane, se glissa à travers les broussailles le plus près qu'il put de la fontaine et enleva la tunique de l'une des nymphes. A leur sortie du bain, celles-ci reprirent leurs vêtements et retournèrent dans leur demeure, mais l'une d'entre elles fut obligée de rester sur terre parce qu'elle ne retrouvait plus la tunique qui la mettait à même de voler.

C'était Utahagi, ainsi nommée à cause d'un cheveu blanc qui croissait sur le sommet de sa tête et possédait une vertu particulière. Kasimbaha la conduisit à sa maison et il en fit sa femme. De leur union naquit un fils, *Tambaga*, qui se maria bien des années après avec *Matinimbang*. Au bout de quelque temps, Utahagi fit part à son mari des propriétés secrètes du cheveu blanc, lui recommandant de bien veiller à sa conservation. De grands malheurs, en effet, ne devaient pas tarder à arriver si elle venait à perdre ce talisman. Kasimbaha ne tint aucun compte de ces paroles. Soit par bravade, soit par tout autre motif, il arracha le cheveu fatal. Aussitôt s'élève une violente tempête, accompagnée d'éclairs et de tonnerre, pendant laquelle Utahagi retourna au ciel, laissant à son mari leur fils Tambaga. Cet enfant, privé du sein maternel, ne cessait de pleurer, ce qui affligeait beaucoup son père. Kasimbaha ne pouvant le consoler, imagina de monter vers sa femme, le long d'un rotin qui allait de la terre au ciel, mais qui était garni d'épines. Pendant qu'il réfléchissait sur ce qu'il avait à faire, un rat rongea toutes les épines, rendant ainsi l'ascension possible.

Kasimbaha grimpa, son enfant sur le dos. Il était déjà à une certaine hauteur et planait entre ciel et terre, lorsque s'éleva un fort vent d'ouest qui le poussa du côté du soleil. Il ne monta pas plus haut de peur d'être brûlé par les rayons de cet astre, mais attendit le lever de la lune avant de continuer à monter. Un petit oiseau lui indiqua la maison d'Utahagi. Il y entra, mais ne put rien distinguer,

parce qu'il faisait déjà nuit. Un ver luisant lui dit :
« Je vois bien que si je ne viens pas à ton aide, tu ne
« pourras trouver l'appartement d'Utahagi, car il y
« a, dans cette maison, sept pièces semblables occu-
« pées par ses sept sœurs. Remarque donc bien la
« porte sur laquelle je vais me poser; c'est celle-là
« par laquelle tu dois passer. »

Docile à ce conseil, Kasimbaha parvint près de sa
femme à laquelle il présenta son enfant. Celle-ci lui
adressa une rude semonce, lui disant que tout ce mal
était arrivé par sa faute.

Le frère d'Utahagi, qui était également un *Impong*
ou demi-dieu, dit à ses autres frères : « Que ferons-
« nous? Si le mari de ma sœur n'est pas lui-même
« *impong*, il ne peut rester avec nous. Mettons-le
« donc à l'épreuve, en lui présentant neuf plats cou-
« verts, dont huit contiendront du riz et le neuvième
« d'autres aliments. S'il commence par ouvrir le
« dernier, ce sera signe qu'il est homme et non
« demi-dieu. »

Mais une mouche vint au secours de Kasimbaha et
lui dit : « Regarde-moi voler. Tu peux ouvrir, sans
« crainte, les plats dans lesquels j'entrerai ou des-
« quels je sortirai, mais évite de toucher à celui sur
« lequel je ne me poserai pas. »

En suivant ces instructions, Kasimbaha soutint
l'épreuve à son avantage et put rester au ciel.

Plus tard, son fils descendit sur terre au moyen
d'une longue corde et retourna à Mandolang, lieu de
sa naissance. C'est là qu'il épousa Matinimbang, et
les enfants qui naquirent de cette union furent,

dit-on, les ancêtres de la peuplade des Bantiks, fixés aux environs de Menado [1].

Ce conte océanien est évidemment formé d'éléments empruntés à des sources fort diverses. Il se rapproche surtout de la légende algonkine en ce que l'épouse du héros n'est point donnée comme un oiseau transformé en femme et que celui-ci finit par rester au ciel en compagnie de son épouse. Ce qui nous semble particulièrement intéressant à signaler, c'est la ressemblance de plusieurs épisodes avec certains passages du *Livre sacré* des habitants du Guatémala. Ne pourrait-on pas rapprocher, par exemple, la mouche qui se met au service de Kasimbaha du moucheron obligeant, en les piquant, les princes de Xibalba à décliner leurs noms [2]. Remarquons une fois de plus, ici, l'étroite ressemblance de Folklore de l'Extrême-Orient avec celui du Nouveau-Monde. Le cheveu fatal qu'arrache *Kasimbaha* a son analogue dans une foule de récits recueillis sur tous les points du globe. Le procédé employé par ce personnage pour reconnaître son épouse, n'aurait-il pas été inspiré par quelque coutume analogue à celle que nous retrouvons aujourd'hui encore en vigueur, au moins dans une partie de la Russie? On couvre les fiancées d'un voile qui les cache tout entières et il faut que leurs prétendus les reconnaissent au milieu

---

1. Van Spreeuwenberg, *Tydschrift voor Ind. taal*, t. I, p. 23, 1846. — M. Louis de Baecker, *l'Archipel Indien, Origines*, p. 100 et suiv. Paris, 1874. — M. E. Beauvois, *les Nymphes volantes*, p. 76 et suiv. de l'*Annuaire oriental et américain*. Paris, 1860.

2. *Popol-vuh*, 2e partie, ch. VIII, p. 143 et suiv.

des autres jeunes filles, et cela, sous peine d'être mis
à l'amende.

Ajoutons qu'un conte maori ou néo-zélandais,
publié en Allemagne vers 1854, ne semble guère
constituer qu'une simple variante de l'histoire d'Utahagi. Malheureusement, nous n'avons pu, malgré
nos recherches, découvrir où il avait paru.

Quoi qu'il en soit, de nombreuses versions de cette
même légende se retrouvent dans l'ancien continent.
Nous allons les étudier, en commençant par les
régions du nord-ouest.

D'après les conteurs de la Finlande, un nommé
Tuhkino s'étant endormi sur les bords d'un lac fut
éveillé par un bruit étrange. Neuf cygnes venaient
de s'abattre près de lui et, quittant leurs enveloppes
d'oiseaux, s'étaient transformés en belles jeunes
filles. L'une d'elles mit sa dépouille dans un endroit
isolé et Tuhkino parvint à s'en emparer. C'est ce qui
l'empêcha de rejoindre ses compagnes, lorsqu'elles
prirent leur vol pour retourner au ciel. Elle déclara
donc qu'elle consentirait à épouser celui qui lui ren-
drait son enveloppe. Tuhkino accepta la proposition;
mais avant que le mariage se conclut, il dut se rendre
au château du père de la jeune fille pour faire sa
demande. Cette dernière s'y rendit également sous
forme de cygne[1]. Nous n'insisterons pas sur la suite
de notre conte, parce qu'il semble emprunté à une
source différente. Ce n'est, sans doute, que par la

---

1. M. E. Beauvois, *Contes populaires de la Norvège, de la Finlande
et de la Bourgogne.*

suite des temps que tous ces éléments, sans connexion les uns avec les autres, auront été amalgamés en un tout unique.

Il est question, chez les Lapons, de la fille du roi *Baeiwe* (jour, soleil) et de ses deux sœurs, transformées en cygnes. Un cendrillon masculin prit leurs enveloppes magiques. L'une d'elles, pour recouvrer la sienne, dut consentir à devenir sa femme[1]. On regarde ce conte comme imité d'un original scandinave.

En effet, un chant de l'ancienne Edda, œuvre de Saemund Sigfusson, est consacré au souvenir des faits et gestes de *Vœland* (Véland le Forgeron). Il y est dit que trois Walkyries avaient déposé leurs enveloppes, consistant en peaux de cygnes, pour se mettre à filer du lin, c'est-à-dire le fil des destinées humaines. Trois frères passant par là emmènent les nymphes captives et vécurent avec elles; mais au bout de sept ans, selon l'introduction en prose de l'Edda, ou de neuf, d'après le poème lui-même, elles s'enfuirent pour prendre part aux combats que se livrent les mortels[2]. Du reste, l'idée des Walkyries a bien pu être inspirée aux peuples du Nord par la tradition classique concernant les Parques. Ne voyons-nous pas les unes comme les autres filer les jours des humains.

Un conte suédois publié par Cavallius et Stephens,

---

1. M. J. A. Friis, *Lappiske Eventyr og Folkesagn*, p. 152-161. Christiania, 1871.

2. M. Loys Brueyre, *les Contes populaires de la Grande-Bretagne*, p. 258 et suiv. Paris, 1875. — *Edda*, trad. de Puget, p. 275.

par Thorpe, pourrait être considéré, nous dit
M. Brueyre, comme un dernier écho de la tradition
eddaïque.

Cette dernière a évidemment inspiré un passage
du poème allemand, composé au moyen âge sur
Frédéric de Souabe. On nous représente Véland le
forgeron arrivant près d'une source. Il aperçoit
trois colombes, lesquelles s'abattent sur terre, se mé-
tamorphosent aussitôt en autant de jeunes vierges.
Elles se dépouillent de leurs vêtements et plongent
dans l'eau. Véland, muni d'une racine qui rend invi-
sible, approche du rivage et enlève les vêtements.
Les jeunes filles jettent des cris de frayeur. Véland
alors se montre à elles. Il promet de rendre les
vêtements si l'une des nymphes consent à l'accepter
comme époux. Celles-ci lui laissent le choix, et il se
décide pour Angelbuerge.

Les *Niebelungen,* de leur côté, rapportent un épisode analogue, bien qu'un peu altéré : il s'agit d'une
expédition des Burgundes, commandés par Hagen,
contre les Huns. Les guerriers, arrivés sur les bords
du Danube, cherchent un gué pour traverser le
fleuve. On entend quelque chose tomber à l'eau.
C'étaient des femmes qui, à la vue de Hagen, dispa-
raissent dans les ondes. Celui-ci s'empare de leurs
robes et ne consent à les rendre que si les nymphes
se décident à lui prédire l'avenir.

C'est, dit-on, en souvenir des femmes-cygnes de
la légende que Frédéric II de Brandebourg créa
l'ordre du Cygne en 1440. Plusieurs contes alle-
mands, entre autres les *Six Cygnes* de Grimm, les

21

Sept Corbeaux de Bechstein, le *Voile volé* de Musaeus, s'inspirent de la même tradition.

Si d'Allemagne nous passons en France, nous trouvons le fameux roman du *Chevalier au Cygne*, reposant sur la métamorphose de la reine Béatrix, épouse d'Oriant, en cygne. Le seul enfant, ajoute M. Brueyre, qui n'ait pas subi cette transformation, le chevalier Elyas, va à la recherche de ses frères et de ses sœurs, conduit par un de ces oiseaux qui remorque le bateau. Déjà, dit M. Hippeau, Guillaume de Tyr, au douzième siècle, mentionne cette gracieuse légende dont s'emparèrent Conrad de Wurzbourg, l'auteur de *Schwan Ritter*, « le Chevalier au Cygne », puis l'auteur anonyme de *Lohengrin* et avant eux, Wolfran d'Eschenbach dans son *Parcival*.

En Russie, continue toujours M. Brueyre, le conte du *Roi des eaux* et de *Wasilissa le Sage*, nous montre un prince qui, sur le rivage de la mer, voit douze oiseaux s'abattre sur le sol humide, se changer en jeunes filles et se baigner. Ce prince dérobe la chemise de la plus âgée et se cache derrière un buisson. Quand les nymphes ont fini leurs ébats, elles remettent leurs chemises et s'envolent. Seule, la douzième reste au pouvoir du prince qui finit par l'épouser. Nulle part, cependant, la légende ne se montre plus gracieuse que dans les récits des conteurs persans et indous. Donnons-en pour preuve, celui que cite Keightley, d'après un recueil persan « le *Jardin du savoir* ». Un voyageur aurait, au point du jour, aperçu quatre colombes qui s'envolaient d'un arbre sous lequel il était étendu. Elles allèrent se

poser sur le bord d'un étang et s'étant transformées
en *Péris* ou fées, prirent le plaisir du bain. Le voyageur déroba les vêtements des baigneuses et les cacha
dans le creux d'un arbre. Quand les Péris sortirent
de l'eau, elles furent au désespoir et supplièrent le
jeune homme de leur rendre leurs habits. Il y
consentit à la condition que la plus belle d'entre elles
deviendrait sa femme. Trois des Péris reprenant
leurs robes s'envolèrent aussitôt et la plus jeune
resta au pouvoir du voyageur qui l'épousa. Ils
vécurent fort heureux ensemble, pendant plusieurs
années et eurent de nombreux enfants. Un jour,
toutefois, la Péri retrouvant son vêtement, en profita
pour s'envoler sous forme de colombe. M. Brueyre
croit à une parenté entre ces femmes-oiseaux et les
Apsâras de la mythologie indoue. Ces dernières
seraient nées de la mer alors que les *Devâs* et les
Asoûras la barattaient pour en extraire l'*Amritam*
ou ambroisie. M. Gould les considère d'ailleurs
comme la personnification des nuages blancs qui
semblent flotter sur le lac azuré des cieux.

Dans le roman des *Sept Sages de Rome* ou *Dolo-
pathos* qui n'est qu'une des versions du recueil
indien des apologues de Sindbad, le dernier récit
met en scène un chevalier qui, au bord d'une claire
fontaine, rencontre une belle fée dont il a sept enfants.
Ceux-ci jouant un jour près d'une onde pure, poussés
par leur instinct d'origine, se jettent à l'eau et sont
immédiatement transformés en cygnes blancs. Cox,
dans le récit par lui donné d'après le *Wischnou-
Pourâna* des actions du héros Krischna, une des

incarnations de Wischnou, nous parle des *Gôpis* ou bergères, filles blanches comme le lait. Elles implorent la déesse *Bhavani*, afin de devenir les épouses de Krischna. Pendant qu'elles se baignaient dans un ruisseau, Krischna dérobe leurs vêtements et refuse de les leur rendre, à moins qu'elles ne viennent, chacune à son tour, les lui réclamer secrètement. En d'autres termes, le dieu exauce leurs vœux en les épousant toutes les trois.

Ce récit apparaît, du reste, raconté d'une façon un peu différente chez les habitants de l'Inde méridionale. Suivant eux, *Chrixnen* ou *Krischna* rencontra un jour sur les bords d'un étang où elles se baignaient, un grand nombre de femmes de qualité qui, étaient à la fois très belles et très vertueuses. Il ramassa aussitôt tous leurs habits et les plaça sur la cime d'un arbre fort élevé. Les malheureuses se trouvaient ainsi. dans la nécessité de rentrer chez elles nues comme des vers. Toutefois, ayant rencontré des herbes aquatiques dont les feuilles étaient grandes comme celles du nénuphar, elles s'en couvrirent du mieux qu'elles purent et s'approchèrent de l'arbre au sommet duquel Krischna était monté. Elles le supplièrent de leur rendre leurs vêtements; mais le Krischna exigea avant d'opérer cette restitution, qu'elles plaçassent leurs deux mains sur leur tête afin de lui rendre hommage : force leur fut donc de lâcher les feuilles qu'elles tenaient et de paraître sans voile aux regards du dieu libertin [1].

1. B. Picart. *Cérémonies et coutumes religieuses de tous les peuples*, t. VI, ch. VII, p. 77. Paris, 1808.

C'est peut-être la légende de ces femmes-cygnes qui a donné naissance à celle des femmes-phoques ou *mermaids* que nous trouvons répandues dans les îles situées au nord de la Grande-Bretagne. Cette transformation de volatiles en mammifères marins semblera fort explicable de la part de populations adonnées à la chasse de ces derniers. Voici en tout cas, d'après M. Brueyre, le récit recueilli par Keightley, chez les Shetlandais.

« Par un beau soir d'été, un habitant d'Unst se
« promenait sur le sable d'une petite baie. La lune
« était levée et, à sa lumière il discerna, à quelque
« distance, un certain nombre d'esprits de la mer
« qui dansaient sur la grève unie. Près d'eux, sur le
« sable, gisaient des peaux de phoques.

« Aussitôt que l'homme approcha des danseurs,
« la gaîté cessa et ils s'enfuirent comme l'éclair
« pour mettre en sûreté leurs costumes, puis s'en
« revêtant, ils plongèrent dans la mer, sous forme
« de phoques. Mais le Sethlandais, en arrivant à
« l'endroit où ils dansaient, vit par terre, à ses pieds,
« une peau qu'ils avaient oubliée. Il s'en empara,
« l'emporta vite et la mit à l'abri.

« Quand il revint sur le rivage, il aperçut la plus
« belle fille qu'il eût jamais vue. Elle errait en pleu-
« rant, de la manière la plus navrante, la perte de sa
« robe de phoque, sans laquelle elle ne pouvait
« rejoindre au sein des flots, sa famille et ses amis.
« L'homme s'approcha d'elle et essaya de la
« consoler, mais elle s'y refusa. La *mermaid* le
« supplia, avec les accents les plus émouvants, de

« lui rendre son vêtement, mais la vue de ce char-
« mant visage, embelli par les larmes, rendit insen-
« sible le cœur de l'insulaire. Il lui représenta
« l'impossibilité pour elle de s'en retourner; lui dit
« qu'elle serait bientôt abandonnée de ses amis;
« enfin, il lui offrit sa main, son cœur et sa fortune ».

« La mermaid, n'ayant pas le choix, consentit
« à devenir sa femme. Ils se marièrent, vécurent
« ensemble de longues années et eurent plusieurs
« enfants. Ces derniers ne gardèrent de leur origine
« marine qu'une membrane entre les doigts et une
« courbure des mains qui faisaient ressembler
« celles-ci aux pattes antérieures des phoques. Les
« descendants de cette famille ont conservé jusqu'à
« nos jours la particularité en question.

« L'amour du Sethlandais pour sa belle épouse
« était sans bornes, mais elle répondait froidement
« à son affection. Souvent, elle se rendait seule sur la
« grève, et là, à un signal donné, un grand phoque
« sortait de l'eau. Ils causaient ensemble, pendant
« de longues heures, en une langue inconnue. Elle
« revenait de ses promenades, pensive et mélanco-
« lique.

« Plusieurs années s'écoulèrent ainsi, et la mer-
« maid avait à peu près perdu l'espoir de pouvoir
« jamais retourner dans son humide patrie, quand
« un jour, un de ses enfants, jouant derrière un tas
« de blé, découvrit une peau de phoque. Il la porta
« aussitôt à sa mère. Les yeux de la mermaid
« brillèrent de joie en la voyant, car c'était son
« propre vêtement, celui dont la perte lui avait coûté

« tant de larmes. Elle se voyait déjà, nageant dans
« les vagues, avec ses amis. Une pensée toutefois,
« mêlait de l'amertume à son bonheur. Elle aimait
« ses enfants et allait, néanmoins, les quitter pour
« toujours. Malgré tout, la perspective des plaisirs
« qu'elle se promettait l'emporta sur l'affection
« maternelle. Après les avoir embrassés, elle revêtit
« sa peau de phoque et se rendit sur la grève.

« Quelques minutes après, le Shetlandais rentra,
« et les enfants lui racontèrent ce qui s'était passé.
« Il court aussitôt vers le rivage, et arrive au mo-
« ment où sa femme sous la forme d'un phoque,
« sautait du haut d'un rocher dans la mer. »

« Le grand phoque, avec lequel elle était habituée
« à avoir de si longues conversations, la rejoignit
« immédiatement, la félicita sur son évasion, et ils
« s'éloignèrent ensemble du rivage. Mais avant de
« s'en aller pour jamais, la mermaid se tourna vers
« son mari qui, muet de désespoir, se tenait sur le
« rocher. « Adieu, dit-elle, et puissiez-vous être
« heureux, je vous ai bien aimé, pendant le temps
« que j'étais avec vous, mais j'ai toujours préféré
« mon premier époux[1]. »

On remarquera cette particularité des enfants nés
avec les doigts palmés, comme bon nombre d'animaux aquatiques. Elle est également mentionnée
dans l'histoire ou plutôt la légende du fameux plon-
geur *Nicolas* ou *Pescecola* (Nicolas le poisson),

---

1. M. L. Brueyre, *les Contes populaires*, etc., conte LVI, p. 261
et suiv.

qui, au dire de Kirscher, vivait du temps de Frédéric,
roi de Sicile [1].

Toutefois, si les insulaires des Shetland admettent,
comme nous venons de le voir, l'existence des *mermaids* ou « filles marines », ils leur donnent pour
époux des *mermen* ou « hommes marins », qui ne
peuvent vivre dans les flots qu'autant qu'ils sont
munis de leur peau de phoque. Voici ce que nous
apprend à leur égard une autre légende du même
pays, également recueillie par Keightley :

Un équipage, parti de la localité appelée Papa-
Stour pour la chasse aux animaux marins, débarqua
un jour sur un récif. Les matelots ayant assommé
un certain nombre de phoques, les dépouillèrent de
leurs peaux et leur enlevèrent leur graisse. Ils lais-
sèrent leurs corps sur les rochers et s'en retournèrent
d'où ils étaient venus. Au moment de l'embarque-
ment, la mer devint tellement mauvaise que chacun
dut, en toute hâte, regagner son bateau. Seul, un
homme qui s'était imprudemment écarté de ses
compagnons se trouva obligé de rester sur le récif.
Ces derniers, désolés de l'abandonner ainsi, firent
plusieurs tentatives pour atteindre le rocher avec
leurs bateaux, mais la houle devenait tellement
forte qu'ils furent obligés de s'éloigner sans avoir
pu porter secours à l'infortuné chasseur.

La nuit étant venue, le pauvre Shetlandais se
laissa aller au désespoir, n'ayant plus d'autres per-

1. Denys-Montfort, *Histoire naturelle générale et particulière des
mollusques*, p. 325. Paris, an X.

spective que de mourir de faim et de froid sur son roc, à moins qu'il ne se trouvât emporté par les flots en fureur.

Enfin, il aperçut quelques phoques qui, échappés à leurs ennemis, s'approchaient du récif. Dès qu'ils furent à terre, ils se dépouillèrent de leur peau et se montrèrent sous leur véritable forme de *mermen*. Leur premier soin fut d'aller au secours de leurs amis, qui gisaient évanouis et sans peau. Ils réussirent à en ramener quelques-uns à la vie. Alors ces pauvres phoques, dépouillés de leur peau et rendus à la forme de mermen, déplorèrent dans des chants plaintifs, qu'accompagnaient le fracas de la mer en furie, la perte de leurs vêtements de mer ; ils se lamentèrent d'être ainsi empêchés à jamais de regagner les eaux profondes. Ils pleurèrent surtout sur le sort d'*Ollavitinus*, fils de *Gioga*, qui privé de sa peau de phoque, serait forcé d'habiter pour toujours le monde d'en haut.

Leurs chants s'arrêtèrent dès qu'ils aperçurent le malheureux matelot qui, grelottant de froid et plein d'angoisse, regardait tristement les vagues déferlant sur le récif. Gioga, à sa vue, conçut aussitôt le dessein de faire tourner à l'avantage de son fils la situation périlleuse de l'insulaire. Elle alla vers lui, lui adressa doucement la parole et lui proposa de le porter sur son dos, à travers les flots jusqu'à *Papa-Stour*, à la condition qu'il lui ferait rendre la peau de son fils.

Le marché fut bientôt conclu, et Gioga reprit son vêtement de phoque ; mais quand le Shetlandais consi-

déra la mer furieuse qu'il devait traverser, son
courage faiblit, et il demanda à la vieille dame la
permission de lui permettre de pratiquer quelques
trous dans ses épaules et ses flancs, afin qu'il pût
mieux se retenir avec les mains entre la peau et la
chair. Par tendresse maternelle, Gioga y consentit.
Cela fait, le matelot monta sur elle et Gioga plongea
dans les vagues, labourant bravement l'Océan.
Enfin, elle déposa le matelot sain et sauf à *Acres
Gio*, dans Papa-Stour. Le Shetlandais se rendit
aussitôt à *Hamma vœ*, où était la peau du phoque
qu'il avait promise, et remplit honorablement ses
engagements en donnant à Gioga le moyen de
ramener son fils au milieu des flots[1].

L'épisode de la peau magique, dont la disparition
entraîne tant d'inconvénients et de déboires pour le
personnage qui en était revêtu, semble rattacher à
une source commune les légendes concernant les
femmes volantes et nageantes. Ajoutons, d'un autre
côté, que la ressemblance, bien qu'éloignée du phoque avec une créature humaine, a pu contribuer à la
création des légendes shetlandaises dont il vient
d'être question. N'a-t-on pas prétendu retrouver
dans le veau marin, le prototype des sirènes dont
nous parlent si souvent les auteurs grecs et latins.
Faisons observer, en terminant, que le type du
Merman, ou « homme marin », semble connu
depuis une haute antiquité. Sur l'un des bas-reliefs

---

1. M. L. Brueyre, *les Contes populaires*, etc., conte LVIII, p. 265
et suiv.

du musée Assyrien, au Louvre, l'on voit, parfaitement reconnaissable, une sirène mâle avec sa longue
barbe, sa tiare et sa queue de poisson.

CHAPITRE XI

La découverte du maïs.

Voici ce que racontent les Indiens Chippeways,
cette tribu qui s'est toujours distinguée des peuplades
congénères par son aptitude à recevoir la civilisation,
au sujet de la découverte du maïs. C'était, comme
l'on sait, la céréale par excellence des races du
Nouveau-Monde. Il remplaçait pour elles le blé,
l'orge, l'avoine ; en un mot, la plupart des céréales
de notre continent.

« Il y avait dans une des plus fertiles contrées du
« territoire chippeway un pauvre Indien qui vivait
« paisiblement avec sa femme et ses enfants. Ces
« derniers étaient trop jeunes encore pour venir en
« aide à leur père et chasser avec lui. Quant à ce
« dernier, la chance lui était souvent contraire et plus
« d'une fois, on le vit revenir au logis les mains
« vides. Toutefois, il ne manquait jamais de témoi-
« gner beaucoup de reconnaissance au ciel pour le
« gibier qu'il lui envoyait. Bien que dans l'indigence,
« notre homme vivait content.

« Son fils aîné hérita de ses heureuses dispositions.
« Il s'était toujours montré fort obéissant à l'égard
« de ses parents. A peine eut-il atteint l'âge auquel

« les jeunes Indiens célèbrent leur première fête,
« c'est-à-dire l'âge de quatorze ou quinze ans, sa mère
« lui construisit une petite *cabane de jeûne* dans un
« endroit retiré où il pût être à l'abri de tout déran-
« gement. Sitôt cette retraite finie, il devait revenir
« célébrer sa fête. Dès qu'il fut installé dans sa
« cabane, il s'amusa chaque matin à se promener,
« çà et là, dans les environs, examinant et goûtant
« toutes les herbes, les fruits de tous les arbrisseaux
« qu'il rencontrait. Il s'en revenait toujours de ses
« promenades les mains pleines de grappes de baies
« sauvages. Cela le faisait réfléchir à la bonté du
« Grand-Esprit, qui a répandu sur la surface de la
« terre tant de fruits et de végétaux pour l'usage de
« l'homme. Cette pensée s'empara de son esprit, et il
« pria instamment le ciel de lui indiquer dans un
« songe quelque découverte utile à sa nation, car il
« avait souvent vu celle-ci décimée par la famine.

« Au troisième jour de sa retraite, le jeune Indien
« se sentit très faible, et ne pouvant sortir il se décida
« à garder le lit. Le voici bientôt qui tombe dans un
« état de sommolence ; il lui semblait voir un beau
« jeune homme s'approcher de son grabat. L'étran-
« ger était vêtu d'une magnifique robe verte et avait
« les cheveux ornés de plumes de la même couleur.
« Il s'adressa au dormeur en ces termes : « Mon ami,
« c'est le Grand-Esprit, créateur de toutes choses, qui
« m'envoie vers toi. Il connaît le fond de ton cœur
« et sait que tu désires te rendre utile à ta nation.
« Écoute ce que je vais te dire et sois docile à mes
« instructions ». Puis il obligea l'Indien à se lever et

« à lutter contre lui. Celui-ci, affaibli par la privation
« de nourriture, avait peine à se soutenir sur ses
« jambes. Après quelques instants de lutte, le génie
« disparut en disant : « Mon ami, assez pour une
« fois, tu me reverras sous peu. »

« Le lendemain, seconde apparition du céleste
« visiteur qui engagea un nouveau combat. L'Indien
« se trouvait plus faible encore que la veille, mais
« au moment où il allait succomber sous l'étreinte
« de son adversaire, il sentit sa vigueur renaître.
« Aussitôt, le génie emplumé lui dit : « Demain, il te
« faudra encore soutenir un assaut. Courage et persé-
« vérance ! Par là, seulement, tu obtiendras la grâce
« souhaitée. » A ces mots, il s'envola dans les airs.

« Trois jours après, comme le jeune homme gisait,
« faible et épuisé sur sa couche, il vit reparaître le
« merveilleux personnage, mais plus beau, plus
« brillant qu'auparavant. La lutte recommença, et
« l'Indien, saisissant le génie à bras le corps, sentit
« ses forces revenir à mesure que déclinaient celles
« de son adversaire. Enfin, ce dernier cria : « Assez,
« je suis vaincu. Le Grand-Esprit va t'accorder, sans
« retard, l'objet de tes désirs. Demain sera le *septième*
« jour de ton jeûne et le dernier de ton épreuve. De
« grand matin, ton père t'apportera des aliments :
« Garde-toi bien d'y toucher avant ma venue. Elle
« sera pour toi le moment du triomphe. Sitôt que
« j'aurai expiré sous tes coups, dépouille-moi de
« mes vêtements, et quant à mon corps, tu l'ensève-
« liras sur place. Tu visiteras ma sépulture de temps
« en temps et prendras grand soin de n'y laisser

« pousser aucune mauvaise herbe. Alors je revien-
« drai à la vie, reparaissant couvert de mes vêtements
« et de ma parure de plumes. Une fois le mois,
« couvre mes racines de terre fraîche. Dès lors, tous
« tes vœux seront comblés ». En prononçant ces
« paroles, le génie disparut.

« Le lendemain, au point du jour, le père du jeune
« homme vint apporter de la nourriture. Ce dernier
« demanda, pour une raison particulière, la permis-
« sion de n'y point toucher avant la fin du jour. Sur
« ces entrefaites, le voyageur aérien reparut et,
« remarquant que son protégé n'avait point mangé
« des provisions à lui offertes, il engagea avec lui
« une lutte suprême. Le jeûneur, se sentant animé
« d'une vigueur surhumaine, terrassa son adversaire
« et lui arracha son vêtement de plumes. Puis il
« creusa un grand trou dans le sol, prépara la terre
« avec soin, la sarcla et ensuite s'en revint au logis
« paternel ; puis il prit un peu de nourriture et se
« sentit parfaitement rétabli. Longtemps, le jeune
« Indien garda le silence sur ce qui s'était passé, ne
« disant mot, ni du mystérieux visiteur, ni des luttes
« qu'il avait eues à soutenir contre lui. Néanmoins,
« il se donna bien garde d'oublier le lieu de sépul-
« ture de son ami. Il le visita avec soin, en arracha
« jusqu'au moindre brin d'herbe. Enfin, il vit la
« touffe de plumes vertes sortir de terre, d'abord
« sous forme de petits cornets, auxquels succé-
« dèrent bientôt de larges feuilles, puis une grosse
« tige munie elle-même d'un bel épi jaune et de
« panaches soyeux. »

« L'été n'était pas encore écoulé qu'un certain
« soir, l'Indien invita son père à venir visiter le lieu
« solitaire où s'était accompli son jeûne. Le vieillard
« s'y rendit par manière de divertissement. La
« cahute avait disparu et, à sa place, s'épanouissait
« un majestueux et verdoyant arbuste qui balançait
« au gré du vent ses larges feuilles et ses panaches
« aussi brillants que l'aurore. Mais ce qui excita le
« plus l'admiration des spectateurs, ce furent ses
« épis de graines d'un jaune si brillant. — « Je le
« reconnais, s'écria le jeune homme, voilà bien l'ami
« de mes rêves et de mes visions ! » C'est *Mondamin*,
« litt. « la bonne graine, le maïs », le génie du grain,
« ajouta le père. »

« Telle est l'origine du maïs ou blé indien [1]. »

Nous ne nous arrêterons pas à commenter cette
remarquable légende dont le lecteur aura, sans
doute, remarqué l'allure si poétique. Elle pourrait,
à coup sûr, soutenir la comparaison avec les plus
gracieux récits des muses indoue et hellénique.
Elle offre ce caractère de rigoureuse logique et de
simplicité, cette absence de détails étrangers qui
méritent d'être considérés comme autant de preuves
d'archaïsme. Les luttes soutenues par le jeune
guerrier symbolisent de la façon la plus heureuse la
peine que prend l'agriculteur pour déchirer le sein

---

1. H. Schoolcraft, *Ethnological Researches*, etc., dans la *Historical
and Statistical Information*, t. II, n° 6, p. 230 et suiv. — *Annuaire
oriental et américain*, p. 371 et suiv. Paris, 1860.— *Affinités de quelques légendes américaines avec celles de l'ancien monde.* (Extrait
de la *Revue indép.* du 1ᵉʳ mai 1866.)

de la terre et lui confier l'espérance d'une future récolte. Le génie mis à mort et enseveli, qu'est-ce autre chose que le grain qui se décompose avant que de germer? Toute cette légende rappelle quelque peu celle de Proserpine, laquelle constitue également l'emblème de la semence confiée au sol; mais les détails sont si différents dans les deux récits qu'on ne saurait légitimement songer à les faire découler d'une même source. Il n'y a entre eux que cette analogie générale et lointaine provenant de la similitude des objets à exprimer.

La légende chippeway, d'ailleurs, plus ou moins profondément modifiée, existe chez un grand nombre de tribus de l'Amérique du Nord. Suivant les Pottowatomies, nous dit Schoolcraft, divers *Manitous* ou génies faisaient la cour à une jeune Indienne. Elle repoussa leurs avances, et ils allèrent périr de froid et de misère à l'entrée de la hutte. Sur leurs tombeaux, on vit surgir des pieds de tabac, de *frijoles*, ou haricot indien, et de courges. La jeune fille se décida à épouser le manitou présidant au maïs, et de leur union naquit la race indienne des Peaux-Rouges

Conviendrait-il de rapprocher de tous ces récits l'histoire de Quetzalcohuatl, ou plutôt du premier des personnages de ce nom. C'est lui qui, d'après la tradition mexicaine, nous est représenté comme l'inventeur des principaux arts et surtout de l'agriculture. Il serait allé à la découverte des plantes alimentaires et, spécialement, du maïs. Il trouve enfin l'objet de ses recherches dans la région appelée *Tonacatépetl,* litt. « Montagne de notre subsis-

tance ». Sous ce terme, on le sait, le *Codex
Chimalpopoca* semble désigner les contrées arrosées
par le Tabasco et l'Uzumacinta[1], c'est-à-dire le pays
où, dans la seconde moitié du premier siècle de notre
ère, les colonies toltèques orientales seraient venues
porter les germes de la civilisation[2]. Le nom même
de *Quetzalcohuatl*, litt. « serpent quetzal » ou « serpent emplumé, serpent aux plumes vertes comme
celles de l'oiseau quetzal », nous ferait songer à la
robe et aux panaches verts portés par le *Mondamin*
de l'apologue chippeway. Faudrait-il y voir également une allusion aux larges feuilles du maïs ?
Toutefois, il convient d'ajouter que la légende
mexicaine concernant Quetzalcohuatl contient bien
d'autres éléments tout à fait étrangers au récit
primitif et sans doute d'importation asiatique. Dans
un précédent travail, nous nous sommes efforcés de
faire ressortir les affinités, inexplicables, à notre avis,
par le seul hasard, qui se manifestent entre l'histoire
de Quetzalcohuatl, surtout telle que la donne le *Codex
Chimalpopoca*, et les récits des Iraniens et Indous
concernant la divinité connue successivement sous
les noms de *Yama, Yima, Djemschid*[3].

1. *Manuscrit Cakchiquel*, d'après l'*Histoire des nations civilisées du
Mexique*, etc., de l'abbé Brasseur de Bourbourg, t. I, liv. I, ch. IV,
p. 115 et *Pièce justificative* n° 2, p. 428 et 429. Paris, 1857. — Torquemada, *Monarquia indiana*, t. II, lib. VI, cap. XXIV, p. 48. Madrid,
1723.
2. *Recherches sur quelques dates anciennes de l'Histoire du Mexique*,
extrait de la *Revue des Questions historiques*, n° du 1er oct. 1892.
3. *Djemschid et Quetzalcohuatl*, dans le t. IV des *Actes de la Société
philologique*, p. 203 et suiv. Alençon, 1874. Un examen plus approfondi de cette intéressante question nous a confirmés dans notre

22

Les Guaranis de l'Amérique du Sud, ainsi que
nous l'apprend d'Orbigny, attribuaient, tout comme
les Chippeways, la découverte du maïs à un génie
bienfaisant descendu du ciel. Il s'appelait *Tamouï*
et vint sur terre pour enseigner aux hommes les

ancienne manière de voir sur ce point. L'importance de ce sujet nous
décide à en dire quelques mots ici. Le nom de *Yama* a quelquefois
été traduit par « jumeau ». Or, celui de Quetzalcohuatl aurait eu,
d'après Veytia, le sens de « précieux jumeau ». En effet, *cohuatl* ou
coatl, litt. « serpent » en mexicain, se prend aussi comme synonyme
de « jumeau » parce que, dit notre auteur, ce reptile passait pour
pondre à la fois deux œufs contenant chacun un petit de sexe différent. D'un autre côté, le terme *quetzal* désignant un oiseau au brillant
plumage avait fini par devenir synonyme de « beau, précieux, excel-
lent ». Est-ce qu'en français on ne dit pas d'un homme courageux :
« c'est un lion » ; d'un individu brutal et dur : « c'est un vrai cheval »?
En tout cas, le règne de Quetzalcohuatl au Mexique tout comme celui
de Yima en Perse constituent une sorte d'âge d'or pendant lequel les
hommes vivaient dans la joie et l'abondance. Les deux héros mythiques sont, du reste, l'un et l'autre punis de leur orgueil et de leur
intempérance par la perte du pouvoir. A la domination de ces génies
bienfaisants succède celle de tyrans cruels et féroces qui inaugurent
l'ère des sacrifices humains. Le Mexicain Tezcatlipoca ne constitue en
quelque sorte que la forme américaine du Zohak iranien. L'histoire
de Cuextécatl, le fondateur de la nation huastèque renommée pour son
intempérance, nous rappelle à la fois celle de Noé et la légende de
Firdousi, relative aux auteurs de la race impie des Kurdes. On sait
que Cuextécatl se rendit sur les rives du golfe de Mexique après avoir
été chassé de la salle du festin. On le punissait ainsi de s'être, pendant
l'ivresse, laissé voir aux convives dans une tenue immodeste. L'inceste
de Quetzalcohuatl avec sa sœur Quetzalpetlatl nous fait songer aux
propositions déshonnêtes faites par *Yami* à son frère *Yama*, le Pluton
de l'Inde. Ajoutons enfin que l'Iranien Djemschid tout comme le
demi-dieu mexicain, poursuivis par leurs ennemis, périssent l'un et
l'autre sur les rives de la mer Orientale. On voit combien sont nombreuses les analogies entre les récits en question. Toutefois, nous
nous serions refusés à leur accorder beaucoup d'importance et à y voir
la preuve de relations ayant existé entre les deux continents, si l'étude
générale des faits ne nous conduisait invinciblement à admettre cette
conclusion. Les principaux éléments de la civilisation des peuples de
la Nouvelle-Espagne offrent un caractère bien asiatique. Rappelons,
par exemple, l'identité des principes sur lesquels sont établis le calen-

arts les plus utiles, et spécialement l'industrie agricole. Une fois sa mission accomplie, Tamouï s'éleva
dans les airs, accompagné de la musique que faisaient les anges en frappant le sol de leurs instruments
d'agriculture.

drier des Mexicains, des habitants de l'Amérique centrale et celui des
Chinois, Indo-Chinois et Japonais. La théorie des âges cosmiques est
la même, au fond, dans l'Anahuac et chez les Bouddhistes du sud et
de l'est de l'Asie. Enfin, les légendes relatives aux premiers civilisateurs du nouveau monde se retrouvent dans l'Extrême-Orient. Citons,
par exemple, le Tzendale Votan, lequel, en sa qualité de fils de serpent, pénètre dans les entrailles de la terre, tout aussi bien que le
prince siamois *Phra-Ruang* ou le Barman *Pyu-Tsau-Ti*. De si nombreuses coïncidences ne sauraient, sans aucun doute, passer pour le
résultat du pur hasard et il faut bien admettre que des relations plus
ou moins suivies ont eu lieu, à une époque donnée, entre les deux
rives du Pacifique. Elles ont pu être favorisées par le *Kouro-Siwo* ou
« courant noir », qui fait de temps à autre aborder des jonques japo-
naises jusque sur les rives de Californie.

Sans doute, on ne manquera pas de nous le faire remarquer, si
Yama, Yima, Djemschid se réduisent, en définitive, à un seul et même
personnage originaire, cependant ils en constituent des formes bien
distinctes. Ils n'appartiennent ni à la même région ni à la même
époque, et leurs légendes mêmes ont fini par devenir aussi dissemblables que possible. Comment donc admettre qu'elles aient fini par
se fusionner, chez les peuples de la Nouvelle-Espagne, en la personne
de Quetzalcoatl, le roi ou plutôt le pontife suprême des Toltèques ?

N'oublions pas que ces récits éclos dans l'Asie occidentale n'ont pas
été portés en Amérique par des savants ou des mythographes, au
courant des légendes de leur pays : ils se sont répandus dans le
nouveau monde après avoir traversé tout l'Extrême-Orient où la fan-
taisie populaire n'a pu manquer de les défigurer de mille manières.
Un vague souvenir de l'identité primitive du Yama de l'Inde avec le
Dieu ou demi-dieu de la religion avestique a parfaitement pu suffire pour qu'on les considérât comme continuant à ne former qu'un
seul et même individu auquel furent attribuées toutes les aventures
arrivées à chacun d'eux en particulier.

Répétons ici une observation que nous avons souvent eu lieu de
faire à propos de l'étude des mythes et légendes du nouveau monde.
Presque toujours, lorsque leur provenance asiatique paraît le plus
incontestable, ils n'en offrent pas moins une physionomie franchement
archaïque et qu'ils n'ont pas conservée dans leur pays d'origine. Ainsi

En tout cas, voici une légende océanienne qui se rapproche un peu de celle des Potowatomies. Nous lisons ce qui suit dans le poème mythologique javanais intitulé *Manek-Maya* :

Sang-Yang-Gourou, l'Adam de ces peuples, désirait épouser la belle *Tresna-Wadi*. Celle-ci refusa de

---

Djemschid est rejeté pour avoir mangé de la chair d'agneau. Nous verrons volontiers dans ce détail un indice de l'infiltration des idées brahmaniques dans le récit iranien, infiltration qui ne s'est d'ailleurs, sans doute produite qu'à une époque relativement récente. On sait, en effet, la répugnance qu'éprouvent les Indous à faire usage d'une nourriture animale. Au contraire, le crime du pontife toltèque consiste à s'être enivré avec du pulqué ou vin d'agave. Ainsi, la Genèse nous représente Noé perdant la raison pour avoir absorbé le jus de la vigne. On ne saurait douter, d'un autre côté, que le récit de la Bible n'ait inspiré les écrivains sacrés de la Perse dans celui qu'ils nous font de la chute de Djemschid. Sans aucun doute, à l'origine ce personnage doit être puni, non pour avoir mangé de la viande, mais pour avoir, tout comme le fils de Lémekh, abusé d'une boisson fermentée. Cette forme primitive de la légende iranienne, oubliée aux lieux mêmes qui lui servirent de berceau, ne s'est plus retrouvée dans les temps modernes qu'à la Nouvelle-Espagne. De même, l'histoire du Mexicain Cuextécatl rappelle bien davantage celle de Chanaan que le passage du Schah-Nameh relatif à l'origine de la nation kurde. Là encore, cependant, le texte biblique paraît bien leur avoir servi de prototype. Personne ne doutera de la parenté du Tzendale Votan avec les princes civilisateurs de l'Indo-Chine; néanmoins, la légende du premier de ces personnages apparaît exempte des emprunts à l'histoire de Thésée que nous remarquons dans les récits siamois et birmans. Elle dut donc être portée dans le nouveau monde à une époque où l'influence hellénique ne s'était point encore fait trop sentir dans l'Extrême-Orient. Enfin, si nous remontons plus au nord, la légende de *Sayadis*, l'Orphée des Iroquois, se montre affranchie des additions d'époque postérieure qui se sont introduites dans celle du chantre de Thrace. Tout ceci s'explique par cette considération que le nouveau monde n'a point connu les grands bouleversements politiques, sociaux et religieux, tels que le bouddhisme, la conquête macédonienne, etc., qui, en Asie, mêlèrent ensemble peuples, races et légendes. En tout cas, l'on peut juger par ce qui vient d'être dit de l'utilité dont les études américaines peuvent être, même pour ceux qui s'occupent exclusivement des choses de l'Orient.

le recevoir parce qu'il n'avait pas tenu certaines promesses à elle faites. Nonobstant ce refus, *Gourou* voulut l'embrasser, mais il agit avec tant de rudesse et de brutalité qu'elle expira dans ses bras. Alors Gourou envoya prier l'ermite *Kanekapoutra* d'ensevelir le corps de la jeune princesse à *Mendang-Kamoulan*, dans le bois appelé *Kentring-Kendayang*, qu'il fit préparer à cette intention. Le corps ayant été enterré, un cocotier sortit de sa tête ; des bananiers, de ses mains. Ses dents donnèrent naissance à diverses espèces de riz. Le corps était sous la protection de *Raden-Jaka*.

Telle est l'origine attribuée par les Javanais à ces utiles végétaux[1].

Ajoutons du reste que, bien que le maïs soit reconnu généralement comme de provenance purement américaine, cependant les noms qui le désignent chez plusieurs peuples du nouveau monde offrent bien de l'analogie avec ceux que les populations tibétaines de l'Himalaya donnent à certains végétaux similaires. Faudrait-il voir là un indice tout au moins de l'origine asiatique de l'art agricole chez les races américaines[2]. Nous n'oserions, bien entendu, rien affirmer à cet égard.

---

1. Raffles et Crawfurd, *Description géographique, historique et commerciale de Java*, ch. LXIII, p. 336. Bruxelles, 1824.

2. Le terme de *maïs* serait, dit-on, emprunté à l'ancienne langue de Haïti : il se retrouve en arrawaque, idiome de la terre ferme qui paraît avoir eu une affinité étroite avec les dialectes des grandes Antilles, sous la forme *malizi*, *marizi*. Or, chez certaines tribus himalayennes, *mazyi* sert à désigner le sorgho ou millet à gros grain, c'est-à-dire un végétal ressemblant quelque peu au blé d'Inde. N'ou-

Enfin, il est question, dans le conte polonais concernant le chevalier *Niezguinek*, d'un coursier merveilleux qui prescrit à son maître de le tuer et de l'ensevelir sous une couche de terre et de fumier. Ensuite, il faudra semer du froment sur sa tombe, et, les épis une fois mûrs, en retirer les grains. Sitôt placés devant les os du cheval mort, celui-ci ressuscite pour conduire son maître à de nouveaux exploits[1]. Le savant traducteur rapproche ce sacrifice de celui que les Indiens célèbrent sous le nom d'*Açwa-Médha* (sacrifice du cheval), et auquel ils attribuent une si grande efficacité. Il signale encore quelques autres points de contact de ce récit avec les légendes et pratiques des antiques Aryâs de l'Inde. Nous ne pouvons qu'applaudir à la sagacité de ses recherches. Il n'en reste pas moins certain que l'histoire de ce coursier renferme une allusion évidente aux travaux des champs et au grain lui-même qui, après avoir disparu, confié à la terre, semble renaître dans la plante nourricière. Plus tard, sans doute, la légende agricole dans son principe se sera combinée avec des éléments d'origine diverse. La

blions pas qu'en béarnais le mot *milhoc*, « maïs », constitue simplement l'augmentatif de *milh*, « millet ». Enfin, si le Qquichua du Pérou dit *Çara* pour « maïs », rappelons-nous le nom du riz chez plusieurs populations du Népaul. Il s'appelle *chá-ráng* en Rodong ; *chá-srák* en Chúng-thángya ; *sira* en Nach-héreng ; *séra* en Chouras'ya, et enfin *séri* en Kulungya. En définitive, le riz forme la base de la nourriture chez les habitants de l'Asie orientale et méridionale, de même que le blé d'Inde constitue celle de l'alimentation pour les populations civilisées du nouveau monde.

1. A. Chodzko, *Contes des paysans et des pâtres slaves*, p. 258 et suiv. Paris, 1864. — *Ethnographie slave*, p. 203 et suiv. de la *Revue du monde catholique*, n° d'août 1865.

couleur chevaleresque donnée au récit indiquerait
un remaniement datant de la plus brillante époque
du moyen âge.

CHAPITRE XII

Les noms des métaux chez différents peuples de la Nouvelle-Espagne.

L'industrie métallurgique était en honneur,
comme l'on sait, chez les nations civilisées de l'Amérique, bien des siècles avant l'époque de la découverte. Elles savaient non seulement fondre l'or et
l'argent, mais encore travailler le cuivre soit pur,
soit à l'état d'alliage, et en fabriquer ainsi une sorte
de bronze. Seul, l'emploi du fer leur restait, d'une
façon générale, à peu près inconnu. Elles ne se servaient guère de ce minéral qu'à l'état d'oxyde et
comme principe colorant. Nous ne parlons pas ici,
bien entendu, de l'exception présentée à cet égard
par certaines tribus du Rio de la Plata ainsi que par
une peuplade d'Esquimaux, lesquels tiraient, dit-on,
parti, pour la confection de certaines armes ou instruments, de fer natif ou météorique. Elles ne savaient
que le forger à froid. Il en était de même pour le
cuivre natif, chez les anciens Mound-Builders des
États-Unis. Rien ne permet de supposer qu'ils aient
jamais connu l'art de le fondre et l'on peut dire de
ces races que, tout en possédant l'usage des métaux,

elles n'avaient cependant pas, en réalité, dépassé l'âge de pierre.

Il en allait tout autrement pour les habitants du Mexique, de l'Amérique centrale, du plateau de Bogota et du Pérou. Ceux-ci, ni comme fondeurs ni comme forgerons, ne se montraient trop inférieurs à nos populations européennes de l'âge de bronze.

Quoi qu'il en soit, au dire du père Motolinia, l'industrie métallurgique aurait été portée à la Nouvelle-Espagne par le premier Quetzalcoatl en l'an 68 de notre ère. Ce demi-dieu ou héros légendaire paraît personnifier la migration des Toltèques orientaux ou Têtes plates qui vint apporter les premiers rudiments de la vie policée aux riverains du Tabasco et de l'Uzumacinta. En tout cas, cette date de 68 semble la plus ancienne à laquelle nous puissions, jusqu'à plus ample informé, faire remonter l'apparition de la métallurgie en Amérique.

Du reste, la comparaison des noms des métaux chez différents peuples de la Nouvelle-Espagne nous fournira sans doute d'utiles renseignements sur leur histoire primitive et le développement de leur civilisation. Elle modifiera même, dans une certaine mesure, plusieurs des idées admises jusqu'à ce jour. C'est ce que nous allons nous efforcer d'établir dans le cours du présent travail.

Des noms de métaux en Mexicain. — On a *Coztic téocuitlalli*, litt. « excrément divin jaune », de *Coztic*, « flavus »; *téotl*, « dieu », et *cuitlalli*, « résidu, excrément », pour l'or; *Iztac téocuitlalli*, litt. « excrément divin blanc », de *Iztac*, « albus », pour l'argent. Nous

ignorons l'étymologie de *Amochitl*, qui désigne
l'étain, aussi bien que celle de *Tépuztli*, « bronze,
cuivre », terme qui, aujourd'hui, se prend dans
l'acception de « métal » en général. On sait que les
Mexicains du temps de la conquête, ne sachant comment désigner les canons des Européens, les appelaient des *Tépuztlis*. Les métaux nobles et précieux
seuls, nous le voyons, jouissent du privilège d'être
considérés comme d'origine divine. Il y aura lieu, au
reste, de parler un peu plus loin des motifs auquels
ils semblent devoir leurs étranges dénominations.
L'origine du mot *Tématzli*, « plomb », nous est également inconnue.

*De l'influence exercée par les races du Mexique
sur celles de l'Amérique centrale.* — On est aujour-
d'hui d'accord pour reconnaître que la famille linguistique dite Maya-Quiché, qui occupe une grande
partie du Mexique méridional ainsi que le nord du
Centre-Amérique, se divise en deux groupes bien
tranchés et dont la séparation remonte sans doute
plus haut que les débuts de notre ère. Ce sont : 1° le
groupe occidental ou Mam-Pokome avec ses trois
principaux idiomes, le Guatémalien dont le Quiché,
le Cakchiquel et le Zutuhil constituent les principaux
dialectes ; le Mam du Soconusco, modifié d'une façon
à la fois si profonde et si extraordinaire par l'intru-
sion de formes grammaticales empruntées au Mexicain ; le Pokome de la Véra Paz, jadis, sans doute,
parlé beaucoup plus au nord et dont le Pokomam, le
Pokonchi aussi bien que le Cakgi de Coban constituent autant de formes secondaires ; 2° le groupe

oriental ou Quélène-Huastèque, moins archaïque de formes et auquel se rattachent le Quélène du Chiapas partagé en ses principaux dialectes, le Tzendale ou Tzeldale, le Tzotzil et peut-être même le Chañabal de la province de Comitan; le Maya ou Yucatèque et, enfin, le Huastèque, en vigueur aux environs de Tampico et qui ne semble guère constituer qu'une forme notablement altérée de l'idiome du Yucatan, etc., etc.

L'étude du calendrier et des noms de jours conduisait à admettre que la civilisation avait été apportée des régions de l'Anahuac au Yucatan en passant par le Guatémala. La comparaison des noms de métaux nous conduira à des conclusions fort différentes. Elle nous révèle, on va le voir, la trace d'autres emprunts faits directement par les peuples du groupe Quélène-Huastèque à leurs voisins du Nord.

Des noms des métaux en Maya. — En Maya, nous avons *Takin*, litt. « excrément du soleil », de *Tu*, « résidu, excrément », et *Kin*, « jour, soleil », pour le cuivre et peut-être le bronze, et *Tau* ou *Taau*, « résidu de la lune », de *u*, « lune, mois », pour le plomb. Ces dénominations rappellent de la façon la plus étroite celles dont se servaient les Mexicains pour désigner des métaux différents, sans doute, mais respectivement identiques sous le rapport de la couleur. C'est, au reste, on le sait, une tendance générale chez les populations du nouveau monde de n'adopter les termes étrangers qu'en les traduisant dans leur propre langue.

Le Maya moderne emploie couramment le nom de

Takin dans le sens de métal en général et même de
monnaie. Nous dirons d'un individu riche qu'il a de
l'argent; les Yucatèques, eux, disent qu'il a du cuivre,
du métal ou de la monnaie. N'oublions pas, à ce
propos, le sens parfois donné en latin au mot *aes* qui
littéralement signifie « bronze ». Aujourd'hui, *Kan-*
takin, littéralement « cuivre jaune », de *Kan*,
« flavus », est le nom Maya du laiton.

Zac-tau, litt. « plomb blanc, blanc excrément de
la lune », de *Zac*, « albus », désigne l'étain, mais nous
n'oserions affirmer que ce mot ne soit pas de formation moderne.

L'or, et spécialement l'or fin, la poudre d'or, s'appelle dans la langue du Yucatan, *Nab* ou *Naab*. Le
même vocable se prend encore dans le sens d' « onction » et plus particulièrement d' « onction royale *ou*
sacerdotale ». L'abbé Brasseur déclare que *Nabal*
indique l'acte de se frotter le corps avec des poudres
précieuses et des parfums. Toutefois, rien ne nous
révèle chez les anciens princes ou prêtres Mayas,
l'usage de s'enduire le corps de paillettes d'or. Il
serait fort possible que nous n'ayons affaire ici qu'à de
simples homophones se rattachant à des racines différentes. La fréquence des cas d'homophonie dans le
vocabulaire Maya et celui des dialectes congénères
s'explique fort bien, du reste, par leur tendance au
monosyllabisme et leur habitude d'écourter les
racines.

Le dictionnaire de l'abbé Brasseur nous donne
Naabatun pour « mine d'or », de *Tun*, « pierre », et
a, sans doute, voyelle de liaison. Il est vraisemblable

que ce terme désigne plus exclusivement le minerai
d'or, le métal encore engagé dans sa gangue.

Nous ne signalons qu'à titre de simple curiosité et
sans prétendre rien conclure d'un tel rapprochement, la ressemblance phonétique du terme Maya
Nab, Naab avec l'ancien Egyptien *Noub, Nouv* qui
signifie également « or », d'où le nom du dieu *Anubis*,
litt. « le doré ». L'or de titre inférieur, le chrysochalque, le bronze doré et autres substances analogues sont appelés en Yucatèque *Ixnabtun, ixnabatun*, litt. « petit minerai d'or », de *ix*, préfixe qui
indique à la fois l'infériorité et le genre féminin.

Nous n'avons rencontré dans aucun des diction-
naires ou vocabulaires par nous consultés le nom
Maya de l'argent. Impossible, toutefois, de supposer
que ce métal fut inconnu aux anciens Yucatèques, et
la comparaison avec les autres dialectes du groupe
oriental nous ferait admettre qu'il devait s'appeler,
dans la langue de la péninsule, quelque chose comme
Zac-Takin ou *Zacaltakin*, litt. « cuivre blanc ».

Rien ne prouve que le Maya antique possédât de
terme pour désigner le métal en général, à moins
que *Takin* ne se fût au besoin employé dans ce sens.
Aujourd'hui, les Yucatèques donnent au métal en
général et spécialement au fer, le nom de *Mazcab*.
Le terme semble composé de *Maz*, « usé, rongé,
trituré », et de *cab*, qui signifie tout ensemble « lien,
endroit, terre, bouillon, chose liquéfiée par la chaleur, lave, miel, substance demi-liquide et qui coule
lentement ». Le métal serait donc « la substance
amollie par le feu, et que travaille le forgeron ».

Ajoutons que, dès les temps antiques, *Mazcab* répond à nos expressions « cachot, prison ». On le trouve pris avec cette signification dans l'*arte* de Beltran ausssi bien que dans lachronique de Chac-xulub-chen.

Nous n'avons pas rencontré de terme Yucatèque désignant spécialement le bronze. Vraisemblablement, cette substance se trouvait confondue avec le cuivre, comme en Mexicain. Nous verrons plus loin quelle conclusion il est permis de tirer de ce fait.

Des noms des métaux dans divers dialectes du groupe oriental. — Chez les Indiens Zotziles ou Chauves-souris, des environs de *Tzotzlem-hà,* la ville actuelle de Cinacantan, dans l'État de Chiapas, le mot *Taquin,* évidemment identique, quant au fond, au *Takin,* « cuivre », du Maya, désigne, à la fois, le métal en général, le cuivre, le fer. Du reste, la connaissance du fer est chez eux, répétons-le, toute moderne. On a *Canal Taquin,* litt. « métal jaune, cuivre jaune », pour « or », de *Canal,* « flavus ». C'est l'équivalent parfait du Maya *Kantakin,* « laiton ». *Tzaquil taquin,* littéralement «métal blanc», voudra dire « argent ».

Le Huastèque nous donne *Patal* ou *Taquin* pour « métal », d'où *Maupatal* ou *Mautaquin,* litt. « métal jaune », pour l'or, de *Ma, Mau,* « flavus », et *Tzactaquin,* litt. « métal blanc » pour l'argent. Le plomb est dit *Caluc Patal;* nous ignorons la signification de l'adjectif *caluc.* Nous allons voir tout à l'heure que ce terme *Takin* ou *Taquin,* si employé dans le vocabulaire métallurgique des dialectes orientaux, est inconnu des idiomes de l'Ouest.

Des noms de métaux dans les dialectes du groupe occidental. — Le Cakgi d'aujourd'hui emploie *gigh* ou *ghigh* pour les métaux communs, y compris le fer. *Puach* ou *puàch* constitue le terme réservé pour les métaux précieux et spécialement l'argent. *Gam puach* ou *Cam puach,* « or », ne veut rien dire autre chose que « argent jaune »; rappr. *gam, cam,* « flavus », des termes *Kan* du Maya, *Can* ou *Canal* du Zotzil et du Huastèque qui possèdent le même sens. *Azero,* « acier », d'importation évidemment moderne, n'est autre chose que l'espagnol *acero.*

Le Mam du Soconusco dira, lui aussi, *Gam Pvay* pour « or » et cette expression qui se rapproche le plus possible du terme correspondant du Cakgi semble bien attester l'existence dans cet idiome de *Pvay* avec le sens d'argent. Le terme *gaxbil,* dont l'étymologie nous reste inconnue, désigne à la fois le métal en général, le bronze, le fer. Peut-être, au reste, le *gaxbil* du Mam et le *gigh* du Cakgi doivent-ils être considérés comme apparentés l'un à l'autre.

Des noms des métaux en Othomi. — Bien que cet idiome en vigueur au nord de la vallée de Mexico n'appartienne pas aux familles de langues dont nous venons de parler, le lecteur sera peut-être curieux de savoir les noms qu'il donne aux métaux. Les voici, tels que nous les trouvons indiqués dans l'ouvrage de Nevé y Molina :

Fer, métal.	*Na buç'qha.*
Plomb.	*Na buç'zna.*
Or.	*Na ccazti.*
Argent.	*Na ttaxi.*

Les deux métaux précieux se trouvent évidemment désignés d'après leur couleur, puisque l'on rencontre l'adjectif *Nan ttaxi* pour « blanc, chose blanche », et *Ccaxti*, doublet évident de *Ccazti*, pour « jaune ». On remarquera, du reste, l'affinité, qui n'est pas due au seul hasard, de *ttaxi* et *Ccaxti* avec le Mexicain *Iztac* ou *ixtac*, « albus », et *Coztic,* « flavus ». Nous ignorons l'origine et la signification des termes indiquant le fer et le plomb.

Théorie de l'histoire métallurgique dans la Nouvelle-Espagne. — C'est sur les rives de la mer des Antilles, dans la région où s'élevait *Xicalanco*, identique, suivant nous, à la cité de Xibalba du livre sacré, que les populations de la Nouvelle-Espagne auraient, nous dit-on, pour la première fois été initiées aux secrets de la métallurgie. Toutefois, si nous étudions les noms de métaux successivement chez les Mayas-Quichés du groupe occidental et chez ceux du groupe oriental, nous observerons qu'ils n'offrent une physionomie franchement originale que chez les premiers. Au contraire, parmi les seconds, les noms des métaux précieux ne constituent guère qu'une traduction des termes mexicains correspondants. Nous ne prétendons pas certes que les Xicalancas parlassent mexicain, mais les Culhuas n'auront, sans doute, comme les Mayas, Zotziles et Huastèques, fait que traduire dans leurs idiomes respectifs les termes donnés par les anciens inventeurs. Peut-être même, les dialectes Mayas de l'Est ont-ils conservé une trace d'archaïsme dans l'emploi du terme de *Taquin* ou *Takin*, qui signifiait primiti-

vement « or » pour désigner le métal en général. En
effet, l'or semble avoir, en tout pays, été la première
substance métallique connue, celle que l'on pouvait
par suite prendre comme le type du métal par excellence. Les fouilles de Santorin nous ont révélé
l'existence de menus bijoux d'or chez les anciennes
populations de l'Archipel, et cela en plein âge de
pierre polie. On sait du reste, que les insulaires des
grandes Antilles fabriquaient à froid quelques objets
de parure en cette même substance. Du reste, cette
circonstance qu'en Maya, les termes de résidus
divins ou astronomiques sont affectés non plus aux
métaux précieux, mais spécialement au cuivre et au
plomb, ne prouverait-elle pas qu'avant de recevoir
des leçons de leurs voisins du Nord en fait de métallurgie, les Yucatèques savaient déjà quelque peu
travailler l'or et peut-être même l'argent. En tout
cas, l'affinité des noms des métaux chez les peuples
du groupe Quélène-Huastèque ne suffirait pas à
démontrer qu'au moment où ces termes furent
adoptés chez eux, ils ne formassent encore qu'une
seule et unique tribu. La coïncidence sur ce point
peut bien n'être que le résultat de communications
plus ou moins intimes entre chaque peuplade. Il est
bien remarquable qu'en Othomi, ce soient précisément, tout comme en Maya et en Huastèque, les
noms des deux métaux précieux par excellence qui
révèlent une influence mexicaine.

On n'a guère lieu d'être surpris en voyant certains de ces idiomes employer volontiers le nom du
cuivre pour désigner le métal en général. Cela n'offre

rien que de très explicable chez des peuples qui
ignoraient la sidérurgie.

Par exemple, ce qui mérite d'attirer notre attention d'une façon toute spéciale, c'est la confusion à
peu près générale entre les termes désignant le
cuivre et ceux qui désignent le bronze. Aurait-elle
tenu à ce que les Américains d'avant la découverte,
tout comme nos anciennes populations des cités
lacustres, ne savaient réellement pas distinguer l'une
de l'autre, ces deux substances. Effectivement, en
Europe, les traces d'un âge de cuivre véritable n'ont
pu être constatées que sur un nombre de points fort
restreint, la province de Valence en Espagne,
certains cantons des rives du Danube et de la Grèce
méridionale. Partout ailleurs, jusque vers la fin de
l'empire romain, on n'a su fondre ce métal qu'en le
mêlant à divers alliages et, par suite, c'est du bronze
que l'on obtenait, et non du cuivre. On est en droit
d'admettre que si, dans certains ustensiles et armes
de cette époque, la proportion du cuivre apparaît
bien considérable, cela tient simplement à ce que
soumis à plusieurs fontes successives, le métal avait
forcément perdu la plus grande partie du plomb ou
de l'étain auquel il se trouvait d'abord mêlé. Cette
hypothèse nous permettrait peut-être d'expliquer
d'une façon satisfaisante un passage resté fort obscur
des écrivains du temps de la conquête. Les Péruviens,
d'après eux, connaissaient un procédé, aujourd'hui
perdu, pour tremper le cuivre et lui donner une dureté
égale à celle de l'acier. Ce prétendu métal trempé
n'était, sans doute, que du bronze, substance, on le

23

sait, beaucoup plus résistante que le cuivre pur. En le comparant à l'acier, les chroniqueurs espagnols n'ont fait que nous donner un nouvel exemple de leur penchant à l'exagération et de leur peu d'esprit critique. Il ne faudrait pas toutefois pousser le rapprochement entre l'industrie métallurgique des deux continents plus loin que de raison. L'abondance du cuivre natif dans beaucoup de localités de l'Amérique a pu décider de bonne heure les autochtones à employer cette substance à l'état pur et diminuer de beaucoup, chez eux, la durée de la période où le bronze se trouvait seul employé. Nous n'oserions même pas affirmer que l'on n'ait jamais rencontré la moindre trace de l'usage du bronze chez les *Moundbuilders*, lesquels forgeaient avec des marteaux de pierre le cuivre de la région des grands lacs.

Maintenant, reste à se demander l'origine des bizarres dénominations d' « excrément divin, excrément du soleil ou de la lune » données à certains métaux, surtout aux métaux précieux. Les vieux chroniqueurs ne nous fournissent aucun renseignement à cet égard, mais il est une légende océanienne qui, peut-être, pourrait nous donner la clef de l'énigme. Et que l'on ne soit pas surpris des rapprochements que nous prétendons ainsi établir entre l'ancien et le nouveau monde, que l'on ne vienne pas nous donner comme une vérité scientifique incontestable, « l'Amérique aux Américains » ! De plus en plus, l'étude des traditions antiques aussi bien que celle de la symbolique et du calendrier nous portent à chercher de l'autre côté du Pacifique les

origines primitives de la civilisation au sein de la
race cuivrée. Quoi qu'il en soit, voici ce que racontent
les insulaires de Pelew, à l'est de l'archipel des Carolines : « L'oiseau *Kiwit* ou *Calornis pacificus* vint de
« l'île de *Narouschar* à *Keklau* et but de l'eau dans
« le creux d'une branche de l'arbre *Barsch*. Au même
« instant, il se trouva qu'il avait conçu et il donna
« le jour à un petit poisson de l'espèce dite *Atomagay*
« (sorte de grand *Serranus*). Ce dernier resta dans
« le trou de la branche en question, jusqu'au moment
« où des gens du pays l'en retirèrent. L'un d'eux
« l'emporta chez lui et le plaça dans une tasse. Le
« poisson grandissant toujours, il fallut le changer
« plusieurs fois de récipient. Enfin, il en arriva
« jusqu'à remplir la coquille de Tridacne dans
« laquelle on l'avait renfermé. On prit alors le parti
« de le jeter à la mer où il devint l'épouse d'un *Dukl*
« (espèce de gros *Balistes*). Le *Serranus*, qui portait
« sur son dos l'île de *Nrot*, se rendit à *Agniaur* où il
« donna le jour à une jeune fille appelée *Ardigugn*.
« Celle-ci, s'étant avancée dans l'intérieur des terres,
« se mit à jouer avec les enfants du pays. Les fils
« d'*Augerpelau* la conduisirent à leur demeure.
« Toute la journée, la jeune étrangère partageait les
« jeux des enfants, mais le soir elle se rendait sur le
« rivage pour s'élancer de là dans l'Océan où elle
« passait la nuit auprès de sa mère. Cependant les
« insulaires, qui s'étaient attachés à Ardigugn, déci-
« dèrent le Serranus à conseiller à sa fille de ne plus
« les quitter. Cependant celle-ci grandissait de telle
« façon que la maison d'Augerpelau ne put plus la

« contenir, et il fallut lui construire une demeure
« séparée. Du reste, elle dévorait en raison de sa
« taille démesurée, ce qui contrariait fort les Piliens
« chargés de pourvoir à sa subsistance.

« Ardigugn ne put se dissimuler l'ennui qu'elle
« causait à ses hôtes, et elle alla confier son chagrin
« à sa mère, laquelle lui conseilla de quitter *Agniaur*.
« Elle prit donc congé des insulaires en ces termes :
« Je suis enceinte ; si vous m'aviez bien soignée
« jusqu'au moment opportun, tout ce que j'ai dans
« le corps eût été pour vous ; mais puisqu'il en a été
« autrement, il faudra vous contenter de ce que je
« vais vous laisser. » Ayant ainsi parlé, elle se frotta
« le ventre et en fit tomber à terre quantité de ces
objets qui servaient de monnaie aux Piliens, puis
plongea dans les flots pour se rendre auprès de sa
mère[1].

Nous n'insisterons pas ici sur la parenté incontestable de cette légende micronésienne avec certaines
traditions indoues concernant le déluge et où il
est également question d'un poisson qui remplit
successivement tous les récipients où on l'a mis
jusqu'à ce qu'enfin force soit de le rejeter à la mer.
Il est un point seulement sur lequel nous demandons
la permission d'attirer l'attention du lecteur. Bien
des peuples se sont plu à attribuer un caractère
divin aux métaux, à les considérer même comme
faisant partie du corps des dieux. De là des épithètes

---

1. M. Schmeltz, *Ethnographische Beiträge zur Kenntniss des Karo-
linen Archipel von J.-S. Kubary*, p. 23. Leiden, 1889.

d'os d'Horus données au bronze et *d'os de Set* données
au fer par les Égyptiens. Mais l'idée de voir en eux
le résultat de la digestion d'êtres surnaturels ne se
conçoit guère que chez des peuples faisant usage
comme monnaies de pièces de métal fondu ; or,
précisément, tel n'est pas le cas pour les Piliens
dont toute la monnaie consistait en fragments de
pierres brillantes, en coquillages ou rondelles de
nacre. Ils ont sans aucun doute reçu d'étrangers
plus avancés qu'eux-mêmes dans la voie de la civilisation la seconde partie de la légende par nous
étudiée ici, de même qu'ils en avaient reçu la première. En tout cas, nous ne savons point si elle
existe encore quelque part sous sa forme primitive,
ni de quel point précis elle a pu passer de l'Extrême-
Orient à la Nouvelle-Espagne. Un seul fait nous
semble indéniable, c'est la relation intime à établir
entre la tradition carolinienne concernant l'origine
des métaux et les noms que ces derniers portent en
Mexicain, en Maya, en Huastèque, etc. Sans doute,
ces dénominations semblent se rattacher à une version plus archaïque de la légende que n'est celle des
Piliens d'aujourd'hui. Cela ne ferait que confirmer
ce que nous avons déjà eu l'occasion de faire ressortir au sujet de bon nombre de traditions américaines. Bien que dérivant d'une source asiatique
ou océanienne, elles présentent souvent des traces
d'archaïsme disparues aujourd'hui des légendes de
l'ancien monde qui leur avaient autrefois donné
naissance. Nous ne pouvons que renvoyer le lecteur
à ce que nous avons déjà dit antérieurement, con-

cernant l'histoire du Tzendale *Votan* rapprochée de celle des Indo-Chinois *Phra-Ruang* et *Pyu-Tsau-ti*, du règne de Quetzalcohuatl ou plutôt des Quetzalcohuas Mexicains comparé à la vie et aux aventures de l'Iranien Djemschid. Tout ceci s'explique par les tendances éminemment conservatrices de l'esprit américain et surtout par ce fait qu'avant la découverte, le nouveau monde n'avait point connu ces grandes révolutions sociales et religieuses telles que le bouddhisme, la conquête perse et celle d'Alexandre qui, dans une grande partie de l'ancien continent, mêlèrent ensemble civilisations, peuples, races et religions.

INDEX

A

ABISTANOOCH « ou la martre », chasseur Algonkin, comment il surprend une naïade qui se baignait et la force à devenir sa femme ; chap. x, p. 310.

ABULPHARADGE paraît confondre *Zoroastre* avec le Christ ; chap. v, p. 181.

ACALLI, litt. « Maison d'eau », ou navire dans lequel *Tezpi* échappe au déluge. Voy. TEZPI, DÉLUGE.

ACDESTIS. Voy. AGDESTIS.

ACHIUTLA. On adorait dans le sanctuaire de ce nom la déité appelée « Cœur du peuple » ou « du pays » ; chap. v, p. 249.

ACTIF. Voy. PRINCIPE.

ADAM et HAOVA (Ève), créés dans les cieux, d'après la légende Mantra ; chap. i, p 51. — Cette opinion se retrouve dans la Kabbale et jusque dans certaines tribus de l'Amérique du Nord ; chap. i, p. 53.

ADAM (M. Lucien), nous fait connaître la légende cosmogonique en vigueur chez les Wogoules ; chap. i, p. 12 et suiv.

ADIMO, esclave chargé de gouverner le Yoruba en l'absence des trois frères régnant en ce pays ; chap. i, p. 57.

ADONIS, sous certains rapports, se rapproche singulièrement de l'Égyptien *Osiris ;* chap. v ; p. 160. — Personnifie la saison du printemps à laquelle met fin l'été brûlant ; chap. v, p. 175. — Né de l'inceste de *Myrrha* avec son père *Cynire ; ibid.*, p. 176.

ADRICYANTI, petit-fils du pénitent *Vacishtha*, récite les Védas et parle, étant encore dans le sein de sa mère ; ch. v, p. 240.

AFFINITÉ entre le CONTE DES DEUX FRÈRES et les récits bibliques ; chap. v, p. 140. — Entre la légende d'Atys et celle de Bitaou ; chap. v, p. 142.

AFFINITÉS SPÉCIALES entre certaines légendes de l'Extrême-Orient et celles du nouveau monde ; chap. v, p. 217.

AGDESTIS, monstre hermaphrodite, fils de Jupiter et du rocher *Agdus ;* chap. v, p. 172.

AGDUS, nom d'un rocher de

Paraît être une divinité so-
aire comme *Bendis* et *Ado-
n s; ibid.*, p. 174.

AUGERPELAU (les fils d'), d'après
la légende pilienne, reçoivent
chez eux *Ardigugn;* chap. XII,
p. 355.

AURVA, litt. « né de la cuisse »,
sa naissance miraculeuse,
son triomphe sur les *Kshattriyas*, meurtriers de sa
famille; chap. V, p. 240.

AUSENDA (dona), romance por-
tugaise qui lui est consacrée;
chap. V, p. 233.

AVÂTARS, nom que les Indiens
donnent aux incarnations du
dieu Wischnou; chap. I, p. 67.

ASMAKA, fils du pénitent *Vacishtha*, d'après le *Mahabhârata;* sa mère reste enceinte
de lui pendant douze ans;
chap. V, p. 239.

AWAÏKI OU LE PAYS DES AN-
CÊTRES, l'hémisphère inférieur dans le langage mystique des Polynésiens;
chap. II, p. 102.

AWADZI-SIMA OU ILE DE LA
TERRE D'ÉCUME, pourquoi
reçut-elle ce nom? chap. I,
p. 58.

AXOLOTL ou lézard d'eau, le
dieu mexicain Xolotl se
transforme en cet animal;
chap. V, p. 151 et 152.

AYMON (les quatre fils). Un
trait de leur légende se rapproche de celle du serpent
Python; chap. III, p. 109.

AYOSCHINEW ou « voyants »,
nom des prêtres-médecins
chez les Iroquois; chap. VII,
p. 286.

AZERO, nom de l'acier en
cakgi, pris évidemment à
l'espagnol; chap. XII, p. 350.

AZTLAN. Point de départ de la
race nahuatle ou mexicaine;
chap. I, p. 28.

B

BABELON (M.), ses recherches
sur la tradition phrygienne
du déluge; chap. V, p. 178.

BACAB, nom donné par *Mendieta* à la 2e personne de la
Trinité chez les *Yucatèques*.
Ce mot signifie litt. « celui
qui répand » et s'appliquait
aux Dieux des points de
l'horizon; chap. V, p. 255.

BACCHUS, accompagné de Silène et des Satyres, pénètre
dans l'Inde, tout comme
Osiris; chap. V, p. 146. —
Précaution qu'il prend contre le monstre *Agdestis*,
chap. V, p. 171.

BAC-NINH, ville près de *Thi-
Cau*, événement merveilleux
qui eut lieu dans ses environs; chap. V, p. 212.

BAEIWE (dieu du jour), d'après
les Lapons; sa fille transfor-
mée en cygne, suivant la
légende; chap. X, p. 320.

BAGUETTE qui se dessèche
pour annoncer une mort

BEUVES (duc de) a sa femme ainsi que ses deux fils nouveau-nés enlevés par les Sarrasins; chap. III, p. 109.

BHAGHAVATA-POURANA, ouvrage brahmanique qui paraît dater du XIIIᵉ siècle de notre ère; légende qu'il rapporte concernant *Prithâ* et le soleil; chap. V, p. 184.

BHAVANI, déesse invoquée par les *Gôpis*, amantes de *Krischna;* chap. X, p. 324.

BIBLE, ce qu'elle dit de l'ivresse de Noé. Voy. NOÉ; chap. I, p. 22.

BI-CHILLA-BEOO, nom d'une sorte de lézard d'eau en langue zapotèque; chap. I, p. 45.

BIN-TAU, village du Tonkin dont le souvenir est lié à l'histoire du roi céleste Dong; chap. V, p. 212.

BISON, pris comme emblème de la Lune chez certains peuples de l'Amérique du Nord; chap. IV, p. 117.

BITAOU, frère cadet d'Anoupou; chap. V, p. 124. — Repousse les propositions déshonnêtes de sa belle-sœur; chap. V, p. 126. — Est calomnié auprès de son frère par cette dernière; chap. V, p. 127. — Ses aventures extraordinaires; chap. V, p. 130 et suiv. — Devient roi d'Égypte, chap. V, p. 139.

BLANC, emblème de la paix chez certaines tribus de l'Amérique du Nord, par opposition au rouge, symbole de la guerre; chap. I, p. 41.

BLEUE, couleur qui paraît jouer un rôle symbolique dans certaines légendes de l'Annam et du Mexique; chap. V, p. 218.

BÔDDISATVA, nom que les Indiens donnent aux candidats à la dignité de *Bouddha;* chap. V, p. 183.

BOETHIN, prince irlandais conçu d'une façon extraordinaire; chap. V, p. 227 et 228.

BOGOTA, habitants du plateau de..... Voy. MÉTALLURGIE.

BOÎTE de beauté, ouverte par Psyché, ce qui en résulte; chap. VIII, p. 302.

BOLOTOU, sorte de paradis terrestre chez les Tonganais; chap. I, p. 59 et 60.

BOMBAX PENTANDRON, appelé *Pochotl* en mexicain; chap. I, p. 35.

BONHEUR DES ÉLUS, consiste à suivre le soleil dans sa course journalière, d'après l'opinion des Égyptiens comme celle des Mexicains; chap. V, p. 155.

BOSCHESMANS DU CAP et HOTTENTOTS diffèrent des Cafres par leur type et leur genre de vie; chap. V, p. 163.

BOTTURINI, son étymologie du nom de *Cipactli;* chap. I, p. 43.

bales munis d'une queue ; chap. vi, p. 268 et 269.

Cajeu ou radeau, où étaient tous les animaux avant l'apparition de la terre ; chap. i, p. 17.

Cakgi, idiome appartenant au groupe occidental de la famille Maya-Quichée ; ch. xii, p. 345.

Çaktri, fils de *Vacishtha* et époux d'*Adricyanti*, d'après le *Mahabhârata ;* chap. v, p. 240.

Çakya-Mouni ou *Bouddha*, sa lutte contre *Mâra ;* chap. v, p. 161. — N'étant encore que *Bôddhisatva*, quitte la région des dieux et, sous forme d'un éléphant blanc, pénètre dans le sein de *Mâyâdevi*, l'épouse du roi *Çouddhodâna ;* ch. v, p. 183.

Calebasse qui renfermait, d'après la légende haïtienne, les os de *Gianiel*, laisse échapper une multitude de poissons ; chap. ii, p. 98. — Symbole de la terre ; ch. ii, p. 98.

Calornis Pacificus, légende des insulaires de Pelew au sujet de cet oiseau ; fécondé par l'eau qu'il boit, donne naissance à un petit poisson ; chap. xii, p. 355.

Caluc Patal, nom du plomb en Huastèque ; chap. xii, p. 349.

Camadhéna ou « vache désirable », sort du milieu de la mer de lait baratée par les dieux et les géants ; chap. i, p. 69.

Camalotz, espèce de rapace diurne ; d'après le Popol-vuh, tranche la tête aux hommes à la fin du troisième âge cosmique ; chap. ii, p. 94.

Cam Puach. Voy. Gam Puach.

Canal Taquin, litt. « métal jaune », nom du cuivre en Tzotzil ; chap. xii, p. 349.

Canard, peau de... donnée par le Dieu suprême à Elempi pour plonger dans la mer ; chap. i, p. 13.

Cannacus, autre forme du nom de *Nannacus*. Voy. ce mot.

Canne. Voy. Baguette.

Canopes ou *vases funéraires* des peuples de la Nouvelle-Espagne, rappellent singulièrement ceux dont faisaient usage les Égyptiens ; chap. v, p. 155 et 156.

Canta ou *Caula*, montagne de l'île d'Haïti, dans la province de *Caunau* ou *Caunana*, renfermant deux grottes d'où étaient sortis la plus grande partie des Indiens de ce pays ; chap. ii, p. 94 et 95.

Canté, espèce d'arbre donnant du bois de teinture et auquel grimpent *Hunbatz* et *Hunchouen*, lors de leur transformation en singes ; chap. x, p. 313.

Captive du roi de *Fou-yu*,

conçoit *Tchu-Mong* d'une façon miraculeuse ; chap. v, p. 191 et 192.

CARACARACOL. Voy. DIMIDIVAN-CARACARACOL.

CARAÏBES, enfantés, d'après la légende Saliba, par les vers sortis du corps du serpent qu'avait tué le fils de Puru ; chap. III, p. 104.

CARA-SACAÏBU, c'est l'Adam des Mundurucus du Brésil sept. ; chap. II, p. 84.

CARDON (sève du), employée pour nourrir le couple d'où descend la génération actuelle ; chap. II, p. 91.

ÇARVARA, chien céleste de la mythologie indoue, emporte les âmes des morts sur l'aile des vents. Voy. CHIENS.

CASAS GRANDES, occupent, d'après les Pimas, l'espace jadis rempli par un lac ; chap. v, p. 235.

CASQUE DE FER. Voy. ARMES.

CASTOR plonge au fond de la mer pour en rapporter de la terre ; chap. I, p. 18. — Envoyé par Michabous, chap, I, p. 30. — Envoyé par Tchaëpiwich, se noie ; chap. I, p. 38. — D'après les Indiens de l'Arkansas, rapporte du limon du fond de la mer ; chap. I, p. 39. — Cause du déluge d'après les Triades celtiques ; chap. I, p. 54.

CATACLYSMES terminant les âges cosmiques chez les peu-ples de la Nouvelle-Espagne ; chap. II, p. 89, 91, 92 et 94.

CAUCASIEN (type), pourquoi nous paraît être celui de l'homme primitif ; chap. VI, p. 280.

CAUNANA, province de l'île d'*Haïti* où se trouve la montagne de *Canta* ou *Cauta* ; chap. II, p. 94 et 95.

CAUTA. Voy. CANTA.

CAVALES des environs de Lisbonne, fécondées au dire de Pline par le zéphyr ; chap. v, p. 122 et 123.

CAVERNE. Voy. PACARIC-TAMBO.

CAVILLACA, jeune vierge d'une grande beauté, devient mère d'une façon miraculeuse ; chap. v, p. 246.

CAXI-BAXAGUA, grotte de la montagne de *Cauta* dans la province de *Caunana* (île d'Haïti) et d'où seraient sortis la plupart des habitants de ce pays ; chap. II, p. 94.

CCAZTI signifie « jaune » en Othomi ; chap. XII, p. 351.

CÈDRE livre au fleuve une boucle de cheveux de l'épouse de Ritaou ; chap. v, p. 132.

CEIBA ou *Eriodendrum Ceiba*, arbre symbolisant le premier homme ; chap. II, p. 87.

CEINTURE à clous d'argent, représentant la chaîne de l'Oural. Numi-Tàrom la donne à Elempi qui s'en sert pour fixer la terre ; chap. I, p. 14.

24

CENDRILLON MASCULIN de la
légende laponne, devient
l'époux de la fille de *Baeiwe;*
chap. x, p. 320.

CENTZON-VITZNAHUAS, litt.
« quatre cents méridio-
naux », veulent mettre à mort
leur frère *Huitzilopochtli* et
sont défaits par lui; chap. v,
p. 235 et 238.

CEP de vigne qui conduit la
tribu mandane à la surface
du sol; chap. ii, p. 75.

CHAINE de fer à laquelle est
suspendu le berceau d'ar-
gent; chap. i, p. 12.

CHALCHIUH-OMITL ou os de jade
dont est formée la race humaine actuelle, d'après le
codex Chimalpopoca; il se
brise; conséquences de sa
rupture; figure peut-être les
castes supérieures; chap. ii,
p. 92.

CHALCHIVITZTLI, litt. « Pierre
précieuse de la pénitence »
ou « du sacrifice »; nom du
ciel où serait né *Quetzalcoatl;*
chap. v, p. 251.

CHANGÉLA, compagne d'*Angela*,
d'après la légende japonaise;
chap. v, p. 195.

CHANS ou « serpents », sujets
de *Votan;* chap. v, p. 249.

CHANT MAGIQUE des jumeaux
qui aident, d'après la mythologie des *Tusayans*, les
hommes à arriver à la surface du sol; chap. ii, p. 79.

CHAOUCOUPS, peuple du bassin

de l'Orégon, ont une tradition
du déluge, peut-être d'origine chrétienne; ch. i, p. 29.

CHARIOT DE DAVID. Voy.
GRANDE OURSE; chap. i, p. 55.

CHATTE, emblème des chaleurs
bienfaisantes du printemps
chez les Égyptiens; chap. v,
p. 147.

CHÉ-KIA (nom chinois de *Çakya-
Mouni*), comment enfanté
d'après la légende; chap. v,
p. 202.

CHEVAL DE FER monté par le
héros libérateur de l'Annam;
chap. v, p. 213.

CHIBIRIAS, nom d'une vierge
qui, d'après Mendieta, aurait
enfanté la deuxième per-
sonne de la trinité yucatèque; chap. v, p. 254 à 256.

CHICHIMÈQUES arrivent à Aztlan
en l'an 45 de notre ère;
chap. v, p. 178.

CHICOMOZTOC ou « les sept
grottes », signification primitive de ce mot; chap. i,
p. 42, et chap. ii, p. 89. —
C'est là que tombe le silex
enfanté par la déesse *Citlalicuyé;* chap. v, p. 253.

CHICORÉENS, habitaient le sud-
est des États-Unis, au bord
du golfe de Mexique, ado-
raient *Quezuga;* chap. i,
p. 39.

CHIEN, ancêtre des Aïnos,
chap. vi, p. 261 et 262. — des
peuples du Pégu; *ibid.*,
p. 263. — de plusieurs tribus

CIEL, séjour du premier couple humain d'après les Mantras ; chap. I, p. 51. — D'après la Kabbale ; chap. I, p. 53.

CIEUX, seraient au nombre de treize, d'après la mythologie mexicaine ; chap. I, p. 43.

CINACANTAN. Voy. TZOTZLEMHA.

CINQ, nombre des siècles que vit le Phénix ; des sons conciliés par le Foung chinois ; des vertus florissant parmi les hommes quand paraît cet oiseau ; chap. v, p. 153.

CIPACTLI, nom du premier jour du mois au Mexique, ce qu'il signifie, et symbolisme qui s'y rattache ; chap. I, p. 42 et suiv.

CITLALLATONAC ou mieux CITLALTONAC, litt. « étoile brillante », dieu mexicain, prob. identique à Ométeuctli, litt. « deux fois seigneur, double seigneur », époux de la déesse Citlallicuyé ; chap. II, p. 88 et 89. — Annonce à la vierge Chimalman qu'elle concevrait d'une façon miraculeuse ; chap. v, p. 250.

CITLALICUÉ. Voy. CITLALICUYÉ.

CITLALLICUYÉ ou « Jupon étoilé », nom de l'épouse de Citlallatonac et prob. identique avec la déesse Omécihuatl, litt. « deux fois dame », accouche d'un tecpatl ou caillou ; chap. II, p. 88 et 89.

CIVILISATION (de l'Anahuac),

probablement d'origine asiatique ; chap. IV, p. 33 et 34. — Put bien être portée en Amérique un siècle ou deux avant notre ère ; chap. v, p. 152.

COATEPEC, litt. « à la montagne du serpent », où situé ? C'est là que vivait la mère du dieu Huitzilopochtli ; chap. v, p. 00.

COATLICUÉ, litt. « Jupon de serpent », nom de la mère du dieu Huitzilopochtli ; chap. v, p. 235 et 236.

CODEX CHIMALPOPOCA. Sa relation sur l'origine de la génération humaine actuelle ; chap. II, p. 92.

CODEX D'ORBINEY, contient le ROMAN DES DEUX FRÈRES, chap. IV, p. 00.

CODEX FUENLEAL, ce qu'il nous dit au sujet de la création d'après la tradition mexicaine ; chap. I, p. 42.

CODEX TELLERIANUS, ce qu'il rapporte au sujet de la naissance de Quetzalcoatl ; chap. v, p. 251.

CODEX VATICANUS, ce qu'il nous dit au sujet de la naissance de Quetzalcoatl ; chap. v, p. 248 et 250.

CŒUR DE BITAOU, placé au sommet d'une fleur de cèdre ; chap. v, p. 130 et 131.

CŒUR DU PEUPLE OU DU PAYS, surnom qui paraît avoir été porté par divers dieux et demi-dieux. Voy. TÉPÉYO-LOTL, VOTAN, etc.; chap. v, p. 248 et 249.

COHUATL, litt. « serpent », sœur du héros *Totépeuh*, qui lui confia l'éducation de son fils *Quetzalcoatl* après la mort de son épouse; chap. v, p. 243.

COHUATLICUÉ, sœur de *Chimal-man*, meurt de peur; à quelle occasion? chap. v, p. 250.

COLIBRI. Voy. OISEAU-MOUCHE.

COLLA, nom de l'un des quatre frères entre lesquels le dieu Viracocha, d'après la légende péruvienne, partage le monde après le déluge; chap. II, 100.

COLOMBES de la légende galli-cienne créant le monde en tirant le sable du fond de la mer; chap. I, p. 46 et 47.

COMBABUS, son histoire mise en vers par le poète alle-mand Wieland; chap. v, p. 163.

COMMANDANTS, nom que les Landjans donnent aux anges ou habitants du ciel; se livrent de sanglantes luttes pour l'amour des femmes; les vaincus se retirent sur une ile qui est la terre, s'enfermant dans une pierre creuse. Comment on les en fait sortir; chap. II, p. 96 et 97.

CONATLICUÉ. Voy. COHUATLI-CUÉ.

CONCEPTIONS MERVEILLEUSES occasionnées par un bain ou la manducation d'un fruit; chap. v, p. 180 et 185. — A la suite d'un rêve; chap. v, p. 204 et suiv.

CONFLAGRATION générale d'a-près la légende Tupie. Voy. DÉLUGE DE FEU.

CONIRAYA VIRACOCHA, créateur de toutes choses, d'après la légende des peuples de *Huaro-chiri*, tourne en dérision le culte des *Huacas* ou idoles, rend la vierge *Cavillaca* mère d'une façon merveil-leuse; chap. v, p. 248.

CONRAD DE WURTZBOURG, écri-vain allemand du moyen âge, auteur du *Schwan-rit-ter;* chap. x, p. 322.

CONSEILS PRUDENTS donnés par *Cupidon* à *Psyché;* chap. VIII, p. 298.

CONTE DES DEUX FRÈRES, tra-duit une première fois par de Rougé. Voy. ROMAN.

CONTE KABYLE se rapprochant de celui de *Bitaou;* chap. v, p. 142.

CONTINENTALE. Voy. VERSION.

CONSTELLATIONS, divisées en mâles et femelles, chez les Orientaux; chap. v, p. 147.

COPEAU avalé par la favorite de Pharaon qui devient en-ceinte; chap. v, p. 138.

CORBEAUX. Voy. SEPT.

CORÉENNE (langue), sans doute apparentée à l'aïno et à

G

hommes à la surface du sol; chap. i, p. 41.

GARÇON et FILLE, nés des os de morts rapportés par Xolotl, et arrosés du sang des dieux, sont les ancêtres de la génération actuelle; chap. ii, p. 90.

GAROUDA, oiseau qui personnifie la foudre dans la mythologie indoue; chap. vi, p. 278.

GAURES ou PARSIS, infiltration dans leur religion d'éléments empruntés à la Bible; chap. v, p. 180.

GAXBIL, signifie « métal » en langue mame; ch. xii, p. 350.

GÉANT PRIMORDIAL, emblème de la race denné-dindjié, mis à mort par les fugitifs; chap. vi, p. 259.

GÉANTS, indiquent, d'après la légende wogoule, le moyen d'échapper au déluge d'eau bouillante, chap. i, p. 15. — D'après le *Talmud*, périssent dans ce déluge; chap. i, p. 16.

GELLABYS, nom donné à Tunis aux négriers; chap. vi, p. 268.

GÉNIE CRUEL, ayant les traits d'une femme, d'après la tradition groënlandaise, et qui met à mort ceux qu'il a fait rire par ses grimaces et ses contorsions; chap. x, p. 312.

GÉNISSE, vierge fécondée par un éclair, mère d'Apis; chap. v, p. 122.

GHIGH. Voy. GIGH.

GIAMASP, le sixième des grands docteurs de l'Iran et le conseiller du fabuleux *Djemschid*, ses prophéties; ch. v, p. 182.

GIANI, homme puissant d'après la légende haïtienne, met à mort son fils Gianiel qui voulait se rendre coupable de parricide et enferme ses os dans une calebasse; chap. ii, p. 98.

GIANIEL, litt. « fils de Giani », ayant voulu se rendre coupable de parricide, est mis à mort par son père qui enferme ses os dans une calebasse; chap. ii, p. 98.

GIGH signifie « métal, fer » en cakgi; chap. xii, p. 350.

GIOGA, nom d'un phoque femelle, mère d'*Ollavitinus*: chap. x, p. 329. — Service rendu par elle à un insulaire des îles Shetland; chap. x, p. 330.

GLOOSKAP, nom d'un magicien bienfaisant chez les tribus de race algique; chap. viii, p. 296 et suiv.

GOGOL. Voy. CORMORAN.

GOPIS ou bergères, amantes de *Krishna*, d'après le *Wischnou Pourâna;* chap. x, p. 325.

GOULD (M.), considère les *Apsâras* de la mythologie indoue comme l'emblème des nuages blancs flottant dans l'azur des cieux; chap. x, p. 324.

l'invention des caractères calculiformes ; chap. v, p. 256.

IXCHEL, déesse yucatèque qui, d'après Mendieta, aurait enfanté la vierge *Chibirias ;* chap. v, p. 254.

IXIM, nom du maïs en Quiché ; chap. I, p. 43.

IXNABATUN. Voy. IXNABTUN.

IXNABTUN, litt. « petit minerai d'or », nom donné en Maya au chrysochalque et bronze doré ; chap. XII, p. 348.

IXTAC. Voy. IZTAC.

IZONA signifie, d'après Mendieta, « grand-père » en langue Yucatèque ; ce terme semble fautif pour Ytzamna. Voy. ce mot.

IZTAC signifie « blanc » en Mexicain ; chap. XII, p. 344.

IZTAC TÉOCUITLALLI, littér. « excrément divin blanc », nom de l'argent chez les mexicains ; chap. XII, p. 344.

IVROGNERIE de QUETZALCOHUATL, lui fait perdre son caractère de sainteté ; chapitre I, p. 22.

IZTAC-MIXCOHUATL habitait le pays de *Chicomoztoc ;* époux d'*Ilancueitl* et de *Chimaman.* Voy. ces mots.

J

JAGUAR, ou tigre d'Amérique, symbole, chez les populations civilisées du nouveau monde, du principe humide,

féminin et de la lune ; chap. I, p. 34.

JAPON, races diverses qui ont occupé ce pays ; chap. v, p. 193 et suiv.

JAPONAIS ACTUELS ; ont été précédés dans leur archipel par les Négritos et des tribus de race aïno ; chap. v, p. 193 et 194.

JARDIN DU SAVOIR (le), nom d'un recueil de contes persans, cité par Keightley ; chap. x, p. 322.

JEÛNE. Voy. CABANE.

JIMENEZ DE LA ESPADA. Il nous fait connaître la tradition des habitants de la province de *Huarochiri* concernant une naissance merveilleuse ; chap. v, p. 243.

JOCOTE. Voy. XOCOTE.

JONGLEURS ou PRÊTRES ANTHROPOPHAGES chez diverses tribus de Peaux-Rouges ; chap. VI, p. 272.

JOSEPH (histoire de), paraît avoir fourni des éléments au *Conte des deux Frères ;* chap. v, p. 157 et suiv.

JUDAS, transporté dans la lune, d'après certaines légendes populaires ; chapitre IV, p. 118.

JUMEAUX, qui aident les hommes à parvenir à la surface du sol, d'après la mythologie des Tusayans ; chap. II, p. 79.

JUNON, de quelle façon devint

par lui donnés sur la légende du magicien *Glootskap ;* chap. VIII, p. 296 et suiv.

LENBAKI ou « flûte de roseau », nom d'une confrérie religieuse chez les *Tusayans ;* chap. II, p. 82.

LEVANT. Voy. EST.

LIANG. Voy. WOU-TI.

LIBYENNES, d'après Pomponius Méla, sont toutes velues et conçoivent sans le concours de leurs maris. Ne seraient-elles pas des gorilles ou quelque autre espèce de gros singes ? Chap. V, p. 123.

LIEN-HOA ou *Nélumbium,* c'est pour en avoir mangé une fleur que la vierge *Ching-mou* se trouva enceinte de *Fo-hi ;* chap. V, p. 204.

LI-EULH, premier nom de *Lao-tseu,* pourquoi lui fut donné ; chap. V, p. 206.

LIÈVRE. Voy. GRAND-LIÈVRE.

LIMUMU-UT. Voy. LIMURU-UT.

LIMURU-UT, mère de *Utahagi,* d'après la légende des Célèbes ; chap. X, p. 315.

LINGAM, emblème de *Chiwa* dans l'Inde ; chap. V, p. 149.

LINKANBENE, père de *Kasim-baha,* d'après la légende des îles Célèbes ; chap. X, p. 315.

LION, symbole du principe actif, masculin, igné et lumineux chez les Orientaux ; chap. V, p. 147.

LIONNE symbolise les chaleurs dévorantes de l'été, le feu destructeur chez les Égyptiens ; chap. V, p. 147.

LI-TAÏ-PE, célèbre poète chinois, sa conception merveilleuse ; chap. V, p. 209.

LITHUANIENS. Voy. POLONAIS.

LIVRE SACRÉ. Voy. POPOL-VUH.

LOARER ou *lunatique,* quelle cause les produit, d'après la croyance des paysans bas bretons ? Chap. V, p. 229.

LOHENGRIN, nom d'un roman allemand du moyen âge ; chap. X, p. 322.

LONG-SON, neuvième fils du roi d'Annam, l'accompagne à la guerre contre les Chinois ; chap. V, p. 214.

LO-PI, auteur chinois de la fin du douzième siècle après J.-C., regarde *Héou-tsi* et *Sie* comme ayant été conçus sans pères ; chap. V, p. 201.

LOUCHEUX (Indiens), peuple de race denné-dindjié, comment nomme le génie qui est censé résider dans la lune ; ch. IV, p. 116.

LOUP, ancêtre des *Hirpins* et des *Tonkaways,* chap. VI, p. 271.

LOUPS servant de chiens à Messou, pénètrent dans un lac et déterminent un déluge ; chap. I, p. 34.

LOUTRE, plonge après le castor pour rapporter la terre du fond de la mer ; chap. I, p. 18. — Envoyée par Michabou, chap. I, p. 30.

Louve nourrice du prince turc *Asséna*, aussi bien que de *Romulus;* chap. vi, p. 267 et 271.

Lox, le mauvais esprit, délivre les nymphes volantes placées au sommet d'un arbre; chap. x, p. 310.

Lucumo, arbre sous lequel se tenait la vierge *Cavillaca*, tandis que *Viracocha*, déguisé en oiseau, se tenait sur ses branches; chap. v, p. 246.

Lu-Kin, autre nom du génie *Hou-tou*. Voy. ce dernier.

Lumière, commence à apparaître aux yeux des mortels lorsqu'ils sont parvenus dans leur second séjour, d'après la mythologie des *Tusayans;* chap. ii, p. 78.

Lumineux. Voy. Principe.

Lunatique. Voy. Loarer.

Lune, emblème d'après les anciens Orientaux, du principe passif, humide, femelle et ténébreux; chap. v, p. 147. — Dangers auxquels s'exposent ceux qui veulent visiter cet astre, d'après la légende groënlandaise; chap. x, p. 312. — Sa valeur symbolique, d'après plusieurs nations des deux Amériques, à peu près identique à celle qu'elle possède chez les Orientaux; chap. iv, p. 113 et 119. — Cause de la conception des *Wouti* de *Liang;* chap. v, p. 209.

Lunée (fille ou femme), ce que les paysans de la basse Bretagne entendent par ce terme; chap. v, p. 229.

Lycaon changé en loup; pourquoi? Chap. vi, p. 272.

Ly, roi de l'Annam vers l'an 1020, élève deux temples au héros libérateur de l'Annam; chap. v, p. 215.

Ly-Cong-Dot, général annamite battu par les Chinois; chap. v, p. 212.

Lys, symbolisme du... chez les auteurs du moyen âge; chap. v, p. 230.

M

Machochael. Voy. Marocael.

Machova ou ours, nom d'un clan de la nation ottawa qui a l'habitude d'ensevelir les morts; chap. i, p. 37.

Magiciens de Pharaon, convoqués; pourquoi? Chap. v, p. 133.

Magiciens se transformant en chiens pendant la nuit; chap. vi, p. 258.

Maïnoff (M. de), son opinion sur l'ethnographie de la Sibérie orientale; chap. i, p. 24.

Mainola, mère de *Kasimbaha*, d'après la légende des îles Célèbes; chap. x, p. 315.

Maïs, sa découverte, d'après les Chippeways; chap. xi, p. 331 et suiv. — D'après les

N

O

OCCIDENT. Voy. OUEST.

ODOLI, plaine d'... où *Aischin-Gioro* fonde une principauté; chap. v, p. 186.

ŒAGRE, roi de Thrace et père d'Orphée; chap. VII, p. 203.

OIE (peau d'), donnée en même temps que la peau de canard par le dieu suprême à Élempi. Voy. CANARD.

OISEAU blanc, s'arrête après le déluge à manger des charognes, est puni par le grand esprit qui noircit son plumage; chap. I, p. 28. Son histoire rappelle celle de Coronis; chap. I, p. 29.

OISEAU-MOUCHE, joue, d'après la légende tarasque, le même rôle que la colombe de l'arche; chap. I, p. 27.

OISEAU MYSTÉRIEUX, père de la race des Kolouches et organisateur du monde, d'après la légende chippewayanne; personnifie la foudre; ch. VI, p. 278.

OISEAUX, comment formés? Voy. HOMMES. — Nageant sur les eaux primordiales, d'après les sauvages du Canada; chap. I, p. 18.

OISEAUX DE PROIE. Voy. RAPACES DIURNES.

OKAMBI, d'après la légende nago, se joint aux quinze voyageurs qui découvrent le pays Yoruba; il possède un morceau d'étoffe noire mer-veilleux, un serviteur et un trompette; chap. I, p. 55.

OKIKISI, compagnon d'Okambi, d'après la légende nago; chap. I, p. 56.

OKINKIN, nom du trompette d'Okambi, d'après la tradition nago; chap. I, p. 55.

OKKI, génie familier, d'après la croyance iroquoise; ch. VII, p. 286.

OLÈNE (fleur merveilleuse du champ d') rend par son attouchement Junon mère de Mars; chap. v, p. 223.

OLLAVITINUS, nom d'un homme-phoque, fils de *Gioga*; ch. X, p. 329. — Comment recouvre sa dépouille; *ibid.*, p. 330.

OMETEUCTLI, litt. «deux fois seigneur». Voy. CITLALLATONAC.

ORAÏBE (habitants du Pueblo d'), leur tradition relative à une vierge-mère; chap. v, p. 235.

ORDRE. Voy. CYGNE.

ORIANT, époux de la reine *Béatrix*; chap. X, p. 322.

ORIGINE des races humaines, d'après la légende landjane; chap. II, p. 96 et 97.

ORIANDE, fée qui confie au magicien *Baudri* l'éducation du jeune fils du duc de Beuves, enlevé par les Sarrasins; chap. III, p. 109.

ORIGINE SIMIENNE de l'espèce humaine, d'après les Mantras; chap. I, 52.

P

Pacaric-Tambo, nom de la caverne dont sortent, après le déluge, les quatre frères entre lesquels le dieu Viracocha partage le monde; chap. ii, p. 100.

Palladas, géant qui avait emporté la terre au fond des abîmes : chap. i, p. 71.

Palmier, qui sort de suite de la noix qu'Okambi a laissé tomber dans l'eau; chap. i, p. 56.

Pan, détourne Psyché du projet par elle formé de mettre fin à ses jours; chap. viii, p. 299.

Pan Paxil, région au sud-est du Mexique, arrosée par le Tabasco et l'Uzumacinta, où s'établissent les Toltèques orientaux dont la migration est symbolisée par le nom de Quetzalcohuatl; chap. ii, p. 100.

Papa-Stour, nom d'une localité des îles Shetland, traditions qui s'y rattachent; chap. x, p. 328.

Paquet, contenant un remède contre toutes les maladies, ouvert par imprudence, ce qui en résulte; chap. viii, p. 297.

Paraçara, petits-fils du pénitent Vacishtha. Sa grand'mère lui raconte l'histoire d'Aurva; chap. v, p. 293.

Parana, litt. « eau amère », nom donné par les Tupis du Brésil à l'Océan, comment expliquent son amertume; chap. ii, p. 99.

Parcival. Voy. Wolfram.

Passif. Voy. Principe.

Patal, signifie « métal » en Huastèque; chap. xii, p. 349.

Paut Nuteru, l'ennéade des dieux. Voy. Neuf.

Pauthier (G.), ce qu'il nous dit au sujet du prince Mou-Wang; chap. v, p. 154; — du philosophe chinois Lao-Tseu; chap. v, p. 206.

Peau. Voy. Canard, Oie, Vêtements.

Peaux-de-lièvre (Indiens), peuple de race athabaskane, quel nom donne au génie qui est censé résider dans la lune; chap. iv, p. 116.

Peaux de serpents. Voy. Familles.

Péché d'Ève; chap. ii, p. 76.

Pecos, nom du pueblo où, d'après les habitants d'Oraïbe, serait né le fils de la vierge; chap. v, p. 235.

Pékonghoya, nom des deux jumeaux qui, d'après la tradition des Tusayans, aidèrent les hommes à parvenir à la surface du sol; chap. ii, p. 79.

Pelew, île de l'ouest des Carolines; chap. xii, p. 355.

Péris, histoire de... déguisées en colombes, d'après un conte persan; chap. x, p. 323.

Gianiel et dont devait sortir la mer; chap. II, p. 98. — Des frères entre lesquels le dieu Viracocha partage la terre après le déluge; chap. II, p. 100. — Des généraux chinois tués dans la guerre contre l'Annam; chap. v, p. 214. — Des tours de la montagne faits par Huitzilopochtli; chap. v, p. 237.

QUATREFAGES (de), ce qu'il rapporte concernant les croyances des Hottentots; chap. v, p. 165 (en note).

QUAUHITLICAC, le seul des *Centzon-Vitznahuas* qui fut favorable à *Huitzilopochtli;* aide ce dieu dans la lutte contre ses frères; chap. v, p. 236.

QUAUHTLI-OCELOTL ou *aigletigre,* titre d'honneur décerné aux braves chez les Mexicains; chap. IV, p. 112.

QUETZALCOHUATL, la légende rapprochée de celle de Djemschid; chap. XI, p. 340 (en note). — Établi comme roi-pontife à Chollua, obligé de fuir la colère de ses ennemis, lance des flèches contre un pochotl où elles s'incrustent; chap. I, p. 35. — Emporte les graines alimentaires du Tonacatépetl; chap. I, p. 40. — Poursuivi par Mictlan-teuctli, tandis qu'il emporte l'os de jade, le laisse tomber et s'évanouit; chap. II, p. 92. — Emblème de la migration des Toltèques orientaux sur les rives du Tabasco et de l'Uzumacinta; chap. II, p. 100. — Se rend en compagnie de dix-neuf autres chefs aux environs de Potonchan, mais un déluge réduit leur nombre à sept, qui se réfugient dans les grottes des montagnes; chap. II, p. 101. — Aurait, d'après Motolinia, enseigné la métallurgie aux peuples du Mexique; ch. XII, p. 344. — Sa fin tragique; chap. XI, p. 338 (en note). — Il y a vraisemblablement eu deux personnages fort distincts de ce nom; chap. v, p. 248 et 252. — Fils d'*Iztac-Mixcohuatl* et d'une seconde épouse, d'après une légende mexicaine; chap. v, p. 253. — Son rôle comme vengeur de son frère rappelle celui d'*Horus;* chap. v, p. 156. — Parfois identifié à Ehécatl; chap. IV, p. 112.

QUEUE. Voy. HOMMES.

QUEZUGA, d'après les Chicoréens, roi du séjour des bienheureux vers le midi; on le figure boiteux; chap. I, p. 39.

QUINZE VOYAGEURS, d'après la légende nago, vont à la découverte du pays Yoruba; chap. I, p. 55.

QUIPOCI, vierge et mère, avait pour fils *Ursana,* d'après les Manacicas; chap. v, p. 247.

R

RADJAH BRAHIL, démiurge et créateur du monde animé, d'après les Mantras; chap. i, p. 51.

RAÏATEA, ile de l'archipel Taïtien, à laquelle se rattachaient d'anciens souvenirs religieux; ch. i, p. 64 et 65.

RAÏRU, exécuteur des ordres de Cara Sacaïbu, pénètre dans les entrailles de la terre et en ressort; chap. ii, p. 84 et 85.

RAPACES DIURNES, regardés dans la mythologie mexicaine comme des envoyés divins par excellence; chap. ii, p. 90, 93 et 94. — Chargés de détruire l'humanité coupable, à la fin de la troisième période cosmique; chap. ii, p. 94.

RAT qui ronge le rotin dont se sert Utahagi pour monter au ciel; chap. x, p. 316.

RAT MUSQUÉ, rapporte du sable du fond de la mer; chap. i, p. 19 et 31. — Femelle du rat musqué, épouse de Messou, chap. i, p. 35. — Envoyé par Tchaëpiwich chercher du limon pour refaire la terre; chap. i, p. 38.

REMÈDE contre tous les maux, demandé au magicien Glooskap; chap. viii, p. 297.

RENARD, agrandit la terre formée par le Grand-Lièvre; chap. i, p. 19. — Rouge, existe à la fois dans l'est des États-Unis et l'ouest de l'Europe; chap. vi, p. 281.

REPAS EXTRAORDINAIRE que prend le héros libérateur de l'Annam; chap. v, p. 213.

RÉSURRECTION. Voy. MORT.

RHUMB. Voy. EST.

RIBHAVAS. Voy. RIBHOUS.

RIBHOUS, chantres sacrés symbolisés par les anciens Grecs sous le nom d'Orphée; chap. vii, p. 294.

RIO DE LA PLATA. Les tribus vivant sur ses rives se servaient de fer natif; chap. xii, p. 343.

RIRE, considéré comme un acte funeste chez différents peuples des deux continents; chap. x, p. 312 et suiv.

ROBVILLE (M. de), ce qu'il rapporte des exploits de Maugis; chap. iii, p. 110 (en note).

ROCHER contre lequel donne l'arche de Noé; ch. iii, p. 105.

ROI DES EAUX, nom d'un conte russe, mentionné par M. Brueyre; chap. x, p. 322.

ROMAN DES DEUX FRÈRES. Contient les aventures merveilleuses d'Anoupou et de Bitaou; chap. v, p. 123 et suiv. — Vraisemblablement postérieur d'au moins trois siècles à la mort de Joseph; chap. v, p. 157. — Paraît offrir, en partie du moins, une contrefaçon de l'histoire de ce patriarche; chap. v, p. 162.

sième fils futur de *Zoroastre*, fera fleurir le parsisme par toute la terre; ch. v, p. 180.

SEPT, nombre des chefs qui, d'après la tradition mexicaine, échappent au déluge, et dont faisait partie Quetzalcohuatl; chap. II, p. 101. — Des *Hathors*, qui condamnent l'épouse de Bitaou à une mort violente; chap. v, p. 131. — Des esprits mauvais qui luttent contre le dieu Sin; chap. v, p. 141. — Et de ceux dont parle l'Évangile; chap. v, p. 141. — Voy. CORBEAUX.

SEPT CORBEAUX (les), nom d'un conte allemand, recueilli par *Bechstein;* chap. x, p. 322.

SERBES, leurs chants nationaux et contes populaires, moins archaïques que ceux des Polonais et Lithuaniens; pourquoi; chap. I, p. 23.

SERPENT, sa légende chez les Salibas des rives de l'Orénoque, tué par le fils du dieu Puru et du corps duquel sortent des vers; chap. III, p. 103 et suiv. — Chez les Sékiis-bei-Klous, fait promettre à Noé de le nourrir de sang humain; tué et brûlé par ce patriarche, donne naissance à toutes sortes de vermines; chap. III, p. 105; —rappelle à la fois le serpent Python et le Zohak de la légende persane; chap. III, p. 105 et 106.

SERPENTS, d'après la tradition denné-dindjié; ch. VI, p. 257.

SERPENTS A SONNETTES, mettent en fuite les Indiens Tusayans par leurs morsures; chap. II, p. 81.

SERPENTS (indiens), ont primitivement occupé le pays aujourd'hui occupé par les *Tusayans;* chap. II, p. 81.

SIE, conçu d'une façon merveilleuse, au dire de certains auteurs chinois; chap. v, p. 201.

SIÉ-ZJIT-DHIDIÉ, nom donné, d'après le R. P. Petitot, par certaines tribus de race denné-dindjié au génie qui est censé résider dans la lune; chap. IV, p. 116.

SIHUACOATL, litt. « femme serpent », mère du genre humain, qui, d'après une légende du Mexique, n'aurait pas eu de père: chap. v, p. 242. — Apparition de cette déesse, regardée comme de mauvaise augure; chap. v, p. 243.

SI-LEÏ-FOU, ouvrage chinois cité par Mgr de Harlez, ce qu'il raconte de la conception merveilleuse du fils de l'empereur *Ti-Kou;* chap. v, p. 208 et 209.

SILÈNE, accompagne Bacchus lors de son voyage dans l'Inde; chap. v, p. 146.

SILEX, dont Dieu se sert pour créer les neuf ordres angé-

27

W

Pline, les cavales des bords du Tage ; chap. v, p. 122 et 123.

ZERDUSCHT. Voy. ZOROASTRE.

ZOHAK, de la légende persane, rappelle à la fois le serpent Python des Grecs et celui de la légende des Sékiis-bei-Klous ; chap. III. p. 105.

ZOPILOTE ou VULTUR AUREA, lâché par Tezpi après le déluge ; chap. I, p. 27.

ZOROASTRE, traditions qui le concernent ; doit être le père du sauveur à venir ; parfois confondu avec Abraham ; chap. v, p. 179 et suiv.

ZOTZILES (indiens) ou « chauve-souris », habitent les environs de Cinacantan ; chap. XII, p. 349. — Leur langue se rattache au groupe oriental de la famille maya-quiché ; chap. XII, p. 346.

ZUNIS du Nouveau-Mexique, comment peignent sur leurs poteries l'hiéroglyphe de la vie ; chap. I, p. 29.

TABLE DES MATIÈRES

Paris. — Imp. E. CAPIOMONT et Cⁱᵉ, rue des Poitevins, 6.

ERRATA

	Au lieu de :	Lire :
Page 29, ligne 19.	Zùnis,	Zuñis.
— 82, ligne 15.	Hopitohs,	Hopituhs.
— 92, ligne 14.	Quelzalcohualt,	Quetzalcohuatl.
— 100, ligne 23.	Tabesco,	Tabasco.
— 100, ligne 20.	du,	au
— 100, ligne 4 (en note).	2242,	§ VII, p. CXIX.
— 113, ligne 18.	Isanghi,	Isanagi.
— 121, ligne 16.	Concubito,	Cuncubitu.
— 155, ligne 2.	Mou-wany.	Mou-wang.
— 219, ligne 1 (en note).	Kalevalo,	Kalevala.
— 251, ligne 1 (en note).	Quetzalcoalt.	Quetzalcohuatl.

www.ingramcontent.com/pod-product-compliance
Lightning Source LLC
Chambersburg PA
CBHW050737030726
47505CB00002B/299